U0114168

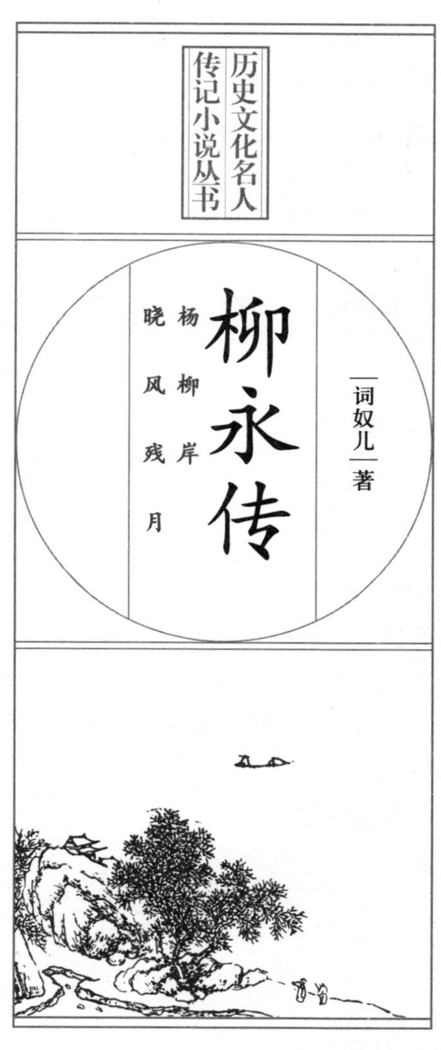

历史文化名人传记小说丛书

柳永传

杨柳岸 晓风残月

〔词奴儿〕著

中国文史出版社

图书在版编目（CIP）数据

杨柳岸，晓风残月：柳永传 / 词奴儿著 .— 北京：
中国文史出版社，2020.8
（历史文化名人传记小说丛书）
ISBN 978-7-5205-2185-7

Ⅰ . ①杨… Ⅱ . ①词… Ⅲ . ①传记小说—中国—当代 Ⅳ . ① I247.5

中国版本图书馆 CIP 数据核字（2020）第 153783 号

责任编辑：徐玉霞

出版发行：中国文史出版社
社　　址：北京市海淀区西八里庄路 69 号院　　邮　　编：100142
电　　话：010-81136606 81136602 81136603（发行部）
传　　真：010-81136655
印　　装：河北燕龙印刷有限公司
经　　销：全国新华书店
开　　本：16 开
印　　张：20.5
字　　数：320 千字
版　　次：2021 年 1 月北京第 1 版
印　　次：2021 年 1 月第 1 次印刷
定　　价：59.00 元

序

词，是诗歌的一种，也叫“诗余”。自前唐以来，民间流行一种叫“曲子词”的歌行，渐渐成为新制。文人士大夫进而厕身其间，更予发扬光大。

这种曲子词的词调都是：调有定句，句有定字，字有定声的固定形式。为适应乐曲的节拍，词的句子多数是长短不齐，韵位参差不同的，所以通常人们又称之为长短句。为了配合乐曲的音调，加强乐曲的节奏感，词中所用的字除分平仄外，还要分四声。词必须受声律的严格约束，所以，古人把作词称为“倚声填词”或“按谱填词”。

词，较之于格律严谨、端庄持重的五七言诗而言，词之一体以其声词结合、结构松散而独树一帜，它的形式似乎更适合表达儿女情长和幽怨的心绪，更能抒写活泼灵性的情感流露。南唐的李煜、冯延巳，西蜀人韦庄等，由此而开创了一代新风。

宋代，是词的全盛时期，而柳永，为宋词的发展写下了最辉煌的一页。

柳永，这位被誉为“鹅仔峰下一支笔”的少年才子，在进京赴考途中，徜徉于江南的旖旎风光，迷恋于歌女的柔情蜜意，以致科场失意。失意后的柳永更加风流不羁，流连往返于青楼歌馆，他的许许多多脍炙人口、传播广泛的俗艳词曲，既为他博得词坛声望，也为他换取了“薄于操行”的恶名，更以一阕《鹤冲天》“忍把浮名，换了浅斟低唱”而得罪朝廷。

“留意儒雅，务本理道”的宋仁宗，岂能容忍柳永这样的浪荡子入朝为官？在柳永第四次考上进士，临轩放榜时，朱笔题道：“既低斟浅唱，何要浮名？且去填词。”从此，柳永便树起“奉旨填词柳三变”的招牌，往来于歌楼酒肆之间。

仕途失意的柳永，四处漂泊，山一程，水一程，踪迹遍及大江南北，因此，他笔下的祖国山川写得真切优美，离愁别恨也更加生动感人。同时，柳永又在各地为“同是天涯沦落人”的歌女填词谱曲。他每次启程，既体味着旅途

的艰辛劳苦、寂寞凄凉，又反复咀嚼着与红颜知己离别的忧愁痛苦，这种缠绵哀怨的情怀，使他的羁旅词独树一帜而千古流传。如《雨霖铃》《夜半乐》《满江红》《戚氏》《玉蝴蝶》等。

柳永词对后世的影响是巨大而深远的，更受到当时社会各阶层的喜爱。《避暑录话》中说："凡有井水饮处，皆能歌柳词。"他大量创制新调，符合了人们的审美需求，李清照在《词论》中说他"变旧声作新声，大得声称于世"。新调的出现，给人们带来全新的艺术享受。

世间男女的情爱出自于的自然本性，因而，爱情便成为文学的永恒主题，也是人们茶余饭后的精神调剂。

德国著名音乐家舒曼曾经说："要尊重前人的遗产，也要一片真诚地对待新生事物。"柳永正是这样，他继承了我国古代诗歌的艺术传统及唐、五代词的创作经验，从敦煌曲子词与民间歌谣中汲取丰富营养，从而在形式、内容、手法以及语言上有了新的突破和新的创造。尤其是慢词的大量创作与运用，成为南北两宋词坛的主要创作形式。后来的苏东坡、秦少游等，就是在柳永的影响下才从事慢词的创作的。

柳永，一个穷困潦倒的白衣卿相，一个放荡不羁的才子词人，死后由歌女凑钱安葬，却给后世留下了一笔丰富的遗产，给大宋朝的天空涂一抹绚丽的色彩。

柳永，真情、真爱、真才华，敢写、敢唱、敢作为，是行走于北宋大街小巷中的真男人。

女作家词奴儿以清丽雅致的文字、细腻委婉的情思创作的这部小说，正是缘于柳永的真性情与他真实而落拓的一生。

高兰石

目　录

第一章　钟灵毓秀　鹅仔峰下一支笔

父母养其子而不教，是不爱其子也。虽教而不严，是亦不爱其子也。父母教而不学，是子不爱其身也。虽学而不勤，是亦不爱其身也。是故养子必教，教则必严，严则必勤，勤则必成。学，则庶人之子为公卿；不学，则公卿之子为庶人。

——柳永《劝学文》

福建的崇安县，隶属于北宋的建州。人们都知道崇安境内的武夷山，自古就有“奇秀甲于东南”之美誉。也知晓武夷山的雄俊，九曲溪的秀美，还有那名闻天下的茶叶——大红袍。

可是，又有谁会知道，在武夷山鹅仔峰下的一座小村庄里，正在发生的小故事呢？又有谁会知晓，这故事里的主人公将在千年后，为历史上的北宋王朝增添无尽的光彩？

五夫里（白水村），就坐落在武夷山的鹅仔峰下。

如果说武夷山六六三十峰，是仙女用九曲溪串起来的一串晶莹剔透的珍珠，那么，白水村这座小小的村落，便是从仙女花篮里飘落到人间的一朵馨香馥郁的梅花。

数条清澈的溪流，从山上蜿蜒而下，在山脚汇成梅英河（白水河），又哗哗地绕村而过，那座横河而跨的落梅桥，古朴而凝重。桥头河畔，数不清的梅树，枝柯如铁，虬龙盘曲，清劲苍古。

早春时节，梅树上不见绿叶，唯有朵朵花蕊，如磬如磐，或低昂、或俯仰、或卷舒、或萌芽、或盛放、或枯萎，一干孤挺，节上生花。这繁枝密蕊，清奇骨格，冷香幽绝，任是丹青妙手，怕也是难以描摹的罢。

鹅仔峰脚下，梅英河东岸，掩映在梅林深处的一户人家，便是柳三变的家。

柳三变的父亲柳宜，曾经是南唐后主李煜朝的监察御史。后南唐被宋所灭，柳宜被收入于大宋朝廷，为沂州费县（今山东济州）县令。柳三变就出生在

父亲的任上。

柳宜有三个儿子，大儿子柳三复，二儿子柳三接，给三儿子取名还真费了一番工夫。《论语》里有这样一句话：子夏曰："君子有三变：望之俨然，即之也温，听其言也厉。"柳宜就给三小子取名三变。又希望儿子景仰庄周作《逍遥游》，不受凡尘俗世的羁绊，活得无拘无束，故取字为景庄。又因在柳氏家族中排行第七，家里人也叫他老七或七郎。

夕阳西下，天边那一抹绚丽的晚霞，悄然淡去。山峦间，一层透明如薄纱般的轻雾，渐渐弥漫开来，给鹅仔峰下的村庄，披上一袭如梦如幻而又神秘的帷幕。那片梅林，在微风中簌簌而响，时而有花瓣悠然飘落，空气中流转的缕缕馨香，似浓得化不开，却又无迹可寻。

柳家门前那株苍劲古虬的梅树下，一位端庄的中年妇人，正焦急地望着村口的小路。早春的傍晚，山里的风冷峭清寒，梅树下的妇人不免拢起了双手，轻轻地来回走动。

"夫人，回屋罢，这露寒霜重的，看冻着了。"一位翠袄黑裙的女子，脚步轻盈地来到她身后，轻声唤道。

夫人回头，面带愠色，沉声道："七郎是越来越不像样子了，竟然逃学，天黑还不回家！"虽是发狠说的话，言语之外却满是焦虑。

翠衣女子轻声安慰道："夫人宽心罢，少爷平时稳重妥当，不会有差池的，必是哪儿有重要的事儿给绊住了。"嘴里说着话，眼睛也不免往路口张望，但见夜色茫茫，一重重黛色山峦，连绵起伏，伸向天边的更远处。

翠衣女子边说边上前挽起夫人的手臂："夫人回屋罢，都怪柳笛，教唆坏了少爷。"

"梅语，不准袒护七郎！柳笛是有错，其责任仍在七郎身上。"夫人甩开梅语的手，竟自向家门走去。

那叫梅语的女孩忙低头应道："是。"也碎步跟上。

堂屋里，柳笛的妹妹，十三岁的柳蝉正在灯光下仔细地擦拭着一只烛台。长而密的眼睫毛，在闪烁不定的灯光下投下一片阴影，使那张清秀的小脸更显妩媚。

"蝉儿，去把你哥叫来。"柳夫人进门在八仙桌边的椅子上坐定，吩咐道。

柳蝉忙放下手中的活儿，应声往后门而去。

梅语已沏上一盏热茶："夫人，请喝口热茶，暖暖身子。"

柳夫人端起茶碗，揭开碗盖，轻轻刮去漂浮在水面的茶叶，啜了一口便放下了茶碗。

此时，一个十五六岁的男孩，快步从后门进来，低头垂手，站在柳夫人跟前。

梅语见他呆站着，轻声道："柳笛，你平时不是挺能说么？今儿怎么哑了？"

柳笛看了她一眼，低声问柳夫人："夫人唤柳笛有何吩咐？"

"柳笛，我且问你，少爷今天是第一次逃学，还是以前也常常逃学的？"

灯光下的柳夫人端坐在那里，声音不威而严，吓得柳笛不敢抬头。只听他嗫嚅着说："回夫人的话，少爷不曾逃过学。每次是先生布置了功课，少爷总是比别的同学做得好，答得快，先生就会让少爷在课室后面的花园里玩一会儿。"

"既如此，为何今天先生找上门来，说少爷逃学了？"

听柳夫人的口气缓和了些，柳笛这才敢抬起头来，带几分委屈道："今日一早上学时，原本是先生说他家有事，让同学自己读书做功课的，起先少爷跟几个要好的同学谈论些国事。"

柳夫人冷笑道："谈论国事？你们这帮孩子，哪里知道什么国事家事！必定是趁先生不在，商量着到哪里好玩，去淘气罢了。"说着便端起茶碗。

柳笛略抬了抬头，极认真地说："回夫人的话，还真是朝廷里的事。"

柳夫人颇感意外："哦！那你说来听听。"

柳笛抬手搔了搔后脑勺，嗫嚅着说："听他们说是咱们宋朝的皇帝，与那辽国的太后和好了，双方罢战撤兵，各自退回本国，仍以那白沟河为界。"

原来，自咸平二年（999 年）以来，辽国对富饶的中原虎视眈眈，陆续派兵在边境挑衅，掠夺财物，滥杀无辜，边境百姓生灵涂炭，苦不堪言。虽然宋军在杨延昭（《杨家将》里的杨六郎）、杨嗣等将领的率领下，积极抵抗入侵，但辽国骑兵战术灵活，进退自如，给宋朝边境造成巨大的威胁和灾难。

而宋真宗自雍熙北伐惨败后，对辽朝就一直心存畏惧，逐渐由主动进攻转为被动防御。相反，辽朝对宋朝却是步步紧逼，不断南下侵扰宋朝。

真宗景德元年（1004 年）秋天，辽国萧太后与辽圣宗耶律隆绪亲率二十万大军直逼澶州（今河南省濮阳县）城下，威胁着都城汴京。

一时，朝野上下，一片惊慌。真宗赵桓更是六神无主，忙召集群臣商议，大臣王钦若主张迁都升州（今江苏南京），陈尧叟主张迁都益州（今四川成都）。真宗听信大臣们的主张，欲迁都南逃。

新任宰相寇准痛斥迁都南逃，竭力主张迎战辽军。朝堂上，他言辞恳切："如果弃都南逃，势必丧失民心，辽军便会乘虚而入，国家就更加难以保全。"并恳请真宗皇帝御驾亲征，如果皇上亲自出征，士气必定大振。

真宗皇帝被迫北上，这时寇准倚重的杨家将杨延昭率领的宋军力挫辽军，在寇准的一再催促下，真宗皇帝只得亲自登上澶州北门城楼，以示督战。

正与辽军对峙的各路大军，一见皇帝的黄龙旗在城楼上猎猎风展，顿时士气倍增，高呼"万岁"之声，响彻云霄。宋军一鼓作气，大败辽军，并射杀辽军主将萧挞凛。

萧太后与耶律隆绪见主将萧挞凛已死，士心涣散，辽军陷入被动，便主动议和。

此后，辽宋为兄弟之国，辽圣宗年幼，称宋真宗为兄。乃以白沟河为国界，双方撤兵。此后凡有越界盗贼逃犯，彼此不得停匿。两朝沿边城池，一切如常，不得创筑城隍。

宋朝每年向辽捐银十万两，绢二十万匹，至雄州交割。双方于边境设置榷场，可互市贸易。

柳夫人沉思道："这仗是打赢了，怎的咱们大宋还赔给人家银子和布帛呢？"

"少爷与他那些同学正是为这事儿愤愤不平呢，都说这'澶渊之盟'是大宋的奇耻大辱。"

正说着，只听外面一阵脚步声，梅语进来笑道："夫人，少爷回来了。"

柳夫人抬眼望去，虽是早春天，山里傍晚的天气仍是十分的寒冷，三变却已换下棉衣，早早地穿上了夹袍。一袭蓝色夹袍穿在身上，倒也十分合体，或许是赶路的缘故，那张俊美的脸，泛着红晕，坚挺的鼻子两翼微微扇动，只是那双看去与年龄不太相称的眼睛，更见深邃，更见忧郁。

柳三变逃学至天黑才归家，柳夫人原本是要端起架子，拿出家法来的，只是那颗做母亲的心，在儿子忧郁的目光中柔软了，融化了。嘴里说出的却是：

"柳笛，还傻待着，还不快伺候少爷吃饭！"

柳笛如得了赦令一般，拉了三变的臂膀要走，不料夫人又道："七郎，吃过晚饭，到书房来，娘有话要说。"

主仆二人由后门出了堂屋，穿过回廊，从那扇垂花门进入后堂。柳笛扯扯三变的衣袖："少爷，你今天去哪里了？夫人刚才差点要用家法了。"

"用家法？我又没有犯家法。"

"下午先生来过，说你逃学。"

柳三变挑了挑那两道俊眉，"噢"了一声，便不再说话。

这里梅语早吩咐厨下把饭菜重新热了，端上了饭桌。

见梅语侍立在一边，三变略带歉意道："梅语姐姐，辛苦你了！"

梅语上前盛一小碗汤，递到他手上，温婉道："先喝口汤，润润嗓子。"

这位梅语姑娘，原是柳家捡来的弃婴。

十六年前，正是梅花盛开的季节。一天清晨，柳家仆人打开大门，就听见断断续续的婴儿哭声。仆人循声望去，只见门廊下一个包裹，打开来看时，不由得惊叫起来。原来，包裹里是两三个月大的女婴。

闻声而来的柳夫人小心地抱过来，说来也怪，那女婴不哭了，望着夫人微弱地啊啊了几声。

柳夫人心里怜惜，谁家这么忍心，把这样一个孩子给扔了？及看到女婴小袄里一张纸条，上写着女婴的出生年月，并无姓名，因丈夫三个月前，被征戍边，战死沙场。家里孩子太多，无法养活。只求给孩子一条活路，姓什名谁都无关紧要。

柳夫人抱着孩子，紧贴在胸口，望着门外连绵的群山，村子通向山外的小道上，渺无人迹。

"那好吧，你就是咱柳家的孩子了。"柳夫人对着怀中的孩子喃喃道，"咱取个什么名儿呢？"

此时，太阳尚未升起，远处的山峦，还蒙着一层浅蓝色的薄雾。晨风轻轻拂过，一缕沁人心脾的清香，扑鼻而来。

"有了，就叫梅香。"

一边的老家人喜道："梅香这名字好听。"

谁知柳夫人又道："不妥不妥。"

家人奇道："夫人，如何不妥了？你看，咱这屋前屋后，尽是梅树，如今正是梅花开放的时候，又香又好看。"

柳夫人道："你哪里知道，古人在那戏里演的，叫的，也有叫梅香这名儿的，但那都是一些丫鬟侍女叫的。我看这孩子一头乌黑的头发，挺直的鼻梁，两只水灵灵的眼睛，透着说不出的清秀与机灵。这孩子绝不是做侍女的命，说不定将来是位诰命夫人呢！"

家人急道：“既有诰命夫人的命，那是得取个好名儿。”

“看你，”柳夫人忍不住笑了，“竟比我还着急。”

门前几株老梅树，枝柯如铁，清劲苍古，一树繁花，或开放，或含苞，风过处，花瓣簌簌而落，撒了夫人一身花瓣雨，有一瓣竟落在孩子的额头上。

柳夫人忽然喜道：“就叫梅语吧！又清香，又雅致。”

柳三变吃完饭，刚刚放下碗，柳笛就递过茶来，他没喝，只漱了漱口，便起身往书房而来。

梅语跟在身后悄声叮咛：“今晚跟夫人说话不要犟嘴。”

母亲正端坐在书桌对面的软榻上，那神情，在烛光下显得庄重而威严。

柳三变不由得放轻了脚步，他从没见过母亲如此严肃的样子，心里难免有些不安。

“母亲！”他轻声唤道。

“你坐下吧。”母亲示意他坐在她左手边的软椅上。

“七郎，你今天去哪儿玩了这一整天？”

“娘，我今天不是逃学，是先生家里有事，叫我与同学读书，我就上了鹅仔峰了。”

“你上鹅仔峰去做什么？”他母亲惊道，“那山上可是有老虎的！”

柳三变正欲分辩，母亲却不由他开口，颤声道：“七郎，你可知道，你祖父十岁丧父，曾祖母含辛茹苦，守寡把他抚养成人，后来在南唐以儒学著名。你父亲深得你祖父的教诲，刻苦向学，才得以入仕南唐。”

母亲说的这些，他早就听家人说过了。他还知道，他是在三岁时，随母亲与二叔柳宏，扶着祖父的灵柩，从父亲的任上回到老家福建崇安的，只是他不敢多嘴，听凭母亲说下去。

“你父亲认为你天资聪颖，灵秀慧诘，如能发奋读书，定能成为国家之栋梁，光耀柳家门楣。你父亲虽已过世，九泉之下也指望我好好教育你，可你竟然逃学，去那山上闲逛。”

“母亲，孩儿不是去闲逛的啊！”

“住嘴！还敢分辩，不是闲逛，上山做什么？自古以来，就是天子重英豪，文章教尔曹；万般皆下品，唯有读书高；少小须勤学，文章可立身。可你呢？是能上边防杀敌？还是能做几篇好文章？”

柳夫人按下激动的心，端起茶碗喝了口茶，见儿子那双俊眉又拧到了一起，便重重地放下茶碗，愠道："我就奇怪了，咱柳家虽不是豪门，也算是小康之家。你不愁吃不愁穿的，有丫头小子使唤，可你那眉宇之间，总有一股忧郁之气。我就不明白了，你还有什么不满足的？"

有什么不满足的？三变想，当然有了，他正想说，抬头见母亲那双威严的眼睛，就把要说的话咽了回去。

母亲数落道："你小小年纪，也去学那古时的文人骚客，游山逛水。要知道，感时伤世，伤春悲秋，迎风洒泪，对月感怀，这都是那些落魄文人怀才不遇之举，你万万不可去学的。"

柳三变听得心惊，母亲足不出户，竟也能知晓落魄文人怀才不遇之说。正乱想着，又听母亲道："古人有多少劝人读书的文章？想来你也读了不少，今天在学堂没有读书，你即刻就以《劝学文》为题，也写一篇劝人读书的文章来。"

说罢，柳夫人拂袖而去。

柳三变仍坐在那里发呆，柳笛进来铺纸磨墨，见他不动，急道："我的爷！你就快来写罢，你今日逃学，我也脱不了干系的。"

柳三变一听"逃学"二字，霍的一下站起来："什么逃学？我说了那不叫逃学。再说了，我就是逃学了，与你又有何干系！"

说着一手推开柳笛，抓起笔架上的细软毛笔，在砚池里舔了舔，歪着脑袋想了想，便刷刷地写了起来。

待柳笛端茶进来时，柳三变的《劝学文》已经写就。

父母养其子而不教，是不爱其子也。虽教而不严，是亦不爱其子也。父母教而不学，是子不爱其身也。虽学而不勤，是亦不爱其身也。是故养子必教，教则必严，严则必勤，勤则必成。学，则庶人之子为公卿；不学，则公卿之子为庶人。

柳笛读罢，喜道："少爷，你真是才思敏捷！难怪咱崇安县方圆百十里皆称你为'鹅仔峰下一支笔'，我沏一盏茶的工夫，你的文章就写好了，我这就给夫人送去。"说毕，拿了文稿风风火火地去了。

也不知过了多少年，柳三变这篇《劝学文》，被宋朝一个叫黄坚的人收进了《古文真宝》集里。这部文集还收录了宋真宗、宋仁宗、韩愈、朱熹、

白居易、司马光、王安石等名家的文章。而柳三变的这篇《劝学文》与宋真宗、韩愈的文章排在前三名。当然，这是后话。

柳笛还没进门，就嚷道："少爷，夫人夸你文章写得好呢！这是夫人给你的夜宵。"说着，便把一碟杏黄酥软果仁馅的饼子放在书桌上。

柳三变不说话，只顾整理那只大号的狼毫毛笔。

柳笛奇怪道："少爷，这么晚了，你弄它做什么？"

他头也不抬："今天还没去河边练字呢！"

"哎呀！我的爷，你怎么想起一出是一出的。"柳笛忙道，"这么晚了，外面黑乎乎的，还练哪门子字呀！"

"外面不是有很好的月光么？"

柳笛掀起窗帘，一轮明月正悠闲地倚在那株古柳梢上，泼洒得满天满地的清辉。

柳三变不去理会在窗前看着月亮发呆的柳笛，抓起一个饼子边吃边出了书房，柳笛回过神来，紧跑几步赶上："少爷，等等我！"

门前的梅英河，终年流淌不息。河水清澈，沿岸的梅树、柳树、桃树更映得河水妩媚多姿。

靠近柳家门前，河边有块大青石，平日里，大青石是柳家佣人洗衣洗菜的好去处，而柳三变便天天在这青石上练字。

门房里的老院公，见少爷提着一只大狼毫往河边走去，忙拉住后面的柳笛轻声询问，柳笛说少爷是要去练字呢。老院公忙颠颠地跑进屋里点上一只大灯笼也往河边而来。

河边，柳三变半蹲在大青石上，右手握笔，左手挽起右手袍袖，凝神静气，提笔运劲，在哗哗流淌的水上一笔一画一勾地写字。

见水面有灯光，三变回头看是老院公提着灯笼，正照着自己，忙笑道："李爷爷，你看天上的月亮正亮晶晶的，照着我写字呢！你忙了一天了，回去歇息罢。"

老院公抬头看看月亮，心想：也是，那天上的月光是何等的均匀、清爽，这灯笼只是一团光亮，临近水面，反而晃了少爷的眼睛。于是呵呵笑道："少爷，那我就吹了灯笼，你也别累着身子骨，早点歇息，练字的日子长远着呢！"说罢，果真吹灭了灯笼，颤悠悠地回屋去了。

柳笛坐在一边，看着他家少爷握着笔在水面上不停地画着，也不知道究竟写些什么，倍感无聊，拢了双手，有一搭没一搭地说些不着边际的话：“少爷，听说你今天上了鹅仔峰了？那山上到底有没有老虎啊？”

柳三变像没听见他的话，依然在水面上写字。

柳笛又说：“少爷，今儿村子西头的杨大爷来了。”

他悬笔不动，虽没有回头看柳笛，其实是在听柳笛把话说完。

“他们家的女儿青梅要出嫁了，嫁到山外去。他来求少爷写生辰八字的。”

柳三变突然觉得很累，握笔的手也很酸，便扔了笔，一屁股坐在大青石上，望向月光下的梅林。

梅花或绽放、或含苞，随着一阵阵夜风，花瓣翩然如飞蝶，或飘落在地上，或飘然于水面，随波飘逝。梅林中仿佛有一张女孩娟秀的脸，正冲他眨着聪慧的眼睛。

他叹息一声，垂下了头。

柳笛见状，以为他家少爷玩了一天，累了，忙去拾起毛笔，搀扶他上岸来。

第二章 春花露浓 谁把金丝裁剪却

天初暖，日初长，好春光。万汇此时皆得意，竞芬芳。

笋迸苔钱嫩绿，花偎雪坞浓香。谁把金丝裁剪却，挂斜阳。

——后蜀 欧阳炯《春光好》

柳三变躺在床上，或许是白天爬山的缘故，双腿酸痛，一时难以入眠。刚才在河边，柳笛一句青梅要出嫁了，竟牵动了心里某根丝弦，脑子里满是青梅温柔贤淑的影子。他无不懊恼地想，也不知哪个有福气的男人，能娶到鹅仔峰下的这一枝花。

迷糊中，他似乎跟在青梅的大红花轿子后面，在山道上行走，转眼，青梅的轿子不见了，而山越来越陡，林子越来越深，四周黑乎乎的。

突然前面有两只绿色的灯笼向他慢慢移来，他刚要大声欢叫，却听见老虎低沉的吼声。

他吓得大叫，翻身坐起，原来是梦。

柳笛揉着眼睛，推开房门，走至他的床前："少爷，你是不是白天玩疯了，夜里发梦颠啊？"

三变拍了两下他的脑袋，没好气地说："你以为我是小孩儿呀，还发梦颠呢！"

"那深更半夜的，你叫什么呀？害得人家不能睡觉。"

"我梦见老虎了。"

"老虎？可我明明听见你叫青梅。"

"叫青梅？"他颓然倒在床上，儿时与青梅，与村里的孩子，下河摸鱼，上山摘果子，爬树掏鸟，那一幕幕往事在脑子里翻腾。

柳笛不解地看着他，又恍然大悟似的笑了："少爷，你是不是一直都很喜欢青梅？"

见三变闭眼不答，又自言自语："这青梅可是咱鹅仔峰下的一枝花，百里挑一的，只可惜与咱们家门不当，户不对。”

“你懂什么？深更半夜的，你不困么？还坐在这儿神侃！”

柳笛边往外走，边嘀咕：“明明是你害相思病，深更半夜的闹得人家不得安宁，还骂人家。”

第二天，当一轮崭新的太阳爬上山坳时，柳三变吃过早饭，柳笛整理了书箱，二人辞别柳夫人，往学堂而来。

学堂里，已经有同学早到了，见他二人来了，脸上都笑眯眯的，一个叫李松鹤的问：“柳三变，你昨天去哪里云游了？”

“他去鹅仔峰上找老虎了。”吴良骏笑道。

杨云村是个清秀标挺的男孩，性格诚实内向，与柳三变最为交好，他走近三变轻声问：“柳三变，你昨日可访到‘中峰寺’的禅师了？”

一边的朱茂林怪叫道：“你们两个偷偷地说体己话呀，也说给大伙儿听听。”

柳三变接过柳笛手中的书箱，放在自己的桌边，朗声道：“有什么说不得的？昨天，我是上鹅仔峰了，也见到了‘中峰寺’的禅师。”

原来，昨天先生家里有事，让同学自己温习。但是同学们似乎对朝廷发生的事颇感兴趣，热切地议论着“澶渊之盟”。

柳三变想，徒有一腔热血，却无报国之力。与其坐在这里夸夸其谈，还不如走出去看看山，看看水，看看花鸟鱼虫。

自懂事起，就听村里人说过，很早以前，鹅仔山上就有老虎出没，伤害过往行人。附近几个村庄的村民联合起来，想捕杀老虎，却被老虎咬得伤的伤，死的死。村民更是不敢单独走路了，天一黑，便关门闭户，过着战战兢兢的日子。

当老虎吃人越来越频繁时，一位叫行儒的禅师，云游到了崇安，挂单住在鹅仔峰上的“中峰寺”。

这位行儒禅师不仅道行深，而且武功也极其高强，是远近闻名的高僧。他见此地虎患如此严重，便长住了下来。山下的村民天天巴望着他用一招一式灭了老虎，可禅师是出家人，出家人以慈悲为怀，是绝不肯杀生的。而老虎伤害人命，又是出家人所不能容忍的。于是，禅师琢磨出了一套“禅心伏虎”之法。

一天，禅师在山中静候老虎的到来，寺里几个身强力壮的僧侣，拿了棍棒，跟在禅师身后，怕有个万一，以便保护禅师。行儒禅师却不以为然，要他们

在大山石后面躲起来。山下另有一些胆大好事的村民，听说禅师伏虎，也都上山来看热闹。

鹅仔峰上，古木参天，茂密的枝丫遮天蔽日，地面上檵木荆棘错杂丛生，村民与僧侣都悄悄议论：这茂密的山林，也不知那畜生会从哪里钻出来。

行儒禅师气定神闲，在一块巨大的岩石上迎风而立，风吹起那宽大的僧袍，真有一股说不出的仙风道骨之气。

忽然，随风传来呜呜几声。

有人颤声道："来了，来了。"

禅师双手合掌，盘腿叠坐，嘴里念念有词，周身似散发出一圈圣洁的佛光。

随着呜的一声，一阵风过，禅师盘坐的岩石边，一只硕大的斑斓猛虎，逼视着禅师。

禅师起身蹲在老虎面前，内心"顿生一虎"，与虎相望，躲在山崖后面的村民和僧侣，早吓得屁滚尿流、魂不附体。

也不知过了多久，只听得呜的一声，山谷震振荡，树叶簌簌而落。真是一声虎啸，四山回应。

待人们清醒过来，惊奇地看见，禅师双手合十，悠然地骑在老虎背上，山风撩起僧袍飘飘欲飞，老虎驮着禅师，穿松渡涧，飘然而去。从此，老虎不再伤害行人。人们尊称行儒禅师为"伏虎禅师"，并在山中设立一座"伏虎坛"。

这个故事，柳三变不知听了多少遍，每次听了都止不住对"伏虎禅师"的神往，"伏虎禅师"早已不在了，可那"伏虎坛"还在，今天先生有事不上课，何不上山去看看?

他对好友杨云村说了要上鹅仔峰拜访中峰寺的禅师，并不带书童柳笛，只身上山。

也不知谁突然喊了一声: 先生来了。抬头看时，见先生背着双手，踱着方步，一步三摇地走进书堂。

热闹的书堂霎时鸦雀无声。吴良骏、李松鹤几个在那里挤眉弄眼的，怀着促狭的笑意，似在等待先生拿出戒尺惩罚柳三变。

先生笑眯眯地来到柳三变桌前："柳三变，昨日你上中峰寺了？"

"是的，先生。"柳三变站起来回答。

"你坐下。"先生抬手向下压，又从袖子里抽出一页纸笺。

“这可是你昨日在寺中写的？”

“是的，先生。”柳三变看了纸笺上的诗，心里奇怪，怎么这诗到了先生手上？又见那字迹竟是先生手笔，心里更不安了。

其他人比柳三变更好奇，都上前来争着看这首诗。

杨云村抑扬顿挫地念道：

攀萝蹑石落崔嵬，千万峰中梵室开。
僧向半天为世界，眼看平地起风雷。
猿偷晓果升松去，竹逗清流入槛来。
旬月经游殊不厌，欲归回首更迟回。

几个等着看热闹的同学不再挤眉弄眼了，有暗叹这诗写得好的，也有心里嫉妒的，各人都回到自己的座位，都不说话，只看先生如何发落。

这杨先生可是学识渊博之人，曾科举进士通过省试，只可惜殿试遗漏，于仕途上无望，无奈之下回乡设馆授徒。

众人听先生道：“柳三变，你这首诗真的不错，‘猿偷晓果升松去，竹逗清流入槛来’清新、灵动。听说你读书之余也学着填词？”

柳三变低头应道：“是的，先生。学生只是偶尔涂鸦几句。”

“为师并不反对你填词，只是仅仅吟诗填词，终究不能成就功名之路啊！”

先生转身对着大家：“想必你们也都听说了，今年的新科进士中有个叫晏同叔的。”

李松鹤起立道：“先生，学生听说此人是江西人，七岁便通晓经文，今年十五岁，被当地知州以‘神童’举荐给朝廷，当今皇上赐同进士出身。”

吴良骏问：“先生，什么是赐同进士出身？进士也有不同的等级么？”

一边的朱茂林早就想问问朝廷科举的制度与规矩，此时见先生笑容满面的，不像平日那般威严，便起身道：“先生，给我们讲讲科举的制度与考场上的规矩吧！”

今儿一早在集市的米店里，杨先生遇到“中峰寺”下山来采买的僧人，那僧人夸“杨先生真是名师出高徒”，便把柳三变如何问“伏虎禅师”的故事，如何给“中峰寺”题诗，都述说了一遍。杨先生惊奇地听着，向米店老板要来纸笔，把诗录了下来。那米店老板也在一边听着，禁不住夸道：“真不愧

是鹅仔峰下一支笔，我这店铺大门的对联还是他写的呢！”

一路走来，先生今儿心情十二分的舒畅，见同学们问起科举的制度，正触动了心底的某根神经，便坐下，抖了抖长衫的前襟，遮了双腿，捋了捋并不太长的胡须，缓缓道：“要说科举制度，并不是咱们大宋朝所创，它起源于隋朝，到唐朝才逐渐完善。那时的考试科目分为常科和制科两类。”

朱茂林问：“先生，何为常科？何为制科？”

“每年分期举行的考试为常科，由皇帝下诏临时举行的考试为制科。常科中科目繁多，除明经、进士两科外，其他皆不被人重视。唐高宗以后，进士科最为推崇，朝中许多重臣，都是进士出身。到武则天元年，女皇亲自‘策问贡人于洛成殿’以后，才有了殿试，只是那时的殿试并没有形成制度。”

朱茂林又问：“那我们要参加怎样的考试呢？是每年分期举行的常科考试吗？”

先生点点头，一一细说：“常科的考生有两个来源，一个是生徒，一个是乡贡。由京师及州县学馆出身，而送往尚书省受试者叫生徒；不由学馆而先经州县考试，及第后再送尚书省应试者叫乡贡。由乡贡入京应试者通称举人。州县考试称为解试，尚书省的考试通称省试，或礼部试。礼部试都在春季举行，故又称春闱，闱也就是考场的意思。”

一直沉默不语的柳三变突然说：“也不知我们这些十年寒窗苦读的学子，要过几关、斩几将才能蟾宫折桂。”

先生看了他片刻，又对大家道：“冰冻三尺，非一日之寒。读书做学问，切不可急于求成。那晏同叔虽天资聪颖，有‘神童’之誉，却也是后天刻苦努力，潜心向学，方成为国家之栋梁。”

先生抿口茶道：“方才有同学问，何为赐同进士出身？咱大宋朝的科举，是沿袭唐朝的，有常科、制科和武举。大宋的常科，科目比唐代大为减少，其中进士科仍然最受重视，进士一等多数可官至宰相，所以时下以进士科为宰相科。

“不同的是，大宋的科举放宽了录取的范围。进士分为三等：一等称进士及第；二等为进士出身；三等赐同进士出身。

“既是放宽了录取范围，名额也成倍增加。唐朝录取进士，每次不过二三十人，少则几人、十几人。大宋自先帝太祖以来，每次录取多达二三百人，甚至五六百人。”

张大嘴巴正听得起劲的李松鹤嚷道：“天下这许多学子参加应试，只录取五六百人，无异于千军万马过独木桥了！唉！”

朱茂林追问：“这录取的五六百人，该都是进士了吧？又如何分等级呢？”

先生一甩袖子：“若真的如此，天底下哪里还有遗憾！”

看大家疑惑的样子，先生解释道：“天下学子，都要通过州试录取，才能参加省试，省试最多也只录取五六百人。这五六百人须得通过皇上亲自主持的殿试，才能录为三甲：一甲赐进士及第，第一名称状元，二名榜眼，三名探花，合称三鼎甲。二甲赐进士出身，三甲赐同进士出身。而且，这五六百人中能通过殿试录取的也只有二三百人。”

说到这里，先生神色黯然。在座的哪里知道，这杨先生正是殿试遗漏下来的。

杨云村小声道：“这不明明是人家凭本事考的吗？为什么偏偏说是赐同进士出身呢？”

先生道：“这就是皇帝挟管臣子的手腕了，先朝武则天皇帝亲自举行殿试，一则是为了避免主考官营私舞弊；二则是为了避免考官与考生形成的‘老师’与‘门生’的关系，以防朝廷内拉帮结派，党派纷争。现今皇上亲自举行殿试，更有另一层深意。通过皇上殿试而录取的进士便是天子门生了，这天子门生，对皇帝哪有不感恩戴德、肝胆涂地的？能参加殿试的考生，也只有一半能幸运地过皇帝这一关。”

众人沉默着，不再言语。

忽而，李松鹤摇头叹道：“千辛万苦地过了省试，若是殿试能顺利通过，那倒也还罢了：若是皇帝老子看不顺眼，岂不是一生的失落！”

朱茂林慨然道：“十年寒窗都熬过了，眼前就是有千军万马，我也要去挤挤这独木桥，方不失男儿本色！”

唯有柳三变，望着窗外葱茏的山峰出神。

“澶渊之盟”之后，边塞再无战事，宋朝境内百姓安居乐业。此时的北宋，今非昔比，纺织、造船等手工业尤为发达，最令人叹服的是陶瓷业与造纸业。

瓷窑遍及全国各地。仅在河南，就有开封的官窑、禹县的钧窑、临汝的汝窑，还有河北曲阳的定窑，浙江龙泉的哥窑。各地的瓷器各具特色。真宗景德元年，江西饶州新平官窑，以灵巧、典雅、秀丽的影青瓷而著称于世，遂改名为景德镇。

造纸行业中，纸的种类有很多，其中以宣州的栗纸，四川的玉屑纸，浙江的藤纸为最佳。造纸业的发展，促进了印刷术与刻板术的发展，从而推进了文化的传播。

大宋朝是个文化气息非常浓郁的朝代，有尚文轻武之说。中国文学史上著名的唐宋八大家，宋朝就有欧阳修、王安石、苏洵、苏轼、苏澈、曾巩六位，其余的两位是唐代的韩愈、柳宗元。

北宋的都城汴梁，据说是太祖皇帝亲自设计的，内外三层，层层相连，重重护卫着巍峨的帝都，城墙顺其地势自然蜿蜒而成。四条运河：五丈河、金水河、蔡河与汴河穿城而过，与五湖四海紧紧相连。河道畅通，百舸竞帆，连绵千里，一派繁荣昌盛的太平盛世之景。

这日午后，真宗皇帝赵恒批阅了一堆奏章，有些倦了，便走出暖阁，沿着曲折的游廊向花园而来。

西天的落日正滑向山梁，最后的余晖，把这重重叠叠的宫殿辉映得更加金碧辉煌，巍峨凝重。空寂无人的御道，显得幽深而神秘，只有那些常年葱绿的树木和姹紫嫣红的花朵，给这威严得近似冷漠的大内宫殿，添了几许秀丽妩媚与清幽欢愉。

赵恒慢慢欣赏着甬道两边的花草，有的叫得上名儿，有的叫不上名儿，衣袂飘拂之处，满是馥郁的芬芳。惬意之余，对着温暖的斜阳眯了眯眼睛，尽情地伸了伸腰，嘘了口气。

然而，就在这一瞬间，另一件大事又袭上心头，让他忧心不已：他的三千佳丽，六宫粉黛，一个个千娇百媚，温柔可人，竟无一人为他生下儿子来。

懊恼之余，眼前这满园的奇花异草再也提不起他的兴致。

天边那最后的一抹晚霞已悄然隐去，四周升起一层极浅极薄的紫色暮霭，给这重叠的宫墙瓦椤，屋脊飞檐，以及园内的树木花草，都蒙上了一层忧郁的雾。

赵恒漫无目的地走着，先前的愉悦化成了满腹心事，随行的太监悄无声息地跟在他身后，不敢劝皇帝早些回宫。

微风轻拂，馥郁的馨香，在空气中流转，萦绕在赵恒身边。蓦然，一个略带忧郁的女音，轻轻地吟唱，那歌词清晰地传进赵恒的耳里：

天初暖，日初长，好春光。万汇此时皆得意，竞芬芳。

笋迸苔钱嫩绿，花偎雪坞浓香。谁把金丝裁剪却，挂斜阳。

——后蜀　欧阳炯《春光好》

这女子的歌唱并无丝弦伴奏，声音却如同山涧涓涓流淌的清泉，是那样的清纯甘美。

赵恒何曾听过这样的曲子？他的眼前豁然一片春意盎然的景色，竞相开放的春花，刚刚出土的笋芽，随处可见的苔藓，依依的垂柳凝结在斜阳中，衣袂上满是拂不去的馨香。

他顾不得许多，分花拂柳，向着歌声的方向寻去。不一会，歌声再起：

春来阶砌，春雨如丝细。春地飘满红杏蒂，春燕舞随风势。

春幡细缕春缯，春闺一点春灯。自是春心缭乱，非干春梦无凭。

——后蜀　欧阳炯《清平乐》

赵恒不觉听呆了，在春雨如丝、杏花如染、春燕翩跹、春幡飘扬的季节，对着深闺里的那一盏灯，该是多么孤独寂寥，那缭乱的春心向何人诉说？

他身为皇帝，纵有天下子民，纵有满朝文武群臣，纵有后宫佳丽三千，又有几人是他的知己？又有几人真的能替他分忧？他满腹缭乱复杂的心事又向何人诉说？饶是贵为天子，此时此刻的心绪，与这唱歌的女子竟是如此的合拍！

随身跟来的太监见他痴痴地站着，忙趋前轻声提醒道："皇上，唱歌的人就在前面的亭子里。"

亭子里的女子见有人来，正要离去，不想来的却是皇帝，慌得不知所措，带着另两名女子，跪在地上颤声道："奴婢叩见皇上！奴婢惊了圣驾，罪该万死！"

此时，赵恒已步入亭中，见匍匐在地上的女子一身宫女装束，却又不像一般的宫女，可是哪个宫里的妃子，他一时也想不起来，只说："起来说话吧！"

那女子盈盈起立，赵恒的眼睛紧紧盯着她。这一瞬间，他有种头晕目眩的感觉，他的后宫，他的眼皮底下，竟有这等女子，虽是皇宫内院的女子，并无珠宝俗气，一袭浅绿色衣裙，衬着如雪的肌肤，显得格外的清雅、灵秀。乌云似的黑发盘在脑后，一支碧玉簪子斜斜地簪在发髻上，颤巍巍的，惹得

赵恒心神飘摇。

此刻的赵恒没有了金銮殿上的威严与尊贵，他几乎是有点口吃地问："你叫什么名字？是哪个宫里的？"

"回皇上，奴婢姓李，名蓉，是刘娘娘的侍女。"

"德妃的侍女？朕怎么从未见过你？"后宫中，赵恒最宠幸的是刘娥，经常出入她的寝宫，自然认识她宫中的侍女。

那李蓉看皇帝迷惑，低眉垂首，轻声道："奴婢刚从洗衣房调来，不懂宫里的规矩，见这园里春光明媚，一时忘形，不想惊了圣驾。"

"那倒无妨。你识字么？你的歌唱得很好。"

"奴婢略识得几个字。"听皇上夸她歌唱得好，清秀的脸上不禁红霞流转，娇俏动人。

"哦！那你知道你刚才唱的是何人所作？"

"回皇上，奴婢方才唱的两首曲子均为益州华阳人欧阳炯所作。"

赵恒听了她的回答，赞许地点了点头，更加仔细地打量她，清雅娟秀的容颜，婀娜丰盈的身姿，尤其是那双顾盼传神的眼睛。通身流露出的气质，果然与宫中其他女子不同。又不免惋惜，这等绝妙的人儿，为何偏偏是德妃的侍女？转念又想，是德妃的侍女又如何？自己贵为天子，天下之大，莫非王土。三宫六院，皆为朕的女人。一个普通的宫女，朕要宠幸，也只是一念之间。

四十出头的赵恒正是精力旺盛的年龄，三宫六院的嫔妃早已养成了他的纵欲好色，见到这清雅怡人的李蓉，早就不知魂之所在，哪里还顾得了许多。遂上前拉起她的一双小手捧在掌心，轻轻搓揉，嘴里禁不住叹道："真是巧笑倩兮，美目盼兮，手如柔荑，肤如凝脂的绝色佳人啊！"

李蓉羞得脸颊绯红，一双明眸水汪汪的，就像涨满了春水的山溪。

赵恒见她这娇羞的模样，更加情不能自已，一把将她搂进怀中，在她耳边轻轻说："朕要到你的住处，你给朕操琴、唱歌，可好？"

李蓉岂能不明白皇帝的意思？赵恒眼里的两团灼灼火焰，足以让她融化成水。只是这一切来得太突然，心里不知是喜是悲，偎在他怀里，竟说不出话来，只无力地点了点头。

事后，赵恒拥着李蓉，意犹未尽。他抚摸着李蓉光洁柔懒的肌肤，想着方才她在身下的惊惧和委屈，还有那份迎合与柔顺，都让他觉得妙不可言。

他不自禁地想起晚唐诗人杜牧的一首诗：

娉娉袅袅十三余，豆蔻梢头二月初。
春风十里扬州路，卷上珠帘总不如。

自此，赵恒更加爱怜李蓉，时常召幸她，并封她为“才人”。

不久，刘德妃被立为皇后，又加封李蓉为“婉仪”。

真宗皇帝赵恒，对刘皇后与李婉仪，以及其他嫔妃，倒也“雨露均匀”，并不见嫔妃之间有吃醋争风之事。

李婉仪便是后来的皇帝宋仁宗赵祯的生身母亲，这是后话。

第三章　惩恶扬善　自古英雄出少年

人生的最高境界可分三重，第一重：落叶满空山，何处寻芳迹；第二重：空山无人，水流花开；第三重：万古长空，一朝风月。

——《五灯会元》

中峰寺的后院幽静安宁，空气中飘浮着松香、花香与鸟儿的欢唱，间或一阵风吹过，带来几片落叶，几枚花瓣。

柳三变突然想起什么：“禅师，能借纸笔一用么？”

禅师笑道：“小施主又有作诗的灵感了？”不等禅师吩咐，小沙弥已在石桌上摆好纸笔。

柳三变握笔凝神想了想，写下几行字来：

蹙破眉峰碧，纤手还重执。镇日相看未足时，忍便使、鸳鸯只！

薄暮投村驿，风雨愁通夕。窗外芭蕉窗里人，分明叶上心头滴。

禅师在一旁看了，合掌道：“阿弥陀佛！小施主万万不可学这样的东西。”

柳三变颇为惊讶地看着禅师：“禅师，这样的诗不好么？这是我刚才上山时，听溪边洗衣女子唱的。”

“这不叫诗，叫诗余，是配合乐曲来歌唱的，也叫曲子词。这种曲子词，每个词调都是：调有定句，句有定字，字有定声的固定形式。为适应乐曲的节拍，词的句子多数是长短不齐的，韵位也是参差不同的，所以通常人们又称之为长短句。”

柳三变敬佩地望着禅师：“禅师懂得还真多呢！”

禅师继续道：“为了配合乐曲的音调，加强乐曲的节奏感，词中所用的字除分平仄外，还要分四声。词必须受声律的严格约束，所以，古人把作词称为‘倚声填词’或‘按谱填词’。”

“那词必定是有词谱的了？”柳三变兴奋地问。

“是有词谱的。但也有人作自度曲，若有人按前人的自度曲来填词，那自度曲的格式也就是词谱了。”

柳三变不禁想起小时候听父亲常吟诵的词曲：

帘外雨潺潺，春意阑珊。罗衾不耐五更寒。梦里不知身是客，一晌贪欢。独自莫凭栏，无限江山。别时容易见时难。流水落花春去也，天上人间。

——南唐　李煜《浪淘沙》

这首词曲，他铭刻在心。那时，他并不懂得这首词的含义，只为父亲轻吟这首曲子时，是那样压抑，那样的无奈，而这种压抑与无奈中似乎又有几千重的忧愁与苦痛。看父亲泪流满面时，他乖巧地倚在父亲身边，轻轻问：“父亲，您诵的是什么诗啊？怎么跟律诗大不相同？而且句子有长有短，听起来又比诗更有节奏。”

父亲抹了把眼泪，欣喜道：“七郎，你果真听出了这词曲的节奏？这不是诗，这是词曲小令，如果对应曲谱，还能歌唱呢！”

后来，母亲告诉他，父亲经常吟诵的这首曲子词，是南唐后主李煜归宋后，怀念故国，怜惜嫔妃散落时郁郁而作。

父亲入仕南唐，官至监察御史。虽归顺宋朝，对旧主仍念念不忘，常在无人之时轻诵李后主那些伤心欲绝的词曲。

而今父亲已经故去，随着年龄的增长，柳三变明白了父亲诵读那些词曲时，为何如此动情，也正是从那时起，那些秀骨清精、哀婉凄切的词曲，已深深地烙在他幼小的心灵里。

可母亲却教诲说：“这种曲子词的冷艳沉郁最容易让人意志消沉，五七言诗的格律严谨，端庄持重，豪迈激越才是让人怡情悦性、激发上进心的。七郎切不可沉溺其中。”

“小施主，想什么呢？如此入神。”禅师笑微微地问。

柳三变回过神来，看着手中刚抄录下来的词：“我在想这首曲子词，这是一对新婚男女的离别，虽然写的是羁旅行役之苦，实则是倾诉人生的离情别绪。这种离别之苦比起旅途中的劳碌奔波更让人难以忍受。风雨之夕，愁人难寐，思念的痛苦，如同窗外芭蕉叶上的雨滴，点点落在愁人心中。”

禅师饶有兴味地看着他。看着这位丰神俊朗，眉目间藏有几分忧郁的少年，听他把这支在溪边听来的曲子词细细解来。

“看来，小施主对这曲子词理解得很透彻了。”

“可母亲却不让我学写这样的词。”

禅师抬头，目光越过屋顶，飘向天空下那茂密的山林，喃喃道：“这种曲子词，是茶坊酒肆中，那些以卖唱为生的人用来谋生的。还有一些教坊与歌楼，更盛行唱这种曲子词，一些失意文人，自觉怀才不遇，感叹世有千里马而无伯乐，常常流连于此。三五人聚集在一起，或次韵相酬，或唱应酬答。也有邂逅于风尘之中的歌女，或赏识，或知音，依红偎翠，浅斟低唱；青衫愁苦，红粉怜才，在花街柳巷中往往不胜沉浮。”

说到这儿，禅师双目微闭，双手合十：“阿弥陀佛，小施主，谨记令堂大人的教诲，切不可作这等词曲而沉溺其中，只是人生在世，若想获得最高境界的修为，实在是太难太难啊！”

“请问禅师，何为人生最高境界？”

“人生的最高境界可分三重，第一重：落叶空满山，何处寻芳迹；第二重：空山无人，水流花开；第三重：万古长空，一朝风月。”

禅师目光深邃，似自言自语：“有的人或许一瞬间就悟了，有的人或许终其一生都无法解读其中的奥妙。”

柳三变一脸茫然，他看看禅师，又看看院墙外茂密的树林，一阵山风拂过，几片枯叶悠然飘落在面前的石桌上。他捡起一片叶子，默默念叨：落叶空满山，何处寻芳迹。何处寻芳迹？

就在柳三变茫然地思索人生的最高境界时，皇城内，真宗皇帝赵恒高坐在金銮殿的龙椅上，丹陛之下，大殿之中，文武群臣列队，山呼万岁，拜倒在地。

宋真宗心情舒畅，右手一挥：“众位爱卿平身。”

群臣躬身而起：“谢陛下！”

真宗皇帝看着眼前文武大臣，笑微微地说：“今年江南大旱，多亏众爱卿出良策，献妙计，利用地域、农作物之特性，水稻北种，麦豆南移，这才有了一个丰收的秋天。”

“这都是皇上的英明决断！实乃国家之幸，百姓之幸！”众臣附和。

宋真宗安然地接受着群臣的奉承，又道：“如今天下太平，百业俱兴，百姓安居乐业。然，国家仍须栋梁之材，恰巧明年又是大比之年，国家要举行科考，诸位爱卿当尽心尽力，择选良才，不负朕望！”

柳三变辞别禅师下山，一路上的美景让他目不暇接，禅师刚才所说的人生最高境界已随山风飘逝，眼前的景物让他想起父亲的好友王禹偁先生的《村行》：

马穿山径菊初黄，信马悠悠野兴长。
万壑有声含晚籁，数峰无语立斜阳。
棠梨叶落胭脂色，荞麦花开白雪香。
何事吟余忽惆怅，村桥原树似吾乡。

——北宋　王禹偁《村行》

王先生写的是北方山村秋天的晚景，虽然有几分仕途失意后的落寞孤寂，可整首诗写得有声、有色、有情、有味，尤其是“万壑有声含晚籁，数峰无语立斜阳”一联，竟跟他眼前的情景与感受是如此的贴切。

来至城中，远远就见一堆人围着看墙上的一张告示，柳三变好奇心起，也凑了过去，见那告示上写道：

近日，城东桥头有妖怪出没，此妖每在黎明前便化作“壮汉”蹲守桥头，专掳赶集人的贵重山货。

恳请众乡亲赶集不要太早，不要单独过桥，要结伴而行。若有能擒此妖者，官府必有重赏。

围观的人议论纷纷，又摇头叹息。

柳三变心想，若说山上有老虎，那还真的有，若说妖精能变成“人”来害人，还专挑贵重物什抢，我还真不信。想罢，便上前揭下告示。

旁边一老者忙拦住他：“这位小爷，揭官府的告示可不是玩儿的。揭了告示，你就得降妖除怪，若不能，必定要吃官司。你仔细看看告示，这告示已张贴了三天，全城竟无一人敢揭！”

柳三变笑道：“老爹您放心，我自有妙计捉拿妖怪。”

老人不相信："你才多大？看你眉清目秀，身板单薄，想必是个读书人，你去捉妖？可别让妖怪给掳了去！"

旁边一人笑道："老爹你不认识他，他是咱们这儿有名的才子，'鹅仔峰下一支笔'，五夫里村柳家的七少爷，说不定他还真的有计谋捉拿妖怪呢！"

老人道："这可不是玩儿的，这可不是写诗、对联、做文章，小小年纪可别因此丢了性命。"说罢摇头摆手叹着气儿走了。

一衙役走上前来，拱手道："柳公子，你既揭了榜，就得告知县太爷。"

柳三变道："我正想见县太爷。"便跟衙役一起来到县衙。

县太爷正为此事发愁，告示贴了三天，竟无一人揭榜，好在妖怪这几天也没出来。刚刚听衙役报告说有人揭榜能捉妖除怪，心里欣喜。暗想，这必定是个身怀绝技的武林高手，或者是位得道的高僧，能降妖除魔。没想到站在眼前的竟是一个十五六岁俊俏的少年郎。

县太爷心里失望却也不便发作，忍着心火说："这可不是你在家里捉迷藏，闹不好，便丢了性命，你是哪家少爷，快回家去吧！"说罢挥挥手，叫衙役送客。

柳三变施礼道："太爷就让我试试吧！我不敢保证一日两日就能捉到妖怪，或许要三五日，或许十天半月，只是请太爷派几个得力的捕快，听我调遣。"言毕，又在县太爷耳边如此这般地比画一番。

县太爷将信将疑地点头。

一连几天，并不见妖怪踪迹，赶早集的山民虽提心吊胆，倒也安然无事。

这天下着毛毛细雨，虽过了黎明时分，天仍然黑得伸手不见五指，已经有山民摸黑挑着山货进城了。就在此时，西边桥底下闪出一团黑影，也不见这黑影如何走路，像一阵旋风滚上桥头，正走上东桥头的山民猝不及防，吓得不能动弹，只见那黑影突然直身而起，掀起一股狂风，吹得人站立不稳，耳边又响起如狼一般的哀嚎，山民吓得心胆俱裂，扔下担子，跌跌撞撞地滚下桥去。黑影并不去追赶山民，只忙着把地上的担子拖至河边。

天渐渐亮了，朦胧的晨雾中，依稀看见那黑影原是一个矮壮汉子，他正低头清理山民扔下的担子。不曾想，一片乌云向他兜头罩下，没等他回过神来，就被人死死按住，动弹不得。

赵捕头上前踢了一脚，骂道："原来是你这死矮子，装神弄鬼的，害老子好几夜没合眼。"

他拿起那能刮狂风的家伙看了看，失声道："原来打铁匠的鼓风袋被你偷来害人了，绑起来，押回县衙。”

从此，鹅仔峰下的人们茶余饭后，便又传说着这件事，柳家的七少爷不仅文采风流，更是一位胆识过人的除妖英雄。

这日放学，太阳慢慢向鹅仔峰后滑去，柳三变主仆不由加快了回家的脚步。

柳夫人再三交代，不准在外面逗留，不准再干揭告示之类的事了。偌大的县城，难道真的无人能捉拿那个在桥头装神弄鬼的人么？谁能说这不是县令大人在考察民众呢？就你柳三变爱出风头。

柳三变想，母亲的话未必没有道理，偌大的县城，难道真的就无人捉拿这个装神弄鬼的人？

“麦香嫂，你坐在这里做什么？”走在前面的柳笛在跟人说话。

麦香是邻村的寡妇，年轻漂亮。她男人前年被征戍边，战死沙场。留下年迈的婆婆，幼小的儿子，还有一个老实巴交的小叔子。

麦香说：“我在等你家七少爷。”

“等我家少爷？”柳笛有些奇怪地转身望着柳七。

柳三变上前笑问：“麦香嫂，你找我有事么？”

麦香没说话却先红了脸，低头道：“我想请柳少爷写状子。”

“写状子？你要告谁？”

麦香有些迟疑：“告我家隔壁的王员外。”

柳笛惊道：“王员外可是咱们这儿方圆百十里地的富人，有名的铁嘴，你要告他？”

麦香望着远处的山峦，太阳已经下山，林间飘起一层淡蓝色薄雾，鸟儿喳喳地叫着，牧童牵着吃饱喝足的牛，优哉游哉，走在回家的田埂上。

“常言道：官府衙门八字开，有理无钱莫进来。我男人死得早，虽有个小叔子，却是个三棍子打不出个屁来的老实人。这王员外仗着有钱有势，欺负我家老的老，小的小，隔三岔五的羞辱于我，这日子我怎么过？我央小叔子去县衙告他欺负寡嫂，他胆小怕事不敢去，我只有请柳少爷写状子，亲自去衙门告他。”

柳三变听了，豪气顿起，拍着胸脯道：“麦香嫂，你放心，我保管把状子写好，帮你送到县太爷手上，你就等候衙门的消息吧！”

看着麦香瘦削的身影消失在暮霭之中，柳笛道：“少爷，夫人的话你忘了？你又管闲事了，这王员外可不是那桥头的‘妖怪’。”

柳三变白了他一眼："这种事情，若不知道也就罢了。可人家麦香嫂找到跟前来了，我怎能袖手旁观？纵然那王员外有三头六臂，这天底下难道是没有王法的了？"说罢一甩袖子向前走去，半晌又回头道："暂且不要让夫人知道！"

柳笛答应着，挑着书箱紧步跟上。

这日，县太爷看过柳三变写的状子，捋着胡须道："这王员外，本县久闻其名，早就想会他一会，只恨无缘由。今日机缘凑巧，有人告上门来了。"便差衙役到王村请王员外到堂。

县太爷饶有兴致地看着柳三变："柳少爷，若是你，将如何审这个案子呢？"

柳三变见县令大人问他如何审案，也不推托，便附在太爷耳边如此这般地说将起来。

县太爷听得频频点头，又差衙役去王村带麦香的小叔子到堂。

王员外一步三摇地来了，胖胖的脸上，一团和气，两只眼睛眯缝着，精光内敛，心机暗藏。

"县令大人在上，小人有礼了！"王员外对着县令一揖到地，心想，员外我一不杀人，二不扰民，三不偷盗。你传我来，我就来，我倒要看看你将如何送我出这个衙门。

县太爷见他满不在乎的模样，知他自恃有钱，不惧怕官府，也不去计较他。坐在堂上，不拍惊堂木，不摆架子，和颜悦色道："王员外，你的邻居王小二把你告了，告你羞辱他亡兄寡嫂。"

王员外一听，双手一拍，仰面叹道："天啊！天啊！真是做好不见好，行善不得善啊！"

又见他抢上前几步："太爷明鉴，这十里八乡的，谁人不知，哪个不晓，我是个大善人啊！我可怜麦香年纪轻轻的就守寡，且上有老下有小，一家日子艰难，就时时接济她。"

突然，他一拍脑袋，恍然大悟似的说："是了，一定是她那贪心的小叔子，想占我那一墙宅基地。我虽仁慈，却断不能把祖上留下的宅基地拱手送人。好歹毒的王小二，为这等小事，竟然不顾亡兄寡嫂的名声，把我告到县衙。"

此时，一衙役进来向县令耳语几句。县令大人一拍惊堂木道："现在原告被告俱已到堂，升堂！"

大堂左右两排衙役，手执齐眉棍，齐喊："威武！"

王员外吓得一哆嗦，扭头见王小二站在一边，战战兢兢的。心想，穷鬼没见过场面，还敢跟老爷打官司！老爷我有的是银子，就凭我这三寸不烂之舌，就要你爬着出这道门。

他眯缝着眼睛，极尽诚恳地说："县令大人，他王小二不仁，可我不能不义呀。常言道，寡妇门前是非多。这官司若是传扬出去，十里八乡的都知道，麦香的日子就更难过了。那将如何是好呢？大人，你就判我输吧！我愿意为可怜的麦香背黑锅。"

王小二哪里见过这等阵势，又气又急又怕，涨红了脸，竟说不出一句囫囵话来。

县令见王小二张着嘴，呆在那儿，不由得大怒，一拍惊堂木："大胆刁民！竟敢诬告良善，老爷本该打你四十大板，姑且念你年幼不谙世事，又是初犯，就从轻处置，罚你去集市雇一头驴，牵到衙门外听用。"

王小二吓得胆战心惊，听说叫他去雇驴，一时摸不着头脑，又不敢问，连滚带爬地去了。

县令对王员外笑道："员外富而好施，真善人也。如今世风日下，人心不古，本县理案时，常感力不从心，不料今日得遇你这位真善人。"并随即吩咐："来人，给王善人看座，今日老爷我要请善人帮忙当堂审案。"

王员外喜滋滋地坐下，看看堂下左右肃立的衙役，又看看身后"明镜高悬"四个金光大字，心里好不快活：想我王某人岂是你一个穷光蛋就能告得倒的！这下好了，看有谁还敢骂我欺男霸女。麦香，好你个小女人，我让你告，我要你逃不出老爷我的手掌心！

正得意发狠之时，一衙役到堂前禀告："大人，门外有两个打官司的。"

"带上堂来！"

两个衣衫褴褛的中年汉子进来了。

县令大人问："你们所为何来？"

其中一个说："老爷，我不仗义，竟把好朋友告了。"

县令颇感兴趣："哦！这是为什么？"

这原告竟满面通红："他是我一起长大的好朋友，欠我二十两银子。三年了，不要说利，连本都没得还的。我原也没打算要他还，可我做生意亏得连裤子都要当了，上有老下有小，几张嘴每天一张口就要吃饭啊！"

那被告忙安慰原告："兄弟，这不能怪你，是我不仗义，没讲信用，既

借了银子，本就该连本带利还你的，可我实在是没钱啊，老娘和孩子都快饿死了。”

县老爷犯愁了：“你二人意气相投，一个要得有理，一个有心无力。老爷我不好判啊，判谁输也不能解决问题。”

王员外撇撇嘴，心想，县令可是犯糊涂了？这有何不好判的？都是穷鬼，各打五十大板。

不料，县令老爷猛一拍桌子，笑道：“哈哈，有了。”

员外忙问：“大人有妙判了？”

“善人哪，你看这二人情深意厚，连老爷我也心有戚戚焉。善人何不帮帮他们，既解了他人之危，也成就了你善人行善积德的品行，岂不两全其美！善人何乐而不为？”

王员外心里叫苦不迭，脸上却笑容可掬：“不知大人叫小民如何解他二人之危？”

“员外老爷手不能提，肩不能担，自然不能出力相帮。只是你富甲一方，有的是银子，我看你就给他二人每人纹银二十两吧。”

“二十两银子？”王员外心痛得差点闭过气，眼珠一转，起身向县令大人拱手道：“大人，积德行善是为教化世人，是小民的福分，小民这就带他二人回家取银子去。”

县令一挥手，朗声道：“区区小事，何劳员外老爷亲自跑路？你写下字据，让衙役去吧。我这公堂之上还望善人相帮呢！”

“还要我相帮？若是再讹我银子，你还不如杀了我。”他小声嘀咕着。

又有衙役呈上状纸：“大人，有一老太太状告儿子。”

县令接过状纸，奇道：“老娘状告儿子？今日真是怪事连连，带上堂来！”

老太太与儿子被带上堂来，县令看看那儿子，也不问话，劈头骂道：“你母亲十月怀胎，二十年含辛茹苦，把你拉扯大，你不思报娘恩，还虐待老人，真是禽兽不如。来人，重打四十！”

老太太一听，跪倒在地：“青天大老爷开恩啊！儿子虽不孝，但是板子打在他身上，却痛在娘心头，求老爷不要打他吧！”

县令很为难：“如今圣上以孝治天下，不打不足以劝化世人。本县看在你年长爱幼的分上，就不打了吧！”

不料老太太又说：“不打我又心有不甘！这往后的日子，我怎么过呀？”

说罢，坐在地上掩袖悲泣。

县令抬头望向王员外，王员外惊得一下子跳起来，心想，这可不是银子的事儿了。

不曾想县太爷却说："善人啊，你就替他儿子挨了这四十板吧！上可以惩忤逆、挽世风，下可以成全慈母舐犊之情，这可是一大善举啊！俗话说，公门之中好修行，老爷我这里积案如山，善人就帮我一一了结了吧！"

挨了四十板的王员外，终于明白过来，趴在地上涕泪交流，央道："大人饶命！大人饶命啊！小人再也不敢仗势欺人，恃强凌弱，调戏良家妇女了。"

县令摇头叹息一声："挨了四十板子，嘴巴还是如此利索。你今天怕是连路都走不动了，我让王小二雇了头驴，现在衙门外候着，就让他送你回家吧！哦！那雇驴的钱你可不能让那穷小子出。"

一面又吩咐衙役："给王二小一面锣，王员外今天出了银子，又替人挨了板子，叫他沿途鸣锣，传扬善人的善举。"

第四章　一见钟情　九曲溪畔定前生

六六真游洞，三三物外天。九班麟稳破非烟，何处按云轩？
昨夜麻姑陪宴，又话蓬莱清浅。几回山脚弄云涛，仿佛见金鳌。

——柳永《巫山一段云》

轻巧的竹筏载着柳氏三兄弟，飘荡在玉带般的九曲溪上，清凉的风从耳边掠过，受惊的水鸟，扑棱着翅膀飞向岸边茂密的丛林。

下山来，柳三变已是汗湿衣衫，双腿瘫软。坐上竹筏才松了口气，他惬意地眯着眼睛，看着清澈的溪水倒映着蓝天白云，两岸的奇峰异石像画廊般缓缓移动。真是：山耸千层青翡翠，溪摇万顷碧琉璃。如果不是两位哥哥，母亲怎会让他上武夷山一览奇异风光。

他扭头望着两位兄长，笑道："今日小弟能上武夷山游览，多亏了两位兄长。我刚刚作了首曲子词，念给你们听听如何？"也不等两位兄长答话，便摇头晃脑地唱将起来：

六六真游洞，三三物外天。九班麟稳破非烟，何处按云轩？
昨夜麻姑陪宴，又话蓬莱清浅。几回山脚弄云涛，仿佛见金鳌。

——柳永《巫山一段云》

"好词啊！七郎，你这曲子词虽说的是神仙境界，却尽显武夷山奇秀甲于东南的美景啊！只不知是何名目？"二哥柳三接问。

"这词牌就叫《巫山一段云》。"

柳三接笑道："这词牌也有趣得紧，缥缈得有几分香艳。"

大哥柳三复扭头看了他俩一眼，又望着迎面而来的山峰，缓缓道："作这等词曲，虽无伤大雅，也只能娱情，终究不是进取功名之路。七郎，下期科考眼见就要到了，你在经史文章上还要多下些功夫。"

柳三变朝二哥吐吐舌头，扬声应道："大哥说的是，小弟记住了。"

柳三复转过身："七郎，你生性散漫，虽然身体纤弱，骨子里却桀骜不驯，天马行空。父亲不在了，母亲时常要我约束你，只是为兄已有妻小，家里有诸多琐事，平日里你在学堂，难得见面。今日母亲允我带你出来，一来是看你整日读书，让你松弛一下，二来是我们三兄弟能在一起交交心。"

柳三变不再嬉皮笑脸，敛眉道："母亲费心了！大哥，请你转告母亲，历尽寒窗之苦，为的就是金榜题名。日后，我必定高中，若是为官一方，必定造福于民。"

柳三复赞许地点点头。

柳三接突然道："听说前些日子，县令大人判了几个案子，把隔壁王村那个欺男霸女的王员外给制住了。"

柳三变不语，只是那双略显忧郁的眼睛，溢出几许浅浅的笑意。

太阳向西边山坳滑去，山林中的鸟儿一群群地归巢。柳三接对撑竹筏的艄公说："老人家，我们就在前面的平缓处上岸。"

三人下了竹筏，柳三变问："大哥，这是哪儿啊？"

"沿着这条小径，翻过山梁便可以看到对面的鹅仔峰了，咱家就在鹅仔山脚下，加把劲，天黑前赶回家，要不，母亲又该担心了。"

夕阳把树木的影子拉得更长，山林中缭绕着若有若无的薄雾，三人再无心看风景，加快了脚步。

蓦地，一个声音在林中响起："桑儿，快收拾了，早点回家！"

"姐姐，我已收拾好了，这就下山。"

答话的女子，语音娇柔婉转，把柳三变听得愣住了。正疑惑间，冷不防树林里钻出一个人来，一头撞进怀里，随着一声轻呼，那人背篓里的桑叶纷纷散落。

柳三变揉着被撞得生痛的胸口，正待喝问，抬头却见一双如潭水般清澈明亮的眼睛，正紧紧地盯着他。

这是一个十五六岁的女孩，略显单薄的身段，穿一身浅蓝色的粗布衣裳，乌云似的秀发衬得肌肤如雪般白皙。

柳三变心里惶惑，这山野里竟有如此清秀的女子，是狐仙，还是麻姑下凡？

见柳三变痴痴地盯着自己，那女子不觉脸上红霞流转，忙低头去捡掉在地上的桑叶。

先前说话的女子也背着一篓桑叶，走过来拉起捡桑叶女子的手："桑儿，不要捡了，咱回家。"

桑儿抬头看了看柳三变，又羞怯地垂下眼睑，轻声道："对不住，公子，刚才撞着你了。"

"说什么呀！快走吧！"那女子不等桑儿说完，拉了她就走，两人钻进密林中的一条小径，只觉得衣衫在眼前闪了几闪，便不见人影。

柳三变失神地呆在原地，手里还紧紧地握着一把桑叶，情急之下，他朝着两个女子消失的林间小道放声喊道："桑儿，我叫柳三变，是鹅仔峰下白水村的。"

这突如其来的喊声，在空空的山谷间四下回应：我叫柳三变，柳三变……是白水村的，白水村的……直惊得树上的鸟儿扑棱棱地四下飞散。不远处的密林中，有脆生生的笑声随风飘来。柳三变似乎也被自己的喊声惊呆了，痴痴地望着两个女子消失的那片树林。

他的大哥摇摇头，叹息着继续赶路。

二哥笑着催道："七郎，快走吧！人家早走远了，还自报家门。你这是在定亲呀？"

二哥一句话问得他满面通红。

朦胧的月光，透过桑葚茂密的枝丫，在地上洒满斑驳的影子。微风过处，影子微微摇动，矮墙边的那儿兜野刺玫，正不知疲倦地一茬接一茬地开了又谢，谢了又开，淡淡的香味在清凉的夜露下随着风儿悄悄萦回。

云桑与姐姐云姑忙碌了一天，此时躺在床上，听姐姐轻柔均匀的鼻息，知道姐姐睡着了。

可云桑怎么也睡不着，黄昏在山上的那一幕，像火钳般烙在她脑子里。那白衣飘飞、丰神俊朗的翩翩少年，我必定是在哪儿见过的，不然，何以眼熟到如此？尤其是那双眼睛，分外熟悉而亲切。那双似乎能看透尘世，又对尘世满含悲悯的眼睛，是那样的忧伤，又是那样的饱含柔情。

许多疑问一时充塞胸间，她辗转难眠，便轻轻推推云姑："姐姐，原来，'鹅仔峰下一支笔'便是此人呀！"

云姑口齿黏糊地说："你管他是谁呢！累了一天了，你还不困么？"说罢，翻过身去，背对着云桑。

云桑索性爬起来，扳过云姑的脸："姐姐，下午在山上遇到的那位白衣公子，就是‘鹅仔峰下一支笔’柳三变呀！”

云姑不动，却睁开了眼睛，语气有点奇怪地问：“是他又怎样？”

“早就听说鹅仔峰下白水村的柳三变，是怎样的才高八斗，怎样的古道热肠，我还以为是个老学究，至少是个四平八稳的中年人呢。”

云姑探起身，半嗔半恼地说：“我说桑儿啊！你这深更半夜的不睡觉，瞎琢磨些什么呢？他是什么人，与你何干？”

“没想到他竟是如此英俊的少年郎。”云桑自顾自地说。

云姑抬手摸摸云桑的额头：“桑儿，你发烧了么？莫不是在说梦话吧？”

“姐姐，我总觉得在哪见过他。”

“莫不是在梦里吧？”云姑笑道。

“真的。姐姐，我真像是在哪里见过他的。”云桑望着窗下月光洒落的斑驳陆离的影子。

云姑叹息道：“唉！你这丫头怕是想嫁人了。”

黑暗中，云桑摸摸发烧的脸颊，轻轻捶了下云姑：“姐姐，看你说的，人家是想跟你说说话嘛！”

云姑坐了起来：“哪有半夜不睡觉说话的？告诉你吧，鹅仔峰下白水村的柳家，我是知道一点的。柳家是咱们这方圆百十里有名望的大户人家，三代做官，书香门第。这柳三变呢，虽然我今天也是第一次见到，但他的传闻我还听到不少。”

“姐姐，你都听到些什么呀？怎么我就不知道呢？快说来我听听。”云桑摇着云姑的肩膀恳求道。

“你没听说崇安城东桥头上捉妖怪的事？还有王村的胖员外挨四十大板子的事？”

“难道这些都是他做的？”云桑兴奋不已。

“你高兴个什么劲？”云姑借着窗户透进的微弱月光看了她一眼。

云桑不语，高兴的当儿又似有无限心事。

到底是姐姐，一语道破天机：“桑儿，深更半夜的谈论一个少年男子，莫不是你今儿一见钟情，看上了柳家的七少爷？”

云桑躺下，望着窗户出神。

云姑打着哈欠说：“傻丫头，别胡思乱想了。像柳家这样的大户人家，不是我们这样的穷丫头能高攀得上的，你趁早死了这份心思才是真。快睡

吧，明天还要早起呢！”

一连几日，柳三变茶饭不香，夜不能寐，在学堂里读书神情恍惚。先生只当他少年人玩性大，每每点他的经史文章，却也能过目成诵，解答如流，也就不在意了。

倒是柳夫人，看儿子这些日子的神色大不如从前，只道是科考临近，儿子在发奋读书的缘故，颇为欣慰。转念又有些疑惑，这孩子怎么几夜之间就懂事体了？或是怕科考？抑或是读书读迂腐了？何以这般失魂落魄的？又不免忧心忡忡。

“梅语，我觉得柳三变这些日子似有满腹的心事。你说，他吃喝不愁，又不操心家里的诸多事务，在学堂里有个柳笛整天跟在身边，在家里，有你，还有柳蝉侍候着，他还有什么不满足的呢？”

柳夫人漫不经心地看着梅语一针一线地绣那朵含苞欲放的粉荷，那语气像是问梅语，又像是自言自语。

梅语放下手上的活儿：“夫人，我去煮壶茶。”

梅语何尝没有看出柳三变近来的变化？

自懂事以来，她那颗少女的芳心，便紧紧地系在了这个比自己小一岁的七少爷身上。

他若欢喜，她便舒心；他若苦闷，她便忧愁。他的一颦一笑，一言一行，便是她的天地。

可是，她也知道自己的身世，不知父母是谁，不知出身何处。虽然柳夫人待自己视同己出，可毕竟不是亲生母亲，自己毕竟是柳家捡来的弃婴，如何敢有这天大的奢望？那颗自卑自轻的心，时时压抑得胸口生痛。

多少个清晨与黄昏，多少个花开花谢的日子，花园里那一畦地的香水百合，那娇柔馨香的花瓣上，洒下她多少晶莹的泪水。她也曾向花神祈祷，赐她一段良缘，让她与他携手同归，让他们踏碎流年，不离不弃。

百合花开了又谢，谢了又开，日子像流水般悄无声息地滑过，留给她的仍然是一腔惆怅，满心叹息。看着他白衣飘飘的身影，看着他丰神俊秀的面容，她满腹的爱恋更加忧伤难排。

前天，柳三变从学堂回来，无精打采，梅语关切地问他是不是哪儿不舒服。他却问：“梅语姐姐，你说这山上是不是有狐仙？那小说野史上传说的神仙麻姑，是不是真的会变化成美丽的姑娘下凡？”

梅语的心莫名地一痛，这世上哪有什么仙姑！必定是这位翩翩公子，在哪儿遇到可心可意的佳人了。

一缕惆怅与失落袭上心头，她轻声说：“哪里有什么仙女！想必是七郎遇到美貌可人的女子了。”

那没心没肺的人儿竟一扫愁眉，两眼放光地说：“姐姐真是冰雪聪明，竟一语道破天机。”

一股酸涩的滋味从心底直涌上鼻腔，梅语怕他继续说下去，怕看他说话时的满目柔情。那柔情不是给她的，是给另一个女子的。她的心突然刀绞般痛起来，几近窒息，却还是去洗了水果，削了皮，盛在盘子里端给他：“少爷，你慢用，我要去赶绣活了。”说罢，急急离去，扔下他犹自在那儿悠然神往。

梅语煮了茶，捧着茶壶，穿过长廊，往二堂而来。心想，这些话我能对夫人说么？不能。这毕竟是我一厢情愿的猜测，可我多么希望这仅仅是我的猜疑，而不是真的。

“夫人，茶来了，您请用！”梅语收拾起心头的怅惘，笑意盈盈。她把茶递给柳夫人，回到绣绷边的椅子上，拿起针，继续绣那朵粉荷。

柳夫人呷口茶，有点奇怪地看着她。

梅语停下针线，她怕自己失态，绣花针扎了手，更怕夫人看出她那难以启齿的心事。她抬起头，迎着夫人那双探究的目光，缓缓地说：“夫人安心吧，少爷不会有事的。他必定是因为科考临近，读书太累所致。”

柳夫人叹息一声：“但愿如此吧！”

柳夫人放下茶碗，起身来到她的绣绷边，看看那朵尚未绣好的粉荷，又看看梅语的脸，若有所思，又似漫不经心地说：“你也别整天忙着绣花了，这样勾着头，脖子酸痛，眼睛也不好受。”

出门时又回头交代：“今儿放学了，你叫柳笛来见我，我要好好地问问这小厮。”

梅语心底突然有股酸酸的热流涌上眼眶，她一份纯真的情怀，是否能得到安抚？她两行清泪，能不能换来那人儿的怜惜？

她看着尚未绣成功的花骨朵儿，一任泪水滑落，滴在绸布上，再慢慢洇开。

先生一出学堂，柳三变就收起书本，装进书箱。正巧柳笛满头是汗地进来，提起书箱就往外走。

柳三变顾不上跟同学道别，急急忙忙地跟在柳笛身后出了学堂的门。那

朱茂林颇为奇怪，笑道："瞧这主仆二人，像家里着了火似的，跑得这样快。"

杨云村道："你嘴巴积点德吧，或许人家是有正经事。"

看其他同学不满的眼神，朱茂林忙解释："我不过是玩笑话。"

到无人处，柳三变紧跑几步，赶上柳笛，拉住一只书箱的绳子。喘着气道："我说，你能不能走慢点儿？又没有老虎追你。"

柳笛低头只顾走路，并不理他。

柳三变急了："祖宗，我叫你祖宗行不行？你快说说，今天又没有找到桑儿吗？"

柳笛这才停下脚步，头也不回地说："找是找到了。少爷，你告诉我，找到这个桑儿你准备怎么样？"

听说找到桑儿了，柳三变兴奋得一蹦三尺高，不解地问："什么怎么样？她在哪儿？快告诉我。既然找到桑儿了，我就禀告母亲，把她娶回家呀！"

这回轮到柳笛急了，他扔下书箱，盯着他的少爷问："把她娶回家？那梅语姐姐怎么办？"

柳三变一听梅语的名字，脸上的兴奋也去了一半，有点结巴地说："梅语姐姐？梅语跟这事有什么关系？我一直当她是我的亲姐姐呀！"

"不对！"柳笛大声道，"家里人都知道，梅语姐姐喜欢你，将来是要做七少奶奶的。你俩青梅竹马，一起长大，情投意合，你敢说你不喜欢梅语么？"

看柳三变的脸红一阵白一阵，柳笛又小心地赔不是，慢声细气地说："少爷，你看梅语，是咱这方圆百十里数一数二的好姑娘吧，又俊又贤惠。咱家上上下下，谁不喜欢她？"

柳三变不知是被柳笛问住了，还是对梅语怀有愧意，低着头慢慢向前走，柳笛忙担起书箱跟上。他想，不管如何，反正少爷在家里的时间也不多了，科考的日子快到了，他还真的能把那个云桑娶回家？

这样想着，心里对少爷薄情寡义的行为也没有了恨意，又在后面说："少爷，那桑儿就是临溪村李保田的小女儿，李家有对姊妹花，姐姐叫云姑，妹妹叫云桑，在家里就叫桑儿，生得美貌可人，今年十六岁。"

柳笛这几句话又说得他热血奔涌，兴奋莫名。他回头问："柳笛，你说夫人会不会反对我跟桑儿交往？"

"少爷，你一个读书人，眼见着就要赶赴京都应考了，哪里还有闲心去问这等男女之事？"

柳三变紧盯了他一眼，笑笑："跟你说了你也不懂。"

柳笛气呼呼的："你是柳家七少爷，是鹅仔峰下一支笔。我一个下人哪里能懂大少爷的事？"说罢，担着书箱冲到前面，一路小跑，扔下他老远。

柳三变并不介意，此时的他，满心的欢喜，只觉得黄昏的山野是那样的善解人意，如慈祥的老祖母，宁静、安然地任他的满怀情丝恣意飞舞，与晚霞缠绵，与花儿低语，与溪流嬉戏。如果不是怕柳笛笑话，他要仰望天空飘浮的白云，他要对着青山大喊："桑儿，我找到你了，你是上天赐给我的，我一定要娶你！"

第五章　洞房花烛　才子佳人偕白头

关关雎鸠，在河之洲。窈窕淑女，君子好逑。

参差荇菜，左右流之。窈窕淑女，寤寐求之。

——《诗经》

梅语走进柳蝉的小屋时，柳蝉左手搭着窗台，右手握着鸡毛掸子，正眼巴巴地望着花园。

“柳蝉，看什么呢？百合花开了么？”梅语边走向窗台边问。

柳蝉住的屋子，是柳家三进院落的最后一重，紧靠花园，站在窗前，可以看到大半个花园里的花草树木。

柳蝉见是梅语，忙指着窗外园子里的那座逸云亭：“姐姐，你看。少爷今天奇怪了，跑到亭子里去写字。”

“你哥跟少爷在一起么？”梅语问话时已经看到亭子里忙碌着的俩人：柳三变、柳笛。心里不免奇怪，七郎怎么今日不在书房里写字，也不去河边练字，却跑到亭子里写字呢？

“蝉儿，叫你哥回来，夫人正找他呢。”梅语出了柳蝉的小屋。

柳蝉听了，便放开嗓子喊：“哥哥……”

在亭子里低头磨墨的柳笛像不曾听见一样。

柳蝉急了，又喊：“柳笛，夫人叫你有差事。”

这下，亭子里的俩人都停了手，柳三变说：“夫人叫你，还不快去。”

柳笛一溜烟地跑出来，在花园那道通向后廊的八角门前，被梅语拦住。

“柳笛，今儿夫人要问你这些日子跟着少爷都做了些什么，莫不是逃课偷懒贪玩去了？被夫人拿着把柄？”

柳笛望着梅语那两道微蹙着的纤眉，心里涌出一份不可言状的同情，笑道：“梅语姐，看你说的，这马上就要赴京赶考了，少爷正加倍努力呢！哪里还能偷懒贪玩呢？”

梅语盯着他：“那就好！夫人问话时，你可想仔细了再说，不然，落得两头不好。”

柳笛连连点头说是，心里叹道，主子们若有事，总是我这下人的过错，唉！

至二堂门前，梅语悄声说：“还不快进去！”

柳夫人端坐在桌边，一脸的威严，两边侍候的丫头垂手而立，屋里静得掉根绣花针在地上，都听得见。

柳笛见了，不由得提起心神，怕一时答错了话，皮肉受苦。

“柳笛，这些日子，你跟七郎俩人都忙些什么呢？”柳夫人端起茶碗，并不看柳笛，揭开碗盖问。

“回夫人，跟往常一样，少爷天天读书写字做文章。”这问题柳笛回答的次数多，说起来挺顺溜。

夫人从袖笼里抽出一扎纸，啪的一声扔在桌上：“你上前看看，是写的这种文章吗？”

柳笛吓一跳，忙走到桌前拿起那些纸，每一张纸都写满了字，每一张纸上就只写了一首诗，都是同一首诗：

关关雎鸠，在河之洲。窈窕淑女，君子好逑。
参差荇菜，左右流之。窈窕淑女，寤寐求之。
求之不得，寤寐思服。悠哉悠哉，辗转反侧。
参差荇菜，左右采之。窈窕淑女，琴瑟友之。
参差荇菜，左右芼之。窈窕淑女，钟鼓乐之。

——《诗经》

最让柳笛心惊肉跳的是，每首诗后面都有一个相同的名字：桑儿。

柳笛暗自叫苦：你这多情的柳七少爷啊！你见一个爱一个，可把我害惨了。家里有个仙女似的梅语，你不知足，又遇上个什么桑儿，逼着我把方圆百十里找了个遍，这下可好，在夫人面前，我又有不是了。

“夫、夫人，您都、都知道了？”柳笛结巴地问。

“柳笛，你太让我伤心了。老爷走得早，原以为你比七郎大，又懂事体。本指望你好好地侍候、帮扶七郎读书、上进、求功名，哪曾想你倒帮着他不读圣贤书，不务正业，成天想些风花雪月，男女苟且之事。”

这罪名大了，柳笛扑通一声跪倒在地：“夫人，奴才冤枉啊！”

“你还有脸喊冤？方才你们俩在花园逸云亭里写的字，你打量我不知道？七郎写来写去只有两个字：云桑。”

柳笛抬起头，夫人身后的屏风，闪过梅语的身影。此刻，那身影显得那样单薄无助，又是那样落寞寂寥。

柳笛顾不上这些了，他摸了把额头上的冷汗，带着哭腔说：“夫人，您记得前些日子，三位少爷一起游武夷山的事吧？那次少爷没带奴才去，听少爷说他们在九曲溪下竹筏上岸时，遇见这位叫云桑的姑娘采桑叶。”他看柳夫人专注的样子，便壮着胆子说下去，“回家后，少爷像着了魔一般，食不下咽，睡不安寝。白天黑夜，时时念叨着云桑的名字，在学堂里读书也是心不在焉，只是先生让他读的书，让他解的经文，他都能完成，所以先生才没有深加责怪。”

“这个云桑是哪里人氏？是个什么样的人物？竟能让七郎如此着迷！”柳夫人惊道。

“自那日起，少爷再也没见过这姑娘，像丢了魂一般，每日上学后，他不让我在学堂侍候，逼着我每一个村子去寻找。”

柳夫人端起茶碗，呷了口茶：“你必定是不负重托，找到这个云桑了？”

柳笛低下头，轻声应道：“是的，夫人。”

“她是哪个村子的？家里做何种营生？”夫人这时的语气显得很急迫，很关切。

“回夫人的话，云桑姑娘是九曲溪南岸临溪村李保田的女儿，李家有两个女儿，大的叫云姑，小的就是这个云桑了。她家世代养蚕。听说这云桑姑娘生得有几分姿色，又识得几个字，李家的门槛都被媒人踩烂了，却没有她看得上眼的。”

夫人挑了挑眉毛：“哦！她倒是有些清高。”

柳笛摸不透夫人这句话的意思，只是凭感觉，今天这顿打是挨过去了，绷紧的神经也松弛下来。

果然，夫人说：“你起来吧，想必晚饭也快好了，你去叫七郎回屋，傍晚的露水重，受了凉又得跟学堂告假。”

柳三变也不问柳笛，夫人到底问了些什么。夜幕降临，寒气弥漫，他回到书房，仍然埋头写那个刻在心里流在血里的名字：云桑。

他为什么跑到亭子里去写字？因为亭子上的逸云两个字，是父亲亲笔题写，写得飘逸、清灵。在他眼里，云桑就是这样一个清灵秀逸、不沾尘埃的女子，他要让家里人知道，此生此世，他柳三变非云桑不娶。

柳笛见他不厌其烦地写着那两个字，迟疑地说："少爷，有句话，奴才不知该说不该说？"

"说吧，还有什么话是你柳笛不敢说的。"柳三变头也不抬。

"少爷，我是个很蠢笨的人，有很多事情总是想不透彻，想不出前因后果，也就不去想了。"柳笛边整理书桌边说，"我喜欢听戏，戏里戏外，人有时极钟爱的物与人，都得不到善终。"

柳三变放下笔，表情奇怪地看着他。

"两年前，咱家后花园里的香水百合，梅语姐和蝉儿宝贝似的，天天浇水施肥，却眼睁睁地看着它枯萎、死去而不知所措。"

"你说那是为什么？"

"因为百合是肉质茎，含水量重，平时不需要太多的水，土壤要干燥些反而有利于它的生长。"

"那是她们不懂得百合的特性，浇多了水才致百合花枯萎。"

"少爷，她们懂的，只是她们太喜欢百合花了，时时牵挂着。"

"那有什么不好，她们都是重情重义、惜花爱花之人。"

"少爷，物极必反，这其中的道理想必你比我更懂。"柳笛指指桌上那些写满"云桑"的纸，"不知你有没有感觉，如果你把同一个字写了很多遍，是不是越写越看越不像那个字了？"

柳三变伸手摸了摸眉毛，极不情愿地说："是有这种感觉。"

柳蝉在帘外细声细气地说话："少爷，开饭了，夫人叫你呢！"

"小祖宗，走吧，等会夫人又该骂奴才了。"柳笛见柳三变不动，拉着他的胳膊央道。

今夜饭桌上的气氛不同往常，柳三变没有去想为什么，他无意眼前的一切，因为他的心被那个素颜如雪、眉目如烟的女子占得满满的，他不知道肚子是不是饿，他来吃饭是为了母亲，他怕母亲为他担忧。

"梅语，给七郎盛碗汤。"夫人吩咐梅语。

"七郎，先喝汤，再吃饭。"梅语说。

他喝了汤，吃了半碗饭，对母亲说："娘，我吃饱了，我去读书做功课了。"

他母亲深深看了他一眼："去吧，读书别太晚了，早点安歇。"

"是，母亲！"对母亲略一施礼，也不理二位兄长，转身而去。

"娘，您不打算说说七郎么？"柳三复很是担忧。

柳夫人不语，半晌才说："三复三接，吃完了到我房里来，我有事交代。"

三复三接忙起身："是，母亲。"

三复吩咐："梅语，送夫人回房吧。"

"是，大少爷。"梅语上前搀扶夫人走出饭堂。

不待母亲走远，三接小声地问："大哥，你看母亲今天是不是有心事？"

"母亲的心事还不是在七郎身上。"

"七郎越来越不像样子了，你看他那神气，旁若无人的样子，好像这个家只有他，都是娘平日里宠的。"

三复看他一眼："三接，你怎么说话呢？"

三接自知说错了，不该责怪母亲，便不再言语。

三复放下碗，接过丫鬟递上的茶，搁在桌上："从四个叔叔家算来，七郎排行老七，是我们柳氏家族最小的兄弟。虽体弱多病，却生得清秀儒雅，天资聪颖，且宅心仁厚，疾恶如仇。十五岁便考过了乡试，这方圆百十里，都称他为'鹅仔峰下一支笔'，祖父在世时宠爱非常，更不要说母亲了。"

"眼见科考的日子临近，七郎也该收拾起那些花哨的心事，把功夫用在读书做文章上面。他倒好，整天神魂颠倒、心不在焉的，词倒填了不少，风花雪月的热闹得紧，本以为母亲会骂他一顿的……"

三接没说完，三复拍他的肩膀："我懂你的意思，我们去见母亲吧。"

兄弟俩一进门，柳夫人便对梅语说："梅语，你去忙你的吧，我跟他哥俩说说话儿。"

"是，夫人。"梅语施礼退出，随手带上房门。

坐在灯下，她无心绣花，隐隐觉得，今天夫人与两位公子的商议，注定某件事情的发生，心里惴惴不安，又不免哀怨。自己是柳家捡来的弃婴，纵使有千般柔情，万般贤惠，纵使有沉鱼落雁之貌，谢女咏絮之才，自己唯存报恩之心，也绝不敢存其他奢望。柔肠百转之时，那颗痛到麻木的心反倒安定了下来。

柳夫人示意两个儿子坐下，问："那天在武夷山，你们俩都见过那姑娘？"

三接一时茫然："娘，您说的哪个姑娘？"

三复看着母亲的脸，小心地回道："娘，那天我们刚从九曲溪上岸，本欲抄近路回家，不曾想从树林里钻出个姑娘，撞在七郎身上。"

"哦！娘是问这件事啊！"三接恍然。

三接嘴快："娘，那姑娘背一篓桑叶，定是家里养蚕的，虽是山村小户人家的女儿，倒也生得清秀脱俗。她撞了七郎，道了个不是，便跟她姐姐俩人一道钻进山林不见了。"

"这么说来，你们并没有深谈，也并没在一起游武夷山？"他母亲颇为惊讶。

"娘，那只是一会儿的事，若不是母亲大人今日问起，我都忘了。"三接爽朗地笑着。

"你忘了，七郎可没忘。"他母亲叹口气说。

柳三复迟疑地问："娘，您是说，七郎近来神魂颠倒，茶饭不香，是为了山上那采桑叶的姑娘？"

"是啊，他逼柳笛找了几天，硬是把这姑娘给找出来了，是九曲溪南岸临溪村李家的女儿，叫云桑。"

"啊！有这事？"这下轮到俩兄弟目瞪口呆了。

"七郎乡试是顺利通过了，如今最要紧的是大比之年即将来临，如果这样沉迷下去，我怕他是走不出这个小山村了。"做母亲的忧虑写满了额头。

"娘，有句话，孩儿不知该不该问？"三复迟疑着。

"说吧，咱娘儿有什么不能说的？自你父亲过世后，也亏了你兄弟俩帮我管教七郎。"

"娘是不是有过把梅语许给七郎的想法？"

"在你看来，如今的七郎对梅语有那意思么？他二人青梅竹马，一起长大，家里谁不说他们是天造地设的一对儿？"他母亲反问。

"娘，那采桑叶的姑娘虽生得有几分姿色，可她毕竟是蓬门荜户的女孩儿，咱柳家可是书香门第。再说，七郎可是咱这方圆百十里有名的少年才子。"三接说出心里最直接的想法。

"这些我也想过，咱柳家从你爷爷到你父亲，都是开明之人，只要那女孩儿人品端庄，咱也不必去计较门当户对。虽然梅语是我一手养大的，我当她亲生女儿般疼爱，你们也都看到了，梅语又清秀又贤惠，可这结亲成家的事，是他们俩啊！他们要在一起过日子，不是跟我过日子，如今我也老了，半截

黄土掩没的人了，若是硬把他俩拴在一起，害了七郎，也害了梅语，九泉之下，为娘也不安啦！”

三接有点吃惊地看着母亲，不再说话。

“娘，要不，我跟三接明天亲自去临溪村，再详细打探一下那姑娘的事儿？”三复总能揣度母亲的心意。

“娘正是这个意思。”他母亲点点头。

兄弟俩辞别母亲自去。

柳夫人来到院中，仰面看着满天星斗，一弯新月正斜斜地挂在那株高大的木棉树上，显得孤独而凄清。她心里喃喃而语：“官人，你无牵无挂地走了，丢下我一个人，撑着这个家，近来，我感觉好累啊，或许我就要来跟你团聚了罢！”

又习惯地向小儿子七郎的房间望去，见他窗前烛光摇曳，便踱了过去。

“少爷，睡吧，明天还要上学呢。”柳笛睡意朦胧地说。

“你睡吧，我不困。”

柳夫人正推门进来，柳三变诧异道：“娘，这么晚了，还未安寝？”

“娘睡不着啊！”柳夫人走到他的书桌边，拿起他写满云桑的纸，就近烛光，仔细端详。

“柳笛，快给夫人端椅子倒茶。”柳三变吩咐柳笛。

“娘……”

看他欲言又止的样子，柳夫人温和地笑笑：“七郎，我都知道了。”

“娘，您都知道了？哦！一定是柳笛说的。”他那因相思而瘦削的脸颊泛起红晕，那双忧郁的眼睛，在烛光下熠熠生辉，一时间，他变得是那样的精神饱满，容光焕发。

他热切地看着他的母亲，痴情而神往地说：“娘，云桑不是一般的女孩儿，她一定是麻姑下凡。若是娘见了，娘也必定喜爱她的。”

“难道世上还有比梅语更好的女孩儿？”他娘装着若无其事。

“娘，孩儿正要禀告娘的，孩儿一定要娶云桑，这世上再也没有比云桑更好的女孩儿了。”

这不是央求，而是明白地告诉母亲，他娶定云桑了。

“云桑真的就那么好么？值得你为她舍弃梅语，甚至舍弃为娘？”他母亲伤心地问。

“娘，孩儿没有舍弃你们啊！娘永远是娘，七郎当梅语亲姐姐一般，七郎怎会舍弃你们？”他急道。

柳笛递上热茶，退到一边。

他母亲叹道：“七郎，娘知道你从小就是个善良的孩子，打你懂事起，对梅语那么好，娘以为你喜欢梅语，也准备把梅语许配给你。咱村的青梅姑娘出嫁后，你也难过一阵子。七郎，男人多情不是坏事，若是滥情，那只会害人害已，会遭世人唾弃。”

“娘，我懂的。”见母亲如此严肃庄重，他从书桌前站起，垂手而立。“娘，孩儿不是滥情，孩儿是真的喜欢云桑。虽只见过一面，但孩儿深信，她是上天，是山神送给孩儿的。娶云桑为妻，是孩儿这辈子最快意的事，孩儿绝不辜负云桑。若日后金榜题名，孩儿也一定好好看待梅语姐姐。”

这番话令他母亲颇为欣慰，她拉着儿子的手，轻轻摩挲：“七郎，娘老了，近来常感体力不支，娘只盼望你这一科金榜题名，荣耀柳家门楣。我已经吩咐你两位哥哥，叫他们去临溪村李家看看，若云桑没有许配人家，就给你提亲。”

他的心在胸腔里激烈地冲撞，像是要破壁而出，热血涌上脸颊，他反过来紧紧握住母亲的手：“娘，云桑是上天注定给我的，绝不会许给别人的！”

“你这个样子，叫娘如何放心？大凡男人，应先成名立业，方可为家，一旦娶了云桑，沉溺闺房之中，你又如何有心事读书？大比之年绝不容错过！”他母亲又不无担忧。

“娘，只有娶了云桑，孩儿才能安下心来读书啊！”他央道。

“今夜早点歇息，这事儿明天再说吧！”柳夫人起身边走边说。

“娘，我送您回房。”柳三变猜度母亲话里的意思，是要等二位哥哥明天去临溪村回了再说。那颗不安的心，暗暗祈求老天保佑他娶回云桑。

第二天午后，三复三接俩兄弟双双来到母亲跟前。

“娘，今儿一大早，我与大哥就去了临溪村。”不等他母亲开口询问，三接进门就说，“我们俩先是问了村里的几位老人，后来亲自去了李家。李家祖上是没落的秀才，到李保田这一代，只读过几年私塾，他也能教两女儿识得几个字儿，是老老实实、清清白白的庄户人。”

听完三接的话，他母亲望向三复。

三复道：“娘，二弟说的句句是实。”

“事不宜迟，你请村里的老先生选个好日子，着媒人上李家提亲吧。”

“娘，真的要依着七郎的性子来吗？”这回轮到三复惊异了。

“你不见七郎魂不守舍的？这样如何赴京赶考？”他母亲抹不去额头的愁云。

人生最大的喜事莫过于洞房花烛夜了，柳三变终于娶到了一见钟情的云桑。

亲朋好友闹过洞房后，新房里突然安静下来，红烛高烧，一派洋洋喜气，柳三变神采飞扬，他急不可待地掀掉新娘的大红盖头，新娘微起眼眸，飞快而羞怯地看他一眼，又低下头去。

这一回眸，一低头，已让柳三变神魂颠倒，心荡神驰。他伸手托起新娘的下颌，仰起她白嫩的脸，烛光下，那长长密密的睫毛覆盖下的眼睑，竟有两颗晶莹的泪珠。

柳三变心痛不已：“桑儿，你怎么流泪？是我不够好么？我急着娶你回家，是想天天守着你看着你，我怕你被人家抢去。”他吻干她的眼泪，吻住她微微颤抖的红唇。

听他软语温存，她的心甜滋滋的，却又忍不住泪流满面。他的吻是那样的有力，像是要吸出她那颗在胸腔里狂跳的心。她猛然推开他，返身坐到床沿，柳三变忙赶过来，扳过她的身子。

“桑儿，你看看我，你看看我为你憔悴的容颜，你看看我为你失神的眼睛。若没有你，我的天地将黯然失色；若没有你，我活着还有什么意思！”

她含泪看着他，这就是那个在山上撞着她的白衣飘飞的英俊少年，这就是那个在她梦里向她招手的多情郎君，这就是那个让她茶饭不思的相思情人。若没有他，她的天地何曾有光明？若没有他，她的生命何曾有意义！

她说不出话来，含着热泪微笑着，轻轻摇头，又轻轻点头。

柳三变急了：“你又点头又摇头，究竟是何意啊？”

云桑见他不解，索性一头扎进他的怀里，任泪水濡湿他的新衣。

第六章　暮烟寒雨　叹少年易分难聚

届征途，携书剑，迢迢匹马东去。惨离怀，嗟少年易分难聚。佳人方恁缱绻，便忍分鸳侣。当媚景，算密意幽欢，尽成轻负。

此际寸肠万绪。惨愁颜、断魂无语。和泪眼、片时几番回顾。伤心脉脉谁诉。但黯然凝伫。暮烟寒雨。望秦楼何处。

——柳永《鹊桥仙》

新婚燕尔，少年夫妻如胶似漆，有说不完的甜言蜜语，有道不尽的恩爱柔情。

这天，柳三变从学堂回家，见过母亲便急急回到房中，见云桑在窗前绣花，便把她拉起来拥进怀里："桑儿，我不在家，你是不是觉得孤单？家里人不理你么？你不要整天勾着头绣花，去跟梅语姐姐，跟柳蝉玩儿。"

"七郎，家里人对我很好，我不觉得孤单，我总得做点事情啊！你放心，我不会累着自个儿的。"云桑拍拍他的手，"倒是你，要保重身体，你好，我才好！"

"嗯，我会保重自己，你也记住，你好，我就好！"他拉了云桑边往书房去边说，"我去书房读书，你来给我磨墨吧！"

柳笛送书箱至书房，给砚池添了新墨，听了此话，笑道："少爷不用柳笛了？要红袖添香夜读书啊！"

云桑含羞低头，柳三变笑骂道："就你话多，快去后面帮忙，晚饭好了叫我们。"

"是！少爷、少奶奶。"柳笛一溜烟跑了。

云桑边磨墨，边打量书房里琳琅满目的书卷，又看他专注写字的样子，看他微蹙的眉头，她恍惚做梦一般。她轻轻掐一下手背，痛得她轻唤哎哟。

柳三变忙抬头问："桑儿，怎么了？哪儿不舒服么？"

看他急切的神情，云桑忙道："没怎么，我怕墨汁溅到新衣裳上了。"

他狐疑地看着她，云桑笑道："七郎，早就听说你是鹅仔峰下的神笔，今日何不为我赋诗一首，也好让我这山野之人开开眼？"

柳三变兴奋道："好啊！只是以后再也不许称自己为山野之人，在我心里，你是九天仙女下凡尘！"

他望着云桑微笑，那双眼里满是爱恋与柔情。

云桑被他看得不自在，垂首敛眉："七郎，别光顾看妾身，你快作诗呀！"

柳三变收回目光，挥笔落墨，顷刻之间，便把一首《玉女摇仙佩》呈给云桑，打着唱腔说："词已填好，请夫人指点一二！"

云桑双手接过，也打着唱腔道："待妾身仔细读来。"

飞琼伴侣，偶别珠宫，未返神仙行缀。取次梳妆，寻常言语，有得几多姝丽。拟把名花比。恐旁人笑我，谈何容易？细思算、奇葩艳卉，惟是深红浅白而已。争如这多情，占得人间，千娇百媚。

须信画堂绣阁，皓月清风，忍把光阴轻弃。自古及今，佳人才子，少得当年双美。且恁相偎倚。未消得，怜我多才多艺。愿奶奶、兰心蕙性，枕前言下，表余深意。为盟誓。今生断不孤鸳被。

——柳永《玉女摇仙佩》

忙着洗笔的柳三变半晌不闻声音，抬眼望去，云桑竟泪眼朦胧，她把词稿捧在胸口，喃喃而语："七郎，妾身不过是山野村姑，哪有你说的这样好？妾身得七郎垂怜，已是天大的福分，妾身唯以平生力气以报君恩。"

柳三变用袖子替她抹去眼泪，将她拥于怀中，在耳边轻轻说："我不要你报什么恩，我只求与你携手红尘，白头偕老。"

"只怕妾身福浅命薄，这凡身俗胎，不能与七郎同享红尘之福！"

柳三变忙伸手捂住她的嘴："桑儿！别说这些不吉利的话！柳七今生今世定不负云桑，定不负云桑！"

就在这对新人软语温存，信誓旦旦之时，后进院子里的一间屋里冷落凄清。梅语独坐窗前，望着渐渐黑下来的天空，手里握着的诗稿已被泪水洇湿，只听她低声呜咽：

煦色韶光明媚，轻霭低笼芳树，池塘浅蘸烟芜，帘幕闲垂风絮。春困厌厌，抛掷斗草工夫，冷落踏青心绪，终日扃朱户。

远恨绵绵，淑景迟迟难度。年少傅粉，依前醉眠何处？深院无人，黄昏乍拆秋千，空锁满庭花雨。

——柳永《斗百花》

这是很久以前，柳三变填的一首《斗百花》。那时，他们总是一起栽花种草，一起读书写字，又一起填词谱曲。他每写的只言片语，她都记下来，他每写的一张纸，她都收集起来，锁进抽屉，也藏在心里。

如今，他早已把这个昔日一起长大，一起吟诗的人抛在了一边，怀拥着新人，品味新婚之酒，诉说恩爱柔情。

谁会在乎她的心碎和忧伤？谁会知道她的眼泪有多么苦涩？

那弯残月似乎不忍听她的悲泣，悄悄隐进云层，那暗下来的夜色，包容了这痴情女子所有的悲伤与无助，包容了她曾经所有的希冀和如今所有的失落，只给她一片空灵的沉寂。

天空与大地是无私的，默默承载天下苍生的悲欢离合与生死存亡。

天空与大地也是无情的，他不给无奈的人以慰藉，不给无助的人以帮助。以他的沉默，他的博大，他的包容，甚至以他的残酷劝慰人生。若你懂了这无字的天书，你便是这天地间的主人，若你无法解读，你便痛不欲生，在天地间沉沦。

房门吱呀一声被推开，梅语忙抹了眼泪，把手里的诗稿迅捷地笼进衣袖，黑暗中她看不清是谁进来了，却听得夫人的声音："梅语，你在屋里么？怎么黑灯瞎火的呢？"

"夫人，梅语在呢！梅语这就点灯。"梅语答应着，慌乱中不知碰倒了什么。

灯亮了，夫人无言地看着梅语，那目光是复杂的，有慈爱，有怜惜，有自责，更多的却是无奈。

梅语躲闪着夫人的目光，清浅地笑道："夫人请坐，我给您沏茶。"

柳夫人拉了她的手，语气温和至极："梅语，不用忙了，咱娘儿俩坐坐吧！"

"你看你，眼睛又红又肿，又伤心了？"夫人叹道，"你虽然是我捡来的孩子，却也是我一把屎一把尿拉扯大的。我有三个儿子，当你亲生女儿一般，这家里家外，谁不把你当小姐看待？"

"夫人，梅语心里明白，梅语万分感激夫人的养育之恩，只是无以为报。"

梅语泣声道。

“傻孩子，咱娘儿俩有什么报不报的！原本指望你做七郎的媳妇，咱一家人长长久久在一起，不曾想，七郎却没有这个福分。”夫人叹息一声，“谁知他竟然看上这个山里的女孩儿，若不是大考来临，我断不会同意这门亲事。老爷过世后，我扛着这一大家子，不易啊！”

“夫人，梅语知道的。夫人操持家务，抚育儿女，这多年来着实不易。”

“也怪我，从小就宠着七郎，没有管教好他。”说着便抹了把眼泪。

梅语忙道：“夫人，这不能怪您，也不怪七郎，只怪梅语福浅命薄，跟七郎无夫妻之缘分。”

“好孩子。”夫人轻轻拍打她的手，叹息着。

“我与七郎一起长大，一起吟诗作画，一起赏花观鸟，七郎待我如亲姐妹一般。他并未给我任何承诺，他没有错，他不应该受到责怪。”梅语语气诚恳。

“若夫人不嫌弃，梅语就一辈子侍候在夫人身边，绝不嫁人。”

“傻孩子，我老了，都是半截黄土上身的人了。你还年轻，又俊俏又贤惠，我托人给你找个好婆家，定会让你满意。”

梅语见说，忙跪倒在地，叩头道：“夫人，你若爱怜梅语，就不要让梅语离开柳家，让梅语在夫人身边端茶递水也好啊！”

柳夫人忙拉她，却如何拉得起来。

梅语泪眼朦胧地望着夫人：“夫人若不答应梅语，梅语就长跪此地。”

“傻孩子，我答应你，你起来吧！”夫人哽咽道。

此时，柳蝉推门进来，笑道：“夫人果然在梅语姐姐这儿，夫人，姐姐，晚饭已经摆上桌了。”

梅语见柳蝉来了，背过身去，夫人见状，对柳蝉说：“蝉儿，你先去吧，我们随后就来。”

梅语忙擦了把脸，坐到梳妆台前，扑了点粉，补上胭脂，仰面问：“夫人，你看看，我这样像刚刚哭过么？”

“刚才活脱脱一个梨花带雨的小美人，这下更好了，娇滴滴的，如雨后海棠。唉！难为你顾全我！走吧，不然，他们又该乱猜了！”夫人怜爱道，心里却不免惋惜，七郎怎么就没看上身边这个大美人呢，要死要活的娶个山里的女孩儿，难道真是上天注定的缘分？

这日，学堂的气氛不同于往常，先生一不说经，二不讲史，专给这些即将进京赶考的士子说东京汴梁是如何的繁华昌盛。

东京的繁荣离不开漕运，穿城而过的四条运河：五丈河、金水河、蔡河、汴河，四通八达，连接起四海九州。

汴梁城流水悠悠，长桥如彩虹卧波，如云的白帆带来了空前的兴旺；柳陌花间的店铺，茶坊酒肆中丝竹管弦，更有一番其乐融融的文盛之气。

东京汴梁不仅是帝都之所在，更是才子文人的温柔之乡。外城之内的“蔡河湾”，南连朱雀门，北处京城东南，是北宋最繁华的所在。更为奇妙的是，太学、贡院、国子监与教坊、青楼、瓦舍紧紧相邻。

见学生们露出不解的目光，先生说：“我之所以不厌其烦地给你们讲京城的繁华，其意在告诫你们，十年寒窗之苦，为的是金榜题名。繁华之地也往往是三教九流、鱼龙混杂之所。你们这些少年士子，难免不受温柔色相之诱惑，而荒废学业，败坏清名。”

柳三变起立道：“先生，我辈自崇安去汴梁，山遥水远，路途艰险，如此经风历雨是为蟾宫折桂，一跃龙门。任他京都如何繁华，弟子定当洁身自好，谨言慎行，绝不为声色犬马所惑。”

同学们也纷纷表示：弟子谨记恩师教诲，独善其身，以学业为重，不负恩师厚望！

先生微笑点头：“汝等若能如此，老朽也就不枉为人师矣！”

朱茂林道：“先生，弟子明日不来学堂了，弟子要收拾行囊，择日出行赴京。”说罢，向先生叩头谢恩。

“好！好！快快请起！大家一路上多多保重！”先生扶起学生，声音有些哽咽。

柳家上下都知道柳三变即将赴京科考，似乎也都相信柳三变这次必中。崇安城里，有谁不知道柳家七少爷是“鹅仔峰下一支笔”？今科若中进士，柳家岂不是满门荣耀？所以，上上下下不免喜气洋洋。

柳夫人暗自神伤，最疼爱的小儿子，要离开自己远去他乡，却也明白，山里的孩子正如雏鹰一样，翅膀长硬了，要飞出去，在更广阔更高远的天地间翱翔。

唯有云桑，那离愁别绪，如愁云般堆满眼角眉梢，一腔爱心柔肠全在柳三变身上。

这日，家人皆已吃过早饭，他二人却如绞股糖般黏在房中。

云桑不理云鬓，不着衣裙，一件粉荷色的小褂，一条同色撒脚长裤，披垂的长发，乌黑光亮，那模样儿更见天真自然。她偎在三变怀里，抚弄着他胸前的衣带，幽幽地说："七郎这一去，不知何时才能相见？"

柳三变朗声笑道："桑儿傻了不是？我进京是为了考取功名，考完了必定回家，你这忧虑岂不是杞人忧天？"

"桑儿曾听爹爹说过，古往今来，不知有多少年轻学子赴考未归。有金榜题名的，抛弃一切，停妻再娶。有榜上无名的，流浪京城，永不归家。也有想不开的，跳河上吊，比比皆是。"

柳三变搂紧了云桑娇柔的身躯，深深嗅着她发上的馨香，喃喃道："云桑，云桑，你是柳七今生最深的眷恋，柳七怎会轻负于你！你若信不过我，柳七今科就不去考了，可好？"两人柔情缱绻，难舍难分。

堂屋里，柳夫人看着门外梅树下的日头影子，皱眉问道："梅语，七郎还未起么？"

梅语低头不语。

"母亲，看把您老人家急的？梅语怎知七郎与云桑的事？"三复的妻子笑道，转身吩咐柳蝉，"蝉儿，你去看看七少爷与七少奶奶是否起身。"

柳蝉应声而去，梅语紧跟其后离开堂屋。

柳夫人一脸怒色："成何体统！男人当以功名为重，如此沉溺于女色房事，何以成大器？"

半晌，这对如胶似漆的人儿才姗姗而来。

柳三变见母亲满面怒容，心里忐忑，恐母亲责怪云桑，便低声道："母亲，孩儿已与同窗约定，明日起程赴东京汴梁，今日特来拜别母亲。"说罢，跪倒在地，向母亲三叩首。

柳夫人望着眼前这对璧人，想少年夫妻离别在即，定然是难分难舍，心不免柔软下来，不再责备。

"吩咐梅语，让她帮柳笛打点七郎的行装。"夫人交代三复媳妇。又对三变道："七郎，你读的书比娘多，懂得的道理也不少。男人当以功名事业为重，那东京汴梁自不比这穷乡僻壤的崇安城，是温柔富贵之乡，花团锦簇之地。你此去，是应考，是求取功名，切不可忘了根本，更不可一味地沉溺于酒色。"

柳三变恭敬地回道："孩儿谨记母亲教诲，定不负母亲厚望！"

"起来吧！"柳夫人又唤来柳笛，吩咐厨下做清淡可口的汤给少爷。快午饭时候了，先喝点汤垫垫饥。

傍晚，柳三变有心向梅语告别，无奈找不到梅语，快快向后花园而来。

此时正是烟霞散尽，玉兔东升之时，花园的花草树木，笼罩在一片雾气与月白光中，曼妙而神秘。柳三变不禁黯然，也不禁迷茫，自己将远赴他乡，离开这熟悉的一草一木，一花一朵，离开青梅竹马，朝夕相伴的人儿，这究竟是为了什么？难道功名真的如此重要，高于眼前这一切美好的事物么？

独自徘徊之时，一阵琴弦之声挟着夜风中的花香飘忽而来。柳三变凝神细听，不远处，有人抚弦轻唱：

闲窗漏永，月冷霜华堕。悄悄下帘幕，残灯火。再三追往事，离魂乱，愁肠锁。无语沉吟坐。好天好景，未省展眉则个。

从前早是多成破。何况经岁月，相抛亸。假使重相见，还得似、旧时么。悔恨无计那。迢迢良夜，自家只恁摧挫。

——柳永《鹤冲天》

听这悲悲切切的歌声，柳三变知道是梅语在唱他填的那首《鹤冲天》。他快步走入逸云亭，轻声唤道："梅姐姐，你在这儿啊！我正要向姐姐告别呢！"

琴声戛然而止，梅语长身而起，低眉敛首道："七郎，你怎么来了？"

"明天我就要离开家，远走他乡，想到花园里走走。"他嘴里这样说着，刚才她所唱所追忆的往事，一一闪现在心头，不免暗自忖度，自己与梅语虽无婚约，却是青梅竹马，早被家里人看成一对好姻缘，如今已有负梅语，若明年金榜题名，正如词中所说"假使重相见，还得似、旧时么。"自己已有了云桑，难道要娶梅语做二房么？他在心里狠狠骂了自己一句，收敛心神，可最后那句"悔恨无计那。迢迢良夜，自家只恁摧挫"，想日后年年，梅语在那漫长的清夜寂寥中，承受着孤独的折磨，又心痛难忍。

"梅姐姐，明天我将起程，要远离家乡与亲人。"他说话有点言不由衷。

"知道了。此去东京，路途险恶，七郎要谨慎保重才好，免了家人牵挂。"梅语眉目淡然，看不出有惜别的情绪。

柳三变见她突然间神情冷淡，知她不愿泄露女孩儿心事，也就把自己的心事放在一边："七郎不在家时，还望姐姐侍奉于母亲跟前，以解慈母思儿之苦。"

“姐姐自然知道这些，这本是梅语分内之事。七郎专心读书应考，不必为家事分神。”

“这就好了，七郎可放心而去。”说罢，三变朝梅语一揖到地，“姐姐，七郎就此别过！”

“七郎，听母亲说，这具焦尾琴是老爷留下来的。你此去京城，山遥水远，这琴你就带上罢，寂寥思乡之时，也可抚弦慰藉。”

柳三变接过焦尾琴，心底那根弦已被拨动，他把琴放在石桌上，拉过梅语那双柔若无骨的手贴在胸前，梅语感受到他那颗年轻的心正有力地狂跳。

梅语无力地倒在他怀中，不听话的眼泪夺眶而出。在这清冷的月圆之夜，这离别是如此的凄迷悲切。

翌日，天气晴和，柳三变与云桑早早起身，翻看柳笛替自己收拾的书籍，云桑则一遍又一遍地查看给七郎带的衣物。

用过早餐，柳三变向母亲拜别：“母亲，孩儿该起程了。”

柳夫人牵着儿子的手缓步送到大门前，流泪道：“七郎，此去天各一方，为娘不在身边，儿须暖冷自知。俗话说，在家千般好，出门一时难，遇事要周详细致，切不可鲁莽行事，切不可贪恋外面的荣华富贵！娘与云桑、梅语等你衣锦还乡，光耀柳氏门楣！”

柳三变含泪点头，他母亲背过身去，挥手道：“去吧！去吧！”

柳笛担了书箱行李，往头里走了，云桑亦步亦趋地跟着柳七，平日里有说不完的悄悄话，今日离别之际却是满腹愁肠，不知从何说起。

“蝉儿，你扶少奶奶回去罢，前面就是十里长亭了，柳笛雇的马车就在那儿等候。”柳七吩咐柳蝉，却忍不住向家的方向张望。

云桑似有意似无意的说：“你不要再看了，梅语姐姐今儿不会来送你的。”语气里满是酸楚，却执意要送到长亭。

长亭外，柳笛正把行李搬上马车，云桑道：“柳笛，你把少爷的琴拿来。”

柳笛不解地看看云桑，又看看柳三变，柳三变点头示意拿琴。

柳笛解开琴囊，把琴捧给云桑。

云桑也不理柳三变，抱琴走向长亭中的石桌，柳蝉已点燃随身携来的檀香。

香烟袅袅中，云桑玉指轻挥，叮叮咚咚弹唱道：

届征途，携书剑，迢迢匹马东去。惨离怀，嗟少年易分难聚。佳人方恁缱绻，便忍分鸳侣。当媚景，算密意幽欢，尽成轻负。

此际寸肠万绪。惨愁颜、断魂无语。和泪眼、片时几番回顾。伤心脉脉谁诉。但黯然凝伫。暮烟寒雨。望秦楼何处。

——柳永《鹊桥仙》

在这送别的长亭，听这凄切哀婉的歌声，柳三变也禁不住泪眼迷蒙。这是自己早晨起床时作的一首《鹊桥仙》，不曾想，云桑竟一字不漏地弹唱出来，而且是如此的和谐合韵。他暗想，谁说这山野的女子简单得如一抹白云！她能把他心里那份离别的悲伤、那份缠绵、那份惆怅、那份难舍难分的情怀，唱得淋漓尽致。

她是懂我的，她是我今生今世的知己。

他含泪饮了云桑递给他的酒，转身上车，吩咐车夫快走，他怕看云桑哀怨的眼神，他怕自己醉倒在云桑的柔情里而不忍离去。

第七章　春光浓处　留得才子情如许

园林晴昼春谁主？暖律潜催，幽谷暄和，黄鹂翩翩，乍迁芳树。观露湿缕金衣，叶隐如簧语。晓来枝上绵蛮，似把芳心、深意低诉。

无据。乍出暖烟来，又趁游蜂去。恣狂踪迹，两两相呼，终朝雾吟风舞。当上苑柳秾时，别馆花深处，此际海燕偏饶，都把韶光与。

——柳永《黄莺儿》

大比之年，天下文人士子，纷纷往东京梁汴而来。唯有柳三变，带着书童柳笛，优哉游哉，撑着一伞浓浓的诗情画意，一头扎进江南朦胧的烟雨之中。

素有“人间天堂”之美誉的杭州城，以她特有的柔媚与秀美迎接了来自崇安的少年才子柳三变。

这日薄暮时分，主仆二人终于进了杭州城，在一家旅店门前，柳笛放下行李，揉着发痛的肩膀说：“少爷，今夜咱二人就近找个客栈歇息，明日再作打算罢。”

疲惫不堪的柳三变懒懒地应道：“就依你。”说罢坐在行李箱上，再也动弹不得。

说话间，早有店小二模样的人前来招揽生意：“二位客官，是远道而来吧？要住店么？咱这东升客栈可是有些年头了的，干净整洁，通风向阳。”

不待他说完，柳笛道：“管你有多少年头，干净不干净，咱先住一宿。”便扶起三变，让店小二担起行李，进门而来。

柳笛吩咐小二：“小二哥，先打些热水，让我家公子洗洗，再沏壶上好的龙井茶来。”

小二笑道：“小的果真没看走眼，二位客官果然有眼力有品位，这龙井茶可是杭州城特有的名茶。”说着喜颠颠地去了。

望着店小二出门的背影，柳笛小声笑骂道：“怎的这天下的店小二都一个德行，都一样爱吹牛。你不吹牛，难道会死么？”

柳三变拍一下柳笛的脑袋："你说些什么呢？做人要厚道些，生意人说话自然要夸大些，这是经商的门道。他也没说错，龙井茶确实是杭州名茶。"

"我知道龙井是名茶，不然也不会要他沏了。"柳笛帮少爷掸去衣衫上的灰尘。

"其实，刚才店小二说的也不全是。幼时听父亲说过，龙井茶因其产地不同，分为西湖龙井、钱塘龙井、越州龙井三种，除了西湖边产的茶叶叫作西湖龙井外，其他两地产的俗称为浙江龙井茶。"

正说着，店小二一手提桶，一手提壶进门来。把茶壶放在桌上："公子，龙井茶来了。"又麻利地把桶里的热水倒进架子上的面盆，"请公子先洗把脸，再用茶。"

柳三变边洗脸边接着说："西湖龙井茶区——狮峰山、龙井村、灵隐、五云山、虎跑、梅家坞一带土地肥沃，周围山峦重叠，林木葱郁，地势北高南低，既能阻挡北方寒流，又能截住南方暖流，在茶区上空常年凝聚成一片云雾。良好的地理环境，优质的水源，为茶叶生产提供了得天独厚的自然条件。龙井茶被誉为'天下第一茶'，也实在是得益于这山泉雨露之灵气。"

店小二在一边听呆了："公子可真博学啊！我是本地人，只知龙井茶是我们这儿的特产，却不知这许多名堂啊！"

"嘿！你知道什么？我家公子在我们那地方可是方圆百十里的神童，有名的'鹅仔峰下一支笔'。"柳笛这一刻可神气了。

柳三变忙打断道："柳笛，不可乱说话。"

店小二点头哈腰称是，心里却不以为然："任你神童也好，一支笔两支笔也罢，咱这江南，自古以来就是专出才子文人的，在这儿你若如此自大，就有你瞧的了。"

柳笛早已饥肠辘辘，也不等公子吩咐，便对小二说："小二哥，把你店里的菜蔬，拣几样干净的，细细地收拾了做来，我们也饿了。"

小二答应着正要出门，柳笛又道："你店里可有好酒？也上一壶来。"

柳三变细细品着茶："这茶是龙井不假，却并不是上品。"

"这样的小店，哪有什么好茶！任他什么茶，也比不上咱武夷山的大红袍。"柳笛也洗了把脸，坐在一边忍着饥饿等酒菜。

"大红袍与龙井，是两种不同特色的茶，二者有得一拼。"主仆二人正闲话，酒菜就上来了。

此时二人也不分主仆，开怀畅饮，酒足饭饱之后，店小二撤去盘盏，柳笛倒头便呼呼睡去，柳三变却借着酒劲来到院中。

也不知今夕是何夕，深邃幽远的夜空，如水洗般清透澄澈，一轮满月泼洒着清辉，这小小的院落便浸在清寒的月色中了。

往日在家里的月圆之夜，自己必定会带了梅语、柳笛、柳蝉在花园里写诗填词，弹琴唱曲。后来，有了云桑，就再也没有跟梅语他们一起玩了。

想起云桑，心里悲喜交集，新婚燕尔，生生离别，这痛彻心扉的相思，如今也只能托明月寄给家乡同样思念着他的云桑了。

他叹息着回转房中，望着飘摇的烛火，竟了无睡意，便倒水磨墨，他要把此时此地的心境记下来，回家之时，送给云桑。

洞房记得初相遇，便只合、长相聚。何期小会幽欢，变作离情别绪，况值阑珊春色暮。对满目、乱花狂絮。直恐好风光，尽随伊归去。

一场寂寞凭谁诉，算前言、总轻负。早知恁地难拚，悔不当时留住。其奈风流端正外，更别有、系人心处，一日不思量，也攒眉千度。

——柳永《昼夜乐》

一觉醒来，已是日上三竿。

柳三变暗自奇怪，今日怎的没听见柳笛这只麻雀聒噪，扭头却见柳笛正趴在桌前，读他昨夜填的《昼夜乐》。

柳笛回头看看睡眼惺忪的三变，扬扬手中的诗稿："少爷，这是你昨儿写的？"

三变盯他一眼："不是我写的，难道是你写的不成？"

"可我怎么越读越像是女子的口气？"柳笛疑惑不解，"这分明是一个孤独的女子，在乱花狂絮、春意阑珊的暮春时节，对离人的相思。"

见他浓眉紧锁，百思不得其解的模样，三变在床上笑作一团，指着他说："孺子可教也！你倒是读懂了这词里的意思，真难为你了。"

"少爷，难道这真是一个女子写的？除了梅语小姐，还会有谁能写出这样的词呢？少奶奶怕是写不出来的吧。"

"你少奶奶写不出来，难道心里就想不出来？我把她的心思写出来，日后，她读这诗时，保管说这就是她的心情。"

柳笛摇头又点头，叹息道：“这最后一句‘一日不思量，也攒眉千度’，把少奶奶对你的思念写得如此深切，愁眉紧锁的样子又是如此的逼真。不思量已是攒眉千度了，则每日思量时又将如何！实在是你思念少奶奶，却反过来写她思念你，这样反写既深刻，也别致。”

柳三变捶胸顿足，笑骂道：“快别发疯了，去打水来洗漱才是正经。”

柳笛收起词稿，小心地放进书箱：“我还是把这词稿收拾好了，日后好在少奶奶面前讨赏。”边往外走，还边说：“不思量已是攒眉千度，若每日里思量，还真想不出是个怎样的情形。唉！”

吃过早餐，柳笛问：“少爷，咱们是住下来，还是赶赴东京？”

“难得来杭州，说什么也要好好地逛逛再去东京汴梁。”

“少爷，离大考的日子可是不远了。”柳笛提醒道。

“我自有分寸。”柳三变满不在乎地说，“快收拾行李，咱爷俩到西湖边上找家整洁幽静的客店住下。”

柳笛虽是柳家仆人，却也是少年心性，哪有好玩不去玩的？当即收拾了行李，到店堂前结账。

店家一心想留下二位，无奈这位爷执意要去寻那更热闹更繁华的所在。

出了东升客栈，二人穿街过巷，流连街景。

杭州城的大街小巷，游人如织，香车宝马，络绎不绝。街道两边的店铺，货物琳琅满目，流光溢彩。

“少爷，你专往人多热闹处钻，可苦了小的了。怎的这杭州城里就有这许多的人？”柳笛哭丧着脸埋怨。

柳三变见他担着行李，挤在行人中间，满头是汗，十分过意不去，因笑道：“再往前走走，找个安静的店住下。”

“也不知西湖在哪边，像个算命瞎子似的东窜西窜。”柳笛轻轻嘀咕。

“看！前面有座楼，咱也不找了，就住这儿。”柳三变突然指着面前不远处的一座楼说。

这座楼叫得月楼。

得月楼傍湖而建，倚窗可观湖景，开门可见街市，难得的好处所。三变要了间二楼甲字号房，安顿好行李便唤店小二前来询问。

“小二哥，这附近可有上好的酒家？”

“爷，你住到得月楼，真是明智极了，杭州城里吃的住的玩的乐的全在

这条街上。”店小二甩着大拇指道。

柳笛忍不住问：“杭州城每天都有这许多的人，在大街上闲逛么？”

“爷，今天这还叫人多吗？”小二笑道，“到晚上，你就知道什么是人山人海了。”

“到晚上？却是为何？”柳三变不解地问。

“今儿不是元宵节么！有观灯的，有听戏的，那才叫一个热闹。”

柳三变望着柳笛，苦笑道：“咱二人一路行来，山水迢迢，车马劳顿，连日子都不记得了。”

柳笛却眉开眼笑：“少爷，元宵灯会呀！若少奶奶、梅语、蝉儿她们也都在就好了，往年在家里时，每逢元宵节咱们可都是要到崇安城里观灯的。”

“你个没心没肺的奴才，还怕我不想家呀！这时候倒提起她们来。”柳三变紧锁眉头骂道。

柳笛见状，忙小心赔不是：“公子休怪，小的也是想起她们来了。”

柳三变挥挥手：“算了，早起在街上挤了半天的人堆，累坏了！去找个安静自在的地方吃饭。”

一边的店小二忙道：“爷，出咱这得月楼往南，不远处便有一座酒楼，叫烟雨楼。那里的酒菜可是杭州城里有名的，更绝的是楼上既可观湖景，亦可听曲儿。”

“听曲儿？有唱曲儿的？”柳三变问。

“有个叫楚楚的女孩儿是专在那酒楼唱曲儿的，这女孩儿的嗓子又甜又糯，又会吹洞箫，又会弹琵琶，真是百般乐器，样样精通。更难得的是，这女孩儿不仅曲儿唱得好，且生得百里万里挑一的好俊俏模样儿。”

柳笛插嘴道：“既是小二哥说的这般好，却如何到酒楼卖唱呢？”

店小二翻白眼道：“这个我就不清楚了。”

本来柳笛还想问小二是不是也听过楚楚姑娘唱曲儿，见柳三变拿眼瞪他，忙把到嘴边的话又咽了回去。

二人出门往南街缓缓行来，眼前楼台亭阁，斗檐飞脊；旗幔招展，店铺林立，行人熙熙攘攘。

“少爷，小二说的是不是这家烟雨楼？”东张西望的柳笛忽然问。

柳三变抬眼望去，果然，一座雕梁画栋的木楼半遮半掩在杨柳之中，门前一副对联道：

蝶舞清风花绣雨，莺啼翠色柳堆烟。

见柳三变凝神琢磨，柳笛轻轻问：“少爷，怎么了？”

“哦！是了，我说他这门上的对子读起来像在哪儿见过一般，原来是借了王勃《滕王阁诗》里的两句。”

“哪两句？”

“画栋朝飞南浦云，珠帘暮卷西山雨。”

“门上写付对子也借人家的，可见江南无人才也。”柳笛随口道。

“不可乱说话！人家改的也应情应景。”三变白他一眼。

“一个酒楼的楹联，不写吃的喝的，倒写些烟啊雨的，还应情应景。”

“你懂什么！就知道吃喝！自古以来，江南可是文人墨客汇聚之地，对联不写酒肉，写些岸柳烟雨，这才叫风雅。”

柳笛轻轻拍打一下自己的嘴巴：“少爷，小的嘴臭，嘴臭！”跟在柳三变身后走进烟雨楼，心里却不住嘀咕，风雅？风雅就不吃酒肉？那都去喝风吃柳树叶子得了，还开什么酒楼！

上得二楼，早被小二接住，这天下的店小二都会拿眼看人的，见柳三变翩翩少年公子，气势不凡，便一脸的笑道：“公子，您来啦！小的帮爷挑间雅座！”

也许还不到午饭时候，楼上客人尚少。

“爷是现在炒菜饮酒呢？还是先品茶？”

“先沏壶茶来，再把你店里的点心，赶精致新鲜的拣几样来。”

“爷，一看你就知道是位吃的行家。好嘞！一壶上色龙井，四样新鲜点心。”小二吆喝着去了。

柳三变推窗望去，一片清幽澄澈的湖水便溢满眼帘。阳光下的湖面，波光粼粼，白帆悠悠，鸥鹭点点，岸边游人如织，车马辚辚。

看着眼前明媚的景致，不由得想起白乐天赞美西湖的诗来：

孤山寺北贾亭西，水面初平云脚低。
几处早莺争暖树，谁家新燕啄春泥。
乱花渐欲迷人眼，浅草才能没马蹄。
最爱湖东行不足，绿杨阴里白沙堤。

——唐　白居易《钱塘湖春行》

“爷，茶和点心来了，请慢用！”小二退出带上门。

柳笛倒了碗茶便侍立一边，柳三变喝口茶，拿起点心咬一口，点点头：“不错，香糯酥软，不油腻。”

又见柳笛规规矩矩地伺候在身侧，便说：“出门在外，咱主仆也不讲究那些规矩了，你也坐下喝茶吃点心。”

柳笛巴不得这一声，笑嘻嘻道：“还是少爷心疼小的。”

柳三变笑斥道：“你小子哪有奴才的样儿？只是在外面逛久了，不要我反过来侍候你就是我的福分了。”

柳笛吓得又呼的一下站起来：“爷！那哪能呢？”

二人正说话间，隔壁传来几声咿咿呀呀的琴声，原来雅座是用木板间隔出来的，并不是很隔音。

不一会儿，便有流畅清亮的琵琶声传过来，旋即，歌声随琴声而起。

柳三变侧耳凝神，听那女子音如黄鹂，娇娇滴滴，婉转柔绵地唱道：

遥夜亭皋闲信步。乍过清明，早觉伤春暮。数点雨声风约住，朦胧淡月云来去。

桃李依依春暗度。谁在秋千，笑里低低语？一片芳心千万绪，人间没个安排处。

——南唐　李煜《蝶恋花》

琴音袅袅，歌声娓娓。柳三变听出，这是南唐后主李煜的一首《蝶恋花》，此时出自这女子之口，竟有一丝说不清，道不明的淡淡惆怅与忧愁萦绕在胸间。是啊，天地之大，何处才是自己的立足之地呢？他一时分不清，究竟是那亡国的李后主是他柳三变的知己，还是这唱歌的女子是知己？

正思绪缭乱之时，隔壁的琴声又换了明快的调子，三变忙按下纷扰的心神，凝神细听。

洛阳女儿对门居，才可颜容十五余。

良人玉勒乘骢马，侍女金盘脍鲤鱼。

画阁朱楼尽相望，红桃绿柳垂檐向。

罗帷送上七香车，宝扇迎归九华帐。

……

——唐　王维《洛阳女儿行》

这首曲子不似先前那般抑郁，柳三变听得舒畅，唱歌的女子真是曲尽其妙，把王维的诗唱得意境幽远，余韵无穷。

听得痛快之时，他的手在桌上急促地画着，一旁的柳笛忙唤小二拿来笔墨纸砚，柳三变握笔蘸墨，挥洒之间，一阕《黄莺儿》便跃然纸上：

园林晴昼春谁主？暖律潜催，幽谷暄和，黄鹂翩翩，乍迁芳树。观露湿缕金衣，叶隐如簧语。晓来枝上绵蛮，似把芳心、深意低诉。

无据。乍出暖烟来，又趁游蜂去。恣狂踪迹，两两相呼，终朝雾吟风舞。当上苑柳秾时，别馆花深处，此际海燕偏饶，都把韶光与。

——柳永《黄莺儿》

柳笛盯着词稿，搔着后脑勺，不解地问：“少爷，你这是写春天呢？还是写黄鹂儿翩翩的舞姿与婉转的歌喉？”

“噫！柳笛，你读懂了我这首词啊，不错！”柳三变喝口茶笑道。

一边的店小二早按捺不住，插嘴道：“公子果然文采风流，这词若是让楚楚姑娘唱将出来，那才叫绝呢！”

“楚楚？是不是那个专唱曲儿的姑娘？”不等柳三变开口，柳笛急急地问。

“你也知道楚楚姑娘？”小二有些得意，“是了，杭州城里有谁不知道楚楚呢！”

柳笛望了望他家公子，见他正专注地看着小二，忙道：“小二哥，请你帮忙，把那楚楚姑娘请来如何？”

小二倒也爽快，把抹布往肩上一搭，卖弄地唱声诺：“好嘞！请公子静候佳音！”

片刻，小二推门进来：“公子，楚楚姑娘来了。”说罢便闪过一边。

柳三变向门外望去，衣袂窸窣声中，进来一位圆脸的红衣女子，红衣女子身后紧跟着一位身姿袅娜的翠衣女子，怀抱琵琶，乌发鬟鬟，低眉敛首。

翠衣女子向柳三变深深一福，便坐下，抱着琵琶低头调弦。

红衣女子含笑轻声问：“不知公子爷想听何曲目？”

柳三变沉吟不语，那柳笛如何不懂他主子的心事？忙笑道：“姐姐，我家公子暂不听其他曲目，现有一阕新填的词，楚楚姑娘能否依曲唱来？”说罢，便递上词稿。

红衣女子接过词稿，飞快地看了一眼，递给翠衣女子道：“姐姐，你看，这词清丽得紧呢！”

翠衣女子细细读过，抬起那双湖水般清澈的眸子，深深地看了柳三变一眼，便在红衣女子耳边细细地说了几句。于是，红衣女子吹笛，翠衣女子弹琵琶，一时，笛声悠扬婉转，丝弦妩媚流韵，柳三变便沉醉在明媚的春天里了：一只黄鹂从山谷中飞来，在花丛中翩翩起舞，晶莹的露水打湿了它的羽毛，它追逐着蜜蜂，在如烟似梦的岚雾中唱歌跳舞，燕子亦归来，却把花红柳绿的春光留给了黄鹂，似乎只有黄鹂才是春天的主人。

乐曲声悠然而止，歌声余韵绕梁。

此时此刻，与其说柳三变沉醉在悦耳的歌声之中，还不如说他已醉倒在楚楚那一泓如潭水般深邃的眼波里。

第八章　何时与你　深怜痛惜还依旧

皓月初圆，暮云飘散，分明夜色如晴昼。渐消尽、醺醺残酒。危阁远、凉生襟袖。追旧事、一晌凭阑久。如何媚容艳态，抵死孤欢偶。朝思暮想，自家空恁添清瘦。

算到头、谁与伸剖。向道我别来，为伊牵系，度岁经年，偷眼觑、也不忍觑花柳。可惜恁、好景良宵，未曾略展双眉暂开口。问甚时与你，深怜痛惜还依旧。

——柳永《倾杯乐》

自澶渊之盟以后，天下复归一统。如果说东京汴梁是仕子文人的精神家园，那么江南杭州，便是才子佳人的温柔梦乡了。

杭州自古就是鱼米之乡，富贵之地，几代以来又殊少战乱。世代生存于斯的人，赖其天时地利，子孙相乐，诗歌之风极盛。更兼西蜀、南唐的君臣、嫔妃、词士、乐工一并归顺于大宋王朝，他们的到来，也把伴随着悠扬曲调的清词丽句，带到了东京。东京的繁华和温柔，似春天和煦的风，吹向大宋朝的每一座城池。

自前唐以来，民间流行一种叫“曲子词”的歌行，渐渐成为新制，文人士大夫进而厕身其间，更予发扬光大。于是，倚声填词的文学形式由此而生，与诗对称，名之为“词”。

人们在仕途上，在现实生活中，失意的，把失落的悲哀、他乡的孤独；得意的，把闲适的心绪与潇洒的豪放都融入了词的柔婉清丽、缠绵悱恻的声声舒缓里了。

柳三变来到这样一个“词”的年代，似乎生逢其时。

他从家乡的崇山峻岭中走来，千里迢迢，似乎不是为了进京赶考，不是为了功名利禄，竟是专为填“词”而来。

楚楚，一个眉目如画的江南女子，在花木扶疏的杭州，在烟雨迷蒙的小巷，

怀抱琵琶，似在等候武夷山下、白水村里那个俊朗的白衣少年，等候那个染了一身梅香的柳三变的到来。

柳三变来了，带着一怀情愫，一纸浓墨，沉醉在江南女子特有的温馨而浪漫的绮梦里。

从此，楚楚便是他的一切。他填词，她抚琴；一杆笔，一副柔肠；从此，杏花红透梨花白，杨柳依依黄鹂鸣。他不再记得那个在武夷山上采桑叶的姑娘云桑了，又如何急着要进京赶考？

这日，柳笛把茶送到公子的桌前，欲言又止，柳三变颇觉奇怪："柳笛，你是不是有话要说？"

"少爷，奴才哪里敢说话！"柳笛把空茶盘抱在胸前，眼睛望向窗外，那眼神里竟有说不出的落寞。

柳三变心里一惊，忙放下笔，关切地问："柳笛，你是不是病了？"伸手去摸他的额头。

"我没病。"柳笛闪开身子，站到一边，那神气竟带有几分对主子的厌恶。

柳三变更是吃惊不小："柳笛，你虽是我的书童，你知道我并没有拿你当下人看的。"

"少爷，我想回家了。"柳笛低下头，轻声说。

"回家？回哪儿？"

"回家，自然是回崇安，回白水村。"柳笛见他问得奇怪，不禁怒从心起，提高了声调，"少爷从家里出来，不独是家里人知道，只怕是全崇安城的人都知道少爷是进京赶考的。不料，少爷翻山越岭，千里迢迢地来到杭州，为了一个歌女，住下来就不想走了。听歌、观舞、喝酒、游山玩水，一件件的都学会了，还专给那些舞儿歌女填词谱曲，不思进取，把进京赶考的事儿抛向了九霄云外，连东京汴梁城的门都不知朝哪边开。少爷，你不再是那个胸怀大志的'鹅仔峰下一支笔'的柳七了。"

说着，柳笛竟泪流满面。

柳三变张了大嘴，却说不出话来，一屁股跌坐在椅子上。

柳笛也不打算等他开口，继续说："离家时，老夫人一再叮嘱，要奴才好好伺候少爷，督促少爷勤奋读书。如今，既是少爷不打算去东京考取功名，小的也只好回家了，小人的妹妹柳蝉尚未出嫁，老母亲还等着小人养老送终。"

柳三变听了这些话，不知是心虚，还是烦躁，挥手打断柳笛，皱眉道："不要说了！你既动了回乡的念头，我也留你不住。明日你就动身回家吧，从家里带来的银子还有多少？”

柳笛抹了把眼泪：“整日里花天酒地，你哪里知道过日子？从家里带来的银子，只有十几两了。”

“就剩下这一点了？那你都带上吧，回家替我给母亲多行些孝道。”

“少爷，难道你就不想念夫人？不想念少奶奶和梅语姑娘么？不给她们带个信儿么？”柳笛满脸的疑惑。

柳三变从案上抽出两张纸递给他：“这是两阕词，你带给云桑吧。就说，我在这儿过得还好，下科大考之年，我必金榜题名。”

柳笛惊问：“下科？那还要等多少年？”见柳三变黑着脸，又把到嘴边的话咽了回去。接过纸稿定眼看去，果然是两阕词。

闲窗烛暗，孤帏夜永，欹枕难成寐。细屈指寻思，旧事前欢，都来未尽，平生深意。到得如今，万般追悔。空只添憔悴。对好景良辰，皱着眉儿，成甚滋味。

红茵翠被。当时事、一一堪垂泪。怎生得依前，似恁偎香倚暖，抱着日高犹睡。算得伊家，也应随分，烦恼心儿里。又争似从前，淡淡相看，免恁牵系。

——柳永《慢卷绸》

柳笛读着词，又早把埋怨少爷是风流浪子的念头抛开，心下不免敬佩，真不愧是“鹅仔峰下一支笔”，把个相思之情、离别之伤、孤独之意，写得如此温婉细腻、醇厚醉人，真乃至情之语也。这必定给少奶奶云桑的了。

再看第二阕：

暮景萧萧雨霁。云淡天高风细。正月华如水。金波银汉，潋滟无际。冷浸书帷梦断，欲披衣重起。临轩砌。

素光遥指。因念翠蛾，杳隔音尘何处，相望同千里。尽凝睇。厌厌无寐。渐晓雕阑独倚。

——柳永《佳人醉》

柳笛问：“少爷，这阕《佳人醉》，我寻思着，少爷相思意浓，只是所

思之人缥缥缈缈的，如水似玉一般，必是梅语姑娘无疑了。”

柳三变不答他的话，却道：“从杭州到崇安，山高水远，你孤身一人要小心在意，我不写家书，就把这两阕词带回家吧！明天我不送你了，你一路多多保重。”说罢背过身去，看着窗外。

窗外花红柳绿掩映着楼阁亭台，有曼妙的歌声琴声随风隐隐飘来，又悠悠飘向远处。

柳笛走了，柳三变突然觉得耳根清净了许多，心里有说不出的自在欢喜，离下科大考之年还远着呢，又忙着呼朋唤友，游山玩水，诗酒酬和。整日里混迹于歌楼酒馆，只把那韶光虚度，岁月空添。

这日深夜，柳三变醉酒醒来，头痛欲裂，口渴难忍，连呼柳笛倒茶，半天无人答应，这才想起柳笛早已回乡，又发现自己竟然躺在冰冷的地上。他爬起来摸索着点亮了灯，茶壶里滴水未存，看着自己在微弱的灯光中摇摆不定的影子，不禁悲从中来。若是在家里，如何会这般孤独凄清？若是有柳笛在，也不会连茶水都无人伺候。

从小衣来伸手，饭来张口的柳三变，哪知道生计的艰难？柳笛走后，他不知节省，又不做任何营生，专靠给那些唱曲的姐妹填词谱曲，日子过得捉襟见肘。楚楚姑娘时常送他银两，可他觉得自己堂堂五尺男儿，要一个卖唱女子的接济，岂不是斯文扫地？

傍晚他用仅有的几文钱沽了壶酒，醺醺而醉，不知为什么没有去楚楚的歌楼，也不知是如何回到住处的，醒来时孤独一人，好不凄凉。

他吹灭油灯，仰面倒在床上，却有一片清亮的月光从窗口洒将进来，如一溪清澈的流水。

此刻，他了无睡意，索性披衣而起，倚在窗前，想起家乡的月圆之夜，想起门前那片梅林，想起后花园里那座逸云亭，想起一起长大的梅语，想起九曲溪傍的山间小径，在那幽深的山间小径初遇云桑。

云桑，我的妻，你是否也在千里之外的月光之下想念你的七郎？岁月如流，你的浅笑嫣然，你的温柔多情，都沉淀在我绵密的记忆里，我会用心用笔把你对我的爱恋一一记下。

他又点亮油灯，想象着云桑在月光皎洁的夜晚，从醉酒中醒来，独上层楼，痴迷地看着远方，夜的凉意弥漫在襟袖之间，她凭栏向夜色询问：自己天生丽质，为什么留不住相亲相爱的人？对爱人的朝思暮想，使她空自消瘦而憔悴。在漫长的岁月中，独自忍受着相思的煎熬，连窗外的春色都不敢偷看一眼。因为，灿烂的春花，如烟的杨柳也会触动她的相思。整日里愁肠百结，辜负了眼前的春色与良辰美景而从未舒展眉头。暗问游人何时归来与我团聚？你还能像以前那样对我柔情似水、怜惜依旧么？

深情款款的语言，如涓涓细流从柳三变的心田缓缓而出：

皓月初圆，暮云飘散，分明夜色如晴昼。渐消尽、醺醺残酒。危阁远、凉生襟袖。追旧事、一晌凭阑久。如何媚容艳态，抵死孤欢偶。朝思暮想，自家空恁添清瘦。

算到头、谁与伸剖。向道我别来，为伊牵系，度岁经年，偷眼觑、也不忍觑花柳。可惜恁、好景良宵，未曾略展双眉暂开口。问甚时与你，深怜痛惜还依旧。

——柳永《倾杯乐》

第二天，柳三变不去楚楚的歌楼，也不去酒馆茶肆会朋友，独自一人走在湖边的柳荫下，一袭半旧的湖绸长衫穿在身上更显神情落寞。莺啼柳翠，花香蝶绕，竟提不起他的兴致。

柳三变走累了，便进了一家茶肆，刚刚坐定，就听那老板娘嗲声嗲气地叫道：“哎哟哟！这不是专给姑娘们填词谱曲儿的柳公子么？”

柳三变看看眼前这位风骚的茶肆老板娘，记不起几时给她的姑娘们填过词谱过曲儿，又不便相问，只是微微笑了笑。

那老板娘甩着手帕，扭上前来，颇为夸张地说：“柳公子，你这位风流才子能到我这小小的茶馆，真是蓬荜生辉哟！”

也不等柳三变答话，便坐在他身边，一股浓郁的桂花头油味，呛得他透不过气来，他本欲起身坐到另一边，却被那女人一把拉住按在座上：“来来来！别客气，今儿我请客。”又扭头朝里喊：“燕儿，快给柳公子上壶好茶，外加四色点心。”

柳三变昨夜醉酒，早饭也没吃，囊中羞涩，原本只想喝碗茶，歇歇脚，既然这老板娘如此盛情，也不推辞。正想着，那燕儿姑娘将茶与点心一并端来，低眉含笑道：“公子请慢用！”

好一位佳人！柳三变抬眼看去，只见这燕儿姑娘柳眉杏眼，鹅蛋脸儿，

柔软腰肢，便在心里暗唱了一声彩。

“燕儿，唱一曲好听的，兴许柳公子也会给你填首词呢！你以后唱将起来，岂不就红了？”老板娘给燕儿姑娘连使眼色。

燕儿忙去里间拿了琵琶与笔墨纸砚出来，打起十二分精神，挑平日唱得最好的曲儿给柳三变唱将起来。

歌声琴声刚落，柳三变的词也恰恰填好，他把词稿递给燕儿：“燕儿姑娘，这阕《两同心》，权当今日的茶资罢！”

燕儿喜极，忙上前接过词稿，细细读了几遍，便调弦唱道：

嫩脸修蛾，淡匀轻扫。最爱学、宫体梳妆，偏能做、文人谈笑。绮筵前、舞燕歌云，别有轻妙……

——柳永《两同心》

茶馆里的茶客正听得心神俱醉，街上却当当地响起锣声，柳三变闻声向门外望去，只见一队衙役鸣锣开道，一峨冠博带的中年人坐在高头大马上，神色自若。茶馆中有人说：“瞧瞧，咱杭州城的太守多威风啊！”

柳三变只觉得这马上之人似在哪儿见一般，只想不起是谁。

听座中有人说：“咱们这孙何太守可不简单啊！相传是当年‘荆门三凤’中的老大，老二叫孙仅，老三叫孙侑，可是书香世家，人称一门三凤！”

另一人接道：“听说孙大人年轻时与朝中大臣丁谓丁大人齐名，人称孙丁，他二人又同时参加科举考试，孙大人考了第一名，而丁谓考了第四名。听说丁谓不太服气，殿试时问太宗皇帝为什么他排第四，而孙何排第一。你道太宗皇帝如何回答？”众人都催他快说，别卖关子。

那人一本正经地说：“当时太宗皇帝笑道，按顺序排列是一二三四，甲乙丙丁，你既姓丁，录你为第四名也算适得其所，又有何好争论埋怨的？”

他身边一人拍了一下他的肩膀：“瞧你这样儿，好像你亲自在太宗皇帝跟前听见一般。”说罢大家哄然而笑。

茶客都把那人说的话当作茶余饭后的笑谈，唯独柳三变没有。他知道这是真的，这位大他二十多岁的杭州太守，正是他幼年时的同窗孙何。

他清楚地记得，七岁时随父亲在任上，便与孙何一起在王禹偁老师门下游学，并结为忘年之交。

真宗咸平五年（公元1002年），叔叔柳宏与孙何的二弟孙仅一同赴京赶考，又一同进士及第，同年好友又是同榜进士，两家关系更为密切。

柳三变辞别燕儿姑娘出来，更加闷闷不乐。心想，昔日的同窗如今是杭州府的太守，自己则是一介布衣，混迹于酒馆歌楼，自负才高八斗，却靠填词谱曲度日，岂不羞愧得慌。

低头走来，不觉已到楚楚的住处，闷声不响地钻进房中，倒在床上。

楚楚奇道："七郎今日怎么了？是哪儿不舒服么？"上前便伸手来摸他的额头。

柳三变拉过她的手，捂在胸前："楚楚，我没病。"

"那你为何郁郁寡欢的？想家了？想你那个云桑了？"楚楚含酸笑道。

"我今天在街上看到太守孙何了。"

"那又怎样呢？孙何是杭州城最大的官儿，哪个不知，谁人不晓？"楚楚撇撇嘴，不以为然，就势倒在柳三变身边，与他并排躺着。

"你哪里知道，这孙何原本是我幼年时的同窗。"

"那孙何怕不有四五十岁了，你才二十出头，你俩人怎么会是同窗？可见你是在扯谎，骗我好玩呢！"楚楚咯咯笑道。

"我七岁时，他那时二十出头，跟我同在父亲的好友王禹偁老师门下游学。我十五岁时，他的弟弟孙仅跟我叔叔柳宏是同榜进士，两家交好，也算得上是世交了。"

楚楚一下坐起来，正色道："原来你家跟太守大人有如此浓深厚的渊源，而你却不知利用，可见你的迂腐。"她伸手拉柳三变坐起来，"七郎，并不是每个人都要去挤那座科举的独木桥才能做官的。你有如此卓越的才华，若是在官场上有人提携，你同样能施展你胸中的旷世奇才。现有如此难得的机遇，你何不去找孙何，与他交往，谁能担保他日后不会提携于你？"

柳三变抑郁道："家父已经过世，叔叔放官外省，我原本是要去东京赴考的，却游历在此地，而且身无分文，又有何面目去见昔日的同窗好友？"

"不然，七郎错也！太守大人既与你家是世交，定不会以平常眼光来看你。"楚楚是杭州城的头牌歌女，什么样的绮筵她没有去过？什么样的官儿她没有见过？

只见她秋波一转，嫣然笑道："七郎，以楚楚愚见，你去拜访孙何，若是送金送银，倒俗了，也有辱你们两家书香门第的清名。据我所知，孙大人

是极喜诗词歌赋的，你何不用心填首极好的词作为见面礼？又斯文，又风雅。”

柳三变听了一下子跳将起来，搂着楚楚在房中连转几圈，又在她柔嫩的脸颊上猛亲一口，大笑道：“楚楚，楚楚你真乃我柳七的知己也！”

这夜，柳三变不跟楚楚缠绵，在灯下磨墨铺纸，认真构思，反复琢磨，一反平日靡丽的词风，以磅礴的气势填了首《望海潮》。

翌日，他换上那件非常钟爱的白色湖绸长衫，怀揣这首自以为前无古人、后无来者的《望海潮》，施施然来到孙何的门前。

岂料，孙何的门丁，从眼角的余光里见柳三变一袭白布长衫，头发只用带子绾了个髻，一个潇洒如玉树临风的风流才子，硬是被这奴才看成了浪荡的穷酸。

门丁连眼皮都懒得抬：“孙大人此时正忙呢，无暇会客！”说罢一甩袖子，背朝柳七。

无奈，柳三变只好通报了自己是柳宜的儿子，柳宏的侄子，与孙大人又是忘年之交。

“呸！你也不撒泡尿照照，我家老爷岂有你这等布衣白丁的朋友？”那奴才一口浓痰差点儿沾上柳三变的衣衫。

这蠢材！不知道我柳三变倒也罢了，居然连柳宜柳宏都没听说过，真是狗眼看人低。柳三变在心里愤愤地骂着，怏怏离去。

楚楚见他高兴而去，沮丧而归，便知道他连孙何的门都没进，并不问这问那，只温语劝慰。

两人正在房中缠绵，忽听得楚楚的侍女春红在门外轻唤小姐，说有人送帖子来了。

楚楚忙整衣出来，那人恭敬地递上帖子，说：“楚楚姑娘，这是我家老爷给姑娘的请柬。”

“你家老爷是谁？”楚楚接过帖子，并不忙打开，含笑而问。

“是杭州府太守孙何孙大人。”

“哦！”楚楚心里一喜。

“后天是中秋佳节，我家老爷要在家中大摆筵席，宴请幕僚属下及杭州城的名人仕子。因此，特邀请城里十几位头牌歌女名伶助兴，届时望姑娘务必拨冗赴宴！”

柳三变在房中听得一清二楚，心里却是一片茫然。

楚楚进来把请柬往他眼前一晃，笑吟吟地说：“七郎，你看，机会来了。”

“机会？莫不是你能把我夹带进孙府？”柳三变更见闷闷不乐。

楚楚伸出嫩如葱管一般的手指，点着他的脑门：“看你平日里填词吟诗，聪明绝顶的样子，原来竟是个榆木疙瘩！”

柳三变犹自不解地看着她。

“中秋佳节，太守大人请我们这些人去府上，自然是为了给他的宾客歌舞助兴。若是我唱一曲七郎的《望海潮》呢？”

柳三变睁大了惊喜的眼睛，楚楚却扭过身去：“只怕七郎的词入不了太守大人的耳。”

“快快快！楚楚，我的好姐姐，快快拿琴拿箫，咱先操练起来！”

第九章　妙笔生花　日后引得铁蹄来

东南形胜，三吴都会，钱塘自古繁华。烟柳画桥，风帘翠幕，参差十万人家。云树绕堤沙。怒涛卷霜雪，天堑无涯。市列珠玑，户盈罗绮，竞豪奢。

重湖叠巘清嘉。有三秋桂子，十里荷花。羌管弄晴，菱歌泛夜，嬉嬉钓叟莲娃。千骑拥高牙。乘醉听箫鼓，吟赏烟霞。异日图将好景，归去凤池夸。

——柳永《望海潮》

杭州，在北宋时期就是钱塘，素有“钱塘自古繁华”之说。庭、园、楼、阁、塔、寺、泉、壑如晶莹的珍珠，洒落于山水之间：或珠帘玉带、烟柳画桥，或万千姿态、蔚然奇观，或山清水秀、风情万种。难怪唐代诗人白居易在《忆江南》里赞叹：“江南忆，最忆是杭州！”

黄昏，楚楚被孙府来轿接走。

柳三变在楚楚的房里，倍感无聊，也更加孤独落寞。他想象着孙何的府邸是如何的灯火辉煌、高朋满座，而自己则远离亲人，在这遥远的异乡对月长叹。

柳三变没有想错，孙何的府中确实是高朋满座，香衣丽影，笑语喧哗。今夜的盛筵就设在孙府的后花园中，花园的树上、假山之上都搁置有特制的蜡烛。夜幕降临，蜡烛点燃之后，满园生辉，各色各样的菊花，在石下、在溪畔、在篱边灿然绽放，更有那金桂、银桂、月桂横枝疏影、花蕊暗垂，真是景色迷离，芳香醉人。

灯火辉煌之处欣赏丽人舞姿，喝彩之声不绝于耳。众人正陶醉之时，园中的蜡烛突然相继熄灭，大家正惊疑不已，忽听得一声：“看哪！好圆的月亮！”

一轮明镜似的满月，正悄然斜挂在花园的东南角，洒下满园清辉，众人这才回味过来，熄灭蜡烛，是为了赏月，禁不住赞叹何大人匠心独具、风雅至极。

正赞不绝口之时，隔着荷塘，随风传来悠扬的丝竹之声，琴声渐行渐近。随即，歌声袅袅而起，在如水的月光下，池塘的荷叶分向两边，一叶兰舟碾过水中的月亮，荡起万千细碎的涟漪。舟中玉立一位衣袂飘飘的女子，正婉转如黄鹂，逐月而歌。

顷刻间，四座惊倒，众宾客如醉如痴，如临仙境一般，凝神细听，歌词竟是：

东南形胜，三吴都会，钱塘自古繁华。烟柳画桥，风帘翠幕，参差十万人家。云树绕堤沙。怒涛卷霜雪，天堑无涯。市列珠玑，户盈罗绮，竞豪奢。

重湖叠巘清嘉。有三秋桂子，十里荷花。羌管弄晴，菱歌泛夜，嬉嬉钓叟莲娃。千骑拥高牙。乘醉听箫鼓，吟赏烟霞。异日图将好景，归去凤池夸。

——柳永《望海潮》

坐在主席上的孙何，似乎也被眼前的情景惊呆，他心里暗自叹道：这是哪位女子？且不说歌喉一流，仅仅是这样的出场就别具一格，独具匠心。他的手指合着曲子的节拍，轻轻地敲打着桌面，那神情说不出的怡然与陶醉。

一曲终了，众人高声喝彩，掌声不绝。

孙何问伺立在身边的家人："刚才唱曲的是哪家姑娘？"

"回老爷，是烟雨楼的楚楚姑娘。"

"哦！快请楚楚姑娘前来。"

园中又亮起了数盏大红灯笼，一片喜气景象。楚楚着一袭雪白的衣裙，如一朵风中的白莲，袅袅婷婷地来到孙何面前，含笑施礼。

孙何忙喊赐座，便急不可耐地问："楚楚姑娘今夜唱的可是新曲？怎的本太守以前从未听过？"

"回大人，楚楚唱的正是新曲，词牌叫《望海潮》。"楚楚欠身答道。

"此词是何人所作？"

"大人，作词之人叫柳三变。据说此人在他的家乡崇安，被人称作'鹅仔峰下一支笔'，是已故的工部侍郎柳宜之子，这首词是柳公子专为大人所作的新声。"楚楚嫣然笑道。

"啊呀！原来是故人！七郎来杭州了！"孙何大喜，又让楚楚再细细吟唱一遍，录下歌词。又吩咐下去，明日一定要请崇安才子柳三变到府一叙。

孙何原是个极爱诗词的风雅之人，此时他也顾不得花园里的众宾客了，任由下人去侍候，自己只管捧了词稿细读精研。

这是一首赞美之词，以大开大阖、波澜起伏的笔法，浓墨重彩的铺叙，

展现了杭州的繁荣、壮丽景象，真可谓是“承平气象，形容曲尽”（陈振孙《直斋书录解题》）。

“东南形胜，三吴都会，钱塘自古繁华。”起首三句，入手擒题，以博大的气势笼罩全篇。首先点出杭州位置的重要、历史的悠久，揭示所咏主题。三吴，即吴兴、吴郡、会稽。钱塘即杭州，此处称“三吴都会”，极言钱塘是东南一带、三吴地区的重要都市。

“烟柳画桥，风帘翠幕，参差十万人家。”你看，楼台亭阁，雕梁画栋，虹桥如画，垂柳凝烟，千家万户，雨润风浓，如纱般精致的帘幕在微风中摇曳，虽人口众多，却是多么祥和宁静。

“云树绕堤沙，怒涛卷霜雪，天堑无涯。”钱塘江边，行行树木，郁郁苍苍，钱塘江潮翻卷着雪白的浪花，恰似一道天然景观。一个“绕”字，尽显钱塘江堤迤逦之态；一个“卷”字又把钱塘潮波涛汹涌之势刻画得淋漓尽致。

“市列珠玑，户盈罗绮，竞豪奢。”观赏过惊心动魄的钱塘江怒潮，悠然来到市井中最繁华热闹之处，但见店铺毗邻，旗风招展，珠宝琳琅满目，绫罗绸缎盈柜。往来的男女衣着华丽，更有老板伙计招徕顾客，笑语盈腮。

“重湖叠巘清嘉。有三秋桂子，十里荷花。”风情万种的，还是那堪比西子的秀丽西湖。重湖，西湖中的白堤把西湖分为内湖和外湖；叠巘，灵隐山、南屏山、慧日峰等山岭重峦叠嶂，郁郁葱茏。桂子飘香，荷花映日的季节，湖光山色更让人流连。

“羌管弄晴，菱歌泛夜，嬉嬉钓叟莲娃。”最热闹的是荷塘边的夏日黄昏，采莲姑娘的菱歌此起彼落，横笛的牧童、独钓的渔翁，是那样的悠闲自在。此情此景，国泰民安的宁静祥和，任是丹青高手，怕也是难以描画的罢！

“千骑拥高牙。乘醉听箫鼓，吟赏烟霞。”一队队骑兵簇拥着高高的牙旗，尾随在威武而潇洒的长官之后，官民陶醉在物阜民丰、富饶昌盛的日子里，饮酒赏乐，吟唱烟霞，啸傲在山水之间，是多么怡然。

“异日图将好景，归去凤池夸。”这末句是何意呢？难道是？且慢，待明日柳三变来时，再当面询问。

孙何细细读完，忍不住拍案叫绝：“真是绝妙好词！绝妙好词啊！此词慢声长调与所抒之情起伏相应，音律协调，情致婉转，真乃传世之佳作，千古之绝唱矣！”

自此，柳三变成了孙何的座上宾，一时，他与他的《望海潮》传遍了北宋的每一个角落。

不久，却说西夏李元昊称帝，国号大夏。定都兴庆府（今宁夏银川），被宋朝皇帝削了官爵，夺了国姓。

李元昊得到这个消息时，正听歌女弹唱柳三变的《望海潮》，不但不气恼，反而哈哈大笑。他虽不太明了这阕词的妙处，只那“三秋桂子，十里荷花”，已让他隐隐看见中原物阜民丰，人杰地灵。

李元昊一把撕碎宋朝的圣旨：“今宋削我官爵，夺我国姓，正好成全寡人进攻中原之志。”当即吩咐左右大臣商议战事。

臣子们却不以为然，认为小小的一首词，总共一百零七个字，能说明什么呢？何不派出探子去杭州城走一趟，既可打探宋朝的虚实，也可以看看杭州城是不是有这个柳三变写得那么好，汉人的文学都是些虚幻夸张的东西，说不定是写来哄人的呢！

李元昊觉得这主意不错，可是派谁去呢？

一旁闪出一个少年，身材修长，面目姣好，声音清亮地说：“启禀皇上，儿臣愿往杭州，一探虚实。”

李元昊定眼一看，竟是宝贝女儿李婵娟，着一身男装，俏生生地站在自己面前。

看着美貌的女儿，李元昊心想，一个女孩儿家怎可去杭州那种风流之地？听说江南遍地都是歌楼舞馆，茶坊酒肆，女人媚惑，男人风流，欲不答应，却又经不住女儿的软缠硬磨，便派了汉人张元与武将阿里明一同前往。

你道李元昊为何重视汉人？这张元为北宋华州（今陕西华县）人，因“累举进士不第”，而又自以为有王佐之才，不甘寂寞，便写诗明志：“好著金笼收拾取，莫教飞去别人家。”明白表示北宋朝廷弃人才而不用，他将为异国效力。于是从边境进入西夏国，其奇特行为反引起了李元昊的重视，认为张元有胆识，是奇才，便予以重用。张元也不孚众望，多次进入宋朝境内刺探消息，这次更是欣然而往。

山遥水远，车马劳顿。这日，李婵娟跟张元与阿里明终于到了杭州。杭州城里，林立的店铺，洁净的街道，井然有序。西湖碧波荡漾，白帆片片，绿杨垂柳掩映着楼台亭阁，衣着光鲜的人们，怡然而自得，祥和的景象让这一行三人惊讶不已。

张元虽为宋人，平生也是第一次到江南，他不由得叹道：“一路南来，

杭州城最得天时地利人和，就好似上天降落在人间的一颗明珠。风景秀丽，土肥水美，更难得的是这里的人们那份闲适自然的劲儿。唐代的白居易曾写诗说：江南忆，最忆是杭州！可见那个柳三变的词写的还真是实情实景。”

阿里明笑道：“张大人，别文绉绉的了，牙都酸掉了。我可是肚子饿了，这好看的山水又不能当饭吃，先找家客栈住下来，吃饱了再说。”

李婵娟含笑赞成。

他们来到倚云楼门前，李婵娟说：“就住这倚云楼吧。”

阿里明摇头道：“连客栈的名字都叫得如此奇怪，我看江南人是吃饱了没事儿做。”

李婵娟望向张元：“张大人，用汉人的话来说，这就叫作风什么？”

“回公主，叫风雅。”张元笑道。

三人安顿好行李，梳洗一番，便到二楼店堂寻了个临街靠窗的位置坐下，可他们哪里知道菜的名字，那阿里明对店小二说：“把你店里最好的酒菜只管上来。”

店小二见这三位爷神态相貌各异，一个傲慢，一个秀气，这个说话的凶巴巴的，不像良善之辈，应诺着下去了。片刻，便送上酒菜，请三位慢慢品尝。

阿里明道：“江南人天生就是花花肠子，连菜都烧得这般精细，不耐咀嚼。还是咱们的家乡好，大块吃肉，大碗饮酒。”又向李婵娟道，“公主休怪属下粗鲁。”

李婵娟笑笑，不置可否，叫来小二吩咐：“小二哥，给这位客官上两只烧鸡。”

“要整只的，不要给老子剁碎了。”阿里明朝小二的背影吼道。

烧鸡上来，黄澄澄，香喷喷的。阿里明抓起鸡一撕两半，啃得满嘴满脸都是油，含糊不清地说：“南蛮子的嘴巴就是刁，这烧鸡的味道就是不一样。”

正啃得津津有味，突然发现旁边站着一个衣衫破烂、蓬头垢面的乞儿，眼巴巴盯着他手上烧鸡。

他瞪眼恶狠狠地骂道：“他娘的，这富庶的江南竟有要饭的！瞧你这模样，让老子倒胃口，还不给老子滚开！”

那乞儿不听，或许压根就没听懂他骂的什么。突然，那乞儿极快地伸出手去，抓起盘中的鸡就往嘴里塞。

阿里明更加恼怒，唰地抽出腰间的短刀，照着那乞儿当头就劈，张元长身而起，抓住他的手臂，喝道：“阿里明，不得招惹是非！”

"大人，你何时变得婆婆妈妈了？杀一个要饭的就像捏死一只臭虫。"

李婵娟轻叱一声："听张大人的！这是杭州，不是大金国，你忘了我们是来做什么的了？"

这一切被刚刚上楼的柳三变看在眼里，他收起洒金折扇，对张元与李婵娟深深一揖："小生代这位小哥谢过二位兄台的救命之恩！"转身吩咐早已吓得两腿哆嗦的小二，"给这位小哥来碗榨菜肉丝面。"

这一切他做得潇洒自如，从容不迫，就像没看见阿里明手上明晃晃的钢刀。

阿里明正气不打一处出，他不敢顶撞主子，便拿眼前这个文弱书生出气。只见他一步跨上前去，一手抓住柳三变的臂膀，一手举起刀："他娘的，你以为老子手中的钢刀是吃素的吗？"

一旁的李婵娟冷眼看去，只见柳三变轻摇折扇，面沉如水，看阿里明的眼神是那样的蔑视而坦然。心里不由得暗喝一声：好样的！江南有人才！一介文弱书生在钢刀面前竟能如此泰然自若。

她喝住："阿里明，不得无理！"

只见她款步上前，对着柳三变一抱拳："这位公子，请这边坐坐如何？"

她见柳三变面呈疑惑，笑道："方才你不是说要谢我么？小生初来乍到，公子能否给在下讲讲杭州的风土民情？"

柳三变听了，爽快地笑道："公子请！"

李婵娟听柳三变说起杭州的故事，如数家珍，颇为惊讶。柳三变有很多形容杭州的词语，她并不十分懂，但她觉得此人修眉俊目，锦心绣口，必定满腹经纶，博古通今，是不可多得的人才，只可惜是汉人。

一种莫名的情愫悄然滋生在她心里，她偷眼看去，张元正拉了阿里明看窗外的街景，她怕张元这位人精看透她的心事，忙收敛起心神，笑道："听公子说了半天，还不知道公子高姓大名呢！"

柳三变起身一揖："小生姓柳，名三变。"

"啊！你就是柳三变！"临窗的两位也大吃一惊，双双回过头来，盯着柳三变。

"怎么？难道你与你的朋友认识小生？可小生从未见过你们哪！"柳三变看这三人的表情，心里更是吃惊不小。

阿里明粗声大气地问："姓柳的，你是不是写了个破诗？"

"小生填的词可多了，却从未写过破诗。"柳三变看他一眼，不亢不卑。

张元拉拉他的衣袖，示意他不可乱说话。

李婵娟没想到自己要找的人就在眼前，而且此人丰神俊朗，谦谦有礼，难怪能作出如此美妙的词来。

于是欣喜道："原来公子就是《望海潮》的作者柳三变！我三人慕名而来，今日得见柳先生真容，真乃三生有幸！"她模仿汉人的语气竟有模有样。

柳三变却摇着折扇，缓缓道："江南人才比比皆是，小生不过略通诗书，乃寻章摘句而已，如此雕虫小技，何足道哉！"说罢就要告辞。

"柳先生且慢走！"李婵娟伸手拦住。

柳三变面色一沉，收起洒金折扇，问道："还有什么不明白的么？江南风景再美，也要人有美的心情去感受。否则，与瞎子何异！"

"柳先生，我是想说，你的《望海潮》人人称道。读起来，不但感觉画面美，音律也美，真可谓别具神韵，但不知先生可否将词的内容画成一幅画？"

"这有何难！"柳三变将折扇插在后颈的衣领中，吩咐小二笔墨侍候。一盏茶的工夫，一幅江南水墨图便呈现在李婵娟面前。待墨汁干后，她卷起图画，凝视着柳三变说："柳先生，告辞！咱们后会有期！"说完便低头匆匆而去，张元与阿里明相互看了一眼，丢锭银子在桌上，也匆匆跟了上去。

见这三人走了，店老板上前说："柳公子，你没看出这三人不是咱中土之人？"

"我早看出来了，只是不知道他们是哪里人氏。"

"那个要你讲西湖的少年，是个姑娘，想必你也看出来了罢！"

"哦！刚才要我画画儿的是个女孩儿？我说呢，一个男子何以如此灵秀，如此柔媚。"这下轮到柳三变莫名其妙了，他发了一会儿呆，索性不走了，叫了一壶酒两个菜，自斟自饮起来。

相传，若干年后，金国国主完颜亮听歌女唱完《望海潮》，当即叫人抄写下来，反复诵读，爱不释手。

完颜亮，亦称海陵王，字元功，本名迪古乃。金太祖阿骨打庶长孙，辽王宗第二子。自幼聪明好学，曾拜汉儒张用直为师，酷爱汉文化，擅长诗词，对柳三变这首词里的妙处自有另一番领会。"市列珠玑，户盈罗绮，竞豪奢。""三秋桂子，十里荷花。羌管弄晴，菱歌泛夜，嬉嬉钓叟莲娃。"完颜亮把玩着这首词，宋朝竟有这样富饶的人间天堂，而我堂堂大金国却偏居这塞外的苦寒之地！

他心里默诵着《望海潮》，突然在词稿的空白处挥笔写上四句诗：

万里车书一混同，江南岂有别疆封？提兵百万西湖侧，立马吴山第一峰。

当即便号召集资屯兵，做进攻中原的准备。后来，完颜亮真的挥师南下，攻打大宋。宋朝境内民不聊生，生灵涂炭，当时有个叫谢处厚的，写了这样的一首诗：

谁把杭州曲子讴，荷花十里桂三秋。哪知卉木无情物，牵动长江万里愁。

当然，这都是后话。

第十章　当日风流　如今残照草茫茫

晚天萧索，断蓬踪迹，乘兴兰棹东游。三吴风景，姑苏台榭，牢落暮霭初收。夫差旧国，香径没、徒有荒丘。繁华处，悄无睹，惟闻麋鹿呦呦。

想当年、空运筹决战，图王取霸无休。江山如画，云涛烟浪，翻输范蠡扁舟。验前经旧史，嗟漫载，当日风流。斜阳暮草茫茫，尽成万古遗愁。

——柳永《双声子》

柳三变自成杭州太守孙何的座上宾，更是乐不思蜀，不读圣贤之书，不思科考应对，总觉得来日方长，有什么可急的呢？离下科大考之年还远着呢！便一味地沉浸在丝竹词曲歌舞酒宴之中。

光阴荏苒，冬去春来。

三月初三，上巳节。

这天，和风拂柳，日光倾城，孙何邀几位文人雅士去踏春。这种风雅之事少不了诗酒酬和，自然也少不了柳三变与楚楚姑娘。

阳春三月，莺飞草长。西湖岸边，烟柳依依，湖里水波潋滟，游船点点，远处山色空蒙，重峦叠翠。

踏青的人有三五一行的，有成群结队的，或步行，或骑马。有专逛园林的，有上灵隐寺进香的，路上行人络绎不绝。

有些女子来到郊外，专寻些荠菜花戴在头上，那略显青色的小白花，插于眉边鬓角，别有一番天然风韵，无怪俗谚说“三月戴荠花，桃李羞繁华”了。更有些山野女子，将嫩绿的柳条编成环，在环上插满各种各样的山花，将花环戴在头上，于憨态中亦显出几分天然率真与娇柔妩媚来。

湖边柳树下，山腰亭榭间，早有人摆下了酒宴，那出门迟了的，便在草坪花下摆下了杯盘碗盏。有的还拉起围幕，邀些歌儿舞女，在那里浅斟低唱。真是“舞低杨柳楼心月，歌尽桃花扇底风”。清丽的歌喉，婉转的丝竹，穿山渡水，远近相和，欢乐无极。

孙何一行人在吴山上的栖霞亭里，围石桌而坐，桌上摆满了随从带来的美酒佳果，边饮酒边观赏四下的景色。

楚楚给大家斟酒，酒过三巡，孙何向柳三变道："柳七贤弟前番作的《望海潮》，把个西湖、钱塘的美景写得淋漓尽致，真是承平气象，形容曲尽，实乃千古妙文。只是最后几句溢美之词太过夸张，愚兄可承受不起啊！"

楚楚望向柳三变，欲说话，柳三变朝她微微一摇头，楚楚便不作声。

坐中一人道："大人此言差矣！大人在钱塘，替天子巡狩，劝课农桑，钱塘百姓安居乐业，各行各业日亦昌盛，难道不是大人的教化有方？况且大人的学问，在钱塘有谁堪比？"

另一人随即附和道："大人不必过谦，大人在杭州城的政绩，有目共睹，有口皆碑。依愚下之见，切不可把柳兄的赞美之词，当作一般的阿谀奉承之意。"

柳三变见有人替他回答了这个问题，笑微微看着大家，心想，更重要的一层意思，在座的有谁能领会？

果然，先前说话的李生摇头晃脑地说："柳大才子的高明绝妙之处，还在最后两句'异日图将好景，归去凤池夸'。"

"哦！说来听听。"孙何饶有兴趣地说。

"西湖、钱塘的美景虽天然而成，但百姓的日子过得好不好，跟地方长官的治理是密不可分的。既有良好的政绩，朝廷对大人的提升也快。当大人入朝执政之时，将西湖美景、钱塘的祥和之气画成图画，献与朝廷。柳公子之语，是祝大人他日入朝加官晋爵，真可谓是善颂善祷。"

这番话就如亭外的春风，柔柔地拂过孙何的心坎，孙何无比惬意，他举杯笑道："他日若真能如七郎所言，定不忘众位的深情厚谊。"

酒到酣处，有人提议："今日踏青，有酒岂能无诗，有诗岂能无歌？柳公子何不填上一阕，也好叫大家聆听楚楚姑娘的仙音妙曲？方不负了这般美好春色。"

众人立即击掌附和。

柳三变见孙何朝他微笑点头，便一仰脖子，饮尽杯中酒，孙何的随从已在另一石桌上摆好笔墨纸张，柳三变来至桌前，沉吟半晌，握笔蘸墨，一阕新词便呈现在大家眼前：

繁红嫩翠。艳阳景，妆点神州明媚。是处楼台，朱门院落，弦管新声腾

沸。恣游人、无限驰骤。娇马车如水。竟寻芳选胜，归来向晚。起通衢近远，香尘细细。

太平世。少年时，忍把韶光轻弃。况有红妆，楚腰越艳，一笑千金何啻。向尊前、舞袖飘雪，歌响行云止。愿长绳、且把飞乌系。任好从容痛饮，谁能惜醉。

——柳永《长寿乐》

李生不等墨干，一把抢过词稿，高声吟诵一遍，笑道："孙大人的朋友真不愧是崇安才子，把杭州的春天写得钟灵毓秀，明媚多姿。况有佳人在侧，繁花似锦的杭州城更是美不胜收，若楚楚姑娘再抚琴一唱，越发的妙不可言了。"

三变心想，此人真乃人中奇才，夸我的同时也不忘拍孙何的马屁。

在大家的叫好声中，楚楚接过词稿，默默吟诵几遍，心里也不免赞叹：果然好词！只是在这太平盛世，春光无限的大好时光，三变竟不求上进，日日千金买笑，从容痛饮，流连在温柔乡里，又未免让人忧虑。俗话说得好，少壮不努力，老大徒伤悲，只是他如何能听我的劝慰？

楚楚这样想着，却也不便在此时此地把心里的话说出来，便按下心事，操起琵琶，轻挑慢捻，唱将起来。

一阕清婉流利的《长寿乐》，一副曼妙婉转的歌喉，醉了踏青的人儿，醉了西湖的春天。

黄昏，柳三变回到楚楚的住处，意犹未尽，吹着口哨逗弄着笼中的鹦鹉。在外面玩乐了一天，楚楚觉得很疲劳，吩咐侍儿打水洗漱。

摘下钗环的楚楚，长发披垂，衬着光洁的脸庞，在烛光下更显乌发雪肌，姣好妩媚，柳三变忍不住将她搂进怀里，拥到床上，嘴里心肝肉儿地乱叫。

三变觉得奇怪，往日在怀里风情万种的楚楚，今日并不迎合他，冷冰冰的，任由他的摆布。

他放开她，把她的脸扳向亮处，不解地问："楚楚，你怎么了？不舒服么？是不是累了？"

楚楚起身坐至梳妆台前，理顺被他揉乱的头发，柳三变诧异地走到她身后，看着镜子里那个脸带淡淡忧愁的人儿。

"七郎，你我萍水相逢，却情投意合，恩爱无比，这是上天赐给我们的缘分。

只是你可曾想过，你我这样的日子能过多久？”楚楚抬头仰望着他。

能过多久？柳三变从未想过。

“从你今儿填的《长寿乐》不难看出，你不思进取，却贪恋红尘中的一切享乐。如今，你虽成为孙何的座上宾，对你的前程却并无帮助。”

“楚楚，今夜别说这些扫兴的话好不好？你看这良辰美景，说点高兴的话儿不好么？春宵一刻值千金啊！”他想拉楚楚离开梳妆台，冷不防楚楚一甩胳膊，他站立不稳，一个踉跄，差点弄翻桌上的烛台，楚楚又忙不迭地将他扶住，坐在椅子上。

“楚楚，你今儿究竟是怎么了？”柳三变顺手也拉她坐下。

“我是想告诉你，我不想你的家人骂我耽误了你的前程，你应该下苦功读圣贤书，去考取功名，而不是趁青春年少及时行乐。”

“可是，楚楚，这美好的春天与青春一样短暂，不及时行乐，实在是枉为人生一世。”

“七郎，正因为春天与青春一样短暂，你更要珍惜青春、珍惜生命，而不是把光阴虚度。”

柳三变烦躁地一甩手：“不要说了，你怎么越来越像我母亲了？”说罢便要出门。

楚楚上前伸手拦住：“我知道，你离了我这儿，会有很多人乐意收留你，但是这些去处并不是你的归宿，你最好的归宿是求取功名，不依赖任何人。”

“我何曾不想求取功名？我总得等到下科大考之年才能去考吧！”

楚楚放开手，摇摇头，流泪道：“我何苦这般劝你？他日你若一跃龙门，高官厚禄，又怎会记得我这样一个倚门卖笑的风尘女子！”她坐到床边，伤心落泪。

柳三变走至床边，拿起枕边的罗帕为她拭去泪水：“你既会这样想，又何必劝呢？我们这样过着不是很好么？”

“你青春年少，才华横溢，整日里混迹于花街柳巷、勾栏瓦肆，专与那些乐工、歌女填词谱曲，醉心歌舞。你父母妻子不在身边，自然无拘无束，我眼见你长期厮混下去，于心不忍，我本风尘中人，却也不愿担个勾引你、唆使你不务正业的罪名。”

楚楚一番苦心让柳三变有些收敛，除了赴太守孙何的文人酒宴应酬外，极少去其他歌楼为人填词谱曲，就在楚楚的书房苦读经史。

不久，孙何奉旨回京任太常礼院士，执堂三班院。后又嘉升为知制诰，赐金腰带，紫蟒袍。

孙何走了，偌大的杭州城，除了那些乐工歌女，再也无人像孙何那样看重柳三变了，他感到万分的失落。

楚楚却说："孙大人回朝任职，你应该更高兴才对，有朝一日你若为官，朝中有孙大人，自然也就有了照应。"

然而，好景不长，同年冬天，孙何因操劳过度，身染疾病，死在任上，时年四十四岁。

次年秋，柳三变拗不过叔叔柳宏书信的再三催促，辞别楚楚，登上了前往扬州的船。

这日傍晚，船到姑苏城外的瓜洲古渡口，船家停船靠岸，夜宿瓜洲渡。

船家用江水淘米做饭时，煞有介事地说："古时的西施曾经就住在那面山坡上，如今却是一片乱石岗了。"

船上乘客也都上岸，或进城采买，或走亲访友，多数人沿江边慢慢行走，看残阳下的江景。

柳三变随着几个人来到船家所说的乱石岗上，他知道船家没有乱说，这里确是春秋吴国馆娃宫的遗址。

馆娃宫，春秋时期吴宫名，是吴王夫差建造的宫殿，故址在今苏州市西南灵岩山上，宫以西施得名。吴王夫差作宫于砚石山以馆西施，吴人谓美女为娃，故曰馆娃。

《吴越春秋》上说，吴败越后，相传越王采用大夫文种的建议，把苎萝山"鬻薪"女子西施献于吴王，"吴王悦"。伍子胥力谏，吴王不听。后越师袭吴，乘胜灭了吴国。

站在乱石岗上，柳三变想起晚唐诗人皮日休的一首绝句来：

绮阁飘香下太湖，乱兵侵晓上姑苏。越王大有堪羞处，只把西施赚得吴。

想象着曾经的楼阁亭台，花红柳翠，那彻夜的歌舞丝竹之声，那迷恋在美人怀里的吴王夫差。如今这一切都烟消云散，只留下一堆堆乱石与荒芜的土丘，掩埋在野草之下，一阵阵野兽的悲鸣，让人胆寒。

吴王夫差究竟是输给了越王勾践，还是输给了范蠡？抑或是输给了他自己？在今天看来，任何图王争霸的风流人物，都不及功成身退、归隐江湖的范蠡。只有像他那样看破功名利禄，才能泛舟湖海，享受大自然的清风明月。

走下乱石岗，历史的兴亡与世事的沧桑，让柳三变陷入绵绵的惆怅之中，他觉得有千丝万缕挥之不去的忧伤郁结于心。上船后，也不顾船家的询问，从行囊中取出纸笔，舀江水磨墨，借舱外微弱的天光，写下一阕流传千古的咏史词《双声子》：

晚天萧索，断蓬踪迹，乘兴兰棹东游。三吴风景，姑苏台榭，牢落暮霭初收。夫差旧国，香径没、徒有荒丘。繁华处，悄无睹，惟闻麋鹿呦呦。

想当年、空运筹决战，图王取霸无休。江山如画，云涛烟浪，翻输范蠡扁舟。验前经旧史，嗟漫载，当日风流。斜阳暮草茫茫，尽成万古遗愁。

——柳永《双声子》

如果说杭州西湖犹如少妇般的端庄秀丽，那么，扬州的瘦西湖，则有小家碧玉般的玲珑雅致。

扬州，历尽繁华，依然有无数风花雪月的故事，在岁月斑驳的记忆中摇曳生姿，在瘦西湖浓浓的月色里笑看春风。

唐人徐凝说：天下三分明月夜，二分无赖是扬州。

云水流转，如今的柳三变不想去考究，诗中“无赖”二字究竟是说月色“可爱”还是“可憎”。他只觉得瘦西湖的月色与扬州的美女，同样曼妙、同样绮丽，也同样需要有去人欣赏、赞美与爱护。

他不无自信地想，风光旖旎的扬州，必定也有一位温柔可人的女子，在这湖畔静静守候，就如云桑守候在武夷山的幽深小径，楚楚守候在杭州的西子湖畔一样，都在等待他的到来，要与他在水云间的红尘深处，演绎一场前世注定的爱恋。

船至扬州，柳三变下船上岸。他终究没有把叔叔在信里写的“男人当以功名为重，要光耀门楣，庇荫子孙”等话听进心里去，他心里萦绕的是晚唐诗人杜牧的那首诗：

青山隐隐水迢迢，秋尽江南草未凋。二十四桥明月夜，玉人何处教吹箫？

少年时曾随父亲来扬州住过一阵子，对这首诗的理解不胜了了。而今扬州正值深秋，回头再读这首诗时，那山清水秀、风光旖旎的风貌如画轴般展现在眼前。清幽的明月照在二十四桥上，如诗如画、如梦如幻，这样的月夜，这样的美景，多么让人眷念。

那沐浴着明月清辉，倚着桥栏吹箫的美人，肌肤洁白光润如玉，柳三变仿佛听见悠扬的箫声飘散在已凉未寒的江南秋夜，袅绕在月光之下的黛色山峦与绿水之间。他怀着与词作者一样的心情，对风光秀美的江南景色与友人欢聚的热闹情景，充满了无限的怀念与向往。

有人要问，这柳三变，从小被称为鹅仔峰下一支笔的才子，几岁上就能写出惊世骇俗的《劝学文》，如今是怎么了？为何那些青楼女子，他见一个爱一个？

他不是不爱妻子云桑，也不曾将楚楚姑娘忘怀，他生来就是多情郎。贪恋江南美景，爱慕红颜女子，他遍赏春风秋月，于红尘之中守望那一份人间烟火的温暖。虽然世间有万般苦，他也要把自己的那份真爱给他生命中所遇到的每一个女子，他要让自己无悔的青春成为她们生命里最明媚的暖阳。

一到扬州，就听说红袖招的头牌歌女谢玉英，生得如何百媚千娇，又如何风情万种，而且这玉英姐姐自视清高，目下无尘，专给一些高雅有识之士吹拉弹唱，从不肯接待俗人。最可恶的是那老鸨儿，眼里只有银子，不识才子。

柳三变在杭州就用光了从家里带来的银两，这次进京的盘缠，还是楚楚姑娘给的，租了家客栈住下，已所剩无几。

这日，柳三变躺在客栈的房间里，百无聊赖，又不想离开扬州去东京汴梁，就是去东京，也要先见见这个人人夸耀的谢玉英。这样想着，起身离开客栈，在扬州城的大街小巷里漫无目的地闲逛。

不知不觉来到瘦西湖，沿着湖边小路缓缓而行。瘦西湖因湖面瘦长而得名，清秀婉曲的湖边小道，绿柳成荫，湖面窈窕婉转，迤逦舒展，在残阳夕照中，宛如女子飘逸的腰带。在柳三变眼里，瘦西湖就是一位妩媚动人、苗条婀娜的江南女子。

暮色四合，夜岚渐起。郁郁寡欢的柳七正欲转回客栈，蓦然，一缕箫声随着清凉的湖风飘进耳里，若有若无。他摇摇头，以为是错觉，而那箫声再次飘来，清晰如在耳边。

有人在湖边吹箫，他好奇心起，循声寻去。他叫不上这曲子的名目，只觉得吹箫人有无限的心事，要让箫声传给天边的云朵，传给天涯路上的短长亭。是在怀人？还是在诉说知音难寻觅？

湖边的太湖石上，端坐一位长发披垂的白衣女子，面对湖水吹箫，旁边的粉衣女子倚柳树而立。

夜色迷离，湖水幽碧，箫声呜咽，柳三变听得如痴如醉，不知今夕是何年。

“姐姐，回家吧，天黑了，露水已经很重了呢！”柳树下的女孩走近白衣女子，因为她看见柳三变正痴痴呆呆地望着她姐姐的背影。

箫声悠然而止，白衣女子缓缓起身，粉衣女孩接过紫箫，装进箫袋，两人搀扶着走过柳七的身边。

“姑娘请留步！”眼见就要擦肩而过，柳三变情急地喊了一声。

两人停下脚步，回过头来，面露疑惑。

只这一回眸，天边那轮正冉冉而起的月亮也黯然失色。

柳三变心里暗叫一声：天！天底下何以有如此美貌的女子！莫不是这瘦西湖的化身！或许是这湖碧水的精魄！

白衣女子心里也暗赞一声，天底下竟有如此丰神俊美的男子！只那双眉角入鬓的眼睛，让人看一眼便不能忘怀。那双眼睛是那样的温柔多情，又是那样的饱含忧郁与悲悯，似乎尘世间所有的伤心事，都在他这双眼眸之中。

粉衣女孩见这两人都怔怔的，她不说她的姐姐，却把手中的帕子挥向柳三变：“喂，哪里来的狂徒，怎的如此无礼！”

手帕的一角正擦过柳三变的面颊，一惊之下，恐她们离开，便向两个女子一揖到地：“姑娘恕在下冒失！在下崇安柳三变，请问姑娘芳名！”

“柳三变？你就是杭州城里专给人写曲子词的柳三变柳七？”白衣女子面呈欣喜，失声问道。

“正是在下。”柳三变心想，扬州城果然有人识得柳三变。

“《望海潮》就是你所作？”她似乎要进一步证实。

“正是。”那还用问，江南有谁不知，有谁不晓“十里荷花，三秋桂子”正是我柳三变所作。

白衣女子忽然面露羞涩，只是夜色中无人觉察，她躬身施礼，款款而言：“小女子是红袖招的歌女谢玉英，闻说柳公子潇洒俊逸、风骨清澈且才情非凡，天下独一无二，今日有幸得见，果然名不虚传！”

第十一章　红尘相遇　美人才子是相知

是处小街斜巷，烂游花馆，连醉瑶卮。选得芳容端丽，冠绝吴姬。绛唇轻、笑歌尽雅，莲步稳，举措皆奇。出屏帏。倚风情态，约素腰肢。

当时。绮罗丛里，知名虽久，识面何迟。见了千花万柳，比并不如伊。未同欢，寸心暗许，欲话别，纤手重携。结前期。美人才子，合是相知。

——柳永《玉蝴蝶》

自此，柳三变便成了扬州歌女谢玉英的娇客，在这风光旖旎的瘦西湖畔，谢玉英便是他的女神，是他生命中的一切，他暂时忘了家乡的云桑，忘了杭州的楚楚。

人生一世，如同过眼云烟，过往是逝水不返，他在乎的是眼前美丽的景观与佳人，他要用勃勃的青春与飘逸的才华，为她们也为自己谱一曲与众不同的生命赞歌。

千年之后的我，从这些清词丽句里，依然读出了那些美丽女子的哀愁与欢乐，她们庆幸与他的相遇相识相爱，她们为与他的离别而悲伤，因为他是她们卑贱生命里最明媚的那一抹暖阳。

在红袖招，柳三变为姑娘们填词谱曲，歌楼从此客源绵绵，姑娘们也身价倍增，老鸨儿的胖脸都笑成了柿饼。

谢玉英自恋上柳三变，扬州城的文人雅客再也入不了她的眼。她婉转的歌喉，优美的舞姿，只为柳三变一人而歌而舞。阅人无数的她心里自然明白，自古痴情皆成伤，多年来，她不动真情，因为那些买醉的男人，体面的外表下，都掩藏着一颗下流的心。在他们眼里，青楼女子只是供他们取乐的物儿，是闲了烦了的乐子，是家里养的猫儿狗儿，玩了乐了，再给她们冠名为“红颜祸水”。

而柳三变却让她失了方寸，他俊美的外表，温文尔雅的言谈举止，尤其是那双忧郁的眼睛，当那双眼睛看着你时，有几分说不出的悲悯。她分不清那种悲悯是他内心良善的流露，还是对她身世的同情。她动情了，无法抑制地爱上了这个白衣相公。可她又担心，柳三变毕竟太年轻，虽一见钟情，情投意合，然而良辰美景过后，她将情归何处？

这日黄昏，柳三变与谢玉英携手在红袖招的后花园散步，扬州的初秋，依然花木扶疏，微风过处，暗香浮动。

行至竹篱边，柳三变摘一朵粉色雏菊，插在谢玉英如云的鬓边，含笑端详。

谢玉英却低眉敛首，极为抑郁地说："七郎，你对玉英到底是真情？还是假意？"

柳三变被问得目瞪口呆："相处了这些日子，难道姐姐就没看出柳七的一片真心？"

"我知道你对姐姐很好很真心，可你转身对其他姐妹也一样的满脸微笑，满眼柔情。"

"姐姐，你太不了解柳七，在柳七眼里，没有青楼红楼之分，天下女子，都如柳七的亲姐妹一般，柳七都会尊重她们，爱护她们。而你，则是柳七最最爱慕、心疼的女子，是揽在怀里，呵在口里，捧在手心里的可人儿。"

"那你整天地为她们填词谱曲儿，为何一字半言都不给我写呢？"柳三变的话，谢玉英听了，心里像微风拂过湖面般熨帖，她倚着柳三变的肩膀，娇嗔地说。

"哎呀！好姐姐，你真是柳七的好知己，我心里正有一阕绝妙好词要送给姐姐呢！"

"真的？怎会这样巧？我一说你就有了？"谢玉英睁大那双妩媚的眼睛，疑惑地看着柳三变。

"不信？咱现在就上楼，给你写下来如何？"

是处小街斜巷，烂游花馆，连醉瑶卮。选得芳容端丽，冠绝吴姬。绛唇轻、笑歌尽雅，莲步稳，举措皆奇。出屏帏。倚风情态，约素腰肢。

当时。绮罗丛里，知名虽久，识面何迟。见了千花万柳，比并不如伊。未同欢，寸心暗许，欲话别，纤手重携。结期前。美人才子，合是相知。

——柳永《玉蝴蝶》

谢玉英读着墨迹未干的《玉蝴蝶》，只觉唇齿生香、心神俱醉。她望着

窗外渐渐暗下来的夜空，半是欣喜，半是忧虑。她欣喜自己在这种被世人唾弃的风月场中，果真找到了真心真意爱自己的男人。在这个玉树临风、才华飘逸的男人面前，自己真是那样高贵、那样出众、那样才艺超群么？“选得芳容端丽，冠绝吴姬。绛唇轻、笑歌尽雅，莲步稳，举措皆奇。出屏帏。倚风情态，约素腰肢。”

可是，这是不用怀疑的呀，“绮罗丛里，知名虽久，识面何迟。见了千花万柳，比并不如伊。”他对自己仰慕已久，相见恨晚，我说呢，他对那些姐妹的友善，是出自他善良的本性，在他眼里，从杭州到苏州到扬州，在这美女如云的江南，只有我谢玉英才让他爱得神魂颠倒，乐不思蜀。

“美人才子，合是相知。”自懂事以来，我就有千般怨万般忧，怪苍天无眼，生我红颜丽质，却弃我如草芥。怨命运不公，学得琴棋书画，诗词经史，却倚门卖笑。风尘之人，难求知己，一副身躯任人践踏，一颗芳心百孔千疮。

岂料，眼前这个官家子弟，才华横溢的男子，用惊世骇俗的人品才学，视我这风尘中人如知己。

苍天有眼，她把词稿捧在胸前，对着明月升起的夜空喃喃而语。是我错怪了天，我的知己就在眼前，可如今，我这样一个卑贱之人，如何才能长长久久地留住他？

古往今来的父母之命，媒妁之言，在他的“美人才子，合是相知”面前显得那样轻浮、那样渺小。

眼前有这样优秀的男人，又是这般的良辰美景，我何不珍惜拥有，又何必杞人忧天？自古好事终难齐全，纵使有一日他若真的离我而去，也不枉相识相知相爱一场。

想罢，她抹去眼角的清泪，转身笑盈盈地说：“七郎，我把你这阕《玉蝴蝶》谱上曲子，弹唱给你听，可好？”

窗内，烛影摇红，琴声悠悠，歌喉婉转；窗外，月色如水，花香袭人，阶下秋虫轻吟，似在为这对天造地设的才子佳人，为他们的相知相惜祝福祈祷。

世间这个“缘”字真是奇妙，不知她栖息在哪儿，也不知她何时会降临。可凡夫俗子，烟火男女，会因为“缘”与相爱的人相遇相识相爱相惜，也会因为“缘”与相爱的人生离死别，天各一方。

“缘”也是强求不来的。若缘来了，就珍惜；若缘尽了，就随缘。人生如水，时光流逝。毕竟，我们在红尘相爱了一场，用青春，用眼泪，用真情充塞了自己空白的生命，给短暂的人生涂抹了一笔浓郁的色彩，这就足够了，这也就是佛家所说的圆满了。

好日子不是过得太快，就是太短。这对才子佳人日日美酒、夜夜笙歌，还没从良辰美景中睁开蒙胧的睡眼，柳三变又接到叔叔柳宏托人捎来的信。

这次的来信与往日不同，除了叔叔严厉责备其贪玩、游手好闲的亲笔信外，还夹有云桑写的两首小令。

阮郎归

溪边桃杏正芳菲，风斜柳絮飞。鹧鸪轻唤小楼西，绿窗杨柳垂。
罗袖薄，鬓云低，日长懒画眉。筝弦无语捻相思，问君知不知？

秋千索

梦残不觉纱窗晓，画楼外、几声啼鸟。倚栏人懒台阶扫，看院角花开了。
远山近水春光好，念行色，风霜多少？愿君思乡归来早，只莫在江湖老。

叔叔的责备在意料之中，父亲不在了，叔叔是代母亲而为。柳三变没想到的是云桑也能填词，而且填得如此清丽婉转，情真意切，把一个闺中怨妇的相思之情表达得淋漓尽致。尤其是第二阕《秋千索》，她既叹念游人在外面游历的风霜之苦，又怕游人贪恋山水的美景与女人的美色而忘了回家，劝游人不要终老江湖而忘了家里的人。

柳三变那颗善感的心被牵动，有满腹说不出的惆怅与思念，可眼前这位千娇百媚、风情万种的玉英姐姐，他又如何割舍得下？然而，母命难违，他只得强忍着万分不舍，整理行装，与玉英道别。

玉英倚坐在床头，掩面而泣："七郎，你这一走，不知何时见也？"

柳三变挨她坐下，拉起她那双柔若无骨的小手："姐姐，柳七从崇安的大山里走出来，是为了去东京科考求取功名的，到如今，我已经耽误了几年了。你看，家中老母托叔叔来信催促，再不进京，怕叔叔要亲自来了。"

"那你还会来扬州么？"玉英哭得梨花带雨，抬头眼巴巴地看着柳三变。

柳三变抹去她脸上的泪水，无限怜惜地说："姐姐，我会来的！待我金榜题名，得了一官半职，立刻接姐姐同享欢乐。"

"到那时，怕你是有了妹妹就忘了我这个姐姐了。东京何等繁华，什么

样的佳人美姬没有呢？而你又如此年轻，才貌兼备，就算你想独善其身，也是不可能的，何况你家里还个云桑。”谢玉英低头幽幽地说。

柳三变为她抹去滚滚而落的热泪：“姐姐，你难道还不懂柳七的心么？柳七愿为你而死，云桑是妻子，姐姐是柳七的红颜知己，这点你怎会分不清？我如今离开你，是为了以后与姐姐过上更好的日子，而且我是母命难违呀！”

谢玉英倚在他怀里，任泪水濡湿他的衣襟。

“姐姐，我走后，你能为我独守空房么？”柳三变嗫嚅地说。

谢玉英坐直身子，盯着他的眼睛，像是没听懂他的话。

“我是说，姐姐应该闭门谢客，为柳七独善其身，待我中举归来迎娶姐姐。”

“我能的，为七郎这句诺言，我愿闭门谢客，等待七郎的迎娶。”谢玉英擦干眼泪，一字一顿地说。

柳三变站起来，解下腰上的玉佩：“这是我随身携带之物，送给姐姐做个念想，希望姐姐一诺千金！”

谢玉英接过，看着温润而晶莹的玉佩，随手拔下发髻上的桃花簪子递给柳三变：“这支簪子送与七郎，见了它就如见到妾身一般。”

柳三变顺手从床头拿起一条谢玉英的粉红帕子包了玉簪，笼在袖子里：“千里相送，终有一别。姐姐留步，柳七告辞！”说罢，唤脚夫挑了行李出门而去。

如今的大宋朝，是四海安宁，百姓安居乐业。随着农业与手工业的发展，商业市场迅速扩大起来。

在唐朝，市与镇甸有着非常严格的坊市制度，坊，是市民住宅的区域；市，是商品交易的场所。贸易受时间地点制约，日中为市，日落前三刻罢市。

北宋不再限制市场交易的时间与地点，商人可以随处开设商品交易的场所，而且可以通宵达旦。政府设立了市舶司，掌管对沿海一带的进出口贸易。北宋商业的繁荣昌盛，大大增加了商税的收入。

面对这样的太平盛世，真宗皇帝赵恒常常引以为自豪，认为是自己的英明决策，使“澶渊之盟”成功，使百姓免遭涂炭，才有了今日的繁荣。然而，资政殿学士王钦若却说，寇准主持与辽国签订的和约，实质上是“城下之盟”。

“城下之盟”是敌军兵临城下，我国被迫与其签订的休战条约，是以丧权辱国为代价的。

王钦若的话，如一团乌云，飘在真宗皇帝的头顶，挥之不去。他心里极度烦闷，作为太祖太宗的继承者，作为大宋朝的真命天子，岂能容忍费尽心血造就的富饶和平，是来自与辽邦的“城下之盟”？这岂不有辱大宋朝的尊严？大宋皇帝的颜面何在？又将如何教化子孙？若就此下去，岂不是遗臭万年？

想到这些，真宗皇帝心乱如麻，他不去琢磨王钦若说这等话，是不是有嫉妒寇准之嫌？

可惜，真宗皇帝看不出，王钦若实属奸佞之辈，贪生怕死，嫉贤妒能，德行不正，却有一套取媚于皇帝的绝妙手段。

某日，皇帝心血来潮作了首诗，在朝堂上赐予大臣欣赏，宰相王旦看出其中一字用错了韵，想说给皇帝知道。君臣闲暇之时切磋诗艺，是极普通、极风雅之事，在场之人指出错误并没有什么，可王钦若却危言耸听，说什么天子之诗岂是礼部所定诗律所能校正的？大家听了此话，只得作罢，岂料王钦若私下里告诉皇上，说哪个字用错了。后来，皇帝对大臣们说，前些日子所作之诗，有一字用错了，若不是王爱卿指正，怕要为众臣所笑话了。

“城下之盟”便是王钦若排挤寇准，在皇帝面前邀宠的借词。果然，皇帝召王钦若单独商议，问如何才能“洗刷”这个“城下之盟”的耻辱。

王钦若这种奸佞之徒，早把皇帝的性格、心理摸得异常透彻，他知道皇帝最厌烦的是兴兵打仗，他正等着皇帝来问他，所以一本正经地说：“陛下若发兵攻取幽蓟二州，便可以洗刷此奇耻大辱。”

真宗皇帝果然眉头一皱，摆手道：“此法不可取！幽蓟二州的百姓饱受战乱之苦，始得休养生息，朕不忍战火重燃，爱卿再想其他办法吧！”

王钦若装模作样，捻着胡须点头道：“陛下宅心仁厚，实乃天下之幸，百姓之幸也。若不用兵，陛下唯有做一件大功业，方能让四海驯服，耀示辽邦。”

这奸臣有意引皇帝上钩，皇帝果然十二分好奇：“爱卿所指是何等大功业，说出来听听。”

“封禅。”

“封禅？”皇帝惊问。

“对，封禅。”王钦若镇静自若。

所谓封禅，就是告祭天地的大典，在东岳泰山筑坛祭天为“封”，在泰山以南的梁父山辟场祭地为“禅”。

真宗皇帝思索着，自秦汉以来，“封禅”一直是国家的大典，非得有德之君，才能做此圣德之事。天地所能接受的祭祀，必得来自圣明天子之所为，他虽为大宋国君，但是否有此贤德来祭祀天地呢？

皇帝不能让王钦若看出他的底气不足，背着手，踱着步子：“此法不妥。自古以来，天地所能接受的祭祀，必得来自贤德圣明之天子，不是随便哪个称孤道寡者都能做的。若真要封禅，必得上天昭示才可。”

“上天昭示虽不可轻易得到，但也可人为。”奸臣赤裸裸的引诱居然没引起真宗皇帝的警惕，他颇为兴奋地等待着王钦若的后话。

“陛下，武则天的河《图》洛《书》等天示祥瑞，真的是上天的昭示吗？那只不过是上天借人力造化而为。”王钦若侃侃而谈。

“让朕好好想想，好好想想。”真宗皇帝似有所悟。

皇帝虽意犹未决，却已把这些话全都听进心里去了，王钦若觉得话说到此处方为最好，便不再进言，即告退回家。

夜间，皇上想着王钦若的一番话，心绪不宁，坐卧不安，便步出寝宫。随侍的太监猜度皇上想去秘阁，便奏说今夜秘阁是右谏议大夫、龙图阁直学士杜镐当值。

皇帝想，杜镐学识通贯古今，且为人厚道，何不问问他？

皇帝星夜到此，杜镐不知何意，惶惑间，听皇上问：“爱卿博通典籍，能给朕说说河出‘图’、洛出‘书’的故事吗？”

杜镐是位诚实之士，想都没想，皇帝星夜来秘阁究竟为何？也不去想为什么会突然问起此事，皇帝问什么，他答什么，是他分内之事。

他回答：“河出‘图’、洛出‘书’也没什么神秘之处，此等天示祥瑞，不过是古代圣人借上天造化之神妙演示出来的结果，其目的是借此以教化天下。”

真宗听了喜极，这不跟王钦若说的是一回事吗？心里便拿定了主意。

这日傍晚，宰相王旦正在自家的花园散步，突然有内侍来请，说是皇帝召见。

王旦忐忑不安地来到景阳宫，客厅的桌上已摆好了酒菜，行过君臣之礼，皇帝笑微微地看着他，吩咐赐坐。

王旦受宠若惊，坐下，却不知皇帝今夜的用意何在，偷眼看时，见皇上龙颜和悦，满面春风，也就把那颗悬着的心放了下来。

美酒佳肴，轻歌曼舞，君臣看似都陶醉其间，其实各怀心事。宴毕，皇帝说：“王爱卿，朕有一樽上好美酒，赐予爱卿与家人同享。”

王旦诚惶诚恐，捧了酒樽回家，打开看时，竟是一酒瓶子莹光闪闪的稀世珍珠。

到此时，王旦才完全证实了王钦若事先所说的“封禅”，皇帝真的要行动了，而且，这酒瓶里的珍珠，将是自己作为“封禅”领头人的代价。

大中祥符元年（1008年）正月的一天，朝堂之上，真宗皇帝看着群臣，神情肃穆地说：“去年十一月二十七日深夜，朕似睡非睡间，忽然室内祥光闪烁，半空中有穿绛衣的神人对朕说：下月于正殿建道场一个，于下月初三，将降天书《大中祥符元》三篇。说罢，神人与祥光隐去。朕彻夜未眠，思来想去，必是上天要告诉朕一些未知的事情，于是，从十二月初一起，朕就斋戒于朝元殿，并建道场等候神赐。虽已过月余，朕并不敢拆去道场，刚才城隍司有奏，说在左承天门南角，发现有帛布悬于屋脊之上，朕细细想来，恐怕这就是那梦中神人所说的天书了。”

群臣正听得目瞪口呆，王旦、王钦若当即匍匐在地，山呼万岁，敬贺灵书天降。

随后，真宗率文武百官步行至承天门，焚香受书，亲奉“天书”至道场，当众开启“天书”封口，命知枢密院事陈尧叟读之：“封受命。兴于宋，付于慎，居其器，守于正。世七百。九九定。”

还有三条黄色条幅：真宗以孝道承统。务以清净简俭。必致世祚长久。

陈尧叟宣读完毕，依然用黄帛包好，郑重放入事先准备好的金柜之中，又祭告天地、宗庙、社稷，并在崇政殿设斋宴，接受百官朝贺。随即大赦天下，加恩文武百官，改元为“大中祥符”，并宣布今年十月将“封禅”于泰山。

第十二章 太平盛世 朝野多欢民康阜

嶰管变青律，帝里阳和新布。晴景回轻煦。庆嘉节、当三五。列华灯、千门万户。遍九陌、罗绮香风微度。十里然绛树。鳌山耸、喧天箫鼓。

渐天如水，素月当午。香径里、绝缨掷果无数。更阑烛影花阴下，少年人、往往奇遇。太平时、朝野多欢民康阜。随分良聚。堪对此景，争忍独醒归去。

——柳永《迎新春》

真宗大中祥符元年（1008年），二十五岁的柳三变终于踏上了东京汴梁这片繁华的土地。

来到叔叔柳宏的府第，还没来得及喘口气，柳宏就说："七郎，既来之，则安之，我这儿就是你的家了。有件事，我得告诉你，当今天子以孝治天下，是贤明圣德之君主，以至感动上天，天降祥瑞，降'灵书'于左承天门。这时节正是举国称贺，文人显能之时，也是朝廷招贤纳士之际。在崇安你便享有'鹅仔峰下一支笔'的盛名，在江南，人们奉你为崇安才子，你不是很会填词么？据说你填的词在江南传唱，何不正经地填来进奉上去，被皇帝看中也未可知，若能被朝廷重用，岂不比参加那千军万马过独木桥的科考更好？"

柳三变听了心中暗喜，填词比写文章简单多了，欢喜之余，又不免心惊，叔叔在京城，对我的事怎得如此清楚？便不敢怠慢，当下垂首应道："叔叔说的是，侄儿听叔叔的，这就尽力去填来交与叔叔。"

"你刚到，也不急在一时，后天是元宵节，叫小厮柳青带你到处走走、逛逛，你看看京都与江南，到底哪儿好。"说这话时，柳宏捋着胡须，满目慈爱地看着柳三变，又唤来柳青，交代要如何伺候好七少爷，那柳青乖巧地一一答应。

柳三变跟柳青到府里各房认了长辈与堂兄妹，晚饭后回房，连日来舟马劳顿，疲惫不堪，便唤柳青打水，胡乱抹了把脸，倒头便睡了。次日醒来，天已大亮，想起叔叔昨日说填词之事，便翻身爬起来，也不唤柳青，自己磨了墨，思索半天，颇费了一点心思。

用过早饭，便把词稿拿给叔叔，柳宏接过看时，是一阕小令：

琪树罗三殿，金龙抱九关。上清真籍总群仙，朝拜五云间。
昨夜紫微诏下，急唤天书使者。令赍瑶检降彤霞，重到汉皇家。

——柳永《巫山一段云》

柳宏细读几遍，赞道：“果然出手不凡，道尽皇家万千气象，只怕这首小令还显不出你的才华来。”折起纸笺，笼进袖子里，“说不得了，明日便是元宵节，今天就得把词稿呈上去，总得试一试运气。”

今年京都这个元宵节与往年不同，热闹奢华自不必说，听说真宗皇帝要走出宫帷，与民同乐，柳三变带着一颗新奇的心走上街头。

湛蓝的夜空，明净如洗，那轮皎洁的满月正悄然俯视着汴梁这座不夜城。

千门万户，张灯结彩；大街小巷，游人如织；香车宝马，络绎不绝。

更有那穿城而过的汴河、蔡河上，画舫游船如长龙般迤逦而行，船头舟尾的各色花灯，五彩缤纷，争奇斗艳。

最让柳三变兴奋莫名的是街上、船上那些美貌女子，她们极尽所能，打扮得花枝招展，清新的如阳春白雪，淡雅脱俗；明艳的如桃红柳绿，光彩照人。各有一种风流韵致，让人陶醉。

蔡河湾，傍蔡河而成，是东京城最繁华热闹的长街。街道两边，店铺林立。更妙的是，贡院、太学、国子监与教坊、青楼、勾栏瓦肆邻近。店铺门前的叫卖吆喝，茶坊酒肆中的丝竹管弦，人声鼎沸之中，爆竹的烟火味与女人的脂粉气息，在夜风中弥漫，别有一番融融之乐。

柳三变正痴迷地看着大街上灯火与人流交织的奇景，忽然，一少年书生对着他抱拳一揖，无不欣喜道：“这不是崇安才子柳三变柳公子么？”

“在下正是崇安柳三变。请问尊驾是？”柳三变想不起此人何许人也，疑惑地问。

“在下江南乌程人氏，姓张名先，字子野。曾在钱塘西湖边的烟雨楼上听过公子的词曲。”少年书生恭谦而答。

柳三变喜道：“阁下莫非就是‘那堪更被明月，隔墙送过秋千影’的张先？”

“正是在下。”张先笑道。

“哎呀！真是人生何处不相逢！兄台缘何到此？”

张先忽然腼腆起来："在下今年二十有二，游学来京都，准备参加明年春天的科考。"

"贤弟不必如此，三变痴长三岁，今年二十五了，被叔叔胁迫来京，也是应明春的科考。"

两人一见如故，不远处有家叫一品楼的酒楼，二人上楼选了靠街的座，叫了酒菜，边观街景边闲聊。

这张先可不一般，他的词因有"云破月来花弄影""娇柔懒起，帘压卷花影"、"柳径无人堕飞絮无影"，而被时人称为"张三影郎中"，当然，这是后话了。

柳三变想不到能遇上一个可以说话的人，心情分外愉悦，小二端上酒菜，二人推杯换盏，谈兴犹浓。

窗外，皓月当空，街上，火树银花，汴梁城沉浸在一片流光溢彩的繁华锦绣之中。

张先醉眼朦胧："兄台你看，今夜月光皎洁，灯火辉煌，衣香丽影，若兄台妙手寻章，填首好词来，方不负如此良辰美景也！"

柳三变豪情顿起，朗声道："小二哥，拿笔墨纸砚来！"

这一声竟惹来许多目光，人们好奇而期待地望着这两个俊美狂放的青年公子。

小二摆好笔墨纸砚，只见那柳三变眉飞色舞，举笔挥洒，一阕《迎新春》跃然纸上：

嶰管变青律，帝里阳和新布。晴景回轻煦。庆嘉节、当三五。列华灯、千门万户。遍九陌、罗绮香风微度。十里然绛树。鳌山耸、喧天箫鼓。

渐天如水，素月当午。香径里、绝缨掷果无数。更阑烛影花阴下，少年人、往往奇遇。太平时、朝野多欢民康阜。随分良聚。堪对此景，争忍独醒归去。

——柳永《迎新春》

张先一个"妙"字没来得及出口，却听旁边一声："好一个'太平时、朝野多欢民康阜'，一语道尽物阜民康的太平景象。真乃好词也！"

这是位饮酒的老者，正捋着花白胡须，边读词边点头。

一位颇为儒雅的中年人说："你们看，这句'遍九陌、罗绮香风微度'，真是写尽了京都的繁华与满城的衣香丽影。哈哈，在下尤喜这句‘罗绮香风微度’。”

另一风流倜傥的青年男子笑道：“谁说不是呢！这罗绮香风正对了你的口味了。”他又看着柳三变，“这位公子，小生最爱‘更阑烛影花荫下，少年人、往往奇遇’这句，多么浪漫而旖旎的元宵之夜。”说罢，三人哈哈大笑。

那儒雅中年男子对柳三变一揖到地：“在下是平康里紫烟阁教坊的乐师韩雁飞，敢问公子尊姓大名？”

柳三变还礼道：“见过韩先生。小可姓柳名三变，建州崇安人氏。”回头看着张先说，“这位张公子是小可的朋友，钱塘人氏，姓张名先，字子野。”

那老者乃京城首富钱百万，青年男子叫李又莲。

张先笑着以礼相见。

韩雁飞惊道：“柳三变？公子莫非就是那《望海潮》的词作者柳三变？”

柳三变含笑道：“正是在下。”

说话间，五人重新落座，韩雁飞不等别人开口，对柳三变说：“在下所属的紫烟阁教坊，乃京城第一大教坊，坊内有名满天下的歌儿舞女，闲暇之时，公子不可不去。”

褐衣老者笑道：“哪有劝人去教坊的？这便有误人子弟之嫌了。”

“老哥，这你就不懂了，”韩雁飞打断他的话，“我请柳公子去教坊，是因为柳公子的词填得太好，如今教坊正缺人作新词，若柳公子去了，姑娘们不定有多欢喜，公子也会因此而名扬天下。”

张先笑道：“柳公子早已名满钱塘了。”

韩雁飞更殷切：“柳公子，我现在就把教坊最红的歌女叫来，谱唱你这首《迎新春》如何？”

柳三变含笑不语，李又莲急道：“要去就快去，如此文酸酸的，岂不耽误了这良辰美景？”

韩雁飞起身吩咐店小二，小二出门飞奔而去。

一盏茶工夫，一名紫衣女子怀抱琵琶，袅娜着纤步，姗姗而来。韩雁飞见了，忙拿了词稿，递给她说：“虫娘，这首词是这位柳公子方才所填，你倚声唱来。”

好奇怪的名字！好美貌的歌女！柳三变目不转睛地望着那姑娘，心里暗暗叫绝。

那姑娘接过词稿，星眸流转，深深看了柳三变一眼。不料，这秋水般清

澈的眼眸，让柳三变魂飞九天，心神摇荡。

虫娘把词细细读了两遍，调了调琴弦，只见她轻拂衣袖，玉指轻扬，朱唇启时，室内便似花开锦绣，香风弥漫。

弦声已断，余韵不绝，听者皆沉浸在美妙的乐曲声中，那虫娘却走近柳三变，俯身下拜，颤声道："虫娘谢过恩人！"

柳三变惊的一下站起身来，疑惑地望着虫娘。

众人更是愕然。

"柳公子，奴家便是杭州西湖边倚云楼上的小叫花子，虫娘在此谢过公子的救命之恩！"

"你？你是小叫花子？"柳三变越发不解。

"奴家便是那抢客人烧鸡的小叫花子。"

"当年倚云楼上的小叫花子，原来是位美娇娥！"柳三变惊奇极了，"可是，小生对你并无救命之恩呀！"

"恩公那碗榨菜肉丝面，使奴家于饥饿中得以苟延残喘，于奴家，公子有一饭之恩啊！"

柳三变上前将她扶起，满眼怜惜。

韩雁飞见此，忙说："这儿不是说话的地方，既是故人重逢，他日另选良辰，韩某特置酒席，为两位的奇遇致以庆贺。"

目送虫娘上轿，在月色下冉冉而去，柳三变心里竟生出几分莫名的惆怅，张先扯了扯他的衣袖，这才回过神来与众人告别。

张先自去他的寓所不提。

柳三变回到叔叔柳宏的府上已过四更，家人早已睡下，唯有小厮柳青守在门房的灯下打瞌睡，见柳三变回了，揉着惺忪的睡眼说："七少爷，老爷让小的跟着你，谁知一眨眼你就不见了，若你今夜丢了，老爷岂不要了柳青的小命。"

柳三变笑道："还不快回屋睡去，这么冷的夜，竟在这里守着。"见柳青傻痴痴地，又道："我这么大的人了，怎么会丢？"

"七少爷，这是京城汴梁，不是崇安的五夫里。"

"好了，你既没了睡意，就跟我到书房把灯点上。"

点了灯，柳青奇道："七少爷，你在外面转了大半夜了，还不累？"

柳三变脑子里满是大街上热闹的情景，兴奋地说："我睡不着，想不到汴梁城比江南，自有一种别样的锦绣与繁华。”

“那当然了，江南怎能跟京都比？咱这儿可是天子脚下。”柳青的语气颇为自豪，似乎因为他是京城中人，又似乎他沾了皇帝的光。

“这你就不懂了，你没去过江南，江南的秀美，是任何地方都无法比的。打个比方吧，如果说汴梁是一朵富丽华贵的牡丹花，那么，江南水乡则是一朵淡雅清丽的茉莉花。”

“牡丹花、茉莉花？”柳青摸着后脑勺，犹自在那儿琢磨着两种花的区别，柳三变已在案前悬笔挥洒，这座美丽富饶的不夜城，火树银花，飞珠溅玉，流光溢彩；紫袍玉带的达官贵人，闭月羞花的美妙女子，散淡闲适的市井小民，更有那贵为天子的皇帝与民同乐。此情此景，在他心中激起无限的感慨，一种由衷的欣喜与对京都的热爱，涓涓流泻于笔端：

禁漏花深，绣工日永，蕙风布暖。变韶景、都门十二，元宵三五，银蟾光满。连云复道凌飞观。耸皇居丽，嘉气瑞烟葱倩。翠华宵幸，是处层城阆苑。

龙凤烛、交光星汉。对咫尺鳌山开羽扇。会乐府两籍神仙，梨园四部弦管。向晓色、都人未散。盈万井、山呼鳌抃。愿岁岁，天仗里，常瞻凤辇。

——柳永《倾杯乐》

柳青看罢词，又看着柳三变，小心地说：“七少爷，这就是词了？老爷说你在钱塘专给歌女写曲子，这就是曲子？”

“这就是词，再谱上曲子，配上乐器，弹唱起来便是了。”

东方已渐渐发白，柳三变毫无睡意，京都的盛况，绮丽的长街，灿烂的灯火，天子的威仪，让他心神俱醉，尤其是紫烟阁那歌喉婉转的虫娘，更让他神魂颠倒。

这一切让他忘了粉墙黛瓦，小桥流水，水墨清雅如茉莉花的江南，忘了那些清爽如丁香，娇柔如柳丝的江南女子。京都汴梁，富丽、辉煌，才是他梦想开始的地方，他恨自己没有早点到来。

这一夜，柳三变彻夜未眠。

第二天午饭后，柳三变正想出门看看紫烟阁在哪，柳青来说老爷在书房等候。

三变来到叔叔的书房，见叔叔背着双手立在窗前，满怀心事的样子，便

收敛起心神，立在一边。

“七郎，你离家几年，自然游历了不少地方，也应长了些见识，识些事体。如今也老大不小了，该收起心来认真读书了。”柳宏回头望着柳七，语气严肃，心里却暗暗赞叹：好个七郎，前日来时是那样疲惫，此时却是如此精神，真是玉树临风，丰神俊朗，难怪才子佳人辈出的江南如此让他留恋。谁又能说，不是这风流多情的柳七，让那些才子佳人留恋呢！

“是，叔叔。”三变忙应道。

“柳家世代书香门第，官宦之家，你唯有考取功名，方不负你父亲生前的期望，也不负你年迈母亲的爱子之心。”

听叔叔说起父母，三变突然想起远在崇安五夫里的母亲，鼻子一阵酸楚。

正心里不安，叔叔又说：“填词固然没错，但千万不能因为诗词里的风花雪月而移了性情，世人谁不说南唐李后主是艳词误国呢？”说最后一句话的声音极小，像是自言自语。

柳宏唤来柳青：“从今往后，你好生伺候七少爷，没有我的允许，不可随意外出游荡。”

三变打消了出门的念头，心里却念念不忘昨夜那个欲颦还羞的虫娘。

忽听柳青在一旁说：“七少爷，你的词果真是名不虚传。今儿一早老爷吩咐我去办事，路过紫烟阁，我把你昨夜填的词给那儿的姑娘看了，她们当宝似的，说不定此刻正在弹唱呢！”

谁知柳三变并不责怪柳青，反而欣喜道：“紫烟阁在哪条街上？你认识那儿的姑娘么？”

“紫烟阁就在长街东边的平康里，傍河而筑，紫烟阁可大可气派了，里面楼台亭阁的，那儿的歌女在京城可是最有名的。”眉飞色舞的柳青突然声音变小了，“我家邻居有个女孩儿，自小跟我一块长大，因家里穷，被卖到紫烟阁，空闲时我就去看看她。”

原来，柳青并不是柳宏从崇安带来的，是到京城后买的奴仆，后取名为柳青。

见柳青如此沮丧，三变温和地劝道：“你不必为此感伤，造化弄人，世间有出淤泥而不染的荷花，烟花之地也有洁身自好的奇女子。她们都是为了生计而迫于无奈，你不要因此而轻贱了这女孩儿。”停了一下，又问：“这女孩叫什么？”

柳青想不到这位世家公子哥儿，竟说出此番惊世骇俗的话来。早听说他在江南游荡于烟花柳巷，不思进取。谁料风流公子竟能如此体贴人心，有一颗世人都不及的良善之心。当下不免对柳三变生出几分敬佩与亲近之感：“少爷，她叫绿绮。她说，这是紫烟阁的妈妈给取的名儿，是因为进紫烟阁几年，她的琴弹得极好。”

柳三变笑道：“是了，若琴弹得不好，又怎会叫绿绮？”

见柳青傻傻地望自己，又道：“绿绮，是一种古琴的名字。”又想起虫娘，便按捺不住，“柳青，你带我去平康里的紫烟阁可好？”

柳青急道：“少爷，这可使不得！老爷刚刚吩咐过小的，只伺候少爷读书，不可陪你到处游荡，更何况是去紫烟阁？万万不可。”边说边把手乱摇。

柳三变把脸一沉：“你打量我真的找不到紫烟阁？五年前，我从崇安到钱塘，也没求人带路。我若一人去了，老爷也会打断你的腿。”

柳青急得要哭了，嘴里只乱叫：“少爷！祖宗！你行行好，你来京城才几天，就要逛那种地方。老爷打死小的倒无关紧要，你又何苦让老爷操心怄气？”

提到叔叔操心怄气，柳三变便泄了气。

见他软了下来，柳青又哄道：“少爷，你初来乍到，总要静下心来读几天书，也好让老爷放心。若老爷见你读书用功，也就不会看管得太紧，那时少爷不就有机会出去了？”

柳三变不再理他，转身进了书房，带上房门。

第十三章　仙姿婆娑　往往曲终情未尽

虫娘举措皆温润，每到婆娑偏恃俊。香檀敲缓玉纤迟，画鼓声催莲步紧。贪为顾盼夸风韵，往往曲终情未尽。坐中年少暗消魂，争问青鸾家远近。

——柳永《木兰花》

不觉已是阳春三月，花香幽径，鸟语纱窗。蔡河岸边的杨柳袅娜生烟，碧水柔波，商船繁忙，画舫悠闲。

柳三变在书房关了些时日，被窗外的花红柳翠吸引，早已按捺不住内心的躁动。叔叔呈上去的那阕《巫山一段云》杳无音信，他毫不在意，叔叔也不再提起给皇帝填词的事儿，见他闭门苦读，自己又忙于公事，对他的看管也日渐疏松。

这日，柳三变正琢磨着如何避开柳青，自个儿出门透透气，不料，柳青推门进来，递上一张名帖，说有位年轻公子求见。

柳三变接过一看，大喜道："我正想去找他呢，他却来了。"

原来那紫烟阁的乐工韩雁飞，自元宵之夜与三变分手后，便把这位擅长填词的风流才子牢牢地记住了。又听教坊里的绿绮姑娘弹唱的那曲《倾杯乐》，把帝都的金碧辉煌与繁华昌盛写到了极致，而对元宵之夜的描摹更是细腻而真切。这绮丽的言辞，让他想起了元宵之夜相识的柳三变，询问之下，绿绮说这阕词是她亲戚给她的，她亲戚在柳府当差，说是他府上的公子所作。

柳府？难道柳三变是柳宏的儿子？

韩雁飞身居京都第一大教坊紫烟阁，这京城里的哪家大宅院、哪扇朱门玉户，是他不知道的？他早就听说过这位柳宏，官虽不大，为人处世谨小慎微，且从不涉足烟花柳巷，却从未听说过他的儿子如此才华飘逸。心里疑惑，不敢造次，加上日常繁杂之事，便把这事搁下了。

而此时，柳三变并不知道，他写帝都元宵之夜的两首词，已在紫烟阁唱响，并在平康里传唱开来，如一缕和暖的春风，直飘到皇城皇宫里。后宫里的嫔妃王子，极爱那句："会乐府两籍神仙，梨园四部弦管。"又极迷惑，这绮丽多姿，热闹繁华的美景，究竟是天上还是人间？若是天上，此人何来如此多彩的神笔？若是人间，我等贵为皇宫内眷，却无缘给这美妙的元宵之夜添一抹风情，真是连市井百姓都不如。

那韩雁飞可是有心之人，近来他在紫烟阁所作的词曲，已不再受歌儿舞子的青睐，更提不起客人的兴趣。他想，若能请柳三变为紫烟阁的姑娘填词，自己岂不是省了心？紫烟阁的姑娘们也会身价倍增。自己有这样的想法，其他教坊的人也未尝不这样想。想到这层，心里便有些慌了，放下手头的事，也顾不得柳府能进不能进，问了路径，往柳府而来。

来到柳府门前，见一年轻公子正与门房说话，并递上了名帖。他心里乐道，那不是柳三变的朋友张先么？正愁柳大人嫌弃我是教坊中人，连大门都不让进呢！这张先不就是我的名帖？来得早不如来得巧。便快步上前，双手抱拳，微笑道："张公子，多日不见，韩某有礼了。"

张先也认出了这位紫烟阁的韩雁飞，笑问："韩先生是路过？还是特来拜访柳府？"

韩雁飞笑道："自元宵夜一别，愚兄对两位公子的风采是朝思暮想，无奈俗事缠身，今日方得闲，又值春和景明，花红柳绿，芳草纤绵，正是踏青的好时节，这不，今日特来请柳公子与张公子一聚。"

张先何等机灵，你请柳三变是真，请我张先，只怕是你顺带的，当下也不说破。

正说话间，便听柳三变老远嚷道："哎呀！我道只有张贤弟，原来韩先生也来了。"说着，便快步上前，拉住二人就要进柳府大门。

韩雁飞却道："柳公子，按理说，愚兄到了家门前，就应到府上拜见令尊大人，既然你出来了，咱们还是去河边茶楼，品茶说话，岂不方便自在？"心里却想，我是教坊中人，若柳大人知道我来寻柳三变，岂不骂我带坏柳家子弟？

那柳三变天生就喜欢松散自在，最不喜拘束沉闷，何况又在书房关了这些时日，听韩雁飞这么一说，也不进门交代柳青，拉了二人便走。

张先却道："柳兄，子野特来向兄长辞行的。"

"辞行？你要去哪儿？"柳三变惊问，同时也看到张先的书童正担了行李，候在一边。

“昨日接到家书，姑母去世，家父要小弟务必去姑母家，伴表弟读书，明春一起来京都赴考。”

柳三变闷闷不乐。

钱雁飞笑道：“既如此，愚兄合当为张公子置酒饯行。”不待张先答话，便一手挽一个，往蔡河湾河边酒楼而来。

韩雁飞叫了酒菜，张先因要启程登船，只喝了一小盏，柳三变因来东京结识的第一个朋友要远离，也不开怀，这酒喝得有点沉闷。

饭后，柳三变执意要送张先去渡口，韩雁飞想请他给紫烟阁的姑娘填词的话还没说，也只得跟着送张先到渡口。

柳三变跟张先约好明年春天考场上见，以后若有机会，必定重游江南。

二人依依惜别，柳三变站在渡头，直望到张先船上的白帆如一只雪白的海鸥，飞向遥远的天际，这才跟韩雁飞走进一家叫桃花坞的茶楼。

选了间临河的雅室，韩雁飞要了今年春天的新茶与几样精致点心。柳三变端起茶盏，闻了闻，轻轻啜一口，赞道：“好茶！真是润肺生津，唇齿留香。”又见窗外岸边，杨柳如烟，桃李争艳，风过蝶起，燕留剪影。河面上远远近近有几只画舫，正悠闲地在碧波上荡着，时而有几声笑语，几缕丝竹，随着清风飘忽而来，又飘忽而去。

韩雁飞看柳三变陶醉的神情，心下欢喜，却也不便一开口就请他为紫烟阁的姑娘填词。

虽说教坊、青楼是朝廷辖制内的，教坊里的歌儿舞子，与官中歌女，主要供官府与军中娱乐时遣用。虽然教坊、青楼与贡院、太学、国子监同在蔡河湾这条最繁华的大街上，却仍被人们视为低贱下流。

韩雁飞正欲开口说话，却听柳三变问：“韩先生，你那夜请来的歌女叫虫娘的，她是如何到你们紫烟阁的？”

韩雁飞思索着说：“虫娘是如何来紫烟阁的，我还真不清楚。只知道她品貌出众，歌舞俱佳，最奇的是，她能赋诗填词，自弹自唱。”

“竟有这等奇女子，如今，她还在紫烟阁么？”柳三变问得有点迟疑，他不怕韩雁飞笑话他，却怕外人讥笑叔叔柳宏竟有这样寻花问柳的侄儿。

韩雁飞笑道：“当然在紫烟阁。在下正欲请柳公子为紫烟阁的姑娘填几首新词呢！”

“韩先生可是东京第一大教坊乐工师傅，哪有小生填词的份！”柳三变笑道。

“公子有所不知，我们这紫烟阁教坊，是专调教女子歌舞乐器的，那些达官贵人，以及青楼酒馆、勾栏瓦肆也来教坊购买歌儿舞女。近来生意清淡，幸亏有公子两阕元宵词，构思新颖，语言绮丽，已被紫烟阁的姑娘们唱响，如今已唱遍京城了。”

柳三变含笑而言：“那两阕词哪有先生说的那样好。小生才疏学浅，学古人附庸风雅、闲弄风月，偶尔填儿阕词，也不过是寻章摘句、应景而吟。此次来京城叔叔家，为的是赴明年春天的科考，叔叔管教甚为严厉，怕是有负于先生了。”

韩雁飞暗想，原来柳三变是柳宏的侄儿，此人生得风流俊美，又有如此好的家世，却生得一双忧郁含愁的眼睛。殊不知，这双似怨非怨、似嗔还颦的眸子，又要迷倒世间多少女子。

见柳三变正疑惑地望向他，随即笑道：“我们紫烟阁的虫娘正巴望着公子的新词呢！还有个叫绿绮的女孩儿，弹得一手绝妙好琴，何不去听听她们是如何用美妙的歌喉、清绝的琴音来演唱你那两阕词的？”

听他提起虫娘与绿绮，柳三变那双俊目倏地一亮，随即又黯淡下来，他扭头望向窗外，日头把河边那株古柳树，拉了长长的影子，有风拂过，一双燕子自柳枝间惊起，欢唱着向远方飞去。

“今日出来得仓促，叔叔此时也应下值回府了，若不见小生在书房读书，恐怕正着人到处寻找呢！”柳三变还真有点担心。说罢，随手抄起窗台上的笔墨纸张，不带思索地写出几行字，递给韩雁飞。

韩雁飞接过，轻声吟道：

虫娘举措皆温润，每到婆娑偏恃俊。香檀敲缓玉纤迟，画鼓声催莲步紧。

贪为顾盼夸风韵，往往曲终情未尽。坐中年少暗消魂，争问青鸾家远近。

——柳永《木兰花》

“公子好一支生花妙笔！”韩雁飞击案叹息，“你只见虫娘一面，只听过她一支曲子，却把这女孩儿的温柔贤淑、文雅娟秀写得如此透彻，还有她的舞姿，她的歌喉，唉……”

柳三变笑道："韩先生，请把这阕《木兰花》词捎给虫娘，她嗓子甜润清泠，唱起来婉转如黄莺，想来必定有不少公子王孙去你们紫烟阁赏曲了。"

见韩雁飞仍然笑微微地看着手中的词稿，柳三变起身，双手抱拳："韩先生，小生告辞了，日后再见罢！"

韩雁飞心想，拿一阕词回紫烟阁，未免太少，又恐强求令人生厌，只得笑道："告辞！公子千万不可忘了韩某，日后再见！"

若按柳三变在江南的习惯，他早就跟了韩雁飞一起去紫烟阁了，哪里还等他再三央求。只是近来，远在崇安的母亲，时常有家书寄来，并带来了云桑哀怨的问候。

捧着家书，他天生忧郁的目光越过书案上堆积的书本笔墨，越过窗外的垂杨芳草，看见武夷山下那片青郁郁的梅林，已是绿叶成荫子满枝，他看见清澈的九曲溪岸边，那株古老的桑葚，那个如莲花般清纯的女子，背一篓桑叶，朝他款款而来，那是他日夜思念的云桑，他的妻。

他记忆深处，永远忘不了那一场送别，那是他第一次离开家乡离开亲人。起航的船已等候多时，送别的酒已喝完，心底里的话儿却无法诉说，云桑顾不得旁人，拉着他的手，泪眼迷离，无限凄楚地问："七郎，你真的要去汴梁么？"

"我去东京汴梁，是去考取功名。"

"可是，我们才新婚，却又要离别。"

"云桑，我也舍不得离开你，可不进京赴考，不去展现我的才华，如何对得起熬过的十年寒窗？他日金榜题名，柳七定与你共享荣华。"

"我不求你的荣华富贵，我一个山野女子，只愿与夫君共享天伦。"

大哥在一旁催促，柳三变挣脱云桑的手，替她抹去腮边晶莹的泪珠，掉头就往船上去，再也不敢看云桑一眼。

从崇安到钱塘，到扬州，江南的旖旎风光，二十四桥畔的风花雪月，让他流连忘返。楚楚姑娘，玉英姐姐，虽是青楼女子，却有至真至诚的性情，她们如花般绝美的容颜，她们的温柔体贴，她们的多才多艺，都曾让他痴迷。

他从没像今天这样，对云桑有如此深切的思念。五年前那送别的情形，那离别的凄楚，那悲切而娇媚的人儿，那深情的叮嘱，在他眼前清晰如昨。他对云桑那份最真挚最温柔最悲切的情感，不是从笔端，而是心里涓涓流出。

离宴殷勤，兰舟凝滞，看看送行南浦。情知道世上，难使皓月长圆，彩云镇聚。算人生、悲莫悲于轻别，最苦正欢娱，便分鸳侣。泪流琼脸，梨花一枝春带雨。

惨黛蛾，盈盈无绪。共黯然销魂，重携纤手，话别临行，犹自再三，问道君须去。频耳畔低语。知多少、他日深盟，平生丹素。从今尽把凭鳞羽。

——柳永《倾杯》

柳三变尚自沉浸在人生最悲苦的离别之中，柳青却偷偷地抄录了这阕《倾杯》揣在怀里。

原来，韩雁飞请柳三变给紫烟阁的姑娘们填词，柳三变没答应，他心生一计，吩咐绿绮，借柳青伺候公子之便，取他的新词。柳青不懂词，也不管他的七少爷是否允许，更不管这词是否适合紫烟阁的姑娘们弹唱。但是，只要绿绮让他做的事，哪怕是摘天上的星星，他也会欣然应允。

如此一来，哪怕是柳三变偶尔填的一两首小令，也会由紫烟阁那些妙龄女子用婉转如黄鹂的歌喉演唱出来，传向平康里的大小教坊、青楼、勾栏瓦肆。贡院、太学、国子监本就与紫烟阁同在“蔡河湾”长街上，那些公子王孙多游戏风尘，且依红偎翠，在花街柳巷中不胜沉浮，又把柳三变这些曲子带回到皇宫内院。

失意的才子、沦落的佳人，都知道有个叫柳三变的才子会填词，大家都爱听、爱唱他的词曲儿，只有柳三变不知道，自己的名字已传遍京城的烟花巷陌，也传进皇宫内院。

真宗皇帝于泰山“封禅”的事宜，正在紧锣密鼓地进行中。

参知政事王钦若与宰相王旦，以“天降祥瑞”游说文武百官、藩夷僧道及京城父老，浩浩两万余众，联名五次上表，泣泪请求真宗皇帝于泰山“封禅”。

有位先贤说，错误的根子总是出于天子本身，而灾难的产生却一定是奸佞之臣诱导的结果。

自王钦若的一番话后，真宗皇帝一心只想雪“城下之盟”之耻，哪管国库里有没有银子供他去泰山“封禅”。然而私下里，他还是问丁谓此次泰山封禅所需银两多少？丁谓答，不多不多，如今大宋帝国日益昌盛，国库盈满，此次封禅所需银两不过九牛一毛而已。

真宗便命翰林院详拟“封禅”仪式与事项，任命王旦为封禅大礼使，王钦若为封禅度经制置使，丁谓专管银两计划及用度。

六月初，命王钦若为先行官，前往泰山筹办封禅具体事宜。

王钦若不负重托，风雨兼程，一到乾封（今泰安县），来不及洗去满身风尘，便上言“泰山醴泉出，锡山苍龙现”。稍后，又派信使将自己精心撰写的“天书”，六百里加急，送往天子手中。

次日早朝，真宗对殿下文武群臣说：“五月丙子夜，朕又梦见上回那位绛衣神人，神人驾五彩祥云对朕说：来月上旬，将赐天书泰山。朕便密谕王钦若等，凡有祥瑞，立即上报，果然，如今应验了。”

宰相王旦，群臣之首，忙匍匐于地，山呼万岁，敬贺灵书再降。随后，真宗亲自将降于泰山的“天书”奉至含芳园正殿，仍由知枢密院事陈尧叟宣读，文曰：“汝崇孝奉吾，育民万福。锡汝嘉瑞，黎庶成知。秘守斯言，善解吾意。国祚延永，寿历遐岁。”

忙不迭的王旦，又率文武百官，表上真宗尊号：崇文广武仪天奉道宝应章感圣明仁孝皇帝。（这尊号，还真不好念个清楚明白）

一些爱看人眉高眼低的臣子，忙着向皇帝进献奇珍异宝，王钦若献芝草八十本，赵安仁献紫芝八千七百余本，各州郡献上的芝草、嘉禾、瑞木之类不计其数。

九月，真宗诏建玉清昭应宫，以备专门供奉“天书”。

由此，大宋帝国的强盛、安宁与繁华，皆为圣明天子真宗皇帝赵恒勤政爱民所致，上天昭示“封禅”，此圣德之事，非有德之君而不可为。

十月初，真宗下旨取道东行。

王旦、王钦若等文武百官护卫载着“天书”的玉辂前行，真宗皇帝的御辇后面，是一大批专供使唤的杂役、奴仆，浩浩荡荡的队伍，迤逦而行，历时十七天才到泰山脚下。

泰山脚下，早已建成富丽堂皇的行宫，真宗在行宫焚香、沐浴、吃斋、念佛，三日后才始登山。

按事先拟订的礼注，首先在泰山金顶举行祭天大典，而后往社首山祭地，又往曲阜拜祭孔圣人。至十一月二十日，真宗皇帝才还回东京汴梁，历时四十七天，耗资八百余万两，真真一场大宋帝国的盛事。

第十四章 舞尽风月 玲珑绣扇花藏语

心娘自小能歌舞，举意动容皆济楚。解教天上念奴羞，不怕掌中飞燕妒。
玲珑绣扇花藏语，宛转香茵云衫步。王孙若拟赠千金，只在画楼东畔住。

——柳永《木兰花》

今年的雪，来得迟了些。当第一场雪飘飘洒洒地落下时，已近年关。

京城里上至朝廷百官，下至黎民百姓，那颗兴奋、猜测的心，还未从皇帝泰山“封禅”的余热中冷却下来，便又接着欢欢喜喜地置办年货了。

“封禅”与办年货，与柳三变不相干，却与柳宏相干。

在前往泰山“封禅”之前，授“天降祥瑞”之后，皇帝就已大赦天下，加恩文武百官。柳宏亦得其恩泽，官升一级，俸禄加一等。

柳宏心内感激，嘱咐柳三变除读书之外，要多多写些皇恩浩荡，多多赞美盛世太平的诗词。柳三变心里不以为然，却也不敢违背，便一气填了几首颂词交与叔父。

柳宏自上任到京城，父母大哥已逝去多年，自己也并未回崇安，如今加官晋爵，又逢侄儿在府里读书，也算得上骨肉团聚，今年自然要过一个安详喜庆的好年，便早早地吩咐仆人打扫尘除，置办年货。

仆人们忙忙碌碌的，里里外外打扫得干净整洁，门楼已挂起吉祥如意的大红灯笼，丫头婆子们倒也手巧，把一摞红纸剪出形态各异的花儿、鸟儿、鱼儿，贴满各房窗户，柳三变应各位堂兄堂妹要求，尽显本领，一气写下好几副楹联。

这日，雪越下越大，到黄昏，已是白茫茫一片，京城已看不出往日金碧辉煌的万千气象，但毕竟是帝都，洁白的积雪下，高大的城墙城垛，雅致的亭台楼阁，却显出几分素洁肃穆，如一位端庄而冷傲的贵妇。

这是柳三变有生以来见过的最大的一场雪。

午后，他约两位堂弟去花园赏雪景，堂弟对花园里的景物习以为常，加上风雪寒冷，都不愿出去。不去也好，一人赏景倒也清静自在，也不带柳青，

径直往后花园而去。还未进园，便有一缕缕香风扑面而来，沁人心脾。

雪花飞舞，梅花绽放，园里数十株腊梅、红梅、白梅，枝柯如铁，虬龙盘曲，清劲苍古。不见绿叶，唯有朵朵花蕊，或俯仰、或卷舒在枝杆上。这繁枝密蕊，清骼骨格，在白雪的映衬下，更显得黄的如涂蜡染金，红的如胭脂水粉，白的如蝶翼翩然。想必叔叔是想念家乡的梅花，才在异乡栽了这么多梅树。

一路赏来，馨香萦绕，柳三变于花香飞雪之间沉醉，竟不知是在天上，还是在人间。一时性起，便寻那形状虬曲古拙、花朵儿开得正娇妍的梅枝，折了几枝，带回书房，用清水养在青花瓷瓶中，又给婶婶送去几枝。

柳三变来汴梁东京的第一个新年，便在这白雪梅香，在大宋帝国最繁华祥和的气氛中飘忽而过。

转眼便是举国大考的日子，原本热闹的京城更加嘈杂、喧哗。城内各家大小客栈、酒楼都住满了来自各地的举子，街上更是人潮如涌。商人的吆喝声、讨价还价声不绝于耳。

柳三变没忘与张先的考场之约，一心等着张先的到来，眼见考试的日子临近，仍不见张先的人影与只言片语，心下不免着急，便要柳青去街上客栈寻找。

柳青急道："我的爷！这大街小巷有多少家客栈？有多少家酒楼？又有多少人行走在大街上？就这样去寻找一个人，岂不是大海捞针？"

柳三变想想也是，便默不作声，却仍掩饰不住内心的焦急。

柳青安慰道："七少爷，你既跟张公子约好了，若张公子来了京城，定会来府上找你，说不定此时张公子正在路上，一会儿就到了呢！"

黎明时分，前往考场时，叔父一再叮嘱："考试时，七郎千万慎重！切不可像平素填词一般，言辞轻浮，语句靡丽，皇上已下圣旨曰：读非圣贤之书，及属辞浮靡者，皆严谴之。"

柳三变道："叔父放心，侄儿记住了！"

考场是间隔的，一人一间小屋，考生有的冥思苦想，有的抓耳挠腮，有的唉声叹气。

柳三变却镇静自若，从容应对，写完最后一个字时，离规定交卷时间还有半个时辰，他把卷子整齐地放在桌上，潇洒而去。

出门来，见柳青正拢了双手，倚墙打盹，便上前摇他的肩膀："柳青，如此好睡！快醒来！"

柳青睁眼惊道："少爷，你咋还没进考场呢？"

"你睡蒙了！我已经考完了，交卷出来了。"柳三变失声笑道。

柳青揉眼朝四周看了看，贡院门前除了那些伺候主子赶考的书童仆人，并无一个举子步出考场。心里着急，小声道："七少爷，是不是考题太难，你弃卷不考，出来了？"

柳三变脸色一沉，随手在他后脑勺上一敲，斥道："你这奴才，如何说话！岂有我柳三变不会答的考题！"

主仆正小声说话的当儿，陆续就有举子出了考场，柳青摸了摸后脑勺，跟在柳三变身后，见他走的不是回柳府的路，也不敢问。

柳三变头也不回地说："你先自回府，告诉老爷我考得很不错，这许多日子我也没见过阳光了，难得今日好天气好心情，就在河边走走逛逛，日落前必定回来。"

柳青本想说怕老爷责怪，又想，在书房里关得太久了，少爷不成痴子，也是个傻子，边答应边拐向另一街口，竟自往家去。

柳三变并不去河边，而是直奔东京第一大教坊紫烟阁。

今日天是举子应试的日子，又不到晚间，紫烟阁门前颇为冷清，几个看门的中年汉子懒散地东倚西歪，见风流倜傥的青年公子翩然而来，以为来了笔好生意，都站直了身子，其中一个凑上前来，笑容可掬地点头哈腰，正要开口说什么，柳三变却先问："你们紫烟阁的韩雁飞韩师傅在么？"

"韩师傅？在在在，在呀！"

"我是韩师傅的朋友柳三变，你能带我去见他么？"

"哎呀呀！原来公子就是大名鼎鼎的填词度曲的柳三变柳公子！"那汉子睁大了眼睛，露出羡慕崇敬的神情，心里却不定在想些什么歪事。

柳三变心里疑惑：紫烟阁看门的汉子如何知道我柳三变？

那汉子边说边把柳三变引进大门，跟大堂里伺候着的一个小丫头低声说了几句，小丫头转身去了，汉子让柳三变坐在一张八仙桌前，斟了茶，笑道："柳公子稍候，小丫头去通报了。"

片刻，柳三变便听一个熟悉的声音自身后响起："哎呀！柳公子，今日不正是应考的日子？如何有闲暇来紫烟阁？"

柳三变起身抱拳相见："不瞒韩师傅，在下正是答完试题，交了卷子，才奔紫烟阁来的。"

“原来如此！柳公子才情非凡，倚马千言，一挥而就，愚兄就静候公子金榜题名的佳音了。”韩雁飞忙恭维，又道，“你看，我见了公子只顾说话，快请到我的碧梧轩喝茶听曲儿。”说罢，拉了柳三变就走。

穿过紫烟阁大厅，出后门便是一座花园，柳三变随韩雁飞踏上一带曲折游廊，虽是早春天气，园里却可见嫩绿垂条，春梅疏影，间或一两只不畏清寒的蝶儿飞过，更有一缕暗香绕鼻而来。

花园四面，便是紫烟阁的姑娘们住的楼阁，楼虽不高，却是雕梁画栋，朱栏幽轩。此刻，正有管弦丝竹之声，女子的歌喉婉转清泠，柳三变抬眼望去，见二楼方格子轩窗，有翠衣女子托腮沉思，心里竟莫名一动，不禁多看了一眼。

游廊的顶头有一座小小院落，几株梧桐树倚墙而立，早春尚无碧叶浓荫，却更显挺拔颀秀。跨进院门，便见一所青砖瓦房，门扁上写着“碧梧轩”三个字。

柳三变暗想：这样的风月之地，竟有如此幽静的所在，可见这韩雁飞不仅仅是一味地附庸风雅之人。

正猜测着，已随韩雁飞进了大堂，堂内虽不是富丽堂皇，却极典雅别致。窗倚翠竹，门径通幽，字画古玩，颇为珍贵，案上搁置古琴，炉中檀香袅袅。柳七对韩雁飞不禁生出几分羡慕来，若能如此终老，也不枉了此生，还求什么功名？

“柳公子请坐！这碧梧轩便是不才的寒室了，往后，公子若想清静了，便可随意来此，不必局促。”韩雁飞边说边吩咐侍女上茶，又叫人去请虫娘来。

柳三变颇为奇怪：韩雁飞怎的知道我想见虫娘？莫非他能看透人的心事？为了掩饰，当作不在意的样子，端起茶盏，轻轻啜了一口。

那侍儿有些犹疑，韩雁飞问怎么了？

侍儿道：“虫娘很有些架子，骄傲得很，轻易请不动的。”

韩雁飞笑斥道：“我也请她不动？就说填词的柳三变柳公子在我这碧梧轩，看她来还是不来？”

听说是填词的柳三变，侍儿紧紧盯了他一眼。

一盏茶尚未喝完，院门外隐隐地传来盈盈笑语，佩环叮当之声，柳三变正心里忐忑，不知那虫娘来还是不来。不想，侍儿引进四个风姿卓绝、仪态万方的女子进来。他一时眼花缭乱，竟认不出哪个是虫娘。

韩雁飞忙起身笑道：“哎呀！四大美人一齐光临，令寒舍蓬荜生辉！快快请坐，快上好茶！”他虽是紫烟阁的首席教师，却也不敢怠慢了这些姑娘们。

四个女子并不落座，只微笑着站在一边，其中一位着荷色衣裙的女子，上前几步，对柳三变盈盈下拜，温婉道："虫娘见过恩人！恩人一向可好？"

柳三变慌忙站起来，茶水洒了一身，几个女子掩面而笑。

他见今日的虫娘比去年元宵夜所见之时，更丰盈成熟了些，虽淡搽脂粉，头饰简洁，却自有一段天然韵致，不媚不艳，清丽脱俗，文雅娟秀。心中不禁叹道：秦楼楚馆之所，风花雪月之地，竟有如此天姿国色！是上天妒色，还是命运作怪？一时，那颗怜香惜玉之心，又翻腾起来，哪里还想得起九曲溪边的云桑、西子湖畔的楚楚、二十四桥头的玉英姐姐？此时此刻，他只想为虫娘抚平微锁的眉头，分担她淡淡的忧愁，给她一片蓝天，一块安稳的立足之地！

虫娘见他痴痴地只顾看自己，羞涩地低眉浅笑。

韩雁飞见柳三变只顾盯着虫娘，唯恐冷落了其他三位姑娘，便拉了拉他的袖子："柳公子，我来给你介绍一番。"

紫衣女子是佳娘。

黄衣女子是酥娘。

红衣女子是心娘。

三位佳人款款施礼，盈盈而笑。

侍儿重新沏茶，又端出许多精致点心，四位姑娘这才落座。柳三变见她们个个容貌非凡，正不知如何。

那心娘展眉笑道："柳公子，你为虫娘姐姐作的词，可是唱遍了东京城的。俗话说，机缘难逢，今日偏让我们知道了柳公子来韩师傅家做客，虽说我们三人的容貌才情，皆不及虫娘姐姐，在这东京城却也算得上佼佼者，何不也为我们几个作几首词，也好叫我们在这东京城扬扬名儿。"说罢，与佳娘酥娘相视而笑。

佳娘一双凤目盯着柳三变，看得柳三变倒不好意思起来，只见她轻启朱唇，缓缓而言："心姐姐说得极是。我们姐妹虽沦落在这烟花之地，原先也是好人家的女儿，只怨命不好。在青楼倚门卖笑，也知情义，懂廉耻。我们拼了命学习棋琴书画，诗词歌舞，是为了生存。虽活得如此艰辛，却仍被人唾弃，骂我们红颜祸水，败坏伦常。殊不知：酒不醉人人自醉，色不迷人人自迷。请问，色有何罪？酒有何错？好色荒淫，乃男人本性所定，并怨不得我们这些可怜的女子。"

说得兴起，佳娘也不顾得柳三变是第一次见面，言辞激烈，面容之中露出愤愤不平之色。

虫娘唯恐柳三变面子上过不去，忙道："你这丫头，说是想请柳公子填词谱曲儿才带你来的，如何又扯起这些嘴皮子官司。"

柳三变想，虫娘可是善解人意，她如此呵斥同伴，是怕我失了面子。便对虫娘笑道："不妨！佳娘说得真切，只是柳七从不敢看轻你们。"

他转向佳娘，望着这位容貌姣好、性情直率的女子，心底颇有几分敬意："小生自小就有种痴念，认为天底下的女子就如那些奇珍异宝一般，是上天之造化而成，不可亵渎，不可轻视。故君子好色，纳之以礼，君子爱财，取之有道。好色而不淫，爱财而不贪，唯小人荒淫无度，贪得无厌。"

身居风月场中的韩雁飞，听了这番话，颇觉新鲜。他从不曾听人如此评论青楼女子，不免对这位被世人称为风流才子的柳三变刮目相看。

他插话道："柳贤弟，今日难得四位姑娘有闲暇来碧梧轩，何不让她们各施才艺？你这位来自江南的才子开开眼界，评评我们东京的才女与江南的才女，谁更胜一筹。"

柳三变忙道："小生何德何能？岂敢妄评！"

"哎呀！你就不要谦逊了，她四人歌舞双绝，最难得的是虫娘，也能作诗填词；心娘画一手绝妙丹青；佳娘的书法在东京城里，连男人都不可企及；更妙的是酥娘，年纪最小，也最柔弱，却舞得一手好剑，弹得一手好琴。"

柳三变听得心驰神往，韩雁飞的侍儿已备好琴台书案，燃起檀香。却见心娘碎步袅娜地走至书案前，选一支玉管狼毫握在手。

佳娘笑道："小女子无才，只能唱支曲儿了。"

一直不曾开口说话的酥娘，这时望着虫娘浅浅笑道："虫姐姐，今儿我给佳姐姐的曲儿伴舞，你操琴如何？"

虫娘摸摸她的脸，笑道："为你这样可爱的人儿伴奏，是我平生之幸事，有何不可的！"说罢款款起身，走至琴台。

见她四人配合得如此默契，韩雁飞暗暗称奇：莫不是这四人早就商议好了的？可她们又怎知柳三变今日来碧梧轩呢？

柳三变更是惊奇，纵是遍游江南，也不曾见过如此阵式，四名绝色美人为他柳三变一人演示，幸？还是不幸？

所幸的是，红颜美色，是他心之所敬，情之所钟。他所遇到的这些才貌超凡的女子，他皆引为知己，他内心深处有份缱绻的柔情，天生就是要为她们而歌，为她们而泣，为她们不幸的遭遇，为她们美艳的容颜，更为她们超凡的才情。他视她们为姐妹，为亲人，他的一生，就像是为她们而生，将来也会为她们而死。

不幸的是，这些女子虽才貌双绝，却沦落青楼，仍为天下人所唾弃，而红颜也终将老去，更不会为谁停留。今天这场偶然的聚会，以后不会再有，人生总是聚少离多。或许，明天传遍东京城的，将是风流才子柳三变，同时与四名歌女厮混的风流韵事。

正思绪迷离之时，却听得歌声合着琴声悠然而起：

禁漏花深，绣工日永，蕙风布暖。变韶景、都门十二，元宵三五，银蟾光满……会乐府两籍神仙，梨园四部弦管……

唱的正是柳三变那阕《倾杯乐》。泠翠的琴弦，拨响了蔡河边的莺声柳浪；柔美的歌声，沉醉于元宵夜绮丽而繁华的风光。酥娘的一双水袖似彩蝶翩跹，如微云轻卷，直舞得梨花飞雪，海棠铺绣。

柳三变似陶醉在春之深处，一时竟不知身在何方。

韩雁飞唤道："公子，你请这边来看心娘的画。"

只见荷叶轻卷，墨荷亭亭，画面上似有微风拂过，叶上蜻蜓逐香而去，叶底鱼儿溅起清亮的水珠。

柳三变击案叹道："心娘好灵秀的荷！"叹罢，顺手抽出一支新笔，韩雁飞知他要作词了，便收起心娘的画，另铺一张纸在案上。

只见柳三变握笔在手，饱蘸浓墨，略略沉思，便在纸上信笔挥洒，顷刻而就。

四位美人拥上来看时，见是三阕《木兰花》词。

心娘自小能歌舞，举意动容皆济楚。解教天上念奴羞，不怕掌中飞燕妒。

玲珑绣扇花藏语，宛转香茵云衫步。王孙若拟赠千金，只在画楼东畔住。

——柳永《木兰花》

心娘刚才没有唱歌跳舞，而是作画，柳三变却以传神的言辞，尽显她的美貌与歌舞才华。词中的心娘仪态万方，优雅的举止足以让天上的念奴自惭

形秽，曼妙的舞姿让赵飞燕自愧不如。尤其那句“玲珑绣扇花藏语”让心娘窃喜，“花藏语”三字，让人不见其人，只闻其声便已神魂颠倒，让那些公子王孙在虚无缥缈中生出多少美妙的幻想与憧憬。

佳娘捧板花钿簇，唱出新声群艳伏。金鹅扇掩调累累，文杏梁高尘簌簌。
鸾吟凤啸清相续，管裂弦焦争可逐。何当夜召入连昌，飞上九天歌一曲。
——柳永《木兰花》

佳娘款款而来，一步一朵清莲，抬眉颔首间，是那样的秀气清雅，超凡脱俗，她的歌喉高亢辽亮，声如贯珠，绕梁不绝，清越如鸾吟、如凤啸，直上云霄。

酥娘一搦腰肢袅，回雪萦尘皆尽妙。几多狎客看无厌，一辈舞童功不到。
星眸顾指精神峭，罗袖迎风身段小。而今长大懒婆娑，只要千金酬一笑。
——柳永《木兰花》

酥娘是四人当中年纪最小，身段最柔弱的，她腰肢柔细，舞步精妙，如弱柳迎风，如风吹雪舞，这只是以前的风采，而今公子王孙若肯一掷千金，怕也只能买她一笑。

这三阕《木兰花》词一如当初写给虫娘的一样，道尽她们飞扬的神采，鲜明的个性，绝美的仪容，迷人的风韵。

第十五章　一试落第　但时会高志须酬

帝里疏散，数载酒萦花系，九陌狂游。良景对珍筵恼，佳人自有风流。劝琼瓯。绛唇启、歌发清幽。被举措、艺足才高，在处别得艳姬留。

浮名利，拟拚休。是非莫挂心头。富贵岂由人，时会高志须酬。莫闲愁。共绿蚁、红粉相尤。向绣幄，醉倚芳姿睡。算除此外何求。

——柳永《如鱼水》

“文章千古事，得失寸心知。”柳三变自视甚高，认为凭自己超凡的才华，没有不金榜题名的道理。而且，自科考过后，叔叔也不再拘管得紧，他又如两年前在江南一般的潇洒快活起来。

为紫烟阁四位姑娘填的四阕《木兰花》词，已被那四位绝色美人唱遍京城内外，柳三变的大名，也响遍蔡河两岸。

等待朝廷放榜的这段日子，柳三变胜券在握，心情愉悦，每日里只呼朋唤友，踏青山径，泛舟湖上。流连于茶楼酒馆，潜形于勾栏瓦肆，在秦楼楚馆里留情，在花街柳巷中开心，只把那韶华虚度、岁月蹉跎。与京城各大乐坊的乐师、歌女混得烂熟，今日为秀秀填词，明日给香香谱曲，竟比那翰林院的学士还要忙碌十分。

这日，韩雁飞着人捎信来说，有朋友自江南来，请三变至紫烟阁的盈月轩同聚。

盈月轩？那不是虫娘的住处么？

虫娘，一个从乞儿到教坊的绝色歌女，琴棋书画诗词歌赋竟样样精通，这在他心里一直是个谜。虫娘心性温柔，举止端庄文雅。他固执地认为，任何女子，端庄文雅之仪态，源自个人的修为与志趣的高雅。这哪是一个风尘女子所具有的气质！分明是夏日荷塘中一株带露的青莲，虽在红尘，却不属于任何人；虽出淤泥而不染，却在原本不属于自己的季节里，开放着那一怀忧郁的心事。

每次在紫烟阁的歌舞酒会上见到虫娘时，她总是不亢不卑，不媚不俗，让人亲近不得，亵渎不得。她眉宇间那缕淡淡的忧愁，又让人心生怜爱，恨不能替她抚平微蹙的眉尖。

江南来的朋友，在虫娘的盈月轩，会是谁呢？

满腹疑虑的柳三变跨进盈月轩的客厅时，平日里几个常在一起喝酒听曲儿的老友，已先他而到，正在听一位儒雅的中年汉子说些江南轶事。

见柳三变来了，虫娘起身沏茶。

韩雁飞介绍道："柳公子，这位就是江南来的宋自芳宋先生。"又对宋自芳说："他就是你要见的柳三变。"

宋自芳盯着柳三变，点头道："果然名不虚传！文采精华，风流倜傥，超凡脱俗！"

他几句溢于言表的赞美，倒叫柳三变不好意思起来，谦逊地拱手道："哪里哪里！倒是先生出类拔萃，让人见之忘俗。"

"你俩不要相互夸奖了，怪酸味的，宋先生是我远房表叔，经商来东京。柳公子是我们紫烟阁的朋友，常给姑娘们填词谱曲儿。"虫娘边把茶递给柳三变边笑着说。

宋自芳道："我从杭州、苏州、扬州一路走来，所听的曲儿几乎都出自柳公子之手。尤其是扬州瘦西湖畔的乐坊——红袖招，有位才貌双绝的女子名唤谢玉英，将柳公子一阕《玉蝴蝶》唱得珠圆玉润，风情无限，真是好词好曲好歌喉。"

柳三变心一沉，失声问道："敢问宋先生，你是何时听那位谢姑娘唱的曲？"

"也就是一个月前吧。"宋自芳见他问得奇怪，想了一会儿才慎重回答。

柳三变再无心听他们那些风流佳话，一双忧郁的眼睛更加忧郁。他无不怨艾地想，玉英姐姐，当初，我对你一见倾心，你身陷风尘，我却视你为知己红颜，对你是百般呵护，千般爱怜。不得已离开你是为了求取功名，并再三盟誓，他日若金榜题名，定与姐姐共享荣华。如今，你竟然忘了当初的恩爱，忘了离别时的山盟海誓，耐不住寂寞，又倚门卖笑，迎来送往。难怪，近来你并不寄书信问寒问暖，又或许是红袖招的老鸨唆使你重新接客的？

坐在他身边的朱儒林，见他脸色阴晴不定，便轻轻拉了他衣袖，两人起身往虫娘的书房而来。

朱儒林关切地问他是不是哪儿不舒服，要不要叫郎中？

柳三变无力地摆摆手，委婉地道出他与谢玉英在扬州瘦西湖畔的相遇、相知、相爱。

朱儒林心里不禁升起一缕莫名的敬重，随即笑道："都道你是风流才子，整日在花街柳巷中往来，原来你竟是如此痴情与执着。那青楼女子如何爱得起？她们原本就是水性杨花，忽东忽西，吃的就是迎来送往的那碗饭，她们的誓言又如何信得？不过是萍水相逢，逢场作戏，亏你还是超凡脱俗的才子，真是枉担了'风流'二字。"

柳三变却道："青楼女子原也是良家女子，只是命运不济，生活所迫才沦落风尘。"

朱儒林知道此时无论什么话，都无法安慰他内心被女人遗弃的失落，便笑道："三日后，我要去江南收购茶叶，你若有书信，愚兄愿为你带到扬州，亲自交到谢姑娘手上。"

柳三变惊喜道："此话当真？"

见朱儒林肯定地点头，便急步趋向书案，抓起笔，或许是情绪波动，半天才在一张雪浪纸上写出几行字来：

香靥深深，姿姿媚媚，雅格奇容天与。自识伊来，便好看承，会得妖娆心素。临歧再约同欢，定是都把、平生相许。又恐恩情，易破难成，未免千般思虑。

近日书来，寒暄而已，苦没忉忉言语。便认得、听人教当，拟把前言轻负。见说兰台宋玉，多才多艺善词赋。试与问。朝朝暮暮，行云何处去。

——柳永《击梧桐》

朱儒林读了，摇头叹息：这样妖冶的女子，也难怪你柳三变这样的风流才子痴迷了。

省试放榜的日子，正值桃花吐艳，杨柳飘柔，蔡河两岸春光无限，却渺无人迹。

长街上却是人山人海，海的潮头涌向午朝门外与礼部门外，这两处张贴着皇榜。所有应试的举子，都汇聚在这两处，皇榜前，举子们一个个伸长了脖子，瞪圆了眼睛，一排排，一行行，一字字地看着，生怕漏掉了自己的名字。

在榜上找到自己名字的，高呼：中了中了！哭哭笑笑，癫喜若狂。没找

到名字的举子痛哭的、哀号的、上吊的、跳河的，不一而足。

柳三变与柳青两双眼睛，没有找到柳三变的名字。一种失落与羞愧如潮水般漫过心头。想起在崇安老家时的十年寒窗，想起来东京汴梁的这一年苦读，给云桑的保证，给玉英的承诺，以及自己的愿望与抱负，都化为蔡河的流水，消逝得无声无息。

见他失魂落魄的样子，柳青不敢远离，跟在他身后漫无目的地走着。就刚才一眨眼工夫，他目睹三个外地来京的落榜举子跳入蔡河，再也没有起来。

黄昏，落日的余晖把西天染得如血一般，长街上的人渐渐稀少，人们在巨大的喜悦与巨大的痛苦时，都会找一处角落，找一知己，或为自己分担幸福，或为自己疗伤。

柳三变不知该去哪儿，该向谁倾诉内心的忧伤与失落。天已擦黑，柳青心里焦急，若随少爷这样走下去，要走到何时？若少爷跳河，如何向老爷交代？他只得硬着头皮上前挽住柳七的臂膀："少爷，天快黑了，咱回家罢。"

"回家？哦！回家。"

柳三变此时倒像个听话的孩子，乖乖地任由柳青搀扶着穿街过巷，回到柳府。

叔叔与婶婶都在堂屋，看他们的神情，像是正在争论，见柳三变与柳青进门又都闭口不语。

柳三变上前施礼，婶婶冷冷地看了他一眼，便拂袖而去。

柳宏叹了口气："早就对你说过，皇上下旨：读非圣贤之书，及属辞浮靡者，皆严谴之。你就是听不进去。"

"侄儿从小就是读的四书五经，难道不是圣贤书么？"柳三变小声嘀咕。

一向温和的柳宏，见他如此执迷不悟，不禁怒道："你！你为人轻佻，言辞浮靡，专写那些风花雪月的绮丽之句，如今榜上无名，还犹自狡辩。"

柳三变心里不服，却也不再作声。

"看你这神情，你或许以为，当今无人能赏识你这位风流的才子词人了？"柳宏嘴边泛起一抹冷笑，"纵是青楼女子把你填的那些绮声糜烂的词唱遍天下，也换不来一生的荣华富贵，还说什么靠你光耀柳氏门楣？没的羞辱了柳氏列祖列宗！"

这几句话如同一记霹雳，在他头顶轰炸开来，他两眼直愣愣地盯着柳宏，一字一顿地说："叔叔，你可以教训侄儿，却不能侮辱于我。此次虽榜上无名，没能光宗耀祖，又如何羞辱了列祖列宗？"

柳宏见他敢顶撞，拍桌怒道："你整天游手好闲，混迹于烟花柳巷，依红偎翠，纵情声色，这难道也给祖宗面上添光？"

柳三变何曾受过这样的奚落，他抹了一把不争气的泪水，掉头冲出大门，一路狂奔。

傍晚的蔡河，两岸柳浪，一顷碧波，河面上疏疏落落的画舫，悠然来去。

一枚满月正从东岸悄然升起，若与三两知己，月下泛舟，诗酒茶话，将是何等惬意的人生！

柳三变坐在码头的那株古柳树下，茫然地望着河面，夜风把画舫上的欢声笑语飘来拂去。一曲清音，和着婉转柔媚的歌声清晰地落入他的耳中：

"尤红殢绿。近日来、陡把狂心牵系。罗绮丛中，笙歌筵上，有个人人可意……待恁时。等着回来贺喜。好生地，剩与我儿利市。"

画舫中人唱的正是他那阕《长寿乐》，柳三变喟然长叹，当初与谢玉英洒泪离别时，曾誓言旦旦，若得功名，定与她同享荣华。而今，佳人另有怀抱，自己也榜上无名，还说什么盟约？说什么人儿可意？还有什么：好生地，剩与我儿利市？

"这不是柳公子么？"一声轻呼，唤醒了陷入深思的柳三变。

朦胧的月色下，虫娘亭亭玉立于眼前，晚风轻拂，裙袂飘飞。

柳三变霍地起身，心想，绝不能让这女孩儿看出我内心的忧伤与颓废，谁知坐的时间太久，起身又猛，腿脚已麻木，一个踉跄，若不是虫娘眼明手快，一把抓住他的臂膀，便已摔下河去。

柳三变脸红到了耳根，幸亏是夜里，无人觉察。

虫娘吩咐陪同的小丫头云儿先回去，她与柳公子在河堤上散散步。

漫步在河堤的柳荫下，如水的月光洒下斑驳的影子。平日里在人前谈笑自如的柳三变，竟找不出一句话来打破眼前的寂静。

还是虫娘先开口："柳公子，今天不是放榜的日子么？你如何独自一人坐在河边？"

聪慧于斯的虫娘，话一出口便后悔了，放榜的日子独自一人在河边忧郁难当，定是落了榜了，我竟愚蠢到这种地步，问出这样的话来，真是该死！

虫娘正不知如何补救，却听柳三变平静地说道："我落榜了。"

“你如此聪明绝顶的一个人，落榜了又何妨？又不是下次不能考了，还跑来河边闷闷不乐的。再说了，以你的才华，不录你的人才是睁眼瞎，害大宋国少了一个好官，他们才该惋惜呢！”虫娘轻言细语的安慰，如和暖的春风，柔柔地拂过柳三变灼痛的心。

不争气的泪水又一次涌上眼眶，他抬头泪眼蒙胧地望向天边那枚明月。他是男人，是公认的才子，可他也需要关怀，需要爱抚，需要理解，需要有人倾听他的心声。今夜明媚的月光，把身边这位绝美的少女深深地烙在了他亟待安抚的心扉。

见他不言不语，虫娘以为是自己说话造次，惹柳三变伤感，便停下脚步：“柳公子，咱们往回走吧，月亮都上柳树梢了，你家里人或许正在找你呢！”

“家里人找我？没有人会找我了，我顶撞了叔叔跑出来的。”

“那你去哪儿安身？要不，你随我回紫烟阁再作打算。”虫娘温婉而言。

柳三变便同虫娘回到紫烟阁。

这一夜，他喝了很多酒，说了很多话。

说他的娘亲收养的姐姐梅语，聪慧的梅语跟他一起长大的那些琐事。武夷山九曲溪边一见钟情的云桑，是怎样成了他娇柔的妻子。离家赴京赶考，在杭州西子湖畔结识的楚楚姑娘是何等的贤淑，劝他求取功名，不要为她一个青楼女子误了前程。

与谢玉英邂逅于扬州瘦西湖畔，玉英姐姐的美貌与才情，让二十四桥头的月光都黯然失色。他曾经是那样钟情于她，百般呵护着她，分别时，信誓旦旦。而誓言如美丽的烟花，在夜空中瞬间幻灭，如今，佳人已别有怀抱。

哭着，笑着，说着，所有的过往都如流水，所有的愿望都如泡沫，谁言世间有真情？情也好，官也罢，满腹经纶，壮志难酬，都不过是镜花水月，都不过是华胥一梦，到头来都是一场空。

说过，笑过，哭过，酒在心里燃烧，烧得柔肠寸断，烧得真情难觅。是一吐为快，还是有虫娘在侧倾听？柳三变扔了酒杯，酣然睡去。

小丫头云儿收拾了残席，虫娘坐在桌前，一动也不动，任思绪随烛光飘摇，烛泪流在夜的怀抱，却填不满夜的空。

自那年在杭州倚云楼上见过柳三变，蒙他相救，受他一饭之恩，便把这个丰神俊秀、心地良善的少年公子牢牢地装进了心里。自己虽生得如花美貌，才情超群，怎奈身陷风尘，又岂敢有他想？

况且，听人说他出入花街柳巷如家常便饭，饶他再好的人品，再高的才学，也只是个风流浪荡的纨绔子弟。

只是近来，见他并非如外人所说的那般不堪。此人乃性情中人，虽多情却重情，虽流连于歌楼酒馆，却尊重风尘女子，并不轻慢待人。

今夜，他一番酒话，虫娘却认定是真言。她这才明白，这位被人称为风流才子的柳三变，他的内心竟如此的苦涩，他的感情竟如此的凝重。她敬重他身边的每一位女子，梅语、云桑、楚楚、谢玉英，她更羡慕她们都与他有一份缘，那份缘虽短暂，却真实。

她读着他醉酒中的狂草：

帝里疏散，数载酒萦花系，九陌狂游。良景对珍筵恼，佳人自有风流。劝琼瓯。绛唇启、歌发清幽。被举措、艺足才高，在处别得艳姬留。

浮名利，拟拚休。是非莫挂心头。富贵岂由人，时会高志须酬。莫闲愁。共绿蚁、红粉相尤。向绣幄，醉倚芳姿睡。算除此外何求。

——柳永《如鱼水》

她知道，他怀念在江南的日子，怀念在温柔乡里与佳人美酒相伴的片刻快意与一时的满足，难道，这就是他柳三变想要的生活？

不是。她读出了几分张狂，几分无奈。她读出他内心里唯有绝世才子固有的清高，试图让他忘记浮名与利禄，放弃是非曲直。或许，人的命运皆由天定，荣华富贵又岂能听命于人？只有等到时来运转的那一天，才能施展远大的理想与抱负。而那一天，还要等待多久？

她起身开窗，三月的夜风，清新而芬芳，明月已躲进云的衣衫，只有窗外那株杏花树枝在风中起舞，如雨的花瓣，在夜的黑色中妖媚。

倚着窗儿，回头看躺在床上的柳三变，她好看的嘴角噙满笑意，心里有一种情愫已暗暗滋生。她爱这个男人，爱这个狂放不羁的风流浪子，爱他的才，爱他的善，爱他的多情。他爱我也好，嫌弃我也罢，我都会在这无垠的杏花微雨中，为他守候，听他倾诉，生生世世。

第二天，日上三竿时，柳三变醒转，只觉得口干舌燥，头痛欲裂，眼还没睁开，便嘶哑着嗓子唤："柳青，倒茶来。"

听得细碎的脚步声向床前走来，一只温软的手伸进后颈扶他坐起，茶碗

已送至唇边，他一气喝干，如饮甘露。

他倒在枕头上，不愿起床。

噫！不对！这样细致的动作，哪是柳青的作为？这茶清冽甘甜，令唇齿生香，余味无穷，一缕馨香馥郁的气息，在鼻端萦绕。他睁眼看时，见自己躺在一顶粉色罗帐中，罗帐四面疏疏落落地绣着兰草，身上盖着一条同色锦被，被上的牡丹花开着与季节不相称的繁华。

他猛地起身，掀掉被子撩开罗帐，见虫娘正笑意盈盈地看着他。

"我，"他睡眼惺忪，摸着脑袋说，"昨夜喝多了，让姑娘见笑了。"

虫娘过来挽起罗帐："公子若不是喝多了，岂肯留在我虫娘的屋里？又怎会写出这样隽永的辞章？"

"昨夜我填词了？填的什么？快拿我看看，莫不是乱说一气，叫人笑话。"

读到"向绣幄，醉倚芳姿睡。算除此外何求"，他喃喃而语："虫娘，这下，你更认为我是个专宿青楼、睡柳巷的无良浪子了吧。"说着便要撕了词稿，虫娘一把抢过，走至书桌前，把词稿夹进一本书里。回头道："不藏着掖着，不偷偷摸摸，这才是真实明白的柳三变。"

虫娘又斟了碗茶，递给他："你以为这世上真有坐怀不乱的柳下惠？你道那些位居高堂的官爷，那些有钱的阔佬，就都是正人君子？他们哪一家不仗着有钱有势蓄养歌奴？又哪一个不是姬妾成群？"

接过他喝空的茶碗，虫娘又道："哪朝哪代的皇帝不是三宫六院七十二妃？如此众多的美人也不够他玩乐的，还夜夜青衣小帽的装扮成小市民的模样，出宫逛窑子呢！"

"你柳三变给歌楼的姑娘们填词谱曲儿，难道就不能有几个红粉知己？就连那个以公正廉洁闻名的寇准寇大人，家里都是歌儿舞女成群的，每次宴会必令歌舞取乐，再给她们奖励。"

见柳三变不语，只瞪着一双眼睛盯着她，又展眉笑道："你不要疑惑我是如何知道这些事儿的，你也不想想，我这里是什么地方？来的都是些什么样的人儿？上至公子王孙，下至平民百姓，没有哪一样事儿是我们这里的人不知道的。"

柳三变点头："你说得极是，这儿原本就是汇聚天下新奇事的。"

看窗外已近正午，想昨天负气出走，叔叔也不知如何着急，便起身向虫娘告辞："三变酒后无德，相扰姑娘了！从昨日到现在，也不知家里如何着急，我得回去了。”

虫娘点头道：“是得回家了，免得家人担心。公子也要往开处想，今年榜上无名，再下番功夫，他年必定高中。”

一股热流涌上心头，他不敢再作停留，头也不回地出了盈月轩。

第十六章　时光荏苒　花谢水流倏忽间

花谢水流倏忽，嗟年少光阴。有天然、蕙质兰心。美韶容、何啻值千金。便因甚、翠弱红衰，缠绵香体，都不胜任。算神仙、五色灵丹无验，中路委瓶簪。

人悄悄，夜沉沉。闭香闺、永弃鸳衾。想娇魂媚魄非远，纵洪都方士也难寻。最苦是、好景良天，尊前歌笑，空想遗音。望断处、杳杳巫峰十二，千古暮云深。

——柳永《离别难》

柳宏在衙门当值，要到晚间才回府。

柳夫人坐在堂屋，正读一封书信，见柳三变进门，便把信往八仙桌上一顿。冷眉冷眼道："七郎回来了，这有你大哥寄来的书信，拿去看看罢！"

柳三变望了望婶婶那张冷得掉冰渣子的脸，拿了书信径直回到自己房中，展开看时，竟是云桑病逝的噩耗。

一阵晕眩袭来，信纸飘落在地。他有点站立不稳，扶着床沿慢慢俯身捡起信，是不是昨夜喝多了，眼神朦胧看不清字迹？他揉了揉眼睛，再凝神细读。

信是大哥写的。

自七郎离家以来，云桑身体就不太好，只是每回写信时，云桑从不说自己生病的事，她怕七郎分心，耽搁了科举大考。

日复一日，年复一年，云桑相思成疾，病体难支。柳家遍请崇安名医，竟药石无效，回天无力。勉强挨过正月，云桑便撒手人寰，魂归太虚。

读罢信，柳三变没有眼泪，唯有心痛与衰竭、羞愧与自责。离家七年，一路行来，杭州、苏州、扬州、汴京，景色旖旎，美女如云。

两千多个日日夜夜，流连于江南绮丽的风光，沉醉于青楼女子的柔情蜜意。何曾想过，那个生长于九曲溪畔，如莲花般清雅灵秀、温柔贤淑的女子？

两千多个日日夜夜，那如莲般的人儿，却在期盼、思念中消瘦，在孤独、冷清里煎熬，在寂寞与绝望中魂归九天。

柳三变倒在床上一睡就是两天两夜。

第三天睁开眼，便见柳青面带焦虑地倚在床前，见他醒来，竟抹着眼泪笑了，忙不迭地去厨房端来熬好的清粥与可口的小菜。

就着小菜喝了两碗粥，柳三变这才感觉脚下不再飘忽，房间不再旋转。

他坐在桌前，望着窗外，茫然无绪。

园子里落红铺径，枝头绿意渐浓，已是春残。春风过处，任你鲜艳如桃李，娇柔如海棠，百媚千红，终究还是做了凋零之客。

想云桑，如花般容貌，如莲的品格，韶华正好，却已埋骨鹅仔峰下，不知香魂何处。

记起与云桑初相逢时，九曲溪畔那条幽径就像在眼前，他撞翻云桑背篓里的桑叶，如翠蝶纷飞。山里女子清纯得如透明的九曲溪水，惊艳了少年才子情窦初开的心扉。

想到这里，柳三变不禁悲从中来，憋了多日的眼泪，终于像决了堤的河水，汹涌而出。

柳青正送茶水进来，见他哭得泪雨滂沱，也不禁红了眼眶，劝道："少爷，七少奶已仙去，你哭得惊天动地，她也不知。她唯一指望的还是你金榜题名。若真有这一日，想必她也含笑九泉了。"

这奴才，平日里说话不着调，这几句话倒说得有几分在理，柳三变止了哭，泪眼蒙胧地看着他。

"少爷，你先喝口茶，我去打水来你洗把脸。"

一会儿，柳青端盆水进来，侍候柳三变洗罢脸，边收拾边说："有你今天哭得这般伤心的，又何必天天去找什么虫娘、佳娘？"

只这一句，又把柳三变呛得直翻白眼，刚才的一点感动烟消云散。

柳青只当没看见他变了脸色，端了盆出去。

是啊，云桑，你既已离我而去，我流再多的眼泪也无益。离家几年来，我除了一支笔，再别无他有。大考已过，榜上无名，如今更是满心无奈，一肩萧索。

想来，你的香魂一定飘忽在我左右，唯有为你吟哦，为你写尽春花秋月，念你在每一个清晨与黄昏，方能慰你恋我之情，方能安我对你的愧疚之心。

花谢水流倏忽，嗟年少光阴。有天然、蕙质兰心。美韶容、何啻值千金。便因甚、翠弱红衰，缠绵香体，都不胜任。算神仙、五色灵丹无验，中路委瓶簪。

人悄悄，夜沉沉。闭香闺、永弃鸳衾。想娇魂媚魄非远，纵洪都方士也难寻。最苦是、好景良天，尊前歌笑，空想遗音。望断处、杳杳巫峰十二，千古暮云深。

——柳永《离别难》

刚写完最后一个字，柳青进来道："七少爷，老爷叫你去东厢房，有话跟你说。"

见柳三变面前的雪浪纸墨迹未干，笑问："七少爷又填词了？"说着伸手就要拿词稿。

柳三变见了，一巴掌拍在他手背上："这阕词你可不能拿去给绿绮，这是我填给你七少奶的。"遂双手捧起词稿，吹干墨迹，轻轻折叠起来，小心地拢进袖子里。

柳青瞪眼看着他，嘟囔着："那你也给绿绮填几首新词罢，她这阵子没新曲儿唱，也少有客人，她们的妈妈整天的给她脸色看。"

"你刚才不是说，我有哭七少奶奶的心，又何必去找什么虫娘、佳娘？她们找我自然也是请我为她们填新词了。"

柳三变贴近他的脸，笑道："绿绮是你的相好，你何不填几首新词送与她？往日你总偷我的词送给你的绿绮，今后你再也偷不着了。"

"偷你的词给绿绮，有何不好？绿绮弹得一手好琴，唱得一嗓好曲，把你的词唱遍东京城，现如今，京城内外，哪个不知你柳三变是才子词人？"

柳三变抱拳道："那我柳七倒要多谢你了，若不是你，叔叔婶婶如何知道我整天的填些淫词艳曲！"

说罢，两手一拂，背在身后，出门而去，丢下柳青独自在房中发呆。

天已擦黑，透过天井，可见湛蓝的天幕上忽闪着几颗星星。柳三变慢慢行来，正琢磨着叔叔找他有何要事，忽见前面一侍女端了茶盘进了东厢房，待侍女出来，柳三变正欲进去，却听得婶婶的声音："老爷，你叫七郎来，是叫他回崇安么？"

"侄儿媳妇刚刚去世，七郎这次又未考中，少年夫妻，一个逝去，一个落榜，心情与身体定是不大好的。再说汴梁至崇安，山遥水远的，我怕他路上吃不消。"叔叔沉吟着应道。

"老爷快别说少年夫妻了，你道七郎对那个死去的侄儿媳妇，是叫云桑吧，七郎对她有情么？出门七年，若是牵挂云桑，何至于在江南游荡几年，去年才来东京，今年才科考？”婶婶话语里满是不屑。

叔叔道：“七郎毕竟是大哥大嫂最小最疼爱的孩子，在家里自然是娇惯了些，出门了就不受约束。再说，江南与东京，与崇安比起来，是何等的繁华！花花世界，声色犬马，就算是成年人，也抵挡不了诱惑的。何况七郎年少，心性浪漫，玩性又大，怨不得他。”

“怨不得他？那要怨谁？若这次他高中了，自必是要放官上任。咱们虽不想沾他的光，却省了操他那份心了。如今倒好，榜上无名，还要给他零花银子，成天地混迹于花街柳巷，专给那些歌儿舞女写些什么曲儿。”

“夫人足不出户，如何知道他这些事呢？”叔叔有些奇怪。

“自然是家里的下人从外面听来的。”

柳三变在窗外按住心跳，他知道婶婶不待见他，却并不知道对他厌恶到如此程度。

“你也不要这样说，七郎写的词曲儿，我也读过的，并不是你听人说的那样不堪。他的词传遍东京，还传进宫里，宫里的人也很喜欢唱。又因为通俗易懂，市井小民也能随口吟上几句，七郎还真有填词的天赋。”叔叔的话里透着几分赞许。

“你还长他的志气了？他今天歌楼酒馆，明天勾栏瓦肆，与那些歌儿舞女打得火热，你还如此纵容他！”

“我哪里纵容他了？只是就事说事，他填的词确实很受人们喜爱。歌女喜欢唱，那还得要人喜欢听呢！就连宫里的人也喜欢唱喜欢听的。”叔叔提高了声音。

“我不跟老爷理论这些，想必老爷也喜欢那些淫词艳曲，才如此护着他。我只道如今科举考试也过了，若等下一科，还得几年，趁侄儿媳妇过世的事，你就打发他回崇安老家吧！他在京城如此风流下去，你不怕他败坏了你的名声，我还怕他带坏了我的两个儿子呢！”

婶婶说最后一句话的声音极低，柳三变听在耳里犹如夜半惊雷，他想冲进去跟婶婶论理，又怕让叔叔难堪，他知道叔叔向来都是迁就婶婶的。看来这里是住不下去了，此时不走，难道还要等她来赶不成？

他猛一转身，撞在一个人怀里，只听得一声惊叫，和杯盏落地的破碎声。他顾不了许多，跨过天井，穿过大堂，冲出大门。

大街上行人已少，两边的店铺却是灯火通明，酒楼、饭馆、茶坊是最热

闹的去处。

已是暮春时节，夜风吹在身上清凉而不寒冷，只是风中的菜香味与酒香味让他饥肠辘辘。间或三两句婉转的歌声传进耳里，细细听去，竟是自己前几日在虫娘的盈月轩醉酒后填的词：

“浮名利，拟拚休。是非莫挂心头。富贵岂由人，时会高志须酬。莫闲愁。”

霎时，他不知是喜还是悲，自己的词居然这么快就流传开来。可除了虫娘这样灵慧的女子，又有谁能理解他词中的酸甜苦辣、喜乐哀愁？而攘攘天下，芸芸众生，他也只有这些青楼歌女为知己。

或许，这一切皆由天定，荣华富贵岂能听命于人？可又有谁知我柳三变就没有时来运转的那一天！姜子牙八十岁才遇周文王拜为相，我为什么不能蛰伏等待？只要时机一到，经世济民的志向就能实现。

他循着歌声寻去，正是初来东京与张先一起，第一次遇见韩雁飞，第一次被虫娘称着恩人的那座酒楼：一品楼。

跑堂的小二哥满脸堆笑地引他上了二楼，他问刚才是哪位姑娘在这儿唱曲，那小二竖起大拇指说是名满京城的紫烟阁的头牌歌女虫娘，正在二楼的雅间芙蓉厅陪客。

柳三变径直往芙蓉厅去，小二哥忙拦住他说，若是陌生人进了，怕客人与虫娘都不答应。

柳三变道：“那就烦请你进去通报一声，就说柳三变来了。”

小二一听“柳三变”三个字，眼睛也亮了：“原来你就是专给人填词的柳三变？怪道如此风流潇洒。”也不等柳三变再发话，便进了芙蓉厅，随即又出来对柳三变打躬作揖，“柳公子休要怪罪，小人有眼无珠，不识真人。里面是朱雀门东街最大的教坊香雪楼的乐师，与紫烟阁的乐师，公子快快请进。”这店小二怎的如此话多，柳三变想着，随手推开房门。

韩雁飞正在门边，见他进来，笑道：“我正要叫人去请你呢！不曾想你竟自来了，这岂不应了那句古话：心有灵犀。”

香雪楼的乐师杜仲正含笑望向他，柳三变与他见过几次，此人琴艺高，善谱曲，都是熟人，也不用客套。当下走至桌前，抓起酒壶斟了一盏酒，一气喝干，这才苦笑道：“也不去谈什么心有灵犀了，如今我柳七真是无家可归了。”说毕又要往酒杯里斟酒。

一边默不作声的虫娘上前按住他的手，温婉道：“公子，我看你脸色不好，休要多喝。”

韩雁飞正奇怪他今天的行为，忙问：“公子跟令叔大人争吵了？叔侄之间有点误会，也属常事，公子不要去计较长辈才好。”

“小生寄居于叔叔家本是为了科考，如今榜上无名，只怪小生喜好填词谱曲，而学业不精，岂敢与长辈计较。”说罢挣脱虫娘的手，又斟满酒杯，一饮而尽。

见众人都望向他，便把兄长来信告知妻子云桑逝去，自己如何茶饭不食一睡就是两天两夜，又如何听到叔叔婶婶的说话，要遣他回崇安老家，一股脑儿地都说了出来，说完了竟觉心中畅快无比，又大笑起来。

韩雁飞见他哭笑无常，知他内心定是痛不欲生，便吩咐小二送壶温茶来，虫娘趁机用茶壶换过酒壶，盈盈笑道：“公子，虫娘正有话跟你说，你前日填的那阕《如鱼水》，我正请韩师傅与杜师傅谱曲呢，唱给你听听如何？”

柳三变双目无神，只要酒喝，哪里听得进去新曲新词。

杜仲向韩雁飞低声说：“我看柳公子伤心过度，这样下去怕是要大病一场。不如这样吧，我带他回香雪楼，收拾一间屋子专供他居住休养，也不收他银子，韩兄以为如何？”

韩雁飞如何不知道杜仲的打算，柳三变可是个宝贝，填词又快又好，歌女们都抢着要他的词，别说你香雪楼，就是京城其他的歌楼酒馆，都想要柳三变，他岂肯让杜仲轻易把人带走。便笑道：“柳公子是我朋友，亦如兄弟一般，他这般悲伤痛苦，怎敢劳烦杜兄而我袖手旁观？我在紫烟阁的碧梧轩，柳公子很是喜欢，就让他住进去休养几天。杜兄若闲了，请来碧梧轩喝茶吧。”说罢朝虫娘使个眼色，虫娘听韩雁飞的话正满心欢喜，见他递过来的眼神，便扶柳三变出了一品楼，逶迤往紫烟阁而来。

及至碧梧轩，一眉新月正倚在梧桐树梢，几株桃树已是绿叶满枝，尚未落尽的花儿，在夜露中缓缓地飘着花瓣，院子更显清幽。

韩雁飞让侍儿去街上李记鸡汤馆买来热鸡汤，柳三变只嚷着要酒喝，在虫娘的温言相劝下，这才喝了鸡汤。

侍儿沏茶来大家喝了一盏，也不知该说何话题，一时场面有些冷清。虫娘起身道：“柳公子，今日你精神不大好，不如早些歇息，睡一觉起来，或许所有的一切便都好了。”

韩雁飞忙说：“客房都是极干净的，虫娘说的是，睡一觉起来，一切都

会好的。”

柳三变未置可否。

虫娘跟侍儿一道帮柳三变洗了把脸，柳三变脱了长衫，随手一扔，上床侧身朝里睡去。虫娘接过长衫，抖了抖，挂在床头的架子上。见一纸飘落，俯身捡起，就着烛光看时，是一阕新词，便拢进袖子，跟韩雁飞道别，回自己的盈月轩来。

虫娘躺在床上，听窗外风敲檐铃的清音，间或三两声夜鸟的啼鸣，夜，显得静谧而深沉。

“花谢水流倏忽，嗟年少光阴。有天然、蕙质兰心。美韶容、何啻值千金。”

她默想着刚刚读过的词句，秀美的武夷山水，孕育了多少才子佳人。柳三变的妻子云桑，该是怎样一位蕙质兰心、芳馨清雅的女子，那绝代的容颜，纵使千金也难买，难怪才华超群、风流俊美的崇安才子一见倾心。

然而，造化弄人，韶华易逝，少年光阴短暂如斯，恰如花谢水流红，转瞬间，消逝得无影无踪，唯给人留下千般怨恨万般愁。

在这寂静的夜，她分明听见柳三变内心的嗟叹、徒然的呼唤：

“便因甚、翠弱红衰，缠绵香体，都不胜任。算神仙、五色灵丹无验，中路委瓶簪。

人悄悄，夜沉沉。闭香闺、永弃鸳衾。想娇魂媚魄非远，纵洪都方士也难寻。”

他坚信妻子的灵魂没有走远，但纵然有为杨贵妃招魂的洪都方士，也难招回云桑的香魂。

“最苦是、好景良天，尊前歌笑，空想遗音。望断处、杳杳巫峰十二，千古暮云深。”

她也分明看见，柳三变怀念昔日与妻子在一起的欢声笑语，却不能拥妻子入怀，唯有泪眼迷蒙，仰望苍穹。云桑的灵魂一定栖息在神秘的巫山群峰之间，但香魂缥缈，云海茫茫，又该从何处寻觅？

这就是那个被人们视为眠花宿柳、无良浪子的男人，写给妻子的词阕。这情深意厚的词阕，穿过岁月的风沙与尘埃，在千年后今天，依然芬芳馥郁，缱绻缠绵，余韵悠长。

清寒的月光，透过疏窗，浅浅地滑过虫娘孤单的心扉，浅浅地洒一地斑驳。

虫娘多么希望自己就是那个如花般凋谢的云桑，韶华虽然短暂，毕竟与柳三变在红尘中深爱了一场，如同花骨朵儿，在春风中妩媚地开过，释放了最绚烂的激情。虽已枯萎，却香染尘埃，惊艳了他超凡的笔墨，哀怨了他绝世的情怀。

朦胧中，她仿佛看自己穿一袭浅绿色衣衫，背了采桑叶的背篓，行走于武夷山幽静的林间小径，那俊美的白衣少年正焦急地把她寻找。找到了，便不再分开。他们携手穿梭于山间溪畔，看花谢花开，看月圆月缺，听溪水淙淙，听鸟语虫鸣……

第十七章　云路何处　斗酒十千笑歌筵

玉砌金阶舞舜干。朝野多欢。九衢三市风光丽，正万家、急管繁弦。凤楼临绮陌，嘉气非烟。

雅俗熙熙物态妍。忍负芳年。笑筵歌席连昏昼，任旗亭、斗酒十千。赏心何处好，惟有尊前。

——柳永《看花回》

柳宏听侍女说是七少爷撞翻了她手中的茶盘，疯一般的冲出门去，便知道他已经把他们夫妇说的话都听了去，很是忧心。

柳夫人却不以为然：“就是听了去又如何？又有谁冤屈他了？他这一去不是在酒馆，就是在歌楼，你以为他会跳汴河么？”几句话说得柳宏作声不得，只是唉声叹气。

“你若不饿呢，就在这儿叹气，我可是要吃饭的。”柳夫人不再理他，吩咐丫鬟请两位少爷出来，去前厅吃饭。

柳宏叫来柳青，欲言又止，只吩咐他即刻去街上寻七少爷，带回家来。

其时正晚饭时分，柳青出门来，并不去街边的酒馆歌楼，而是直奔紫烟阁，他想七少爷必在虫娘处。

紫烟阁门前值守的汉子，柳青早就混得烂熟，说虫娘傍晚被一顶轿子抬走，此时并不在她的盈月轩。只得唤绿绮出来，把少爷如何跑出来的话说一遍，让她转告虫娘。若少爷跟虫娘在一起，便请她好生照顾他家少爷。又絮絮叨叨地说了些不着边际的话，有人唤绿绮，柳青这才依依不舍地告辞回府。

进了二门，正要去厨房找吃的，冷不防被柳夫人拦住：“柳青，可找到七郎了？”

柳青不知就里，据实答道：“回夫人，奴才尚未找到七少爷。”

柳夫人笑道：“明日若老爷吩咐你去找七郎，可得先回了我，不然，仔细你的皮肉。”

看夫人的笑容，柳青觉得背脊骨都凉飕飕的，心里嘀咕，这也是笑么？整日里说自己是菩萨心肠的人，怎会如此阴狠？

正如杜仲所说，柳三变大病一场。

韩雁飞请医抓药，殷勤看护，半个月过去，柳三变的病情渐渐好转，只是像变了个人，整日不言不语，两眼空洞无神。

这日，韩雁飞又请郎中至碧梧轩，郎中把脉后说："柳公子的病已经好转，可以不再用药了。"

"那他如何这般有气无力，有形无神？"韩雁飞惊奇道。

"他这是心病，心事抑郁。"郎中背起药箱边走边说。

这下韩雁飞急了："他身体上的病，我可以遍请名医，这心上的病，我却是无能为力了。"

送郎中出了紫烟阁大门，韩雁飞径直往盈月轩来。

虫娘今日无客，正调筝试唱柳三变为亡妻云桑填的那阕新词《离别难》。

"虫娘，我是无辙了，这下得靠你了。"韩雁飞人还没进门，话已先出口。

虫娘离开琴台，嫣然笑道："韩师傅，你说什么呀？"

韩雁飞拍拍脑袋："唉，你看我，急得话都说不清楚了。还不是柳三变，大夫说他身上的病好了，心里的病没好，你若无客人听曲，时时去陪陪他，开导一下，说不定就好了呢！你们年轻人总能说到一起去的。"

虫娘轻轻一笑："你不来，我也要去你那儿呢！你看，这是他为妻子填的词，这几天我试着谱了曲子，正要弹唱与你听听。"

韩雁飞接过词稿，飞快地读了一遍，赞道："真是好词！深情厚谊，读来如诉如泣，我们这就走吧！"

两人来至碧梧轩，柳三变正倚了窗台，盯着院角的那株芭蕉。

韩雁飞走近他，轻声唤道："柳公子，虫娘来看你了。"

他转身朝虫娘咧嘴笑了一笑，便又掉过头去看着窗外。

虫娘向韩雁飞摆摆手，示意他不要再理柳三变，又轻声吩咐侍儿燃香，侍儿正托了茶盘过来，放下茶盏点心，去洗手燃香摆琴。

虫娘走至琴台，缓缓坐下，只见她玉指轻扬，仿佛已挑动丝丝缕缕的空气，霎时，琴声清扬而起，如溪水流淌，似珠倾玉坠，仿佛在一片清冷的月色中，正梨花飞雪，海棠铺绣，丁香泣露枝头。

而窗外，有双燕掠过，惊起漫天杏花雨，清清泠泠，舒缓而落。

彼时，有婉转歌喉随弦音吟唱：花谢水流倏忽，嗟年少光阴……

虫娘的嗓子清润柔婉，直把这阕词唱得如诉如泣、缥缈缠绵，歌声已了，余音犹自不绝。

虫娘抬眉，见柳三变缓缓走近琴台，一双忧郁的眼眸，蓄满晶莹的泪水，正痴痴地看着她，眼神里包含着爱恋、怜惜、追记与自责，所有的一切竟如此深沉而执着。

虫娘惊诧地站起来，她见过多少男人的眼睛，却从未见过像眼前这般深情的眼眸，这无限的柔情，是给她的？还是给逝去的云桑的？

她不在乎，她在乎的是这个才华超凡的男人，有一颗正直善良柔软多情的心。哪怕这颗心不属于她，可在这炎凉的世态里，因了这善良与柔情，她也愿意把自己原本冷却的情与血，在他身上热烈地释放，只为给自己多风多雨的岁月，添一抹绚丽的色彩。

她坚定地迎向那双深情的眼眸，冷不防被柳三变一把搂进怀里，她无须挣扎，这正是她想要的。依在他怀里，她听见两颗心的跳动是如此的合拍与有力，她缓缓闭上了眼睛。

韩雁飞已悄悄退回自己的书房。

此后，柳三变就住在紫烟阁里的碧梧轩，与乐工、歌女们填词谱曲，教授礼仪歌舞。

因为柳三变，愿进紫烟阁的歌女骤然多了起来，他们调教的歌儿舞女被达官贵人、富商大贾争相购买，生意日渐红火，紫烟阁的妈妈整日里笑得合不拢嘴，把柳三变当财神供奉着。

朱雀门东街西街，蔡河湾前街后街、状元楼、麦秸巷等等歌楼酒馆，都请柳三变填词谱曲，指点歌舞，柳三变比今科高中皇榜的状元探花名气都大。

这日黄昏，柳三变正从麦秸巷出来，欲回紫烟阁，忽被一人拦住。那人憨厚地笑道："柳公子，你或许不认识我，可我是知道柳公子的，我是香雪楼的乐工，杜仲师傅正等着你呢！"

柳三变不免奇怪，杜仲也算是朋友了，要见我为何派人在路上拦截？

"你们杜师傅在哪里等我？等我做什么？"

"我师傅在碧云天酒楼摆了桌酒宴，你去了就知道了。"

平白无故地摆什么酒宴？三变想，回紫烟阁也无事，不妨去坐坐，便随那汉子穿街过巷到了碧云天。

碧云天酒楼与香雪楼教坊紧挨着，原来是近邻，柳三变心想。

杜仲正在楼前张望，见柳三变来了拱手笑道："柳公子，总算把你盼来了。"

三变有点受宠若惊："杜先生想见柳七还不容易，召唤一声就来了。"

两人说话间上了二楼的一间雅室，室内两位男子见他二人进来，便起身笑脸相迎。

杜仲给三变介绍："柳公子，这位便是香雪楼的楼主杨明轩先生。"

此人五十开外，双目有神，面皮白净长须飘冉，神态颇为儒雅。

三变拱手道："杨先生的大名，在下早有耳闻，今日有幸得见尊容。"

"哪里哪里，柳大才子的名声真是如雷贯耳啊！"杨明轩捋着胡须，爽朗地笑道。

"这位是杨先生的朋友吕三泰。"

不等杜仲说完，那吕三泰接道："老朽酷爱柳公子的曲子词，一日不听，便茶饭不香。"

杨明轩笑道："三泰兄，在柳公子面前就不要倚老卖老了，何况公子之才华是你我仰望而不及的，大家能聚到一起，也是前世的缘分，就如亲兄弟一般，就不要你在官场上那套虚的假的了。"

杨明轩豪爽的脾气，正对了柳三变的秉性，心里不免把此人看重了几分。

吕三泰仰面笑道："杨兄说得极是。杜仲，吩咐下去，把碧云天最拿手最精致的菜赶紧地做几个上来。"又对柳三变笑说："柳公子有所不知，这碧云天酒楼，也是杨先生开的，咱们今夜不醉无不归。"

杜仲吩咐下去后，给柳三变斟茶："在下今天应该亲自去请柳公子的，只怕紫烟阁的韩师傅不高兴，才让乐工去半路上等公子，此举实属无奈，还望公子原宥。"

"无妨，无妨！"他心里固然念及韩雁飞与虫娘的收留照顾之恩，此时却也不便说什么，只得敷衍几句，"只不知杜兄请小生来此有何贵干？"

杨明轩舒眉笑道："素闻公子精通韵律，擅填长短句，老夫不敢说听过你所有曲子，却也听了不少，公子所作之曲实乃当下难得之佳作。今日略备薄酒，让杜仲请公子前来，别无他意，只想与公子谈词论曲，以慰多日仰慕之情。"

这话听得柳三变浑身舒坦，抱拳含笑道："先生过奖！蒙先生如此抬爱，晚生愧不敢当！"

杨明轩捋着胡须，面含微笑，显得温文尔雅，心里说：老夫正要你担待不起，不然，你如何肯为老夫卖力？

说话间，酒菜已摆满八仙桌，杨明轩请柳三变上座，三变如何肯？杨明轩、吕三泰年长，柳三变是客，牵扯半天，四人依次落座。

几杯酒落肚，大家亲近随和了许多，吕三泰别开话题："柳公子，杨先生的香雪楼教坊，在东京也是数一数二的，并不比紫烟阁差多少，你何不去领略一下他那里的歌儿舞女的艺技？"

柳三变正有此意，放下酒杯："晚生虽好填长短句，不过是摘章寻句，实乃末技俗流，终难登大雅之堂。若能与香雪楼的乐工歌女交流切磋，晚生的词艺也能长进。"

杨明轩与吕三泰相视一笑。

杜仲正挟了一块肉在嘴里，口齿含糊不清："贤弟此举甚好，我们楼主也有意请贤弟来香雪楼教授词曲歌舞呢。"

柳三变望向杨明轩："教授可不敢，交流切磋倒还可以。只是晚生所作之词，俚俗之语颇多，被士大夫之流所排斥。男女情爱出自人的自然本性，而晚生词中对男欢女爱表达得率真真切，则被士大夫之流骂为淫词艳曲。如此的不合当今主流，怕也未必能合杨先生之意。"

杨明轩正色道："公子此言差矣！只要入俗，必能流行。世间但凡诗歌词曲，原为歌功颂德、劝化人们向善，亦为田间劳作所累而作，融娱乐、传教于一体。有阳春白雪，也有下里巴人，这二者缺一不可。"见柳三变等人听得极专注，杨明轩也极认真地接着说下去：

"比如，我大宋朝的教坊，初分为四部，即坐部、法曲部、鼓笛立部、龟兹部；今又以艺人的分工不同，分为十三部。乃筚篥部、大鼓部、拍板色、笛色、琶芭色、舞旋色，歌板色、杂剧色、参军色等，规模虽远不及唐时，但也不是以单一风格独存，而是雅俗共赏。"

吕三泰举杯赞道："杨兄所言极是。《诗》三百，风雅颂，尚以风为最善；屈子的《离骚》为楚辞之最，风、骚自古并举，而风、骚皆为民间艺术。乐府诗词亦不过是民间音乐而集成。至我朝，搜集、整理民间音乐之事，已由官府传至民间。无论是在汴京，抑或是江南，民间艺人已有自己施展的场所，如勾栏、瓦肆等等，想来柳公子于这些地方该不会陌生吧。"

柳三变点头称是。

杨明轩抿一口酒："我朝日益繁荣，除了士大夫之族，还有一个市民阶层。这个阶层由中下层官员及家属与仆人、衙门吏卒、商人、手工业者、艺人、城市贫民等组合而成。他们在工作闲暇、茶余饭后需要精神调节，也需要娱乐享受，而这个阶层平日里最大的娱乐方式，就是极直率、极真切地谈论男女之情。最重要的是这个阶层，比起士大夫之族，要大得多，所以，这就是为什么柳公子的词，深受人们喜爱的缘由。"

柳三变见他把当前的民风分析得入木三分，不由得对他又起了几分敬重之心。

见他三人听得入神，杨明轩接着道："大家不难看出，我朝是重文轻武的。按理，天下武以靖之，文以持之，两者不可或缺。但从严格意义上来说，本朝从立国之初直到今天，却都侧重于文治。所以说，柳公子的前途是无量的，以你之才，日后必能飞黄腾达。"

柳三变道："蒙先生错爱，晚生之才不过是末流俗技，不求飞黄腾达，但求无拘无束，潇洒一世。"

吕三泰笑道："谈了半天词，酒也没尽兴喝。杨兄，何不把你香雪楼最好的姑娘叫来，为柳公子歌舞一曲，助助酒兴，我们也托福沾光？"

杨明轩爽朗一笑："要听曲儿又有何难？杜仲，你去把英英与秀香二人请来。"他心里明白，若不是他手下的人去请，秀香与英英怕是任何人也请不动的。

杜仲应声而去。

这次杨明轩想错了，香雪楼两位头牌姑娘听杜仲说楼主宴请的是填词的柳三变，心里不胜欣喜，两人尽力打扮一番，随杜仲前来。

当英英与秀香出现在柳三变面前时，柳三变在心里顿足叹道：老天老天！你究竟把多少钟灵毓秀、日月精华，凝集于天下女子？却又为何将她们置于青楼酒馆？莫非真是天妒红颜？

吕三泰见柳三变痴痴地望着两位绝色佳人发呆，心里冷笑：都道英雄难过美人关，何况你柳三变这样的风流浪子？我吕某就不信你能逃过这一劫。

你道吕三泰何许人也？此人官居四品，年过五旬，风流成性。家里良田千顷，豪宅数幢，姬妾成群。因父亲过世，在家丁忧。闲极无聊，便变着法儿听歌观舞打发时光。近来，又迷上了柳三变的词曲，便怂恿杨明轩拉拢柳三变，为香雪楼的姑娘们填词谱曲。

杨明轩本不欲与紫烟阁抢一个填词谱曲的公子哥，无奈也为柳三变长调慢词里的风花雪月与柔情蜜意所倾倒。

而且，柳三变在紫烟阁与韩雁飞一起，教授姑娘们管弦乐器、诗词歌赋、礼仪舞蹈等看家本事。紫烟阁一时声名鹊起，去紫烟阁购买舞儿歌女的不仅仅是一些附庸风雅的富商，还有官居极品的朝廷命官。素以清廉闻名的寇准寇大人，家里就有从紫烟阁买去的歌女数人；十四岁就以神童召试，赐同进士出身，如今擢秘书省正字的晏同叔，家里也有从紫烟阁买回去的歌女。

杨明轩这才请柳三变饮酒，谈词论曲，其意就是让柳三变住到香雪楼，为他所用。此刻便遂了吕三泰之意，吩咐杜仲去请二女前来。

英英与秀香可非泛泛之辈，是香雪楼的顶梁柱，任凭是谁，给多少银子，杨明轩是不卖的。

此二女见过的男人何其多也！何曾正眼瞧过世俗男人？连吕三泰这样的朝廷四品官也不曾放在眼里。吕三泰早就垂涎二女，却不曾得手，对二人既爱且恨，碍于杨明轩，又不好来硬的，只恨得神魂颠倒，心痒难熬。此时见了二人，早不知魂之所在，却一心要看柳三变的笑话。

英英与秀香，对柳三变的大名早有耳闻，虽无缘得见，并无格外之情愫。今日前来，也只想讨几阕词曲，好与紫烟阁的几位头牌姑娘比拼一番。

不曾想，眼前的柳三变，正是天下多少少女心中的怀春之梦想。

眼前的柳三变，一袭白色长衫，一顶纶巾，一柄羽扇。没有功名的落拓才子，衣着普通，却有着人所共见的儒雅。骨子里透出的几分桀骜不驯，似一匹野马，要挣脱俗世的牢笼，却又被无形的绳索紧紧勒住。二位绝色佳人禁不住在心里问道：世间怎会有这样的男人？

他俊美的脸庞，泛着温文尔雅的笑意，让她二人倍感亲切、温暖，就如看到多年未见的亲人一般。

那双眼睛，最让英英与秀香难以自持。

那是一双怎样的眼睛？两道微蹙的剑眉下，卧着两泓清澈明亮而又深不见底的潭水，是那样的忧郁，又是那样的溢满柔情。

他就站在那儿，很近，很安详地看着你，嘴角泛着浅笑，就如兄长看着妹妹一般。可你从那眼神里，竟读出无尽的怜悯、温情与爱恋，任你是清高绝世、不染尘埃的世家名媛；任是你沦落风尘、抱贞守洁的青楼女子，也逃脱不了他的一颦一笑，你会不自觉地融入那一泓被风吹皱的春水里。

英英与秀香，香雪楼的头牌姑娘，在见到柳三变的一瞬间，竟把自己在风尘中艰难抱守了多年的芳心与情感，用眼神交给了柳三变，莫非这就是人们所说的一见倾心？

吕三泰见二人看柳三变的眼神含情脉脉的，早就不自在了，心里恨恨地骂道：水性杨花的女人！在老爷我面前装得一本正经，说是卖艺不卖身，乍一见柳三变这小公牛，一个个发起骚来，连眼珠子都要掉下来了。

他用筷子敲了几下杯沿，干笑几声："我说二位美人儿，今日请你们来，不是叫你们欣赏柳公子玉树临风的模样儿，是让你们好生地在柳公子面前表现一番，日后，柳公子就要为香雪楼的姑娘们填词谱曲儿了。"

英英善舞，秀香善唱，杜仲与她二人一处低声商量了几句，便各自准备。

秀香碎步生莲，袅娜地走至琴台前，缓缓坐下，见她轻拂衣袖，玉指如葱管般白嫩，乍一抚弦，耳畔已是清泉流淌，淙淙泠泠。朱唇轻启，莺喉乍绽，如清风掠过湖面，杨柳参差，芰荷摇曳。

玉砌金阶舞舜干。朝野多欢。九衢三市风光丽，正万家、急管繁弦。凤楼临绮陌，嘉气非烟。

雅俗熙熙物态妍。忍负芳年。笑筵歌席连昏昼，任旗亭、斗酒十千。赏心何处好，惟有尊前。

——柳永《看花回》

柳三变一听，竟是自己填的《看花回》，一时又想不起是何时填的，若不是秀香此刻唱出来，怕是再也无法记起。心里几分欣喜，几分迷茫。

欣喜的是，自己一时兴起填的词曲，被这些女子传唱开来，风靡东京城。

迷茫的是，不知道自己的出路在哪儿。难道只能一辈子为她们填词谱曲么？那个人称"鹅仔峰下一支笔"的少年才子呢？那少年时就树下的宏图大志呢？那为官一方，造福于民的愿望呢？这些难道真如汴河的流水，头也不回地流走了么？

他眼里不再有英英柔若无骨的纤腰、轻舒曼舞的水袖；耳边也听不见秀香幽婉的琴声与黄莺般的歌喉。他抓起酒壶，仰面朝嘴里一气灌下半壶去。

第十八章 天降祥瑞 人间三度见河清

阆苑年华永，嬉游别是情。人间三度见河清。一番碧桃成。

金母忍将轻摘，留宴鳌峰真客。红狵闲卧吠斜阳，方朔敢偷尝。

——柳永《巫山一段云》

柳三变梦醒，也不知几更天，只觉口渴难耐，又不忍唤醒虫娘，便轻轻移开搁在自己胸脯上的手臂，摸索着下床，不想碰翻了什么物什，掉在地上哗哗啦的。心里奇怪，平日放烛台的地方竟摸不着烛台。

“柳公子，你怎么了？”一个娇软的声音自身后响起，吓得一激灵，脑子清醒了一大半。

虫娘一直唤我七郎，今夜如何又改口了？这声音也不大像虫娘啊！我这是在哪儿？

他不出声，站在原地不动。

灯亮了。

秀香长发披垂，一袭粉色睡衣，露出一抹如雪的酥胸，尤其是她的颈，在柔和的烛光下，似细腻温润的羊脂白玉，比起日间装扮整齐的穿戴，更显风情万种、韵味十足。

“知你酒醒要喝茶，睡前已经备好了的。”秀香不让他接茶碗，把茶碗直送至他唇边，让他就着她的手，一气喝干。

他不想问如何来到秀香的住处，他担心虫娘牵挂他，忙去床头衣架取衣衫。

然而，秀香挺胸拦在他面前，嘴角微微上扬，带着轻浅的微笑，正挑衅地看着他。薄薄的纱衣，遮掩不住青春女子诱人的气息，那双含情的眼眸，在烛光下跳跃着两团热烈的火焰。

尤物如此，柳三变哪里还顾得了虫娘！一把搂过秀香，褪去那层薄纱衣，向她坚挺圆润的双乳，深深吻去。

窗外，更漏声声，月移花影。

室内，烛影摇红，纵情欢娱。

秀香在他身下尽情逢迎，温软如绵。这正满足了他科场失意的心，他要趁着今夜的酒，趁着这春风一度，把她的冶艳，把她的风情，把他们的醉心欢娱，都写进辞章。他恨不能与她一同化为汴河的水，缓缓流向不可知的天涯。

秀香家住桃花径。算神仙、才堪并。层波细翦明眸，腻玉圆搓素颈。爱把歌喉当筵逞。遏天边，乱云愁凝。言语似娇莺，一声声堪听。

客房饮散帘帏静。拥香衾、欢心称。金炉麝袅青烟，凤帐烛摇红影。无限狂心乘酒兴。这欢娱、渐入佳境。犹自怨邻鸡，道秋宵不永。

——柳永《昼夜乐》

也不知过了几天几夜，也不知填了几阕词曲。

白天，柳三变跟杜仲一道，给香雪楼的姑娘们讲解词曲音律，夜里留宿秀香的桃花径。

一连下了几日雨，空气有点沉闷，柳三变百无聊赖地倚着窗儿，看院子里红的樱桃，绿的芭蕉，日子过得如流水般。心里又想起虫娘，也应该回紫烟阁了。

“哎哟！姐姐，是哪阵风把你这大美人给吹到我这桃花径来了？柳郎，你道谁来了？”正想着回紫烟阁，却听秀香在客厅娇声软语的说话声。

另一女子声音随即而起，如玉落珠盘，清脆而有韵律：“好妹妹，我这几日不得闲，柳公子劳累你一人侍候了。”

“谁叫你是东京城里屈指可数的美貌舞娘？官府的宴会，有钱人家的喜庆堂会，哪一家少得了姐姐你？千金难争呢！”

英英进门笑道：“别耍贫嘴了！快把你家好茶沏来。”又揪揪秀香的脸蛋，轻声道，“这几日，柳公子就便宜你了。”

秀香娇声笑着去沏茶。

柳三变正欲出房门，英英一袭浅绿衣裙，已俏生生地立在他面前，如池塘中亭亭的一株碧荷。

“柳公子，听姑娘们说你填了不少词曲呢，给秀香妹妹的词皆属上品佳作。”英英毫不扭捏，大方端庄，说话直率。

柳三变笑道：“哪里。三变才疏，姐妹们天仙般的容貌、超群的才艺，

三变在词里写不出万分之一来。”

“这些日子，我忙得不着地，香雪楼的姑娘你都写遍了，也该轮到给我写了吧。”英英端着茶碗，并不喝，只拿那双会说话的眼睛盯着柳三变。

柳三变哪里经得住美人的央求，嘴里唤秀香拿笔墨来，一双含情目只管盯着英英。

秀香早已备好笔墨纸砚，见柳三变痴痴地盯着英英，便用手在他眼前挥了几挥，酸溜溜道:“喂，别只顾眉目传情了，柳郎今夜只管去英姐姐的梨香院。”

英英也觉忘情，红了脸，忙低头喝茶，半晌笑道：“今夜我还真的没空闲，赵大人府上的喜筵要唱三天三夜。”

柳三变听了，心里莫名的有几分失落，走至桌前，握笔蘸墨，也不见他沉思，也不见他再看英英，随手在粉笺上写出几行字来。

英英秀香拢来看时，是一阕《柳腰轻》。

英英妙舞腰肢软，章台柳、昭阳燕。锦衣冠盖，绮堂筵会，是处千金争选。顾香砌、丝管初调，倚轻风、佩环微颤。

乍入霓裳促遍。逞盈盈、渐催檀板。慢垂霞袖，急趋莲步，进退奇容千变。算何止、倾国倾城，暂回眸、万人肠断。

——柳永《柳腰轻》

“哎哟！姐姐，你在他眼里，堪比汉代的赵飞燕呢！”刚念前几句，秀香便娇声嚷道。

英英默然，“算何止、倾国倾城，暂回眸、万人断肠。”在他眼里，我竟然是如此美得出尘，美得耀目，既冶艳却也不失端庄。可是，这倾城倾国的容颜，这高超优雅的舞姿，除了你柳三变，又有谁会怀一颗洁净的心来欣赏与赞美!

然而，能与你柳三变相遇、相识、相知，也不枉了此生。此生，多想你能够于落寞中伴我起舞弄清影，多想你夜阑人静之时，听我一曲清箫。

柳三变忽见英英两眼竟噙满晶莹的泪水，一时慌了：“英英姑娘，是柳七不好，乱写一气，这阕没写好，我再重写。”说罢，就要撕了词稿。

英英一把抢过词稿：“柳公子，是因为你的词填得太好，英英才落泪的。”

秀香也愕然地看着英英。

“秀香，我去了，你好生侍候柳公子。”英英跟秀香道别，又对三变说，“柳公子，他日英英定为公子独舞一曲，以谢公子填词相赠。”

倚门看英英姗姗而去，那瘦削的背影竟有几分说不出的孤单落寞，三变忽然觉得英英跟自己的心境是如此的相似。唉！你只道无人赏识你俏丽的容颜、美妙的舞姿。你又何尝知道，这世间，也无人赏识我柳三变之才！心里陡然生起一缕惺惺相惜之意！又无不哀怨地想，我柳三变的知音，竟是这些风尘之中的女子。可悲！可叹！

“她已经走远了，你还看什么呢？”秀香站在他面前，挡住他的视线，笑容里满含酸意。

“秀香，我该回紫烟阁了，出来这许多日子，也不知虫娘如何。”

秀香嗔道：“你只记得一个虫娘，全然不记得我秀香对你的好处。不记得我的好处，倒也罢了，只是杨老板巴巴地请你来香雪楼，你总得感念人家的知遇之恩吧。”

“那紫烟阁的韩大哥对我还有救命之恩呢！我不能不回去的。”三变不看秀香的眼睛，望着窗外在风中摇曳的芭蕉。

半晌，秀香流泪道：“我知道我是留不住你的，杨老板也说过，终有一日你会离开香雪楼。”

三变抬手替她揩去泪水，笑道：“我又没走远，还不是在东京城里。”

“若你想我了，就来香雪楼，我仍在这桃花径里等你。”秀香依然不舍。

“我会的。”柳三变捏了捏秀香的肩膀，大步迈出了温暖馨香的桃花径。

宋真宗大中祥符三年（1010年）四月十四日，真宗皇帝赵恒喜得龙子，取名赵受益，就是后来的仁宗皇帝赵祯。自这位皇子诞生后，民间便流传一个精彩的故事“狸猫换太子”，后来，故事又被搬上舞台演唱，经久不衰。这里按下不表，后文再叙。

同年十一月、十二月，陕西的黄河段有两次河水清澈，人们喜极而泣，认为黄河水清是上天昭示人们，天下繁荣昌盛，百姓安享太平，是因为当今天子治国有道，是有德之君，圣明之君。地方官忙将这祥瑞之兆上报朝廷，真宗皇帝的心情愉悦无比。

十四岁即赐同进士出身的晏同叔，时任集贤院校理，就“黄河两次水清”之事，写了篇文采飞扬的文章《河清颂》，深得真宗皇帝的青睐，一时，天下文人争相效之。

这日，紫烟阁大厅，佳娘唱曲，酥娘舞蹈，虫娘操琴，接待客人完毕，虫娘回到盈月轩。正喝酒的三变醉眼微饧地看着她，嘻笑道："我亲亲的虫虫，可人的虫虫，你回来了？快来陪七郎喝一盏。"

虫娘一把夺过他手中的酒壶，尽力扔向窗外，酒壶破碎的声音惊醒了柳三变，他双手掩面，坐在桌边，不出声，不动弹。

虫娘拉开他的手，看着他那双好看的眼睛，柔声说："七郎，我自问自己，身为柔弱女子，虽陷青楼，卖笑为生，却是自食其力。任是世人唾弃，我也是行得正，走得稳，不羞，亦不惧。"

她顺手拉把椅子坐在他身边："你叔叔背着你婶婶，让柳青送来的银子，被你大手大脚地花光。堂堂五尺汉子，整天混迹于歌楼酒馆，让人耻笑。再如此下去，给教坊歌女填词，也换不来银子。紫烟阁的妈妈见说你今日在我的盈月楼，黑了面孔，要收你的银子了。"

三变把虫娘揽进怀里："虫娘，这世上数你对我柳七最好最贴心。"

虫娘挣脱他的怀抱："对你贴心有何用？你还不是花街柳巷的游遍！这许多日子也不见你的影子，也不知你躲在哪个姑娘的绣楼里。"

"虫虫，你放心，我不再到处游荡，从今后闭门读书，下一科定要考场夺魁。"

"劝你读书上进，不是我虫娘贪图荣华富贵，我若要攀高枝儿，趁如今年轻，也能找个有钱人，去做个填房或姬妾。我是认定你这个人，也念你曾经对我有一饭之恩，才对你好言相劝。"

虫娘的肺腑之言，让他羞愧难当，在秀香的桃花径里风流快活时，何曾想起过虫娘？他日若是金榜题名，定要给她一个名分。他心里总是怀着几分幻想，以这份无法实现的许诺，安慰自己愧疚的心："虫娘，下科我柳七必中，到那时，我将你赎了出去，名正言顺地过日子。"

虫娘站起身，清浅一笑，道："你这话，我听了好多遍了。俗话说得好，到什么境地说什么样的话，那时的话，等到那时再说吧！"

三变急了："你不相信我么？是不相信我的诚意，还是不相信我的能力？"

虫娘笑而不语，坐到梳妆台前，卸下珠环钗钿，一头乌黑的秀发披垂而下，衬着那张瓜子脸越发的白嫩清秀。

三变忍不住抚摸着她的长发，嘴里念念有词。

虫娘侧身拍下他的手，问："七郎，你说些什么呢？我没听清。"

三变快步走至案前，抄笔轻挥。

“又写什么好词了，快拿来我看看。”

一纸龙飞凤舞的词稿呈在虫娘面前。

小楼深巷狂游遍，罗绮成丛。就中堪人属意，最是虫虫。有画难描雅态，无花可比芳容。几回饮散良宵永，鸳衾暖、凤枕香浓。算得人间天上，惟有两心同。

近来云雨忽西东。诮恼损情悰。纵然偷期暗会，长是匆匆。争似和鸣偕老，免教敛翠啼红。眼前时、暂疏欢宴，盟言在、更莫忡忡。待作真个宅院，方信有初终。

——柳永《集贤宾》

捧着词稿，虫娘喜极而泣。原来，在他眼里，我虫娘真的与众不同，有画难描雅态，无花可比芳容。青楼女子，风流美貌可人者，何其多也！他慧眼独具，看上我的高雅气质，我也时常为自己遗世独立的气质而目无下尘。然而，身陷青楼，为人玩物，有谁会欣赏、尊重你内心的高洁？唯有柳三变，唯有这个超群孤傲的落拓才子，情真如此，意深如此，虫娘此生夫复何求！

虫娘揩干眼泪，把词稿小心地夹进书页中，两眼红红地看着柳三变，轻声道：“或许你不用等到下场科考。听人传闻，黄河水两度清澈，是上天降祥瑞昭示人们，当今天子治国有道，乃圣明之君。那官居集贤院校理的晏同叔，已写下《河清颂》，以博龙颜之悦，天下文人争相效之。你有超群之才，何不效仿晏同叔，写篇颂词呈上去，皇帝总是爱贤纳才的，看上你也未可知。”

“我素来不擅写歌功颂德之文章，如今就是写，也无法呈进宫内去啊！”三变有些迟疑。

“我知你不善察言观色、逢迎邀宠。只是如今人在屋檐下，不得不低头，这次就算是为我而写。至于如何呈进宫去，我看还是托你叔叔捎进去，你叔叔不会不管你的。”

虫娘委婉说来，三变觉得也有几分道理，便答应了即刻就写。

“我替你磨墨。”虫娘高兴地换水磨墨，想叫云儿备几个下酒菜，又想刚刚将酒壶扔到了窗外，只得吩咐云儿再去买壶酒。

三变填词是不用打腹稿的，一阕《巫山一段云》瞬间写就。

阆苑年华永，嬉游别是情。人间三度见河清。一番碧桃成。

金母忍将轻摘。留宴鳌峰真客。红狵闲卧吠斜阳。方朔敢偷尝。

——柳永《巫山一段云》

一阕小令，四十六个字，虫娘读着，心里跟柳三变一样没把握，说不得也要试他一试，便折好词稿，找到绿绮，细细地吩咐一番，要她尽快把词稿交到柳青手上，再请柳宏呈进宫中去。

呈进宫的词如石沉大海，没有回音。

真宗大中祥符五年（1012年）十月的一天，金碧辉煌的金銮殿上，真宗皇帝赵恒看着立于殿下的文武群臣，神情肃穆地讲述他昨夜做的梦：

“朕梦先降神人传玉皇之命云：‘先令汝祖赵某授汝天书，令再见汝，如唐朝恭奉玄元皇帝。’翌日，复梦神人传天尊言：‘吾坐西，斜设六位以候。’是日，即于延恩殿设道场。五鼓一筹，先闻异香，顷之，黄光满殿，蔽灯烛，睹灵仙仪卫天尊至，联再拜殿下。俄黄雾起，须臾雾散，由西陛升，见侍从在东陛。天尊就座，有六人揖天尊而后坐。朕欲拜六人，天尊止令揖，命朕前，曰：‘吾人皇九人中一人也，是赵之始祖，再降，乃轩辕黄帝，凡世所知少典之子，非也。母感电梦天人，生于寿丘。后唐时，奉玉帝命，七月一日下降，总治下方，主赵氏之族，今已百年。皇帝善为抚育苍生，无怠前志。’即离座，乘云而去。”

这梦实在是离奇，然而，聪明如王旦、王钦若者，还真听出了梦里梦外之意，忙带头匍匐在地，群臣山呼万岁，称拜喝彩。

真宗皇帝“即召王旦、王钦若等至延恩殿，历观临降之所，并布告天下，命参知政事丁谓、翰林学士李宗谔、龙图阁待制陈彭年与礼官修崇奉仪注。闰十月，制九天司命保生天尊号曰圣祖上灵高道九天司命保生天尊大帝，圣祖母号曰元天大圣后，遣官就南郊设昊天及四位告之”。

至十月二十四日，皇帝又告诉群臣，圣祖“赵玄朗”今夜“降圣”延恩殿。

是夜，宫中通晓夜醮，真宗皇帝亲临道场迎候圣祖，并恭听了仙尊的密训。

于是，举国上下又是一片向皇帝奏祥瑞、献颂歌的热潮。

一向自负的柳三变本不欲以讨好献媚之方式来展示自己卓然的才华，但是，两次呈上去的词，竟杳无音讯，是皇上没看上我的才华？还是皇上压根就没看我的词？一股书生气又骤然在心里升腾而起，不服气之余，又抱几分侥幸，或许是皇上太忙，抑或是皇上尚未读到我的词。想起对虫娘的许诺，他要给她一个名分，给她一个安定的立足之所，除了科考，给皇帝献颂是走上仕途的唯一捷径，便又拿起了笔，一阕《玉楼春》应运而生：

昭华夜醮连清曙，金殿霓旌笼瑞雾。九枝擎烛灿繁星，百和焚春抽翠缕。
香罗荐地延真驭，万乘凝旒听秘语。卜年无用考灵龟，从此乾坤齐历数。

——柳永《玉楼春》

虫娘读后，若有所思："天下文人为讨好皇帝，求得赏封，不无挖空心思写些歌功颂德之文章，你这几句话比起来，实在是太单薄太苍白无力了，怕是打动不了好大喜功的皇帝。"

柳三变想想也有道理，于是又填了一阕《玉楼春》：

凤楼郁郁呈嘉瑞。降圣覃恩延四裔。醮台清夜洞天严，公宴凌晨箫鼓沸。
保生酒劝椒香腻。延寿带垂金缕细。几行宛鹭望尧云，齐共南山呼万岁。

——柳永《玉楼春》

两阕措辞华丽的《玉楼春》一并呈了上去，柳三变与虫娘静候佳音。

日子如天上的白云，悠闲地缥缈而过，呈进宫去的两阕《玉楼春》又如风吹柳絮，无影无踪。

虫娘忧心如焚，紫烟阁的妈妈见柳三变游荡于京城的各家青楼馆所，给人填词谱曲已属寻常，便不再看重他，并提醒韩雁飞，若在碧梧轩留宿，也按客人收取银两。对虫娘更是严加看管，不许虫娘私下接待柳三变，除非奉上银子钱。

柳三变是个极爽快的人，不知如何维持生计，花钱如流水，叔叔柳宏每次让柳青偷偷送来的银子，都被他挥霍一空。

今日不比往时，没有银子，韩雁飞也不见人影，也没有人抢着拉着他进紫烟阁了，想见虫娘一面，竟是难上加难。

这日傍晚，柳三变来到紫烟阁，径直上了盈月轩，虫娘不在，小丫头云儿说妈妈让虫娘姐姐去给钱百万唱曲了。

柳三变一想钱百万那双淫邪的眼睛，胃里不禁一阵翻涌，他一甩袖子，

一顿足：“我去拉她回来。”

“柳公子，姐姐出门时交代，若公子来了，就说虫娘身不由己，叫公子日后不要再来盈月轩。”

柳三变气竭无语，傻呆片刻后，蔫蔫地出了紫烟阁。

夜幕低垂，白日的烟尘在幽蓝的夜空下渐渐散去，浮动的燥热在清凉的夜风中冷却。繁华的都市依然繁华，不同的是，辉煌的灯火代替了阳光，悠扬的笙箫，婉转的歌声，告诉人们，东京的夜刚刚开始。

柳三变孑孓独行，似被繁华的不夜城所遗弃，那曾经的花晨月夕，曾经的画舫箫鼓，还有自以为是的红颜知己，都如梦境一般模糊，唯有疲惫与落寞，如此真切地陪伴在身边。

他不想回柳青帮他租赁的小屋，那屋子除了冷清，还是冷清。他不停地走，出了城门，踏上通往乡间的小路。

清冷的月光下，黛色的山峦寂静无言，一只布谷鸟自眼前掠过，惊恐地丢下一串不如归去、不如归去的啼鸣。

第十九章　志存高远　平生只奏“履霜操”

朝履霜兮采晨寒，考不明其心兮信谗言。
孤恩别离兮摧肺肝，何辜皇天兮遭斯愆。
——唐　韩愈《琴操十首·履霜操》

半月湾背靠青山，面朝汴河，是个风光秀美的小村庄。或许是因为村后山脚下有一口形状如一弯半月的池塘，这座小村庄才叫半月湾吧。

半月湾距东京城步行只需半日路程，且水陆两便。每逢科考的前一年，便有许多来自各地的举子在村子里租住房舍苦读，一来环境比京城清静，二来租金比京城便宜。

这日清晨，村东头的沈老汉从山上捡了捆枯枝，正掮了往家走。庄户人家起得早，路边草尖尖上还挂着露水珠呢，沈老汉已经从山上下来了。远远的，便见村口那棵大枫树下的石碾子上有人，村里人闲时，早晚及晌午，都喜欢坐在树下的石碾子上，聊几句东家长、西家短还有京城里的新鲜事儿。

沈老汉走近，见一青年男子在石碾上睡得正酣，左看右看，不是村里人，料是行人错过了宿头，但此人身边并无包裹之类，又生得细皮嫩肉，面容俊美，不像是生意人。

“这位公子，你醒醒。”沈老汉忍不住摇了摇那人，虽是夏天，野外露水却重，石碾子睡久了容易生病。

男子翻身坐起，睡眼惺忪，见一老者在正关切地看着自己，忍不住面皮一臊，笑问：“老伯，敢问这是何处宝地？”

这是个读书人，说话文绉绉的，老汉心想。

“这是半月湾，离京城最近的村子。”老汉放下肩上掮着的枯树枝，“公子这是要进城么？”

“晚生不进城，晚生是从城里出来的。”

“那你是要去哪里？怎么不搭船走水路？”

“晚生并不知道自己要去哪儿。”书生说这句话的声音极低，像是自言自语。

敢情是读书读痴了。每逢科考后，这样的人见多了，可如今科考还未到啊。老汉摇摇头，不想管闲事，便又捎了枯树枝，准备回家。

书生却道：“老伯，你这村子清静秀美，前有流水，后有青山，若是住下来，还真是个读书的好去处。”

“你这就说对了，因村子离京城近，大多数人都在城里做生意，村子里有很多空闲出来的房屋，又有读书人嫌城里吵闹，便租住在村里，明年不又是大比之年？”老汉回头道，“我家里也住了读书人呢！”

“老伯，你家若还有空闲的房舍，租给晚生住些时日如何？”

老汉扭头看他一眼，摇摇头。

“老伯，你别看我一介穷儒，租赁房舍的银子还是有的。”

沈老汉说：“公子，从你这模样和说话的口气看来，你是个读书人。可你既无书箱，又无行李，你读的哪门子书呢？”

“老伯，这儿离京城不是很近么？晚生先住几日，散散心中的郁闷，再去城里搬来书本行李也不迟啊！”书生望着被山峦遮断的、通往京都的官道，满目忧郁。

“那就跟我走吧！”

书生跟老汉进了村子。

一处独门独户的院落，房前屋后栽了些叫不上名儿的树木，绿叶成荫，偶尔有几只鸟儿鸣唱着飞过，显得院子更为清幽。院角有几株桃树，半熟的桃子压得树枝垂垂的，透着青涩的微香。

未进院门，便有琴弦铮铮声，与歌者吟唱声：

朝履霜兮采晨寒，考不明其心兮信谗言。孤恩别离兮摧肺肝，何辜皇天兮遭斯愆……

——摘自《琴操十首·履霜操》

书生心里大惊，此人弹唱的不是《履霜操》么！住老伯家的人还是个极风雅之人呢！莫非是他？

见院门有动静，屋内出来一位大妈，忙不迭地帮老汉从肩上放下枯树枝，数落道："家里有烧不完的柴火，你又去捡，也不嫌累。"

"早晨去山上转转，顺便捡些枯枝，两不误。"

沈老汉见青年书生痴痴地站着，便介绍道："这是我老伴儿。屋里弹琴的是范公子，他读书累了就喜欢弹弹琴。"回头又对老伴说："把范公子隔壁那间屋收拾了，给这位公子住吧！"

东边屋里的琴声戛然而止。

"老伯，你回来啦！这位是？"一位气质不凡的年轻人当门而立，风采卓然。

沈老汉拍拍脑袋，嘿，还没问此人姓什名谁呢。

那睡石碾子的青年男子当即上前，对年轻书生抱拳施礼："在下姓柳名三变，崇安人氏，前科落第的落拓书生。"

你道柳三变为何一口气说出这么些话来，因为他听了此人刚刚弹奏的曲子，就猜到他是谁了，便把自身的来历和盘托出。

"哎呀！原来你就是'鹅仔峰下一支笔'，崇安才子柳三变！"年轻人从门里一步抢出，握住柳三变的手。

一边的沈老汉也呀的一声："你就是东京城里专给歌女填词谱曲的才子词人柳三变？"

柳三变面带羞惭："老伯如此说来，羞煞三变也。"

那年轻人笑道："柳先生休要妄自菲薄，在下江苏人氏，姓范，名仲淹，字希文。半月前刚到此地，租赁沈老伯的房舍读书，欲赴明春的科考。"

"三变曾听朋友说起，范贤弟自幼聪颖，读书勤奋，平生只爱弹奏《履霜操》，刚才聆听琴音，便知是范贤弟了。今日相见，贤弟果然气宇轩昂，蕴藏文韬武略，实乃国家栋梁之材也！"

"哎呀！哪有这样站在门口叙家常的？快进屋坐下说话，你们年轻人不累，大妈我可是腰酸腿痛的。"大妈笑道。

范希文忙道："大妈说得正是，快进屋里坐！"便把柳三变让进自己的房间。

一会儿，沈老汉右手端一把粗黑陶瓷壶，左手拿两只同色质样的茶碗，送到范希文的书房："我们这山野小村，可比不得东京城，二位公子将就些。"

见柳三变欲言又止的样子，笑道："柳公子有何话，但说无妨。"

柳三变先红了脸，轻声问："老伯是如何知道小可在东京城专给歌女填词谱曲的？"

“嘿！你问这事啊！柳公子填的词儿好啊！我们乡下的姑娘媳妇都能唱上几句。”

柳三变颇为惊奇地看着他。

沈老汉带几分自豪道：“老汉我好歹也读过几年私塾，公子的‘望海潮’，三秋桂子，十里荷花，道尽江南之风光旖旎，着实叫人向往啊！”

“老伯，柳公子的词通俗浅近，明白晓畅，且情感真挚，极易被人接受。你说村里的姑娘媳妇都能唱上几句，我相信，昨天在池塘洗衣，我就听见她们在唱：算人生，悲莫悲于轻别，最苦正欢娱，便分鸳侣。泪流琼脸，梨花一枝春带雨。还有：浮名利，拟拚休。是非莫挂心头。富贵岂由人，时会高志须酬。”

柳三变听得心惊，范希文张口就来，把自己的词记得如此清楚明白，我只知此人勤奋好学，喜好弹琴，但平日只弹履霜一曲，故时人称之为范履霜，却不知其他，惭愧！

范希文似看出柳三变的疑虑，便缓缓道出他的身世。

范仲淹，生于宋太宗端拱二年（989 年），字希文。其祖籍原是陕西邠人，后迁江苏吴县定居。两岁时，其父病故，随母亲回博山的娘家，后又随母改嫁长山的朱姓人家，被改名为朱说。

少年时，范仲淹在朱家受歧视与虐待，母亲不忍，便把他送到博山的荆山寺读书。在此读书异常艰苦，每天煮两升粟米粥，等粥冷了，便切成四块，早晚吃两块。把咸菜切碎，加半杯醋，少量盐，烧熟当菜，如此过了三年。

稍大后，从旁人的闲言碎语中知道了自己的身世，便改回了自己的原名：范仲淹。带着父亲唯一的遗物——古琴，毅然离开母亲，决定到南部应天府书院刻苦攻读圣贤之书。

在南部应天府书院，他昼夜苦读，五年未解衣就枕，寒冬腊月，读书困倦了，就用冷水洗脸，清醒后继续读书。日常生活也非常艰苦，经常吃不上饭，他就以喝粥充饥，一位南都官员的儿子与他是同学，非常同情他，便把他学习勤奋、生活艰苦的情况告诉了父亲。那官员便叫儿子把官府为自己准备的饭菜送一份给他，被他婉言谢绝，他说：我吃惯了粥，如今再好吃的食物，以后就要以吃粥为苦了。就这样在南部应天府后院度过了五年艰苦的岁月。

如今住在半月湾，准备赴明春的科考。

听范仲淹简单地说完自己的身世，柳三变更是羞愧难当，想自己在崇安的日子过得多么逍遥自在，吃香的，喝辣的，衣来伸手，饭来张口，行动有丫头小子使唤。还有梅语，是的，梅语。

突然间想到梅语，他那颗漂泊的心，倏地疼痛起来。也不知梅语如今怎样了，或者已作他人妇，可她不嫁人又怎样，难道等你这个风尘浪子回去娶她？笑话！

柳三变心里七上八下，脸色红一阵白一阵，冷汗泠泠，他捧起粗陶瓷碗，咕嘟嘟地一气喝下，竟是苦涩难当，他呆想，这是什么茶叶沏的，怎的如此苦涩？

范希文见他发呆，笑道："这是老伯在山上采的一种草药，夏天泡茶喝，最是润心肺，去肝火的，初喝时很难入口，过后嘴里又香甜又清凉。"

果然，片刻后，嘴里泛起一丝丝甘甜，久久萦回。

"看你心神不定的样子，是不是有什么难解的心结？或是身体不适？"范希文关切地看着他的脸色。

"我没有不舒适，听了你的身世，对你很敬佩。"柳三变诚恳地看着他，"你对在下填的那些词知道的不少啊！"

范希文问："我今年二十有五，不知柳公子贵庚几何？"

"愚兄今年三十一，比贤弟痴长几岁。"柳三变答。

"有句话不知兄长听过没有？'凡有井水饮处，皆能歌柳词。'当年你一阕《望海潮》，以大笔浓墨，万千气象，把杭州描绘得雄伟壮观、清幽秀美而又富丽非凡。在短短一百一十七字之中，杭州的形势，钱塘江的潮涌，西湖的荷花，市镇的繁荣，士大夫的享乐，百姓的平常生活如画卷般展现在读者面前。传说西夏李元昊读了这阕词，曾派人到杭州城来，证实杭州城是否真有词里写得那么美。

"还有，你到东京填的元宵词《倾杯乐》，道尽帝都的经济发达与文化崛起的宏大气派，连皇宫里的人都能哼上几句：'会乐府两籍神仙，梨园四部弦管。'"

柳三变摇手摆头打断他的话，他怕范希文说出他给青楼歌女填的词来："惭愧！十几年寒窗苦读圣贤之书，无缘皇榜，却只会寻章摘句，作些无用专供人娱乐之词。"

范希文正色道："兄台此言差矣！兄台之才，世间少有人敢比！一阕《望海潮》，写尽杭州之秀美与繁华，真是前无古人，后无来者，定会流芳百世。"

“贤弟如此说来，愚兄更见羞愧。贤弟可是满腹经纶，文韬武略无不兼备，上可经邦辅政，下可济世安民，乃国家之栋梁也。”

范希文沉吟着：“有句话，小弟不知当讲不当讲？”

柳三变急道：“愚兄能遇见贤弟，是天赐的缘分，能与贤弟一见如故，是心灵的默契，还有什么当讲不当讲的。”

“以兄长超群之才，定如兄长刚才说：上可经邦辅政，下可济世安民，乃国家之栋梁也。只是……”

“只是什么？”三变问。

“只是我想劝兄长几句话。”

“贤弟快说。”

“兄长不可太贪女色，尤其是风尘中女子，她们以卖笑为生，水性杨花，逢场作戏，是她们的特性，你真情意待她，她未必有真性情回报你。何况我辈寒窗苦读，立志报效于国，并非无所事事、不学无术的纨绔子弟。”

“贤弟所说极是。”柳三变羞红了脸，“只是风尘中女子也有性情温柔、端庄娴淑的，她们沦落青楼是迫于生计。我非常同情她们的遭遇与处境，给她们填词谱曲也是为了帮她们一把。”

柳三变抓起茶壶给范希文斟满，又添满自己的茶碗，捧起茶碗，神色庄重：“三变与贤弟一见如故，蒙贤弟看重，三变以茶代酒敬贤弟以肺腑之言相劝。”

范希文也起身端起茶碗一饮而尽。

“如今的大宋朝，自澶渊之盟后，边境无战事，百姓安宁，几年来各地风调雨顺，岁致丰稔。但前几年，为了泰山封禅，接天书、祭祀、建观、崇道，全国上下都为此事而忙碌，东封泰山直接耗资八百余万贯，其他用度还不算在内。”

柳三变无比惊奇地听范希文侃侃而言，一个在学院读圣贤书的穷书生，是如何了解这些国家头等大事的？而且还如此的清楚？

“如今是国库空虚，人们乐而忘忧，谁知道还有多少隐患，都被皇帝接连不断的华丽庆典而遮掩了。国家稳定的基础，是由经济状况来决定的。皇帝能无所顾忌地做出这等大事，究其原因，还是大宋帝国的银库充盈。”

柳三变忍不住插嘴道：“封禅的意义何在？难道朝中就没有大臣规谏？”

范希文叹息着摇摇头，喝口茶道：“自古以来，天下武以靖之，文以持之，两者不可或缺。大宋朝从立国之始，到当今天子，都侧重于文治。

“重文治，讲究以仁德怀远，不算错。由此，朝廷就会重用文臣，限制武将，削弱藩镇等等相关举措，是极端明智之举。若一味姑息迁就于外敌，那就会酿成大错。国家的昌盛，文化的升华，都是要有物质基础的，只有生存下去，才有更高的追求，这本就是一个弱肉强食的世道。同理，不任官而任吏，不任人而任法，分官设职，不使专权，可以保证权威之柄，归于帝王之手，而帝国无内变之忧，这就是帝王的官家天下的妙法。

“但是，作为人臣者，若要从此因循守旧，不思进取而尽听命于皇帝，这又是有悖于圣贤教训的。当今天子东封泰山，大张旗鼓，花费几百万贯，在皇帝来说，是小事一桩。国库日益亏空，天下人口增加，土地集中在有钱有权人的手里，税收减少是一个重要原因，其真正的根源是在于冗兵与冗官的不胜负担。”

听范希文把当前形势分析得有条有理，入木三分，柳三变无不钦佩地说：“贤弟年轻却见识非凡，竟有如此清晰的头脑与敏锐的洞察力。日后，贤弟必定成为国家之栋梁，真乃大宋之幸也！”

范希文由衷言道：“早就闻说兄长少年时就被誉为‘鹅仔峰下一支笔’，是崇安足智多谋的才子，是以，才冒昧以良言相劝。如今，正是重用文人之大好时机，明春咱兄弟二人同赴考场，到时，为官一方，造福于民，也不枉世上走一遭。”

几句肺腑之言说得柳三变豪情顿起，又举碗道：“时会高志须酬！谢贤弟良言相劝！从即日起，愚兄当夜以继日攻读圣贤之书，与贤弟同赴明春之科考！”

此后几天，柳三变与范希文白天登山涉水，醉赏风景。夜间，两人谈论家国天下，累了，范希文操琴，弹那曲《履霜操》。

这日，吃过午饭，柳三变辞别范希文：“贤弟，愚兄打扰了你几日，让你不得清静，而我也该回去读书了。”

范希文笑道：“希文能在此与兄长相遇、相识、相知，实乃人生一大快事，何来打扰！只是读书是正经事，离科考还有半年的光景，一眨眼也就过了。你回去吧！我不留你，咱兄弟明春考场上见，若能同朝为官，便携手治天下。”

及至东京城，已是暮色四合，长街两旁的店铺尚未关门，酒楼歌馆已是灯火闪耀，婉转的歌声偶尔传来，又随着酒菜的香味飘远。

柳三变回到柳青给自己租赁的那座小院。他的书籍都在叔叔家里，自那

日出走之后，便再也没有回去过，而今也不想去看婶婶那张冷脸。说不得，明日还得叫柳青送过来，下午赶路又累又饿，便生起火来煮了把米，就着刚从街上带回来的卤猪头肉，胡乱吃了两碗饭，便倒在床上酣然睡去。

第二天醒来，想去柳府经常采买物什的店铺看看能否遇见柳青，让他帮着把书箱搬过来。顺便也采买些日常用品，不必天天出门，这半年的时间一定要静心苦读，方能胸有成竹地在考场应对。主意打定，便穿衣起床洗漱。

院子有响动，打开门看去，一个人却跳到他跟前，大声道："七少爷，你总算回来了。"

"我又没出远门，不过是跟朋友去附近转了一圈，你如何这般模样？"柳三变掸掸衣袖上的灰。

柳青不说话，只盯着他看。

"我又不是你的绿绮，这样盯着看。"柳三变用手拍下他的脑袋，笑道。

"风流潇洒、才貌超群的七少爷啊！我柳青从未见你穿过这样肮脏的长衫呀？"柳青龇着牙，捂着鼻子，围他转了一圈。

柳三变还真有点不好意思："出门匆忙，没带换洗的衣衫，家里的一件是以前穿了没洗的。"

"唉！你这叫过得什么日子哟！"柳青叹息一声。

"你也别管我过得什么日子，你只管去叔叔家把我原来书房里的书籍与笔墨纸砚，只要是我以前用过的东西，统统给我搬到这里来。"

"老爷吩咐我找你，这几天我天天在这儿候着。"

"老爷吩咐你找我？何事？"

柳青说出一番话来，柳三变听得目瞪口呆。

第二十章　花好月圆　尊前随分尽欢乐

淡烟飘薄。莺花谢、清和院落。树阴翠、密叶成幄。麦秋霁景，夏云忽变奇峰、倚寥廓。波暖银塘，涨新萍绿鱼跃。想端忧多暇，陈王是日，嫩苔生阁。

正铄石天高，流金昼永，楚榭光风转蕙，披襟处、波翻翠幕。以文会友，沉李浮瓜忍轻诺。别馆清闲，避炎蒸、岂须河朔。但尊前随分，雅歌艳舞，尽成欢乐。

——柳永《女冠子》

母亲去世了。自云桑走后，母亲就一病不起，在对七郎的思念中郁郁而终。

梅语来了。柳笛护送而来，从崇安到汴梁，路上辗转一月有余，现居叔叔柳宏的府上。

听完柳青的述说，柳三变没有眼泪，他坐在门槛上，两眼茫然地望着院角那株碧油油的梧桐树。

他记不得柳青还说了些什么，也不知他何时离去。

他只觉得自己不配做母亲的儿子，也没脸去叔叔家见青梅竹马的梅语。他恨不得自己已经死了，已经化成了天边的云烟，随风散去，不留一丝一缕的痕迹。

可他偏生没有死，偏生还活着，偏生还能回忆起慈祥的母亲，回忆起娇柔的云桑，回忆起伴他一路长大、给他无尽呵护的梅语。

他觉得有把锋利的尖刃，正狠狠地戳他的心，他的心已百孔千疮，已鲜血淋漓，他的热泪和着他心头的热血，把他淹没，他窒息了……

悠悠醒转，一双熟悉而又陌生的眸子，正含情脉脉、温柔无限地看着他，见他睁开了眼睛，又羞怯地躲开去。

“梅语，是你么？”柳三变嗫嚅着问，“我这是在梦里么？”

“七郎，是我，是梅语来了。”梅语的眼泪夺眶而出，是委屈？是欣喜？她也说不清。

柳青推门进来，放下手中的东西："七少爷，老爷料你不会再去府上，让我给你捎来些东西。"

他从怀里掏出一个小包："这是二十两纹银，你节省些用，那两只口袋里是大米和面粉，刚从米店买来的。我刚刚把隔壁的空屋子收拾妥了，你将就着做书房，你的书籍与笔墨纸砚都已摆好。"

柳三变无言，只默默点头。

"老爷见你要搬书过来，料你是要用功读书，赶明年春天的科举大考，当夫人的面吩咐我把这些东西和银子给你送来的。还有，这是你以前在府上穿的衣服，古琴也给你带来了。"

见三变和梅语二人无语，柳青又道："你这院里的粗活，我会时常过来帮你，老爷说了，要给你买丫头婆子做饭洗衣。"

三变忙道："那倒不用，有你时时过来就好。"

梅语温婉笑道："柳青，你放心，还有我呢，我会照顾好七郎。"

柳三变惊道："你不回叔叔家了？我这里可是简陋得很，不是你能住的地方。"

他话没说完，梅语却红了眼眶，哽咽道："梅语虽是夫人捡来养大的，夫人却视梅语为己出，如今夫人已故去，梅语再无人可倚。且夫人临去前再三叮嘱，要梅语来东京投奔七郎，照顾七郎，哪曾想，七郎嫌弃梅语，一如十二年前。"

十二年前？十二年前的柳三变十九岁，正值青春华年，何等的意气风发！武夷山钟灵毓秀之精华，浸透在他的骨子里，崇安才子，鹅仔峰下的一支笔！自以为学富五车，心怀天下。

清风秀骨的才子，惊艳于九曲溪畔的山野村姑，他是那样不可抑制地爱上了那个采桑女子云桑，要娶她为妻。

他忽略了梅语，忽略了这个伴他一起长大，伴他一起读书，伴他一颦一笑的梅语。

是梅语不如云桑美貌么？

如果说云桑是山间一朵鲜艳的桃花，那么梅语就是他家门前那株老梅树上的一朵梅。梅语容貌清雅，性情温和，含蓄内敛。能想他所想不到的，能做他所做不到的。

母亲一度有意让他与梅语成亲，而他却死心塌地看上了云桑。是梅语太完美？还是他这个才子跟天下男人其实都一样：容易忽略身边的美好？

他给了云桑一个妻子的位置，以为会牵着她的手，细水长流地把一生走完，到头来，却让她在思念与孤独中死去。

在他家的后花园里，他给了梅语一个离别的拥抱，这一别就是十二年。

十二年啊！一个女子青春几何？家门前那株老梅开了十二次，也谢了十二次。十二年，一道生命的轮回，青丝已变白发，饱满的额头已刻下岁月的沧桑。

而你柳三变呢？十二年间，从武夷山到江南，从江南到东京，遍赏旖旎的风光，遍识天下红颜，除了填几阕词，谱几首曲子在青楼酒馆唱响，当年的誓言与愿望还只是一个虚无缥缈的影子，上无片瓦遮风雨，下无寸土可立足，你负了太多爱你的女人，如今又如何面对梅语？

“七少爷，老爷也有意让梅姑娘留在你这儿。”柳青见他痴痴呆呆的，便把他拉到一边轻轻说，“若是日子过得艰难，老爷会帮衬你，只要你用功读书，不去外面厮混，明年考中进士，一切就都好了。”

柳三变扔下柳青，从袖子里抽出一方丝帕递给梅语，想想丝帕太脏，情急之下就用自己的袖子替梅语擦拭眼泪。

又见衣袖满是油渍，愧疚地说：“我衣袖也很脏了。”

梅语含泪怜惜道：“你何止衣袖是脏的，你看你的头发，你的长衫，还有你的鞋。在崇安家里，你何曾这样邋遢过？”

“梅语，你留下吧！只要你不嫌弃七郎一事无成，一无所有。”

“我何曾嫌弃过你？”梅语偏过头去，轻轻地说。

柳青见他二人又这般和气亲热起来，便装着想起了什么事儿：“哎呀！老爷让我去赵大人府上送信的，七少爷，梅姑娘，我得走了。”话未说完，人早已一溜烟地不见了。

这是一座小院落，厢房堂屋却也一应俱全。推开后门，便是风光旖旎的汴河，主人独具匠心，只在两头砌了一人高的墙，隔断了邻里的往来，也似隔断了俗事纷扰。出后门一直到河堤水边，一溜青石板拾级而下，便可洗衣汲水，又干净又清爽又便捷。

依堤傍水栽有四株垂柳，正盛夏天气，若黄昏坐在柳树下看河面过往的画舫船只，看远处黛色的山峦，看汴河水潺潺东流，翠柳垂垂，水风拂拂，岂不快哉！

前院虽小，却是一道隔断喧嚣红尘的屏障，院角高大的梧桐，窗前肥硕的芭蕉，那一架蔷薇早过了花季，正以枝繁叶茂的气势覆盖每一寸院墙，风声沙沙，绿影幽幽，印证了院子的主人闹中求静的高雅性情。

自柳青租此院以来，柳三变从未像今天这样前前后后、仔仔细细地看过这所院子。他心里不由叹道，真不知柳青这古灵精怪的家伙是如何找到这样一个幽静的所在的。

当柳三变在房前屋后转悠时，梅语已经把自己随身带来的物品收拾利索，把那张古琴擦得油光锃亮，把弦调准了，在书房的窗下摆好。又去厨房烧了一大锅热水，这才出门寻三变。

三变正在芭蕉树下发呆，梅语过去轻声唤道："七郎。"

"梅语，你看这院子多安静，真不像是在繁华热闹的东京汴梁城里。"三变不看梅语，忧郁的目光，越过翠绿的蔷薇墙，投向不可知的去处。

他不看梅语，梅语正好无所顾忌地贪婪地盯着他迷茫而好看的眼睛。

恍惚间，梅语有种心悸的感觉，那双她曾经爱得心慌，曾经无数次在梦里见过的多情而忧郁的眼眸，不再如十二年前那般清澈而神采飞扬。而今的眼神里，更多的是迷茫，是渴望与愤懑，这已经不是她所熟悉的那双眼睛了。

十二年的风霜雨雪，改变不了山的轮廓，十二年的人间坎坷，却足以磨平人的锐气。

梅语慌乱地收回目光，敛眉低首道："七郎，我烧了一大锅热水，你进屋洗洗，换身衣衫吧！"说罢，便返身进屋。

待三变洗澡出来，梅语已把饭菜端上了桌子。

见他看桌上的菜微笑，梅语一脸歉意："我初来，还不知道去哪儿买菜，这都是我从崇安带来的干菜做的，这碗汤是你小时最喜欢的枸杞百合汤。"

"真是难为你了！"三变拉过梅语的手，怜惜道，"这双手，肤如凝脂，嫩如葱管，是弹琴、绣花、写诗的，几曾做过这等粗活！"心想，是该让叔叔买个粗使的丫头。

梅语抽回手，含羞道："你先吃饭，待头发干了，我再帮你梳头。"说罢，给他盛了碗汤。

柳三变一气喝了两小碗，慨然道："这多年来，我遍游江南，吃过无数珍馐美味，还是不如家乡的这碗清汤啊！"

梅语欣喜道："家乡的物事自是难忘，何况这汤是你从小就爱吃的。"

吃过饭已是傍晚时分，白日的炎暑尚未退去，屋子里闷热难当，蝉在枝头声嘶力竭地鸣唱：知了、知了，那道翠绿的蔷薇墙，与那株芭蕉，却是绿意幽幽。

柳三变搬了把椅子，坐在芭蕉树下，梅语把饭桌厨房收拾妥了，拿了木梳与头巾出来。

梳了头，扎起发髻的柳三变焕然一新，虽说已过而立之年，却仍如玉树临风，风流倜傥，只是那双眼睛多了几分梅语看不明白的内容，还有额头上几条浅浅的皱纹，平添了几许沧桑，正是这两样陌生的东西，让梅语觉得眼前之人，比当年的崇安才子更具魅力，心中对他的那份爱恋越发浓得化不开。

“梅语，你忙了半天了，这芭蕉树下还算凉快，你歇息歇息，我要去书房读书了。”三变看着梅语，说话的语气极温和。

梅语没有坐，返身进了屋，从柳青拿来的物什里，找出一个大烛台，点亮，送至书房。

柳三变默默地看着梅语，他知道梅语话不多，能做到、能想到他心里所要的一切。

在那些青楼女子面前，他柳三变是何等的自信，何等的挥洒自如。而眼前的梅语，就如一朵绽放在飞雪中的梅，是那样的清雅、高洁、馨香而不可亵渎，自己却又那样的渺小猥琐而污秽不堪。

他坐在灯下，捧书在手，却是一个字也读不进去。

梅语去前院锁了院门，把芭蕉树下的椅子搬回堂屋，顺手关上大门，倚着书房门框，见柳三变心神不定的样子，沉吟着说：“七郎，有句话梅语得说。”

柳三变放下手中的书，指着书桌边的椅子笑道：“过来坐吧！你想说什么只管说，我们从小一起长大，什么话没说过？”

这间刚刚整理出来的书房，窗户正朝汴河敞开，此时明月东升，河面上的画舫，三三两两地划将出来，灯光闪烁，歌声缥缈。

偶尔几缕凉爽的风从水面掠过，携带几句幽婉的唱词，飘忽而来，又消失无影，柳三变听在耳里，眼睛却看着梅语。

梅语并不坐，她倚在桌边，看着飘摇不定的烛火，手里有一下、没一下地轻摇纨扇，声音却异常的沉着：“七郎，梅语与七郎虽不为同父母所生，却胜如亲姐弟，又自幼一起长大，青梅竹马，两小无猜，那是一段让梅语终生难忘的岁月。”

梅语一双明眸里跳跃着两团火焰，仿佛她已穿越浮世红尘，回到那个让她难忘、让她流连的青葱时代。

她童年的无邪快乐，她少女的豆蔻情怀，与身边这个男人是那样的戚戚相关。

如今物换星移，事是人非。不，人还是当年那个人，只是早已不识那人心，梅语的声音不由得有些幽怨起来："谁料人生多变，世事无常……"

柳三变离座起身，轻轻揽过梅语瘦弱的肩，怜惜地拥进怀里，叹息道："我知道这多年来，你孝敬在母亲膝前，又思念七郎，是何等的孤独凄清！"

梅语依在他怀里，顷刻间，泪雨滂沱。

三变忙乱地为她抹眼泪，却越抹越多："梅语，别哭。七郎将与你长相厮守，不再分离。"

"谁要与你长相厮守，不再分离了？"梅语挣脱三变的怀抱，含泪嗔道，"你如今最要紧的是专心读书，赴明春的科举大考，唯有如此，方不负母亲泉下之灵。"

三变捧起她的手："你的话，七郎铭记在心。"他拉她走近窗台，"你看，这汴河的明月之夜多么美。"

明月清辉，河水粼粼，画舫悠然，凉风习习。

"为了母亲的夙愿，也为了与你共享往后的日日夜夜，七郎定会用功读书，也必定会金榜题名。"

"梅语本不是攀高附贵之人，也不指望你蟾宫折桂，飞黄腾达。只是你自幼志向远大，若不入仕途，就难以施展你的抱负。"

窗外，河堤上的柳枝在风中摇曳，梅语的话音也有几分飘忽之感，只是，那双柔嫩的手，已被柳三变紧紧握住，无法挣脱。

三变柔声道："梅语，你累了一天了，先去睡吧！"

梅语抬眉望向他，眼神里满是不安与羞涩。

那眼神令柳三变的心骤然狂跳，他按捺住那颗不安分的心，告诫自己：这是梅语，不是虫娘。

可是，自今夜起，梅语不就是你柳三变的妻子么！

"来，我送你去睡房。"三变一手执烛台，一手揽着梅语柔软的腰肢，两人相携着出了书房。

"你把这盏大烛台拿去书房念书吧，我睡下不用点灯。"梅语温婉地说。

三变举着烛台站在她面前，不动。

梅语坐到床边正准备宽衣，见三变不走，便停了手，询问地看着他。

“梅语，虽然母亲不在了，虽然我穷困潦倒，连顿喜酒也办不起，但是今夜，毕竟是你我的洞房花烛之夜，我不能扔下你去念书。”

柳三变把燃烧的红烛放在桌子上，拉起梅语走至窗前，在她耳边温情款款地说：“梅语，你看多圆的月亮！今夜就让永不停息的汴河水为我们作证，请天上的千古明月为我们祝福，三变与梅语，不离不弃，白头偕老！”

梅语的心怦怦地跳着，却说不出话来，只微微点头，倚向柳三变怀里，望着月光下奔腾不息的汴河。这一刻，她希望时光，从此停顿成永恒。

三变柔声道：“梅语，良宵苦短，我们歇息吧！我们索性也不要这红烛，就让窗外的月光照进来。”说罢吹灭蜡烛，拦腰抱起梅语，轻轻地放在床上。

一窗清浅的月华，和着杨柳梢风，绵绵地流进室内。

梅语娇羞不已，摘去头上的首饰，乌黑的秀发披垂如瀑，更显得妩媚可人。

她从未想过，她的洞房花烛夜竟如此简陋，没有大红的鸾凤床，没有鲜艳的鸳鸯枕，没有高烧的红烛，没有亲人的祝福。

回眸，她的新婚之夜，她的洞房，却有一窗清浅的月华，一帘疏淡的夏风，一枕永不停息的汴河水，还有这个心仪的郎君，可这些，已足够。

三变缓缓褪去她的衣衫，雪白的肌肤，在朦胧的月光下更显柔媚无瑕，梅语低眉敛首，不敢看他莹亮的双眼。他轻轻扳过她的头，温柔地贴上她柔软的唇，心里默默唤道：梅语，梅语……

柳宏还是给他俩请了帮佣。

张妈五十开外，看上去和蔼可亲，干净利落。做的饭菜虽不能比酒楼饭馆，却也香酥可口，有了张妈，梅语便轻松了许多。

这座幽静的小小院落，从此有了琅琅的读书声，有了委婉动听的琴声，有了进进出出忙碌的身影。

转眼已是秋深，汴河水不分昼夜，不分季节地流淌，只是更加澄碧幽深，河堤的柳枝渐渐枯萎，间或有落单的孤雁，掠过河面，留下一串凄厉的啼鸣。

院角的几丛菊花正开得烂漫，这隐逸而又热闹得炫人耳目的花中隐士，总不免让人心生雅趣，这不，梅语正在给那株墨菊捉虫呢。

院门吱呀一声被推开，随即有人朗声问道：“请问，这里是柳三变、柳景庄的家么？”

梅语抬眼望去，见一位气宇轩昂的年轻公子正笑吟吟地立在门外，忙起身含笑道："这里正是柳三变的家，请问公子是？"

"我姓范，是柳公子的朋友。"

"啊！原来是范公子，快快请进！"梅语隐约记得七郎说起过有位姓范的朋友，便朝屋里喊，"七郎，来客人了！"

话音未落，三变已到眼前，原来，他在里屋听出来客的声音，扔下手中的书跑了出来。

"哎呀！范贤弟，你如何有工夫来愚兄的寒舍？"

"眼看就要入冬了，我进城找了家较清静的客栈住了下来，再不搬动了，只等明春的科举大考。这不，安顿好了，便按兄长留下的地址找了来，果然没费多大工夫。"

一边的梅语柔声道："七郎，请范公子屋里坐吧！"

"是是，快请屋里坐，只是这屋子太简陋，还是请到书房坐吧！"三变忙不迭地说，"梅语，这就是我常常跟你说起的范希文范贤弟。"

"范公子好！"梅语低眉浅笑。

"贤弟，这是我妻子梅语。"

"果然如梅清绝，温婉娴静！"

梅语听了这句赞语，面呈羞涩，心下却懵懂：冷眼看去，此人年轻英武，气格不凡，将来必定是大将之才！只是与我素昧平生，如何做出此等评语？

三变见她狐疑，笑道："我与范贤弟一见如故，情谊深厚，曾说起过咱柳家的故事。"

梅语释然，嗔道："你跟范公子说故事倒是精彩，只是梅语哪里有范公子夸的那样好呢！"

三变与范希文相视大笑，梅语更是满面娇羞，转身离去。

不一会儿，梅语端了茶盘来："公子请用茶。"

范希文接过茶碗，掀开碗盖，一缕醇厚的浓香扑鼻而来，惊诧之中细看，水中的茶叶外形条索紧结，色泽绿褐鲜润，汤色橙黄明亮，叶片红绿相间。不禁脱口赞道："妙哉！一碗茶竟有如此丰富的色彩！"

"这是我家乡的名茶：大红袍！是梅语带来的。"三变无不自豪地说。

"哦！这就是产于福建武夷岩的大红袍？希文只是听说，还未曾品过。"

"贤弟所言极是，大红袍正是产于福建武夷岩。武夷岩茶具有绿茶之清香，红茶之甘醇，是乌龙茶中之极品。具有提神益思、消除疲劳、生津利尿、解热防暑、解毒防病、消食去腻等功效。

“自古茶叶分类里有红茶、绿茶、青茶、白茶、黄茶之说，其中青茶的代表茶品是乌龙茶，主要产于福建。乌龙茶里又大致分为武夷岩茶和安溪铁观音两个类别。大红袍是武夷岩茶里最重要的一种，生长在武夷山脉的大红袍茶种，独承山水云气之精华。

“武夷山山涧和岩缝的特别土壤，赋予了大红袍坚韧质朴与醇厚的劲道，加上独特的发酵和焙制方法，更增添了大红袍与松木有关的特有的碳香和火香味，真是不品则已，一品难舍。贤弟，请！”

范希文抿一口，再抿一口，闭目凝神，咂巴着嘴叹道：“真是奇山异水出神品啊！”

自梅语来后的这几个月，三变尚未出门，今日有朋自远方来不亦乐乎?

他唤来张妈：“你去近街的东京酒楼现炒几个京城名菜，我要与范贤弟一醉方休。”

范希文忙止道：“兄长不必破费，有这大红袍就已经很奢侈了。”

“你是来三变寒舍的第一位贵客，定当好好款待。”三变笑道，挥手示意张妈快去操办。

范希文本就是豪爽之人，也不再推托，任由三变安排，只拉着三变的手道:“今日咱哥俩不谈学业、不谈时政，只叙家常。”

梅语为他们续上茶水。

茶过三巡，话意更浓。

张妈回来了，跟着一起送菜盒来的店小二把菜一一摆上桌子。

一盘煎扒鲭头尾，一份香煎藕饼，一屉小笼灌汤包，一个菊花火锅。

煎扒鲭头尾是汴梁名菜，久负盛名，被人们称之为“奇味”。鲭鱼肉细白鲜嫩，美味纯正，是达官显贵餐桌上的珍品。

香煎藕饼原为民间风味菜，经过厨师的不断改进成为东京各大酒楼中的一味名品。此菜外形似鼓、色泽柿黄、外焦里嫩，酌以炼乳，香甜可口。

小笼灌汤包，形态如同含苞初绽的莲花，味道芳香、酥松可口，是汴梁城有名的糕点。

这三味菜倒也罢了，只那菊花火锅叫范希文惊叹不已。

此时正是菊花烂漫的季节，而汴梁盛产菊花。各色菊花已开遍亭台原野，

因此原料来源得天独厚。火锅以鲜鱼为主，锅内兑入鸡汤滚沸，取白菊花瓣净洗，撕成细洒入汤内。待菊花清香渗入汤内后，将生肉片、生鸡片等入锅汤熟，蘸汁食用，其滋味芬芳扑鼻，别具风味，被视为火锅之上品。

范希文何曾见过这等名菜，不动筷子，只不停地赞叹："到底是京城，吃的菜竟如此风雅、考究。"

"贤弟，这菜是吃的，不是给你看的。"三变笑着给范希文布菜。

"兄长，希文有些时日未读你的新词了，可否趁这酒意拿来一观？"

柳三变面带歉意："愚兄着实有些时日未填词了。"扭头看看侍候他们喝酒的梅语，心中一动。

范希文见他神色有异，笑道："此时此刻，你我兄弟把盏言欢，又有温婉娴静的嫂夫人在侧，何不填来以助酒兴？"

梅语不说话，只微笑地看着他，双眸里满是期待。

柳三变起身来至书桌，拿起笔看看范希文，又看看梅语，凝思片刻，便饱蘸浓汁，笔走龙蛇。

"梅语，把词稿呈给范贤弟。"

范希文接过词稿，是一阕《女冠子》：

淡烟飘薄。莺花谢、清和院落。树阴翠、密叶成幄。麦秋霁景，夏云忽变奇峰、倚寥廓。波暖银塘，涨新萍绿鱼跃。想端忧多暇，陈王是日，嫩苔生阁。

正铄石天高，流金昼永，楚榭光风转蕙，披襟处、波翻翠幕。以文会友，沉李浮瓜忍轻诺。别馆清闲，避炎蒸、岂须河朔。但尊前随分，雅歌艳舞，尽成欢乐。

——柳永《女冠子》

读罢，范希文想：这柳三变可真天生的才子词人，一阕慢词从春到夏到秋，渲染得浅韵流泻，草木生光。风声雨影里的恬淡安逸，花前月下的浅斟低唱，所有这些浪漫情怀，都是他这种苦行僧似的人无法感受到的，词里的岁月沧桑竟也美得让他心旷神怡。

感慨之余，他把词稿递给梅语，面带微笑："嫂夫人，这阕《女冠子》，是兄长为你而填，你好好珍藏吧！"

第二十一章　忍把浮名　且换了浅斟低唱

黄金榜上，偶失龙头望。明代暂遗贤，如何向？未遂风云便，争不恣狂荡。何须论得丧？才子词人，自是白衣卿相。

烟花巷陌，依约丹青屏障。幸有意中人，堪寻访。且恁偎红倚翠，风流事，平生畅。青春都一饷。忍把浮名，换了浅斟低唱！

——柳永《鹤冲天》

真宗祥符八年（1015年）春，三十二岁的柳三变与二十六岁的范希文，气宇轩昂地走进考场。

范希文榜上有名，殿试之后外放州县之官，择日离京赴任。

第二次赴考的柳三变，第二次名落孙山。

春寒料峭，汴河日落，疏钟晚祷。

柳三变抱着酒壶倚着窗儿，透过渐起的薄雾，默默注视着河面上远远近近的行船与画舫。

他不能悲伤，不能流泪，不能怨天尤人，他要顾及梅语。半年来，梅语为侍候他读书百般辛劳、日益憔悴，乍一听他柳三变榜上无名时，便一病不起。他无言安慰梅语，不能给她承诺，世事无常，命运多舛，他不知道命运之神何时才能看顾他一眼，他不能让梅语一次次的失望，一次次地为他伤心欲绝。

寒冷的夜风不时袭来，挟带着几许丝竹箫鼓之声，这是他曾经多么熟悉多么流连的声音，而今竟不能打动他落寞的心怀，唯有壶中的酒，让他沉醉，他感觉他的肉身已渐渐潜进汴河，在冰冷的河水里沉浮，他失落、惊恐，徒有双手，竟抓不住一根救命的草。

为什么这样黑？为什么这样冷？他不能沉下去，也不能随波逐流！他要上岸，他的梅语还在病中，他是梅语的依靠，是梅语的一切。梅语！梅语！他张大嘴巴，却发不出声音，他奋力地一挥手，竟抓住一枝小小竹竿，这下好了，他舒了口气，竹竿竟能动，把他带到岸边，他好累，仍然死命地抓住

竹竿，一倒在岸边，便酣然睡去。

三变在醉梦中抓住的竹竿，是梅语瘦弱的手腕。

梅语并不以为自己是为三变落第而病倒，只是恰巧病在此时，给落第的三变平添了许多猜测。

过去的十二年，在武夷山下每一个风清月朗的夜里，孤独与思念如潮水般把她淹没。少时读王昌龄的“闺中少妇不知愁，春日凝妆上翠楼。忽见陌头杨柳色，悔教夫婿觅封侯。”对诗意不甚了了，后来才深知其凄清孤独的况味。如今守在七郎身边，她的心如同开在秋天的菊花般怡然，她不求富贵，却不能阻挡他施展抱负的雄心。

她费力扳开他的手指，瘦弱的手腕已被他抓出青紫的痕迹，看着他醉梦中憔悴无助的面容，她的心隐隐生痛。

她今年已经三十三岁，比三变还大一岁，看上去，三变依然风采不减当年，依然风流倜傥，而她分明感觉到自己容颜的衰减，若三变飞黄腾达，谁能说他不会另觅新欢。

命运对他如此不公，却让他留在了她的身边，对此，她是悲还是喜？是深感侥幸还是颇觉惆怅？她分不清其中滋味，只觉得自己太过自私。

看窗外东方渐白的天际，她起身去厨房，为他熬一锅清粥，做几样爽口的小菜，只是她将如何安慰他呢？

柳三变醒来时，天已大亮，宿醉让他头痛难忍，喝了碗清粥闭目躺在床上不愿动弹。

梅语轻声唤道：“七郎，你可好些了么？”

三变睁开布满血丝的眼睛看着梅语，拉过她的手，握在手心，轻柔地捏了捏，无声地笑了笑。他能说什么呢？眼前的梅语将是他生命中的全部，是他的唯一，是他活下去的依赖。

时光荏苒，命运无情，既然留不住岁月如流，留不住青春华年，留不住光阴一寸；既然错过了春天枝头的花朵，错过了梁间燕子的呢喃，又怎能再错过梧桐树下的一席阴凉？

看他脸上的神情，梅语释然一笑：“七郎，留得青山在，不怕没柴烧。不是说三十老明经，五十少进士么？入仕途还是有机会的。你自小就以‘鹅仔峰下一支笔’闻名乡里，二十几岁更以一阕《望海潮》才名远播，如今东京城上至达官显贵，下至平民百姓，谁人不知哪个不晓才子词人柳三变？‘凡有井水饮处，皆能歌柳词’，这样的美誉可不是凭空得来的。”

说到这儿，梅语突然停下，因为她觉得自己说的话苍白无力，丝毫不能扫去积聚在他心底的那层厚厚的悲哀。

倒是柳三变，见梅语突然打住话题，不再言语，便坐起身，把梅语揽进怀里，紧紧贴住她的面颊，语气温和却是异常坚定地说：“梅语，你放心，有你在我身边，我是不会倒下的，我要更加发奋，再考下一科。”

梅语倚在他怀里无力地点头，禁不住泪流满面。

然而，命运之神再一次捉弄了他，真宗天禧二年（1018年）春，与他同样蹉跎考场经年的大哥柳三复这次终于进士及第，而他又三年的寒窗苦读，换来的仍然是榜上无名。

是他才疏学浅，在考场上写的文章不得要领、不懂迎合？还是他流传在东京汴梁上空的词曲皆为淫词滥调而决定了他的命运？

没有谁能给他答案，醉眼蒙胧中，他仿佛看到唐代那个才华飘逸、放荡不羁的诗人杜牧，在红尘古道上，在蝶飞燕舞中吟唱着诗歌朝他走来。

落魄江湖载酒行，楚腰纤细掌中轻。十年一觉扬州梦，赢得青楼薄幸名。

——唐　杜牧《遣怀》

很小的时候，他就喜欢读杜牧的诗，他也曾暗自嘲笑杜牧出入秦楼楚馆行为不检点。可如今，想想自己的际遇，再读杜牧这首诗，倒像是杜牧在一百多年前专为自己而写。

自古“文章憎命达”，前朝的李白、杜甫，哪个不是才华出众而命途多舛？可是梅语的沉默寡言，叔叔的唉声叹气，婶婶的冷嘲热讽，让他羞愧、让他愤慨，他心中激愤的情绪像沸腾已久的火山般冲天而起：

黄金榜上，偶失龙头望。明代暂遗贤，如何向？未遂风云便，争不恣狂荡。何须论得丧？才子词人，自是白衣卿相。

烟花巷陌，依约丹青屏障。幸有意中人，堪寻访。且恁偎红倚翠，风流事，平生畅。青春都一饷。忍把浮名，换了浅斟低唱！

——柳永《鹤冲天》

你道傲视公卿也好，轻蔑名利也罢，科场不举，报国无门，好在我柳三变还有红颜知己可堪寻访，韶光何其短暂！何必为了那份浮名，而误了我花前月下的赏心乐事！

柳三变蓦然记起，少年时在家乡的中峰寺，禅师说：落叶满空山，何处寻芳迹？乃人生第一境界。满山的落叶，你究竟想要哪一片呢？一生中，你最梦寐以求的是什么呢？

空山无人，水流花开，为人生第二境界。花自开谢，水自流，管你有人无人，只做自己的事儿。

既找不到那片属于自己的落叶，也不能经世安民，何不流连于花楼酒馆，何不趁年华尚好而浅斟低唱！

柳三变扔了圣贤书，抛开快要临盆生产的妻子，上歌楼，逛花街，填词谱曲换酒钱，寻花问柳，左拥右抱，倚红偎翠，日子过得怡然惬意，天皇老子也奈何他不得。

误入平康小巷，画檐深处，珠箔微褰。罗绮丛中，偶认旧识婵娟。翠眉开、娇横远岫，绿鬓亸、浓染春烟。忆情牵，粉墙曾恁，窥宋三年。

迁延。珊瑚筵上，亲持犀管，旋叠香笺。要索新词，殢人含笑立尊前。按新声、珠喉渐稳，想旧意、波脸增妍。苦留连。凤衾鸳枕，忍负良天。

——柳永《玉蝴蝶》

你看，这些歌儿舞女毫不客气，她们可不去计较你柳三变是金榜题名，还是名落孙山。虽似曾相识，却早已备好“犀管”“香笺”等笔墨纸砚，以索取新词。此佳人也并非泛泛之辈，得到新词后当宴按新声演唱起来，并自荐“凤衾鸳枕”，不辜负良辰美景。

在类似的情形下，柳三变填出了众多的新词，谱出美妙的新声，虽一而再，再而三的榜上无名，“才子词人”的名气却是如日中天。

罗烨《醉翁谈录》里记载：“暇日遍游歌馆。所至，歌者爱其有词名，能移宫换羽，一经品题，声价十倍。”

是命运捉弄了柳三变，还是歌女成就了柳三变？他被北宋王朝一脚踏进烂泥，而在千年后的今天，却为这个历史王朝的天空增添了无限的光彩。

这日，梅语感觉肚子隐隐作痛，可能是孩子要出世了，三变几天不着家，张妈也急得六神无主，只得去柳府告知柳夫人。柳夫人当即命柳青遍寻三变，又命两个年长知事的婆子，一人去请催生婆，一人随张妈前来三变小院搭手帮忙。

催生婆到时，梅语已经痛得大汗淋漓。

催生婆看了梅语的情形，把张妈拉到房外小声说："你家少奶有三十好几了吧？又是第一胎，怕是难产哟！"

张妈急道："你可是催生的高手，若不能两全其美，宁可保全大人的性命，我家少奶奶可是百里千里挑一的好人，今天这事儿你可要加倍小心了！"

催生婆皱眉摆手道："由不得我！这是由命不由人的，就看她的造化了。"

俩人进屋来时，梅语脸色煞白，乞求的眼神看着催生婆。

催生婆笑道："你也不用看我，你只管把眼睛闭着用力，孩子出关了就好了。"

张妈帮梅语躺好，替她擦去额头上的汗珠，梅语却一把抓住她的手，紧紧地。

张妈安慰道："没事的，有催生婆呢！你只管用力。"

"七郎呢？七郎还没回么？"梅语无力地问。

"快回了，兴许就在门外呢！再说，男人不能进血堂的，也帮不了这个忙，你只管听催生婆的话好了。"张妈笑道。

催生婆小声道："别说话了，蓄力气帮孩子出关。"

柳三变还没回。

梅语痛得死去活来。

也不知折腾了多久，一声婴儿的啼哭给这座阴云笼罩了多日的院落带来了几分惊喜。

柳三变一脚踏进门时，催生婆正包好婴儿交给梅语："恭喜你家，一个齐齐全全的男孩儿。"

梅语苍白的嘴唇泛起一缕无力的笑意。

三变抢到梅语床边，抚摸着她汗水涔涔的额头，心疼地问："梅语，你还好么？"

梅语无力地看他一眼，便闭上眼睛，晶莹的泪水顺着眼角簌簌而下。

"七少爷，你去打点催生婆回家，我来帮少奶奶擦洗身子。"张妈在门边轻声道。

三变出来时，催生婆面色凝重："你家少奶奶还在出血，你赶紧去请郎中，最要紧的是止血。"

一旁的柳青听了出门就跑："我去请郎中。"

柳三变只急得在房里打转。

郎中把过脉出来，坐在堂屋的桌边，低声道："这产妇平日里定是劳心的，体质又柔弱，心血不归经，导致气血亏虚，又加上是三十多岁才生的第一胎。我开个方子你去抓药，若服用三剂止住血了，也就好了。若止不了……"话未说完便摇摇头。

三变痴了一般望着郎中，像是没听懂他说的话。

柳青急道："胡说什么！止不住血，请你这郎中来何用？"

郎中并不理会柳青，背起药箱，边走边自言自语："有的时候啊，郎中还真的是毫无用处。"声音里透着无奈与冷漠。

梅语终于没能逃过这一劫，丢下刚出世三天的儿子，撒手人寰，一缕芳魂，一瓣心香，飘飘悠悠，越过繁华的东京城，穿过广袤的苍穹，掠过曲折的古道，回归于武夷山下那片洁净而馨香的梅林。

柳三变怀抱着嗷嗷待哺的儿子束手无策，听柳青的指点，他只好硬着头皮求助于婶婶。

出乎意料的是，柳夫人接过孩子紧紧搂在怀里，脸上竟溢满慈爱的光辉。

柳宏问："给孩子取名了？"

三变想了想说："梅语取的，叫柳涚。"

柳宏紧紧盯了他一眼，那神情并不相信这名儿是梅语所取。他心想：柳涚？涚，澄清、揩擦之意。你想澄清什么？又想擦拭什么？你的声名狼藉是你的儿子能揩擦得干净的么？

叔叔犀利的眼神，无声的斥责，深深刺痛了柳三变那颗自以为麻木的心，他掩面而逃。

张妈不再在三变的小院侍候，而是回到柳府与请来的奶妈专门抚养小柳涚。

柳三变又一身轻松，更醉心歌舞，纵情声色，只把光阴虚度，岁月蹉跎，韶华空添。只把那慢词长调，唱遍教坊歌楼，城镇乡村，直唱到皇宫内宛。

同年八月，真宗皇帝的第六子，年仅九岁的赵受益，被册立为皇太子，赐名为赵祯。

皇太子赵祯对柳三变的词尤其喜爱，每逢大小酒宴，必令宫中乐女弹唱三变词。

这日闲来无事，赵祯优哉游哉地来到御花园的镜心湖畔，拂去眼前的杨柳枝，一阵管弦之声渡水而来。

见太子疑惑的样子，侍臣吴成孝忙哈腰轻声道：“启禀太子殿下，是公主殿下带几名侍儿在湖对面的柳烟亭唱曲儿。”

赵祯疑惑的不是曲儿，而是那听得隐隐约约的词儿，他手一挥：“去看看。”

太子驾到，公主抬手示意宫女停止唱曲，含笑给太子施礼：“参见太子殿下！”

赵祯笑道：“公主不必多礼。刚才好热闹，唱的什么曲儿？”

公主示意唱曲的宫女，宫女忙呈上词谱。

太子接过看时，正是柳三变那阕惊世骇俗的《鹤冲天》。

吴成孝见太子读词谱时紧拧眉峰，面带愠色，便近前凑道：“太子殿下，此词乃今科落第举子，人称‘才子词人’的柳三变所作。”

“柳三变？就是那个民间称为‘鹅仔峰下一支笔’的崇安举子柳三变？”

“回太子殿下，正是此人。”

赵祯望向公主，面带微笑：“公主，往后不要再听这种失意文人怨天尤人、伤时骂世的曲子词，有伤皇家儒雅，亦有违中庸，若父皇听了，必也不允的。”

公主与众宫女齐声答应：“是。”

赵祯并不把词谱还给公主，而是拢进袖子，昂首阔步出了柳烟亭。

吴成孝思忖着赵祯刚才的话，转着眼球在他身后讨好道：“太子或许有所不知，此人虽为举子，却薄于操行，虽读圣贤之书，却放浪形骸之外。常混迹于花街柳巷、勾栏瓦肆、酒馆歌楼之中，因精通韵律，善填慢词长调，教坊乐工，每得新声，必求他为词。所以，此人的名声已传遍天下，有民谣说，‘凡有井水处，即能歌柳词’。”

最后一句话，赵祯听了心里别扭，该死的奴才！是在替柳三变传名呢？还是在贬低他讨好本殿下？便停下脚步侧身道：“你对此人倒是了解得十二分的详细啊！”

劈头一句话吓得那奴才一哆嗦，吴成孝忙低头回道：“启禀太子殿下，奴才的表兄是京城最大教坊紫烟阁的乐工，上月姑妈病重，奴才告假探亲时，听表兄道来。”

赵祯又掏出词谱，心气不平道："好一个狂生！你看看，'黄金榜上，偶失龙头望。'这分明是说朝廷不知招贤纳士，难道父皇有眼不识泰山，遗漏了他这大贤人？'未遂风云便，争不恣狂荡。'既然自信有风云际会、直上青霄的能力，又何必流连花街柳巷的狂荡生活？

"落第了，要总结经验，要'头悬梁，锥刺股'，君子当自强不息，再苦读圣贤书，以备下一年的科考。这狂生倒好，恃才傲物，狂荡傲世，自封为'白衣卿相'，到烟花巷陌中寻找知己。既是要把仕途功名，去换了浅斟低唱，又何必对落第耿耿于怀？"

若柳三变亲耳听了这位年仅九岁的太子爷说出的这番话，他会死了再次赴考的心。

赵祯，生于真宗祥符三年（1010 年）四月十四日，伴着他的出生，民间流传着一个绘声绘色的传奇故事：《狸猫换太子》。

故事得从真宗皇帝的皇后刘娥说起。

刘皇后，单名娥，祖籍太原，生于公元 968 年，即宋太宗开宝元年，祖父刘延庆曾于后晋、后汉时任右骁卫大将军，父亲刘通曾于宋太祖跟前任虎捷都指挥使，领嘉州刺史，因此刘家举家从太原迁至成都华阳。

刘娥出生时，其母庞氏曾梦明月入怀。然而，刘娥出生不久，其父刘通奉命出征，战死沙场，因无子，从此家道中落，庞氏只好带着襁褓中的刘娥寄居娘家。

虽是孤儿寡母，庞氏也让刘娥读书识字，稍大后，刘娥跟艺人学了一手击鼗的谋生手艺，鼓儿词说得极好。十三四岁时，刘娥嫁给一个叫龚美的为妻。龚美是一个银匠，为了生计，带着刘娥来到京城开封开了爿银铺。

龚美为人随和，手艺精湛，又善于结交朋友，与一个叫张耆的人尤其交好。

张耆在当时的襄王府当差，一次去龚美的银铺，惊诧于刘娥的美貌，回府后禀明了襄王。

襄王就是如今的宋真宗赵恒，那时他叫赵元侃，尚未被册立为太子。赵元侃原本就是个好色之徒，天子脚下竟有如此美色，他岂肯放过？于是随张耆来到龚美的银铺，没费太多的周折，便一睹美人芳泽。

自此，赵元侃的魂便附在了刘娥身上，张耆见主子失魂落魄的，便出了个主意，给了龚美一大笔钱，把刘娥接进了襄王府，使其成为襄王府里名正言顺的宫女。

刘娥容颜俏丽，冰雪聪明，在银匠铺里与襄王一见钟情，到得襄王府，自然深得襄王千般呵护，万般宠爱。其时，襄王赵元侃尚未婚配，他二人的浓情蜜意让襄王乳母秦国夫人极为不满，认为刘娥以美色引诱襄王，有碍襄王前程。多次劝说襄王无效，秦国夫人一气之下告到宋太宗赵光义跟前。

宋太宗大为光火，下旨将刘娥逐出襄王府，不准再踏入京城半步。

赵元侃并没有将刘娥送出京城，而是藏匿在张耆家中，隔三岔五，与其私会。不久，十七岁的襄王赵元侃被改封为韩王，遵皇命娶忠武军节度潘美的八女儿，封为莒国夫人。六年后，潘氏因病去世，宋太宗又将宣徽南院使郭文的次女许配给他，初封鲁国夫人，后又晋封为秦国夫人。

宋太宗至道三年三月癸巳日，五十九岁的赵光义病逝，遗诏传位于两年前被册立为太子的赵元侃，其时，赵元侃更名为赵恒。

初登大统，宋真宗赵恒皇帝意气风发，五月，册立秦国夫人郭氏为皇后，六月，追封已故的潘氏为庄怀皇后，又广选天下美女充实后宫。然而，纵使后宫佳丽三千，也难让他忘情于刘娥。

此时，刘娥已在张耆家中藏匿了整整十五年。

十五年来，得赵恒垂顾，刘娥虽幽居在张耆府中，过得却是主子般的日子。她博览经史文学，习研琴棋书画，此时的刘娥已非昔日击鼗女艺人可比，虽不能比之武则天身边的上官婉儿，却也是满腹经纶，不失为女中才子。

朝中大事刚刚理顺，赵恒就琢磨着把刘娥接回宫中，他要告知天下，刘娥才是当今天子最爱最宠的女人。

刘娥风风光光地进了宫，于公元1004年，即景德元年，被册封为四品美人，而原先秦王府姬妾杨氏只被册封为五品才人。

从此，后宫之中，郭皇后之下，唯刘美人最为尊贵。

刘娥虽受专宠，却并无恃宠而骄之态，与郭皇后和睦相处，也无僭位之举，后宫之内，无一不与她交好。

郭皇后为真宗皇帝生过三个儿子，但都不幸夭折，过度悲伤之下，于景德四年四月十六，病薨，享年三十一岁，谥为庄穆皇后。

至此，后位空置，赵恒想把最心爱的女人刘娥册封为皇后。无奈群臣坚决反对，认为刘娥既无子嗣，又出身低微，不足以母仪天下，要求真宗皇帝册立出身高贵的宰相沈伦之孙女沈才人为后，真宗不同意，宁可后位空置，再不谈立后之事。

刘娥虽无皇后之名，因受专宠，早已统领六宫。眼见皇帝年近四旬，后妃所生的五个皇子都一一夭折，无奈自己却不能为皇帝生下皇子，焦虑之中，想出“借腹生子”的主意。这便有了开头真宗赵恒花园里遇李氏的场景。

第二十二章　富贵何求　风前月下去填词

腹内胎生异锦，笔端舌喷长江。纵教匹绢字难偿，不屑与人称量。

我不求人富贵，人须求我文章。风流才子占词场，真是白衣卿相。

——柳永《西江月》

李蓉怀孕后，真宗赵恒与刘娥喜出望外，立即派人日夜侍候李蓉，并对外严密封锁李氏怀孕的消息，同时，又对朝中大臣宣布刘美人有孕，特封刘娥为二品修仪，晋封与刘娥情同姐妹的杨才人为婕妤。

宋真宗大中祥符三年（1010）四月十四日，李氏生下的孩子，当即就被抱进刘娥的宫中，对外则称二品修仪刘娥诞下龙子，取名为受益。

刘娥并没有亲自抚养赵受益，而是交给情同姐妹的杨婕妤抚养，李氏不得见孩子一面，终日抑郁。

真宗欲册立刘娥为后，仍然受到群臣的一再阻挠，很是恼怒，又不便发作。到大中祥符五年（1012年），真宗觉得不能再拖，便一意孤行，于十一月末晋封刘娥为德妃，同时晋封杨婕妤为淑妃。

同年十二月丁亥日，真宗正式册立四十四岁的刘娥为大宋王朝皇后，不举封后仪式，不让官员进贺。封后诏书也回避朝臣公议，下令只将封后诏书传至中书省，皇帝就像在自己家里宣布一项家事。

群臣见木已成舟，也只得默认。

李氏天生的娇柔婉转，深得真宗的垂爱，次年又诞下一女，被封为才人，只是小公主的夭折让她更加想念被强行抱走的儿子，虽同在皇宫，却无缘一见，李氏忧郁而终，死后被追封为宸妃。

这段“移花接木”的历史事件，在民间被演绎为戏曲“狸猫换太子”而广为流传。

但历史毕竟不是传说。

历史上的刘娥博古通今，才华超群，又常年侍奉在真宗身边，对家国大

事熟稔于心，时常给真宗以点拨与帮助。她不单单凭美貌取悦于真宗皇帝，更以她卓越不凡的才情，让真宗对她另眼相看，虽说强抢了李氏的儿子，那也是与真宗合谋的，并非民间戏剧《狸猫换太子》里描绘的阴险歹毒女人。

这就是为什么真宗不顾群臣反对，而在刘娥四十四岁渐渐老去且无子嗣时，还要册立她为皇后的原因。

宋真宗在公元1017年又改元“天禧”，这或许是上天连降祥瑞的缘故。五年后，又改元“乾兴”。乾兴元年（1022年）正月十九日，宋真宗赵恒崩于延庆殿，享年五十五岁。

皇太子赵祯即位，时年十三岁。皇后刘娥为皇太后，杨淑妃为皇太妃。因为嗣君年幼，继位大事均在皇太后的主持下进行，辅佐大臣草制遗诏时，内中有“军国大事兼权取皇太后处分”的字样。顾命大臣之一、刚被先帝封为晋国公的丁谓，要去掉这句话里的“权”字，遭到其他大臣的一致反对。

权，代理也。正如另一辅佐大臣王曾所言：皇帝冲年，不得已太皇垂帘，政出房闼，这已是国运否背，如何再能删一“权”字！本朝力矫前代之弊，对后宫干政，一向防范极严，太祖所定下的一些基本原则就包括了这一条。王曾的一番话理直辞正，丁谓也只得作罢。由此，皇太后刘娥的能力也可见一斑。

皇太子赵祯即位，号仁宗。柳三变对自己的仕途又萌生了新的希望。

宋仁宗天圣二年（1024年），四十一岁的柳三变参加了他一生中的第四次科举考试。

依然是桃花开放的日子放榜，张贴皇榜的地方，依然是人头攒动，柳三变挤在人山人海中，一行一行地努力搜寻着自己的名字，突然，“柳三变”三个字跳入他的眼帘，柳三变榜上有名，皇天不负有心人！中了！中了！中了！

眼泪像决堤的河水汹涌奔流，他一路狂歌，他的喜悦与快乐要与亲人分享。云桑走了，梅语走了，他要珍惜活着的人，他要去找虫娘！找那个曾给他无尽温暖与柔情的虫娘，但愿她不要把别人放在心上，但愿她能记住那些花前月下的缠绵。前几天给她填的词，还揣在怀里呢！何不把喜讯与词一同送给她。

雅欢幽会，良辰可惜虚抛掷。每追念、狂踪旧迹。长只恁、愁闷朝夕。凭谁去、花衢觅。细说此中端的。道向我、转觉厌厌，役梦劳魂苦相忆。

须知最有，风前月下，心事始终难得。但愿我、虫虫心下，把人看待，长似初相识。况渐逢春色。便是有、举场消息。待这回、好好怜伊，更不轻离拆。

——柳永《征部乐》

青山依旧，绿水悠悠，与虫虫一起走过的时光，那一幕幕温馨的画面，一句句甜蜜的话语，还有生生世世的约定，在这一瞬间都袭上心头，原来，那一起走过的日子，早已被岁月镂刻在人生的旅途中，生生不息。

还是紫烟阁那座小楼，还是那扇飘着杏花微雨的窗前，柳三变揽虫娘入怀，喃喃而语：虫虫，不要离开我，她们都走了，云桑、梅语，还有我的母亲。如今，只有你，是我在尘世中唯一的牵挂。

窗外，花雨飘忽；窗内，情意绵绵。

“这下好了，省试放榜，我柳三变终于榜上有名，如今只等殿试，殿试一过，放官外任，我就带你离开这里，为你择一处清幽之所，你就专心做柳夫人，可好？”

虫娘不说话，只紧紧倚在他怀里，任泪雨成行。她觉得幸福来得太突然，太不真实，在这亦幻亦真的春之黄昏，她唯有共他一夕清欢，共他梦里流连。

殿试已顺利通过，柳三变窝在虫娘房里，踌躇满志，只等殿试放榜。

金銮殿上的宋仁宗赵祯可没闲着，今年是他即位后的第一次科举大比之年，他要为国家、为社稷录用有才之贤能，既不可遗漏了大贤，也不能让鱼目混珠者混进来。便又将殿试及第者的名册再仔细地看一遍，其中一名叫柳景庄的引起了他的注意。

他问身边的省试主考官：“爱卿，你知道这名叫柳景庄的何许人也？此人的文章所表现出的才华机智、文采风流不在京兆尹晏殊之下。朕怎么从没听人说起过此人？”

主考官忙查各地举子存档，找到柳景庄那一页，回道：“启禀陛下，此人乃福建崇安人氏，姓柳，名三变，字景庄，又称柳七，在崇安自幼就享有‘鹅仔峰下一支笔’的盛名，才华超群，有经邦济世之才，匡扶社稷之志。”

“此人操行如何？”仁宗问。

主考官尚未开口，一边侍候着的太监吴成孝哈着腰，小声道：“陛下可曾记得，当年陛下为太子时，一次在御花园的柳烟亭，公主的侍女弹唱的曲子《鹤冲天》，其中有‘忍把浮名，换了浅斟低唱’，想必，这个柳景庄就

是那个填词的柳三变哩！”

仁宗赵祯一听，变了脸色道：“果真是此人？”

主考官以为皇帝遇到了贤能之人，激动得变了脸色，忙笑道：“正是才子词人柳三变。”

也不知吴成孝那奴才，顷刻之间从哪儿弄来柳三变的《鹤冲天》呈给皇上。

重读这阕《鹤冲天》，仁宗皇帝的脑子里满是柳三变卓尔不群、桀骜不驯的神情。那份蔑视功名的狂劲儿深深刺痛了他，既要把浮名换了浅斟低唱，又何必一而再再而三的来挤这科举考试的独木桥？一股无名怒火往上蹿，遂拿起朱笔，叉叉两下划掉柳三变的名字，并在一旁写上：“且去浅斟低唱，何要浮名！”

一直不言语的礼部尚书大惊，问：“陛下，柳景庄进士乃陛下御笔钦点，陛下因何于临轩放榜之时，又特意刷掉他？陛下乃一国之主，金口玉言，一言九鼎，岂能以此事而失信于天下？臣等望陛下三思！”

仁宗正色道：“爱卿难道没听说过此人？此人喜逛青楼歌馆，宿烟花柳巷，擅作小令慢词，专为歌儿舞子填些淫冶狎恋之词曲，四下传播，乱人耳目心性，有伤儒雅。虽有微才，却薄于操行。此类人，如何能经邦济世，匡扶社稷？岂不闻孔子有云：‘政者，正也。’又云：‘名不正，则言不顺；言不顺，则行不成’，朝廷录来有害无益。况此人曾有词说：‘忍把浮名，换了浅斟低唱’，朕何不遂了他的愿？让他舍弃浮名，去寻访意中人，倚红偎翠，于风前月下浅斟低唱。”

在场的几位大臣，听了皇帝这番话，心里直喊可惜，嘴上只得称道：皇上圣明，皇上明察秋毫，好像仁宗皇帝顷刻之间真的清除了想混进朝廷的败类。

其时，范仲淹正受命在泰州西溪盐仓带领灾民治理海堤。

范仲淹自中进士放官外任以来，一直得不到朝廷的重用，空有经邦治国之才，却无处施展。当时，泰州西溪一带的海堤严重损坏，经年未修，每逢大风暴雨，海水决堤而入，原来肥沃的土地渐渐变成了盐碱地，五谷不收，百姓逃荒要饭，远走他乡。范仲淹见此惨状，便向枢密副使张知白毛遂自荐，要求去泰州修复海堤，为民解忧。

此事得到朝廷的恩准，于是，他来到泰州，带领灾民开始了“盐仓治水”工程，经过一番艰难困苦的治水大战，全长一百五十多里的海堤修成了，逃亡的灾民也陆续返回了家园。

范仲淹是个满怀激情而又富于变革精神的慷慨之士，同时，又是个极端务实而不尚空谈的正直之士，对朝廷官员的任免极具自己的看法，曾上了一道《百官图》，针对朝中大臣收拢自己的门徒而不是知人善用，来劝告仁宗不可不察。

这日，无意中听到同僚笑谈朝中趣事，说新科进士柳三变临轩放榜时，被皇帝朱笔抹杀，且钦批：何要浮名，且去填词！

范仲淹听了大吃一惊，柳三变几次三番科举不第，这次高中榜首，正替他高兴，以为他有施展经邦济世之才的机会了。省试已录，殿试也顺利通过，皇帝因何于临轩放榜时改变主意而抹杀了他？这岂不是断了他的仕途之路？

“我不能坐视不管，柳三变既是我异姓的兄长，也是国家难得的栋梁之材。”于是，范仲淹连夜写奏折，历数柳三变不仅在词曲上的成就，诗、赋、文章在当今也是屈指可数的，况此人胸藏韬略，文能治国，武能安邦，是国家不能或缺的栋梁之材。

仁宗看过范仲淹的奏折后，心里也有一丝丝的动摇。他了解范仲淹的为人，此人学识丰富，文韬武略，刚直不阿，不计较个人得失，每论天下事，慷慨激昂，辞论切直而无所避讳，朝廷缺少这样的人，也头痛这样的人，性格太过刚直，必招小人之迫害。

既然范仲淹说柳三变是国家难得之栋梁，必定是此人有可贵之处，只是仁宗迟迟未下定论。

然而，仁宗的动摇之心被宰相吕夷简的几句话彻底平定。

吕夷简，字坦夫，寿州（今安徽凤台）人，祖父吕龟祥曾任寿州知府，其父吕蒙亨官至大理寺丞，其伯父吕蒙正曾任太宗、真宗两朝宰相。

吕夷简也正是因了伯父的推荐才得真宗重用，自仁宗即位后，太后垂帘听政，又因辅弼有功升至宰相。

转眼吕夷简就到五十五岁生日了，虽不是整寿，朝中同僚与门生，还有家人也会给自己祝贺。虽不事张扬，说不得也要热闹一下，想来想去，觉得近些日子家中的歌女并无新鲜曲子可唱可舞，这可是头等热闹的事儿，万不可忽视了。

见主子发愁，府中的奴才小心地建议：“市井之中有个专在教坊歌馆填词作曲的，何不让他填首新鲜词曲给大人庆贺？”

“叫这种人填词合适么？”吕夷简想，我堂堂大宋朝的宰相，让一个市

井之徒作词弄曲，岂不失了身份？

“此人的词曲虽没有唱遍天下，京城却是人人尽知。”

吕夷简心里突然一动，忙问：“此何许人也？”

“崇安才子柳三变，市井之上人称‘才子词人’。前几年因科举落第而困居京城，据说此次高中榜首，临轩放榜时，皇上又朱笔抹杀，也可谓是京城中的奇人奇事了。”

“原来是此人！”吕夷简抚摸着胡须若有所思，随即吩咐，“你去找到此人，让他给本府填首入情入景的词儿，若要酬金呢，就给丰厚点。”

吕府家人没费太多的劲儿便在酒楼找到柳三变，说明来意后，便直接吩咐酒楼老板备笔墨纸砚，心想，宰相大人多大的面子啊，人家抢着写词儿都不给他机会，你个落第举子还有不巴结的？

柳三变醉意朦胧，听了吕府家人的话，本不欲阿谀逢迎，讨好巴结。转念又想，既是宰相大人相求，说明他知道我柳三变的名声，况且宰相大人的生日，皇上没有不去的理儿，说什么也得让皇帝小子见识一下我柳三变的才华，给宰相大人写几句好话，他会在皇帝面前举荐一番也说不定。

眼见笔墨纸砚已备好，柳三变提起笔儿慢慢舔墨，打着酒嗝儿细细思索，用十分心思填一阕《千秋岁》来。

泰阶平了，又见三台耀。烽火静，欃枪扫。朝堂耆硕辅，樽俎英雄表。福无艾，山河带砺人难老。

渭水当年钓，晚应飞熊兆；同一吕，今偏早。乌纱头未白，笑把金樽倒。人争羡，二十四遍中书考。

——柳永《千秋岁》

柳三变，真不愧才子之名，每日混迹于花街柳巷，居然把宰相大人的事情了解得如此清楚。寥寥数语，历数赞美了吕夷简为国为民的功绩，并将他比作辅助周文王的姜太公吕尚。

一阕词写就，柳三变意犹未尽，见桌上还有一张空白雪浪纸，便又在纸上随手挥洒出一阕《西江月》。

腹内胎生异锦，笔端舌喷长江。纵教匹绢字难偿，不屑与人称量。

我不求人富贵，人须求我文章。风流才子占词场，真是白衣卿相。

——柳永《西江月》

吕府家人见柳三变一气填了两首，心中暗喜，便不动声色地袖了两张词稿道谢而去。

掷了笔，柳三变继续推杯换盏，仍旧听歌赏舞，左拥右抱，赏红韵翠，醉倒在万丈红尘的软泥中。

吕府，吕夷简笑微微地读着《千秋岁》，柳三变用精练的语言历数他的政绩，这倒也罢了，他欣喜的是把他比作辅助周文王的姜太公吕尚。这一比喻，他感觉像是在伏天喝了山中沁凉的泉水，无比的清爽、通畅，浑身的骨头都酥散了，风一吹，便觉在云端一般。

他无不惬意地想，他辅弼太后垂帘听政，有功于太后，皇上年轻，凡事也听他几分，若能把柳三变这样的有才之士，笼络在自己门下，时常写些颂词，岂不快哉！

读罢《千秋岁》，再读《西江月》。

“纵教匹绢字难偿，不屑与人称量。”读到这句时，他心中一哂，想起裴度与其幕僚皇甫湜的故事来。

皇甫湜高傲自负，性情褊狭暴躁，写的文章却是古拙高雅，少有人懂。曾在东都洛阳任小官，薪俸特别低，生活于困顿之中。当时，晋国公裴度任东都留守，高薪聘请皇甫湜为留守府的幕僚。

早年，裴度讨伐淮西叛乱有功，皇上赏给他大笔钱财。裴度信奉佛教，他将这些钱财施舍给福先寺，重修后的福先寺，宏丽壮观。裴度想给福先寺写一篇碑文，便想写信给白居易，请他来写。当时，皇甫湜也在场。他指责裴度说：“我皇甫湜就在你身旁，你却写信请在远处的白居易给你写碑文。我的文章是阳春白雪，白居易的文章是下里巴人。你怎么容不下高雅之人？”裴度听了非但不生气，反而委婉地向皇甫湜表示歉意，说：“考虑您老是大手笔，怕遭到您的拒绝。现在既然您说话了，这也正是我的愿望啊！”皇甫湜的怒火稍消，向裴度要了一斗酒，便告辞回到家中，自斟自饮，乘着醉意挥笔撰写碑文，一气呵成。

裴度赠以车马绘彩甚厚。湜大怒曰：今碑字三千有奇，一字当三绢，何遇我薄也。裴度笑而如数酬之，人号曰万绢碑。

看来被人称为风流才子的柳三变，也是嫌我给的报酬少了啊！有趣！若干年后，谁能说这则故事不会成为一桩美谈呢？吕夷简正要着人给柳三变再送酬金，下片四句却让他怒火中烧。

“我不求人富贵，人须求我文章。风流才子占词场，真是白衣卿相。”

好狂妄的家伙！想你一介布衣，落拓举子，穷困潦倒，还如此嘴硬！你不求富贵，何苦三番几次参加科举考试？想我以一人之下、万人之上的宰相之尊，向你索取一阕贺词，是你几世修来的福分，你不知感恩，居然如此轻薄于我。吕夷简越想越气，把两张词稿撕得粉碎，一股怨毒从此就在心底生了根。

这天，仁宗与几位大臣商议翰林院人手短缺之事。

一位入内都知史奏道：“启禀皇上，闻说新科进士柳三变有旷世之才，诗词经史无一不精，何不将此人收录在翰林院，以效朝廷？”

仁宗听了心下不悦，又不便发作，只把眼光望向身边的大臣，几位大臣都点头赞许，唯有宰相吕夷简满脸不屑：“此人虽有些学问，也谈不上具旷世之才学。不然，为何几次三番科举不第？又闻此人最是恃才傲物，蔑视功名，曾口出狂言，忍把浮名，换了浅斟低唱。再者，此人长年混迹于勾栏瓦肆，流连于酒楼画舫，专与那些歌儿舞女填词弄曲，纵情声色。此等薄于操行之徒，朝廷若用之，岂不是要带坏其他同僚？”

吕夷简一番话，说到仁宗心坎里去了，想不到宰相大人对柳三变的看法，与自己竟不谋而合，又恐日后有人再度举荐柳三变，便朱笔一挥，写下四句话：

柳七不求富贵，谁将富贵求之？任作白衣卿相，风前月下填词。

宰相府里，吕夷简把朝堂上的事儿当作笑话说给家人听。

好事的吕府家奴添枝加叶，在东京城里把这个故事传得纷纷扬扬。

柳三变与虫娘眼巴巴地等着宰相大人能在皇帝面前保举他，没想到等来的却是这四句话。一时心灰意冷，万念俱灰，索性用一方精致纸板，写上“奉旨填词柳三变”七个大字，每到一处，便先递上此牌，接到牌子的青楼曲坊，便整酒以待，伺候过宿。京城大小教坊歌楼，没有柳三变不到的，此等气度，丝毫不比皇帝每夜宠幸哪位爱妃、哪位美人、哪位婕妤来得差。

更有胜者，京城大小教坊歌楼中，凡经柳三变听过、指点过的词曲，声价立马上涨十倍。

谁道宰相肚里能撑船？吕夷简时刻关注着柳三变，听家奴说起市井上的传闻，心里骂道：该死的浪荡子，天下美人竟让你睡遍！你比老夫活得更风流、自在、惬意。恼恨之余，不免又添了一股莫名的嫉妒。

皇宫里的仁宗皇帝，更是愤愤不平，不是你柳三变有多高的才华，而是朕的金口玉言成全了你！又心有不甘地想，柳三变所逛的秦楼楚馆，跟朕的三宫六院有何区别？还有，他那些放诞不羁、妩媚妖娆、风情万种的女人，比起宫中这些中规中矩、在床上像木头一样呆板的妃子，其中的情趣真是天上地下的差别！一想到这点，仁宗的心就莫名地疼痛，他恨恨地想，柳三变，你就做一辈子白衣卿相，填一辈子词，逛一辈子的烟花柳巷吧！

第二十三章　天高云深　多情自古伤离别

寒蝉凄切，对长亭晚，骤雨初歇。都门帐饮无绪，留恋处，兰舟催发。执手相看泪眼，竟无语凝噎。念去去，千里烟波，暮霭沉沉楚天阔。

多情自古伤离别，更那堪冷落清秋节！今宵酒醒何处？杨柳岸、晓风残月。此去经年，应是良辰好景虚设。便纵有千种风情，更与何人说！

——柳永《雨霖铃》

初秋的黄昏，骤起的西风，卷起满地落叶，街市上空一片雾霭。

柳三变神情抑郁地走在街上，忽听得头顶上一声娇笑，紧接着就听人唤“柳三变”，他抬头循声望去，原来，他正走到胭脂楼前，二楼窗口倚着的美人儿，正朝他微笑，他一时想不起是谁，也咧开嘴笑了笑，以示回礼。正要走开，冷不防从大门蹿出两条汉子，一左一右地挟住他，直往门洞里去。

二楼一间门楣上写有“春江月”的房门已经打开，刚才倚在窗口的女子正环抱双臂，斜靠着门框，眯着一双媚眼，笑意盈腮地看着他。柳三变心里哦一声，原来是陈师师。此女子“要峭而聪敏”，且善填词度曲，曾与三变共同切磋曲艺，只是久不来此，刚才在楼下，神情恍惚间，竟没能认出来。

两条汉子把他推进房里，带上房门径自去了。

柳三变揉着被捏痛的手膀子笑道：“师师姑娘要见三变，唤一声，三变自如飞而来，何劳兄弟们动手？”

师师一抹笑脸，沉声恼道：“往日请你填词，既给了酬金，也歌舞侍候，更是夜夜留你过宿。此后，我这间‘春江月’就为你而空着。敢问风流才子，缘何许久不曾来此？莫非嫌弃师师人老珠黄？”

柳三变见她说得真切，忙道：“师师姑娘风韵不减当年，爱慕你的人自是不少，倒是三变，早被人遗忘在红尘的角落里了。”

师师见他目光忧郁，神情落寞，便知他是想起科举之事，随即又舒眉笑道：“过往的事儿就不提了，既是今天遇上了，也是我俩的缘分。常言道，机缘难逢，今儿何不为师师填阕新词？”

柳三变心知今日推脱不得，笑问：“姐姐想要哪个词牌呢？”

师师正忙不迭地铺纸磨墨，见问，一双媚眼瞟了他一下，嫣然笑道：“就填一阕《西江月》如何？”

美人的一颦一笑，早看得柳三变忘了诸多不快，便提笔蘸墨写出“师师”二字。

“呀！如何把我的闺名也写进词里去？”师师嘴里嗔怪，脸上却笑意盈盈。

柳三变接着写道：师师生得艳冶……

师师娇笑着，轻轻推他一把：“我哪里生得艳冶？都徐娘半老了，这要是唱出去，姐妹们怕不笑掉大牙？”

柳三变笑道：“徐娘半老，风韵犹存。”

谁料话音未落，房门已大开，一阵香风与一串笑语扑面而来：“果真是柳大才子在此！”

师师尚未收起笑容，更来不及藏起刚刚写了一句话的词稿，只眼巴巴地盯着香香。

果然，香香蹙眉道：“原来你们偷偷摸摸地相会填词呀，小心我告到虫娘姐姐面前去。”

“谁要告状？”娇声软语未落，安安又姗姗而来。

师师拍手笑道：“这下好了，两个死丫头都到齐了。”

柳三变心里暗叫糟糕，这下更走不脱了。

香香浅笑道：“安安，你来看，柳大才子正要给师师姐姐填词呢，开首一句便是她的名字。”

安安神态优雅，接过被香香揉皱的词稿，轻扬柳眉：“师师姐姐原本就生得艳冶，我等山姑村妇，如何比得上？柳大才子，你说是也不是？”

柳三变心里叫苦不迭，这些姑奶奶都不是好侍候的，一个没写好，今天休想出这个门。忙接过词稿，赔笑道：“安安姑娘蕙质兰心，岂是山姑村妇可比？”

“那我就是山野之人了！比不得她们两个生得娇滴滴的美貌可人。”香香又夺过词稿，圆睁着一双杏眼，盯着柳三变。

师师忙哄道：“妹妹们休争，就让才子词人把咱三姐妹写进一首词里，好不好？”

三人六只眼睛齐刷刷地盯着柳三变，大有看才子难堪之架势。

师师揉碎原稿扔到一边，又换上新纸。

柳三变用笔头隔着头巾搔了搔后脑勺，重新蘸墨写道：

师师生得艳冶，香香于我多情。安安那更久比和。四个打成一个。

幸自苍皇未款，新词写处多磨。几回扯了又重挪。姦字心中著我。

——柳永《西江月》

三个风尘女子为他争风吃醋，是真情？还是假意？柳三变懒得去想，一句“姦字心中著我”则尽显各人风流冶态。

事实是，千年后的今天，《乐章集》中并未收录此词，这阕《西江月》的来历出自《醉翁谈录》，是不是柳三变所作，历史上尚无定论。

很快，这阕词传到虫娘耳里，虫娘并不以为怪。

自相识那天起，柳三变给予她的，是世上任何人都给予不了的。最初的她是人人嫌弃的小叫花子，没有人愿意多看她一眼，唯有柳三变，救了她卑微的性命。他那颗善良、悲悯之心，那双忧郁、俊美的眼睛和他飘逸、超凡的才华，自那时起便深深地烙在了她的心底。

除了以身相许，她虫娘还有什么可以报答的！何况，她爱他！虽然她过的是倚门卖笑的生涯，但是，她对他的一颗芳心比雪还圣洁，比花蕊还干净。

柳三变虽然几次科举不第，整天流连于花街柳巷，而且身边的女人如走马灯似的更换，但是，这些丝毫不能减少她对他的爱。在她心里，他依然才华超群，依然风流倜傥，依然有一颗善良、悲悯之心。上天给予他太多的优点，又给了他太多的挫折，他是属于所有女人的，不是她虫娘一人的。只要他快乐，只要他淡忘命运的不公，她愿意守着灯儿，夜夜等候他的归来。

梅语过世后，柳三变重出江湖，为教坊茶楼及歌儿舞女填词谱曲，所得酬金相当丰厚。为了能跟虫娘在一起，他的酬金绝大部分都给了紫烟阁的妈妈。

今天七月初七，七夕节，天上牛郎与织女一年一度的相会佳期，总让人间的痴男怨女羡慕不已。

柳三变到街市上买一些新鲜的时令瓜果，回到紫烟阁虫娘的屋子。

虫娘正忙着整理柳三变在各处所填的词，见他提了瓜果回来，埋怨道：“又买这多瓜果，吃不完都烂掉了，平白地浪费银子。”

三变笑道：“今日七夕呢！天上牛郎织女相会，人间女儿乞巧，今夜我要与虫儿拜月，祭品自然要丰厚些才好。”

“啊！七月初七了！我怎么就忘了！”虫娘轻轻拍着胸口笑道，随即又微微蹙着眉头，“拜月？就在这屋里拜月么？”

三变走近，将她额头遮住眉眼的一绺刘海捋起，怜惜道：“看你，整理这些词，竟是一头的汗！我为人家填的词除了能换点银子糊口，又换不来前程，你不必这样认真、劳累的。”

虫娘柳眉一竖：“这些词曲虽换不来前程，也是你的心血所致，对他人或许没用，我整理好了，时常拿出来读读唱唱，练练琴也是好的。”

任谁也无法料到，虫娘收集的柳三变所有的慢词小令，在千年后的今天，如一轮光芒万丈的太阳，照耀着中国历史文化的天空，那个曾经弃他于泥沟的北宋王朝也因此而绚丽多姿。

柳三变见她如此执着，心里叹道：有红颜知己如此，人生失意之时，还有什么比这更好的抚慰呢！

他负疚地说：“想我柳三变，自幼熟读经史，诗词歌赋文章无一不能，怀一腔济世安邦之心，十九岁便离开家乡与亲人，满以为功名唾手可得。不料，如今已过不惑之年，仍然报国无门，竟任人践踏于泥中，连寸立足之地都不能给你。”

虫娘见他伤感，忙抬手捂住他的嘴，温婉道：“快别说这些！我不求你的荣华富贵，只求你待虫儿真心真意就好。今夜咱们就在这窗前拜月也是一样的。”

三变握住她柔若无骨的手，笑道：“我跟韩大哥说好了，今夜借他碧梧轩的院子拜月乞巧，又清雅，又幽静，岂不好？”

“那好呀！”虫娘满心欢喜，又道，“咱俩人也太清静了些，何不叫上心娘、佳娘、酥娘三个？”

“可这七夕拜月是咱两个的事啊！”柳三变此时还真没有想到其他姑娘。

“那又何妨！”虫娘扬眉笑道，“多一个人多一份热闹，再说了，她们是我的好姐妹，也是你的知己好友，谁能说你不是她们的梦中情人呢？”说罢，撇撇嘴，却掩饰不住眼角眉梢的促狭笑意。

柳三变见她眉目传情的娇俏模样，如何按捺得住？一把搂过她，按倒在床上，边假装恶狠狠地骂说：“你这小妮子，越发尖酸刻薄了。”边朝她柔

嫩的双唇深深地吻去……

黄昏，一阵疏帘雨，轻洒芳尘。原本以为没有月亮的天空，明净如洗，一枚新月，如一叶兰舟，静静地泊在蓝色的天际。

有人说，七夕的黄昏，归林的倦鸟群中，是没有喜鹊的，因为喜鹊都飞到银河上空为牛郎织女搭桥了。

碧梧轩的院子，微风竹影，芭蕉滴翠，梧叶疏疏，香案上三盘新鲜瓜果散发着清新的芳香。

虫娘、心娘、佳娘、酥娘四位绝色女子，各执三炷香，望月遥拜。香烟袅袅中，她们的嘴唇轻轻蠕动，谁也不知道她们是在请求上苍赐予她们心灵手巧，还是赐予她们一条平坦的人生之路。

祈祷完毕，四人把手中燃着的香插进香炉，佳娘拿出备好的特制的扁形七孔针和彩线，分给虫娘、心娘、酥娘，四人对月穿针，向织女乞取巧艺。

见她们虔诚的模样，柳三变忽然想起庾信的《七夕赋》来，不由得轻轻吟诵：

兔月先上，羊灯次安，睹牛星之曜景，视织女之阑干，于是秦娥丽妾，赵艳佳人，窈窕名燕，逶迤姓秦，嫌朝妆之半故，怜晚拭之全新，此时并舍房栊，共往庭中，缕条紧而贯矩，针鼻细而穿空。

——南北朝　庾信《七夕赋》

忽而，虫娘嗔道：“柳大才子，本姑娘光听你读赋了，彩线也未穿进针鼻。”

一向沉稳少言的酥娘浅笑道：“哪里是才子的读赋声惊扰了你，分明是你的心系在柳大才子身上。”

“酥娘说得极是，要不，我们三个如何都穿进去了！”心娘戏谑地帮腔。

虫娘索性丢下针线，笑骂道：“你这两个丫头，岂不知梁简文帝的《七夕穿针》诗里说，‘针欹疑月暗，缕散恨风来’，好心邀你们来乞巧，难道是叫你们来戏弄我的？”

佳娘边收用具，边说：“别闹了，姐妹们，咱们巧也乞了，月也拜了，也别去读古人的诗呀赋的，我们这里有现成的才子词人，何不请他现填一阕应时应景的词来？也不枉了这良辰美景。”

心娘、酥娘拍手叫好，虫娘微笑不语。

一边侍候的侍女忙进屋端来了笔墨纸砚，就摆在香案上，院子里已亮起红灯笼。

柳三变也不推脱，拖了椅子坐在案前，也不见他思索，一阕新词便工整地写在粉笺上。

炎光谢。过暮雨、芳尘轻洒。乍露冷风清庭户爽，天如水，玉钩遥挂。应是星娥嗟久阻，叙旧约、飙轮欲驾。极目处、微云暗度，耿耿银河高泻。

闲雅。须知此景，古今无价。运巧思、穿针楼上女，抬粉面、云鬟相亚。钿合金钗私语处，算谁在、回廊影下。愿天上人间，占得欢娱，年年今夜。

——柳永《二郎神》

随着佳娘的吟诵声，一声喝彩自门外响起，众人回头看时，韩雁飞正倚着院门击掌叫绝。

虫娘迎上前笑道："韩师傅回了！我们扰了你的清净呢！"

"虫娘说哪里话？若不是柳公子，我如何请得动几位佳人来碧梧轩？哪里还嫌你们吵闹！"韩雁飞笑容可掬。

柳三变问："韩大哥，你不是说酒宴要到很晚么？如何这会子就回了？"

韩雁飞附在三变耳边小声道："有才子佳人相会于我的碧梧轩，我哪有心思在外面喝酒？你这位有旷世之才华，她几位秉绝代之容貌，聚在一起，岂无惊世之佳作？果然，刚至院门，恰逢佳娘正读你的新词。"说罢哈哈大笑。

佳娘疑惑地问："韩师傅说什么悄悄话呢？又笑得如此畅快。"

韩雁飞忙道："不干你们的事，我跟柳公子开玩笑呢！"

又听他吩咐侍女："快整一桌酒菜果品来，把琴也搬到院里来！"

侍女忙不迭地去了。

那枚新月已悄悄地挂在梧桐树梢，夜风飘忽，清凉如水，芭蕉隐隐，翠竹萧萧。

"如此良辰美景，岂可无曲？"韩雁飞原是极风雅之人，所谱之曲又快又好，他拿起词稿，用笔圈圈点点的，便递给虫娘。

虫娘看了，把词稿递给心娘，灿然笑道："今夜就由心娘操琴，佳娘唱曲，酥娘伴舞，可好？"

柳三变拍手笑道："如此安排甚好，你过来坐在我身边。"

虫娘过去，小鸟依人般挨着柳三变坐下。

心娘款款行来，端坐于琴侧，佳娘与酥娘与她共读曲谱，片刻后，只见心娘玉指拂弦，泠泠清音如玉坠银盘；佳娘莺喉乍放，歌声随琴声婉转而起："炎光谢。过暮雨、芳尘轻洒。"

酥娘则如一只翩然于花丛的彩蝶，踏着节拍，流转的水袖似要舞动一天的云霞。

曲终舞罢，三人围坐桌边，酥娘娇喘吁吁，香汗淋淋。

虫娘打趣道："酥娘辛苦！酥娘为情郎尽情而舞，虫儿亲自为你奉茶！"说着，便倒了一盏茶双手捧给酥娘。

酥娘笑骂道："好个刁钻的虫儿！今夜你是主人，该是你操琴唱曲给我们听的，我们三个侍候了你，反过来你却打趣于我，看我不撕烂你的嘴。"两人笑着扭到一处。

韩雁飞拿起词稿，若有所思："自古写七夕的诗、词、赋，其语气、情调无一不伤感悲愁。柳公子这阕七夕词，一反常态，用清新、明丽的语句把天上牛郎织女相会的传说，与人间李隆基杨玉环生离死别的故事，融合成一个纯真浪漫、亦真亦幻的境界，若是传唱出去，会引起多少痴男怨女对美好真情的向往！"

柳三变见他一本正经，不禁问道："真有你说的那样好么？"

"你这阕词，岂是一个'好'字能评价的！"韩雁飞极认真的神态，不由人否定。他接着道，"上片写得清爽细腻，下片则闲静幽雅。你看，各家于庭户望月乞巧，悠闲的情趣中自有不同寻常的含意，你似乎在提醒人们，要珍惜佳期，珍惜伴侣。以'愿天上人间，占得欢娱，年年今夜'结尾，是在祝愿天下有情人都过着美满的日子，可见公子的胸怀，是多么热诚而广阔！"

佳娘啊的一声："韩师傅这一解说，再细细品读，还真是这么回事呢！"转而又神情落寞地说："这世间，除了柳公子，怕是再也没有哪个男人同情我们这些青楼女子了，更不要说祝福。"

众人原本愉快的心情，被她几句话说得情绪低落。

倚在柳三变身上的虫娘，抬眉望向夜空，失声道："呀，月亮不见了。"

大家这才觉得有些凉意，夜深了，月亮躲进了云层。

"话越说越多，心越说越伤感。天下没有不散的筵席，我们也散了，各自回去罢。"虫娘起身说道。

柳三变轻轻唤道："虫儿，你跟她们先回去，我有点事要向韩大哥请教，一会儿就来。”

虫娘颇为疑惑，仍点头应允。

柳三变跟韩雁飞至书房坐定，侍女重新沏茶送来。

刚才还是神情愉悦的柳三变，此刻却是一脸悲戚，双目忧郁。韩雁飞心里暗惊，忙问：“柳公子怎么了？哪里不舒服么？”

柳三变摆摆手，望向漆黑的窗外，像是难以启齿地说：“韩大哥，我要走了。”

“要走了？你要去哪里？”韩雁飞有点摸不着头脑。

“想我自十九岁离开家乡崇安，到如今已过不惑之年，仍然功不成，名不就。也无颜回故土，还是去江南罢。”柳三变仍然望着窗外，似乎他能看见黑暗的院子里，那株芭蕉正在夜风中摇着翠绿的叶。

“刚才还好好的填词唱曲儿，怎么又要离开东京？那虫娘呢？虫娘也跟你走？”韩雁飞吃惊地站起来。

“虫娘跟着我只会受苦，我是独自离开。”

“她知道你要走么？”

“不知道。”

“打算几时动身？愚兄也好送你一程。”韩雁飞很是伤感，看情形，他知道留不住柳三变。对柳三变来说，东京城实在是伤心之地，三次科考，三次落第。第四次高中榜首，临轩放榜时，竟被皇帝朱笔抹杀，并朱批“且去浅斟低唱，何要浮名”。今生与仕途怕是再也无缘了。

紫烟阁少了柳三变，日子仍然会过。东京城少了柳三变，汴河水依然流淌。只是他柳三变要离开这伤心之地，越远越好。

“送君千里，终须一别，不如不送。”柳三变语气寂寥，“这几日就去叔父府上看看儿子柳涚，或三五天，或十天半月后起程。”

一场大雨过后，汴河两岸的杨柳不再葱茏，枝头的蝉叫得声嘶力竭，却了无生气，秋日的午后竟如此凄清。

柳三变背了简单的行李，孑孓地走在去河边码头的路上，向西的日头拉长了他的身影，说不出有几分仓皇，几分悲凉。

昨日跟船家约好今天未时初起航，为避开虫娘，也为儿子柳涚，柳三变这些日子都在柳府，夜间跟柳青挤在一处，白天跟柳涚玩儿。

真是父子天性，仅仅几天的相处，儿子对他竟依依不舍，赖在他怀里不

要奶妈。更奇的是，今儿柳涚似乎知道父亲要离开他，在他怀里哭得鼻涕眼泪沾满他的衣襟，他也不由得鼻子酸楚。只到哄着睡着了，才匆忙背了包袱出来。

到码头不见船家的人影，以为来迟了，船已开走，望着滔滔奔流的汴河水，正惶恐无计，却有人抢过他肩上的包袱，拉了他的手就走。

情急之下定神一看，原来是韩雁飞。

韩雁飞拉他进了河边古柳树下送客的长亭。

柳三变这才看清，长亭里的石桌上，已摆好酒菜，虫娘、佳娘、心娘、酥娘都在，还有那船家竟然也坐在一边的石凳上。

他走近虫娘，欲言又止，虫娘早已泪流满面，见他近来，扭头望向清澈的河水，给他一个抽泣的瘦弱的背脊。

枝头的蝉儿凄切地叫着，送别的酒樽已经斟满，离别的情绪竟无语表达。柳三变轻轻扳过虫娘的双肩，抹去她脸上的泪水，他能说什么？他是说，虫虫你跟我走，我会给你所有。还是说，虫虫你等着我，我会回来的，回来后，我与你好好过日子。

他什么也没有说，因为他不知道自己的归宿将在何处。这世间，他所牵挂的，除了儿子柳涚，就是虫虫了。婶婶虽然不待见他，对柳涚却如同亲孙子一般，这或许是因为她的儿子没有生孙子的缘故。

韩雁飞举起酒樽，想说点什么，见他与虫娘痴痴相对，一时竟不能言语，佳娘、心娘、酥娘也低眉垂首，默默无言。

如果时光就此停顿、静止成永恒，那该多好！世上就没有了生离死别，没有了爱恨情仇。

但若没有了春的料峭、夏的酷热、秋的萧索、冬的寒彻，也就没有了花开的喜悦、花谢的烦恼，如此完美的人生，又有何意趣！

船家见这伙人颇为奇特，不说送别的话，不喝送行的酒，只管你看我，我盯着你，泪水涟涟的。他半天也不吱声，及见天上那轮苍白的太阳慢慢向西滑去，又听船上其他旅客隐隐的呼唤，到底按捺不住，轻声问柳三变："柳公子，你今天是走？还是留？船上的旅客都等急了呢！"

柳三变骤然一惊，留？这里哪还能容得下我柳三变！

"船家，我要走啊！"

"千里搭长棚，没有不散的筵席。要走就趁早，水路可不比旱路，这时节，天也黑得早。”船家提高了嗓音，在石凳上磕了磕烟灰。

柳三变松开握着虫娘的手，取过墙孔上的笔墨纸砚，推开石桌上的酒盏果碟，就着未曾干涸的墨汁，在渐起的西风中，在凄切的蝉声里，写下了那阕传唱千古的绝世名篇《雨霖铃》。

他把墨迹未干的词稿双手捧给虫娘，抓起包袱，头也不回地向河边奔去。

载着柳三变的船，扬帆起航。

清寒的河风中，飘来女子如诉如泣的歌声，伫立船头的柳三变凝神听去，正是自己方才填的词：

寒蝉凄切，对长亭晚，骤雨初歇。都门帐饮无绪，留恋处，兰舟催发。执手相看泪眼，竟无语凝噎。念去去，千里烟波，暮霭沉沉楚天阔。

多情自古伤离别，更那堪冷落清秋节！今宵酒醒何处？杨柳岸、晓风残月。此去经年，应是良辰好景虚设。便纵有千种风情，更与何人说！

——柳永《雨霖铃》

第二十四章　四顾茫茫　风烟萧索在何处

虹收残雨。蝉嘶败柳长堤暮。背都门、动消黯，西风片帆轻举。愁睹。泛画鹢翩翩，灵鼍隐隐下前浦。忍回首、佳人渐远，想高城、隔烟树。

几许。秦楼永昼，谢阁连宵奇遇。算赠笑千金，酬歌百琲，尽成轻负。南顾。念吴邦越国，风烟萧索在何处。独自个、千山万水，指天涯去。

——柳永《引驾行》

柳三变凄凄惶惶地离开东京，怀着一颗落寞却深深牵挂着虫娘的心，随着船儿日夜颠簸在水面上。别了虫娘，他感觉把心留给了她，自己就如一只空壳，在船上随众人吃了睡，睡了吃，晨昏颠倒，南北不分。

漂泊在云水之间的柳三变哪里知道，离开汴梁那日，在送别的长亭上随手挥就的《雨霖铃》，一夜之间竟唱遍京城内外。

这阕尽写离愁别绪的词传到宫中，仁宗皇帝爱不释手，但他从不在众大臣面前显露出来，只在跟宠爱的妃子一起用膳时，必令侍女弹唱此曲。

无独有偶，邢州开元寺的法明和尚，跟仁宗皇帝一样，酷爱柳七词。

法明是个不守清规戒律的和尚，嗜酒如命，逢酒必喝，每喝必醉，醉后必唱柳七词。

开元寺的住持不约束他，也不责罚他，听其自然，实在是一个大修为。

人的一生就是一个修行的过程，人的修行，贵在修心，以不动之心应对尘世诸多诱惑与障碍。酒也好，色也罢，该提起时提起，该放下时放下，这个过程，是一个在心里不断完善、不断精进的过程，最终圆满。

法明和尚在他的空门生涯里，一直遵循着自己的观点，十几年如一日，他能记住柳三变所有的慢词小令，也能唱出柳三变所有的长词慢调。

这日，法明和尚自知要去西方极乐世界，清晨打坐过后，用清水沐浴，换一身干净的遮障衣，来到同门做课的殿堂，极庄重地对住持和师兄弟们说："我就要去往西方极乐世界了，无牵无挂无所求，唯有一句话要留下。"

住持和同门师兄弟都非常惊讶，忍不住围在他身边，听他要留下一句什么话。

法明说：“我平生醉里癫蹶，醉里却有分别。今宵酒醒何处？杨柳岸、晓风残月。”说罢，两腿交叠，端坐而逝。

修行的人，在禅理面前，有的一瞬间就悟了，有的终其一生也悟不透。法明或许就在柳三变“今宵酒醒何处，杨柳岸、晓风残月”中悟化而圆满了，谁能说得准呢！

柳三变躺在舱内随着船身晃悠。

虽是秋天，船舱内却沉闷燥热，一阵雨后，空气清新湿润了许多。柳三变钻出船舱，在船尾负手而立，看着慢慢隐去的汴京城，看着滔滔不绝的汴河水与岸边杨柳，想起与虫虫的相遇相识相知，那些快乐温馨的时光，就如这船下的流水，一去不复返。

还有云桑、梅语，还有楚楚、玉英，这些美貌聪慧善良的女子，上苍把她们送到他身边，他是幸运的。

不幸的是，他只能给她们短暂的安慰，不能给她们永恒。如今，唯有虫娘是他心里最深的牵挂，这一别，相见无期。

如果他知道从宫廷到民间，从仁宗皇帝到和尚道士，都如此热爱他的词曲，他是该欣慰？还是该悲哀？

胡思乱想之时，忽听得船家的声音自背后响起:“柳公子进舱吧，岸边有雾，树林一片朦胧，离京城已经很远了。”

柳三变正欲回答，又听船家惊叫道：“天上竟有两条彩虹！”

舱里的人听了，纷纷出来，其中有人道:“古人云:‘虹双出，色鲜盛者为雄，雄为虹；暗者为雌，雌为睨。’此时天上的便是古人所说的雄睨了。”

一阵秋风从水面掠过，清凉劲爽，一扫沉闷燥热之气，另一人笑道：“天上有雄睨，人间有雄风，真用天造地设。”

有人问：“秋风肃飒，草木摇落。先生何故说是雄风？”

那人笑道：“宋玉《风赋》上说:‘故其清凉雄风，则飘举升降，乘凌高城，入于深宫。’如今这清凉之风，亦可称之为雄风。”

问者面露未置可否的神色，嘴上却道：“原来如此！”

柳三变沮丧地想，宋玉，人称悲秋之祖，可他哪里能体会得到我此时心里的悲凉！在这雨后风凄、衰柳寒蝉的暮色里，离别繁华的帝都，离别相亲

相爱的佳人，孤独地漂泊在云水之间。茫茫天地，何处是我安身立命之所？芸芸众生，谁能解我内心的苦衷？那风光旖旎的江南，又会有谁在等着我？

悲怆之余，柳三变返身入舱，拿出笔墨纸砚，在船尾舀水磨墨，就着渐渐暗淡的天光，书写心间的郁闷。

虹收残雨。蝉嘶败柳长堤暮。背都门、动消黯，西风片帆轻举。愁睹。泛画鹢翩翩，灵鼍隐隐下前浦。忍回首、佳人渐远，想高城、隔烟树。

几许。秦楼永昼，谢阁连宵奇遇。算赠笑千金，酬歌百琲，尽成轻负。南顾。念吴邦越国，风烟萧索在何处。独自个、千山万水，指天涯去。

——柳永《引驾行》

一路漂泊劳顿，船终于抵达扬州。

柳三变离船上岸，漫步扬州街头，十六年了，玉英姐姐还在红袖招么？还是那般清雅脱俗，惹人爱怜？想到谢玉英，眼前的一切竟如此的亲切而美好。

他找家客栈安顿下来，便直奔红袖招。

瘦西湖边的红袖招已改换门庭，他茫然地从街头问到街尾，竟无人知晓红袖招曾经有个红遍扬州城的歌女谢玉英，更无人知晓她的下落。

柳三变来到瘦西湖边，当年遇到谢玉英时，谢玉英带着侍女，正坐在湖边石上吹箫。那块巨大的太湖石还在，只是物是人非。

他不甘心，几天来，跑遍了整个扬州城，没有找到谢玉英，也没有遇到一个旧时的朋友。

拖着疲惫的双腿回到住处，他不再感觉得到扬州城的亲切与秀丽。对于他这个落拓江湖的才子来说，这座美丽的江南古城，显得太陌生、太冷漠。

寂寞中的柳三变，除了重操旧业，还能做什么呢？逛歌楼茶馆，出入花街柳巷，填词谱曲，喝酒、听歌、观舞。很快，柳三变的词与他的名字，又在扬州城响起。这就是他想要的结果？不是！他沉醉在灯红酒绿、罗绮丛中，依旧感觉自己是这个繁华昌盛的北宋王朝中最孤独最寂寞的人。

这日，柳三变来到翠烟楼。翠烟楼的姑娘早就知道柳三变的大名，柳三变一进门，便被姑娘们簇拥着来到一间雅室，尚未落座，姑娘们就七嘴八舌的要新词。柳三变微笑不语，其中一个叫霞衣的绝色女子说：“姐妹们既要柳公子的新词，我来做个东道，先置一桌酒席款待柳公子。若你们每人得了新词，各自再付酬金，姐妹们认为如何？”

姑娘们莺声燕语地回答：“好啊！”

众佳丽正等着柳三变填词，一位中年男子分开围在一堆的姑娘们，施礼问道：“请问先生可是来自东京汴梁的‘奉旨填词柳三变’么？”

见他说出这个名号，柳三变不由笑了：“在下正是柳三变，请问阁下有何指教？”

中年男子肃然起敬：“在下来自汴梁，受人之托，给柳先生捎一封书信。在下来扬州城找先生几天了，今天总算是找到了。”言语之间，有几分释然，说罢，从怀里掏出一封信双手递给柳三变。

柳三变见他郑重其事的，疑惑地伸双手接过，笑道：“这位兄台居然能在偌大的扬州城里找到我，也算是奇事一桩。”

那人憨厚地笑道：“带信人再三嘱咐，唯有在歌楼酒馆，才能找到柳先生。”

柳三变听了，不但不怪，反而爽朗地笑道：“看来此人还真是我的知己啊！我倒要看看他信里都说了些什么。”

原来写信人是东京城西街万花楼的姑娘瑶卿。

瑶卿在信中诉说，自柳三变离开京城后，京都的歌楼酒馆少了他的新词，也似少了往日的热闹。她少了几分欢乐与缱绻，却多了几分纠葛与牵挂。长长的书信后面附一首极尽怀念的小诗。

柳三变读着瑶卿流水清灵的韵致，闻着沉香暗转的墨香，仿佛看见瑶卿正倚在红格子轩窗前，挥动翠玉般的毛笔给自己写信。此时，柳三变犹如咀嚼一枚清甜而微苦的莲子，温润而苦涩的热泪，从心底涌出，洒落信笺。

围在他身边的姑娘们愕然地看着他，不得言语。那送信的中年男子不禁说道：“世人都说柳三变高才而滥情，而我看却非如此。像你这般恃才傲物、多情而又深情的男人，实在是少之又少。那些有钱、有才、有势的男人，哪一个不把青楼女子当作消遣的玩物？哪一个不把她们视为草芥一般？唯有柳公子，愿意为她们填词谱曲，写出她们承着血泪的辛酸与欢乐。难怪瑶卿与姑娘们一再叮嘱，千万要把书信交到公子手上。”说毕，对柳三变躬身施礼，转身离去。

柳三变抹干眼泪，小心地把书信折叠起来，放进随身佩带的锦囊里，见众姑娘痴痴地看着他，展颜一笑：“你们不是要新词么？今日就以瑶卿的书信为题，为你们填一阕如何？”

不等众人回答，顺手拿起早已备好的湖笔，在雪白的纸上随意挥洒，一阕《凤衔杯》便呈现在大家面前。霞衣捧起词稿，轻轻吟诵：

有美瑶卿能染翰。千里寄、小诗长简。想初襞苔笺，旋挥翠管红窗畔。渐玉箸、银钩满。

锦囊收，犀轴卷。常珍重、小斋吟玩。更宝若珠玑，置之怀袖时时看。似频见、千娇面。

——柳永《凤衔杯》

一名年龄尚小的侍女走近霞衣，轻声道："霞姑娘，按你的吩咐，菜已备好，不知姑娘想用哪种酒？"

霞衣似乎还沉浸在词的意境中，似乎看见瑶卿千娇百媚的容颜，看见她深情缱绻的眼眸。抬头见侍女正疑惑地看着她，忙道："既是菜已做好，那就上菜吧。酒呢，还是用咱扬州的曹蒲酒吧！"

一会儿，酒菜上齐，霞衣招呼众姐妹好好侍候柳公子，自己则走至琴台，伴着玉炉里的袅袅碧烟，自弹自唱起来。

"有酒无诗不雅，有歌无舞不热闹。柳公子，喝了小女子这盏酒，你再挥挥笔，多填几阕词来，以雅兴如何？"一个叫青鸾的女子举杯含笑而言。

旁边有人应道："霞姑娘自弹自唱，柳公子填词，青鸾姑娘舞一曲，岂不是三全其美！"

话音未落，众人便鼓起掌来。

青鸾落落大方地走至堂中央，随着霞衣的琴声歌声翩然起舞。

柳三变已有几分醉意，只觉得眼前衣香丽影，歌舞怡情，可哪个是他可心的虫虫，哪个是会写诗的瑶卿？我为什么跑到这个陌生的地方来，我为什么不陪在爱人身边？虽说吴山越水风光旖旎，虽说江南女子柔美纤秀，可他的爱人不在这里，他对她们刻骨的相思，让他无暇欣赏山水之美，无暇享受管弦之乐。

他抓起笔，便有人即刻在他面前铺好了白纸，也不见他思索，也不见他拧眉，唯见他握笔的手在纸上，刷刷的几行，又一阕《凤衔杯》已写成。

追悔当初孤深愿。经年价、两成幽怨。任越水吴山，似屏如障堪游玩。

奈独自、慵抬眼。

赏烟花，听弦管。图欢笑、转加肠断。更时展丹青，强拈书信频频看。又争似、亲相见。

——柳永《凤衔杯》

掷了笔，换大盏喝酒。

歌罢琴杳，霞衣走至他身边，用小酒盅换下他的大盏，温婉笑道：“一醉解千愁，是人在无奈之时的自我安慰，岂不知醉中更尽愁滋味！你若这般的狂喝烂饮，既伤心，也伤身，若真的病倒了，岂不是辜负了远方佳人对你的牵挂！”

霞衣说得入情入理，柳三变听了频频点头。

“世间最难挨的莫过于亲人远离的日子，最痛苦的莫过于对情人的相思。你想想，她们想念你的心情，亦如你想念她们一般。如此，你也得为她们保重自己才是。”霞衣举起酒杯，款款而言，“风月场中，似你这般情深义重的男人，真是少之又少。霞衣敬重公子的为人，先干了这杯！”

柳三变也扬脖喝了一盅，心里暗暗叹道：好聪慧、好善解人意的女子！上苍真是不公，竟把这般蕙质兰心的女子遗落在风尘的淤泥之中，我这个落魄之人，与她们又何尝不是“同是天涯沦落人”！

他痴痴望着霞衣，依稀仿佛，虫虫正娥眉轻锁，浅吟低唱，他忘情地对霞衣说：“霞衣姑娘说得好啊！我何不把她们想念我的心声写出来？若你们把词唱遍扬州，传到汴梁，她们不都知道我活得很好，过得很好了？自然就少了对我的牵挂！”

霞衣舒眉浅笑：“正是这个道理。”

柳三变这次也不用笔，端起酒盅笑对霞衣：“这次请姑娘执笔可好？”

霞衣嫣然含笑，欣然从命。

柳三变用一只筷子敲打着盘子吟道：

淡黄衫子郁金裙，长忆个人人。文谈闲雅，歌喉清丽，举措好精神。当初为倚深深宠，无个事、爱娇嗔。想得别来，旧家模样，只是翠蛾颦。

——柳永《少年游》

曲终人散，柳三变不想回到冷清的客栈，他径直来到瘦西湖畔，渐起的寒风，吹拂得他的心绪如同他的衣衫一样灰白。

他是来告别的，向妩媚纤秀的瘦西湖告别，向玉英曾经坐过的太湖石告别，他要离开扬州，扬州跟汴梁一样，是块伤心地。

柳三变苦涩的眼泪，洒落在清澈的瘦西湖。

又一个三分桃红、七分柳绿的春天，柳三变再度来到杭州。

西湖的春天是秀丽多姿的，诗人的春天是敏感而多愁的。

楚楚不知去向，汴京的瑶卿再也没有言辞优美的书信寄来。柳三变徘徊在烟雨蒙蒙的湖畔，那份心底的苍凉，随同心底的叹息，在西湖上空恣意飞扬。他来到断桥边，断桥仍在，佳人何往？烟柳依依，那传说中的许仙呢？是否正怀抱那一只惹事的雨伞，也如你这般愁肠百结？

那年的春天，也如今天一般烟雨空蒙，花木扶疏的楼台院落，芭蕉骤雨，丁香凝结，虽是春愁难解，却有美人在侧。能读透你心灵的楚楚，巧笑嫣然，低眉抚琴，一曲《望海潮》惊艳了江南江北，换得了你紫陌红尘中的一世情愫。

流光易散催人老，那清风明月里的诗情画意，早已湮没在岁月的风霜里。纵是随风穿越时空，也找不回那曾经的过往，找不回佳人如花的容颜，找不回那一段缠绵悱恻的爱恋。

西湖的杏花微雨轻盈空灵，湿了他的头发，湿了他的衣袂，也湿了他的心情。他手中的湖笔，随风飘洒，花香流转之时，那阕《两同心》竟如此黯然神伤。

伫立东风，断魂南国。花光媚、春醉琼楼，蟾彩迥、夜游香陌。忆当时、酒恋花迷，役损词客。

别有眼长腰搦。痛怜深惜。鸳会阻、夕雨凄飞，锦书断、暮云凝碧。想别来，好景良时，也应相忆。

——柳永《两同心》

江南秀丽的风光抹不去他心头的苦寂与悲愁，疲惫的心灵不适合继续流浪，可他能去哪里？哪里才是他停舟靠岸的港湾？

回东京汴梁！那里有虫虫，有瑶卿，有佳娘，有他柳三变的诸多红颜知己，还有他的儿子柳涚。对了，柳涚，一晃八九年过去了，你已经长成了青涩的少年郎了罢！

荒村野店，柳三变在睡梦中被邻家的鸡鸣惊醒，匆匆起床，收拾简单的行李，策马独行。也不知走了多久，东方天际才现鱼肚白，朦胧的晨光中，路边的衰草在淡烟薄雾里更见萧索。寂静的旷野，马蹄声声，铃儿叮当，惊得栖息在枫林中的鸟儿扑棱棱地四下飞逃。山坳里破败的村落，孤零零的，似被人间遗忘。

柳三变心底悲凉陡起，他正当壮年，正是施展才华的大好年龄，却在天涯漂泊中孤寂地度过，这种如断梗漂萍般的日子何时是了？奔波一天，日头西下，渐起的暮色沉重地笼罩着他孤寂的心，似这般凄凉漫长的古道何时是尽头？还不如趁早返回东京，与心爱的人儿同疾苦、共欢笑。

此时此景，他三分忧思，七分疾苦又向谁诉说？心里一曲《轮台子》唯有唱给伴他一路风霜的马儿听。

一枕清宵好梦，可惜被、邻鸡唤觉。匆匆策马登途，满目淡烟衰草。前驱风触鸣珂，过霜林、渐觉惊栖鸟。冒征尘远况，自古凄凉长安道。行行又历孤村，楚天阔、望中未晓。

念劳生，惜芳年壮岁，离多欢少。叹断梗难停，暮云渐杳。但黯黯魂消，寸肠凭谁表。恁驱驱、何时是了。又争似、却返瑶京，重买千金笑。

——柳永《轮台子》

仁宗天圣八年（1030年），一路风尘，一身疲惫的柳三变回到了阔别已久的东京汴梁。这一年，欧阳修与张先同时进士及第。

柳三变鞍马未息，征尘未洗，来到紫烟阁。

紫烟阁看门的汉子哪能让一个尘满面、鬓如霜的穷鬼进门！他只有自报家门，说自己叫柳三变，要找虫娘。

其中一个年长的汉子听了柳三变的名头，走近来眯着眼睛打量他半天，仿佛依稀认出才子当年的风流模样，点头道：“看你确是当年那个奉旨填词的柳三变，只是你要找的虫娘早已不在人世了。”

柳三变不知是因为马上要见到虫娘而高兴过了头，还是一路风霜雨雪累晕了头，有点奇怪地问：“虫娘不在人世？她去了哪里？”

旁边一年轻人哂的一笑：“不在人世就是死了，就是去了阴曹地府，难

道还能上天堂不成！”

柳三变一个踉跄，差点栽倒，他忙扶了墙壁站稳身子，揉了揉冒着金星的眼睛，半天才问：“还有佳娘、心娘、酥娘呢？”

年长者叹息道：“紫烟阁当年四位当家花魁，就剩下佳娘了，佳娘也年老色衰了啊！”

“大哥，麻烦你进去告诉佳娘，就说柳三变回来了。”柳三变有气无力地恳求。

佳娘带柳三变来到荒郊野外的坟地，虫娘的坟头已是碧草萋萋。佳娘面无表情地说：“今天我尚且知道虫姐姐躺在这儿，明天，若我死了，恐怕就无人知道我的尸骨在何处了。不过那样也好，我们姐妹草芥一样贱的命，死，才是最干净最好的归宿，荒冢一堆，一了百了，强过被人糟蹋。”她从怀里掏出一本册子递给柳三变，“这是虫姐姐托我交给你的，里面收录了你所有的词。”

柳三变扑倒在虫娘的坟头，像狼一样嚎叫。他的手指在坟土里抠出鲜血，他的热泪湮湿了冰冷的坟土。他的指尖似乎还残留着虫虫的温柔、虫虫的爱恋与不舍。虫虫在他心底的停驻，是他对这个世界的深深依恋。

历尽苦难，他依然未曾看破红尘中的尘缘因果。

他哭诉着：虫虫，与你相依相偎的那些夜晚，月色朦胧，晚风拂面，谁料想，彩云易散，琉璃易脆，望穿泪眼，再也看不见那如花的容颜。即使你魂归天堂，我与你再也无法知道彼此的音信。

那份失落的痛如同一柄利刃，在柳三变柔软的心头划出一道道深深的痕。血流尽，泪风干，柳三变的号叫变成了哀叹：虫虫，你走了，我将何处去？这曾经的温柔富贵乡，我却留不得啊、留不得……

留不得。光阴催促，奈芳兰歇，好花谢，惟顷刻，彩云易散琉璃脆，验前事端的。

风月夜，几处前踪旧迹。忍思忆。这回望断，永作终天隔。向仙岛，归冥路，两无消息。

——柳永《秋蕊香引》

第二十五章　五十而仕　为伊消得人憔悴

伫倚危楼风细细，望极春愁，黯黯生天际。草色烟光残照里，无言谁会凭阑意。

拟把疏狂图一醉，对酒当歌，强乐还无味。衣带渐宽终不悔，为伊消得人憔悴。

——柳永《蝶恋花》

就在柳三变洒泪告别佳娘，怀揣虫娘抄录的词集，再次离开这座烟柳繁华地、温柔富贵乡的帝都，凄凄惶惶踏上孤独、渺茫的征途时，京城内外却传扬着仁宗皇帝一段惜才爱才、成人之美的佳话。

翰林学士宋祁，与其兄宋效（后改名为宋庠），于天圣二年（1024年）同时科考。宋祁本是殿试时的状元，宋庠为探花，但太后刘娥认为，弟不可以在兄长之前，便将宋庠定为状元，而置宋祁为第十名。世人称誉兄弟俩为“双状元”，分别称为“大宋”“小宋”。

一日，下朝回家的宋祁正走在午朝门外的甬道上，几乘华丽的轿子迎面而来，宋祁一看就知道这是后宫嫔妃乘坐的轿子，便侧身立在一边，恭身低头让轿子通过，忽听得轿内有人轻声叹息道：“这就是才子小宋呀！”

轿里人的娇声软语，让宋祁的心为之一颤，可他知道，作为臣子，皇上的嫔妃他是不能随便看的，更不敢有非分之想。然而，轿内美人一声温柔的轻唤，让他心驰神往，陶醉不已。陶醉之余，又惆怅万分，便顺口吟道：

画毂雕鞍狭路逢，一声肠断绣帘中。身无彩凤双飞翼，心有灵犀一点通。金作屋，玉为栊，车如流水马如龙。刘郎已恨蓬山远，更隔蓬山一万重！

——宋祁《鹧鸪天》

这首《鹧鸪天》很快便流传开来，宋仁宗自然知道词的上下片，共引用

了唐代诗人李商隐的四句名句，“身无彩凤双飞翼，心有灵犀一点通”与“刘郎已恨蓬山远，更隔蓬山一万重”。而那句“车如流水马如龙”则是南唐后主李煜《望江南》里的句子。

宋祁把一腔缠绵悱恻而又极其忧伤的情感，借用古人的诗句表达得淋漓尽致，宋仁宗不但不责怪，反而觉得他把前人的诗句引用得非常巧妙，也非常欣赏他这种婉转而惆怅的情怀。

一天早朝后，仁宗皇帝吩咐宋祁在殿外候旨，自己则到后宫招集那天坐轿外出的嫔妃宫女，问：“那天的轿子里，是谁轻呼‘小宋’？”

内中一女子吓得花容失色，忙跪地叩首道：“启禀皇上，是臣妾呼的‘小宋’。臣妾有罪！臣妾该死！”她伏在地上抖成一团，不知皇上如何处罚。

仁宗皇帝让内侍召宋祁进殿，宋祁正忧心忡忡，不知留下他一人有何事，俗话说：伴君如伴虎，一不小心这项上脑袋就会搬家。

待他进殿来看一女子伏在地上，脑袋嗡的一下，不知所措。谁知仁宗皇帝和颜悦色地说起他那首《鹧鸪天》，集前人的名句而成，实乃好词。

宋祁正担心此事惹祸端，听仁宗此时特别说起，吓得魂不附体，跪在地上连连叩头，请皇上饶恕他的冒昧与冲撞。

仁宗却笑道：“呵呵，爱卿请起，爱卿词中借用义山诗句‘刘郎已恨蓬山远，更隔蓬山一万重’。其实，蓬山也不远嘛！就在眼前啊！”说罢，吩咐宫娥扶起伏在地上的嫔妃。

那女子脸色苍白，冷汗涔涔，正不知所措，却听仁宗笑道：“爱卿，朕把她赐给你，你可要好好珍惜啊！”

就在宋祁搂着皇上恩赐的美人儿沉醉在温柔乡里的时候，柳三变孑孓独行，风一程，雨一程，一路悲哀一路孤寂地欣赏着沿途的风光。

这日，他漫无目的地登上江边的一座亭子，举目四顾，天地苍茫，大江正浩浩荡荡、义无反顾地向东奔流。

蓦然，他觉得他的青春、他的壮年，他少年时的抱负，青年时的宏愿，还有云桑、梅语、虫虫，都如同江水一般，一去不回头。顿时，不禁悲从中来，泪雨纷飞。

正哭得痛快，一老者的声音自耳边响起：“先生何故在此伤悲？”

柳三变睁着泪眼，见一老者与一个十五六岁的少女，背了鱼篓，正步入亭中，疑惑地看着自己。他忙用衣袖擦干眼泪，难为情地说：“老人家，我看这江水一去不回头，一时悲从中来。”

“那你一定是读书人了，读书人懂得时光易逝，容颜易老，就更应珍惜光阴，而不是在这里望江兴叹，对江水流泪。”老者解下鱼篓，坐在石桌边。

柳三变拱手施礼，诚恳地说：“老人家说得是！”

“见你文质彬彬的，一定是个秀才。我便是那江边渔村的渔夫，这是我孙女儿落霞。”老人边说边从腰间摘下烟袋，打火石却打不出火来。

少女笑道：“爷爷，你就别抽了，抽了又咳嗽不止。”

老人叹道：“想抽也点不着，不抽也罢。”又看亭外天色，“雨也停了，咱回家吧！”柳三变这才知道下过雨。

老人又看看柳三变：“先生不是本地人吧？”

“在下崇安人氏，姓柳，名三变，自东京来，路过此地。”柳三变说话温文尔雅。

“读书人都很喜欢我们这里的江上风光，先生何不随老朽一道回村，在寒舍稍住几日？”老人真诚邀请。

柳三变心想，非亲非故的，如何去得？便推辞道：“无故打扰老伯，三变于心不安。”

“江野村庄，虽无京城的繁华，风光却自然淳朴；虽无美味珍馐，村酿浊酒，小鱼小虾，亦别有一番水村风味。先生就当是在旅途中歇一程吧！”老人言辞恳切，落霞虽不出声，也是满眼的期待。

柳三变见老人真诚相邀，自己也正不知何处去，便随他们来到江边，上了老人的小船。

老人操起长篙轻轻一点，船便离了岸，落霞坐在船尾摇橹，小船如一片树叶顺江而下。

三人弃舟上岸时，已是夕阳西下，晚霞满天，码头上的渔船三三两两归来，小村的上空炊烟袅袅。

落霞把船舱里的鱼虾收拾妥了，背起鱼篓对老人说：“爷爷，你陪柳先生到村前村后转转，顺便打壶酒，我回家做饭。”

老人笑呵呵道：“好啊！听我孙女儿的。”回头对柳三变说，“我这孙女儿可能干了，又孝顺。唉！可怜爹妈死得早，跟着我老头子没过一天好日子。”

柳三变不知如何安慰老人，老人又道：“如今已经定亲了，是邻村的小伙子。嘿！看我老头子，嘴碎，絮絮叨叨的。”

“老伯，我离家很久了，听你老人家说话很亲切。”柳三变想起了崇安的家，想起慈祥的母亲，还有云桑、梅雨，还有柳笛、柳蝉。隔着时空，隔着天涯，他觉得他们都还在，还在鹅仔峰下的五夫里村的那幢宅子里，门前那条梅英河依然清澈，依然流淌不息，那几株老梅树，依然虬龙盘曲，傲立寒风。

老人指着村子西边道：“你一直朝前走，那儿有座望江楼，我知道年轻人不喜欢老人嘴碎，我去沽酒，就不叨扰你了。村子不大，我家好找，就在村东头的老榕树下。”

说罢，老人也不等柳三变回答，径自去了。

柳三变登上老人说的望江楼。

这座楼虽有些破败，却也稳固地屹立于长江之滨，举目望去，经过一番风吹雨洗的江天，显得更加空旷而明净，苍烟夕照，浪潮起落，霜风一阵紧似一阵，天地间一片冷清萧条，唯有江水无情地滚滚东流。

在他乡异地，看这辽阔寂静的江天，柳三变一时竟不知自己身在何处，要去往何方，他悲戚地望着故乡的方向，幻想着亲人都健在，都在家乡祈盼着他的归来。

他落寞地收回目光，见墙上写有许多字，细细看去，竟都是游人抄的古人的词句：“落霞与孤鹜齐飞，秋水共长天一色。”还有，“梳洗罢，独倚望江楼。过尽千帆皆不是，斜晖脉脉水悠悠。肠断白蘋洲。”

墙洞里有笔墨，墨汁竟是用瓶子装的。柳三变一时兴起，拿起笔在灰白的墙上挥洒，写完后，也没忘了在后面署上：“奉旨填词柳三变”七个大字。

柳三变正握着笔摇头晃脑地欣赏着自己的佳作，冷不防一个声音从身后响起：“柳先生，你这字太狂草，我认不全，你能念给我听听么？”

原来，落霞见爷爷沽酒回家，却不见柳三变，便找了来，正遇上那落拓才子对着墙壁挥毫泼墨，便不声不响地站在一边，直到他写完，自己却认不全，便要柳三变读给她听。

柳三变抑扬顿挫地念道：

对潇潇暮雨洒江天，一番洗清秋。渐霜风凄紧，关河冷落，残照当楼。是处红衰翠减，苒苒物华休。惟有长江水，无语东流。

不忍登高临远，望故乡渺邈，归思难收。叹年来踪迹，何事苦淹留？想佳人、妆楼颙望，误几回、天际识归舟。争知我、倚阑干处，正恁凝愁！

——柳永《八声甘州》

临了也没忘了把“奉旨填词柳三变”七个字念出来，落霞睁大眼睛惊喜地问：“先生就是那个奉旨填词的才子？”

柳三变奇怪地问：“你连这也知道？”

落霞扬眉笑道：“别看我们这渔村僻静，常常有落第的秀才来此，还有南来的、北往的客商，他们什么不知道，什么不说？我还会唱你那‘忍把浮名，换了浅斟低唱’呢！”

柳三变负手而立，望着楼外渐渐黑下来的天空，无边的孤寂袭上心头，他喃喃而语：“是啊！我就是落第的秀才。”

落霞没听清他说什么，只觉得他突然面沉如水，情绪低落，以为自己刚才说话冲撞了他，忙笑道：“先生，咱回家吧！天黑了，爷爷也等急了。”

老人见他们回来，忙点上灯，一灯昏黄，却是满屋温暖。

桌上已摆好酒菜碗筷，四只褐色土陶大碗，一碗小虾煮白萝卜，一碗煎煮的小鲫鱼，还有一碗腌制的江鲢和一碗汤。

柳三变吃过多少美味佳肴，却从未感觉如今天这桌上的菜味香浓，他肚子不由得咕咕叫起来。

老人斟满两盅酒，笑呵呵地说：“快坐快坐！咱穷人家也没好招待，只是这鱼，我孙女儿烧得可香了。”

落霞并不上桌吃饭，刚才随柳三变一同进屋，此刻却不见人影。一盅酒下肚，老人的话多起来，絮絮叨叨地说，他儿子也读过几年私塾，给孙女儿取名为落霞，因为孙女儿是傍晚降生的，唐人有：落霞与孤鹜齐飞，秋水共长天一色。

柳三变赞道：“好名字！”

“什么好不好的，穷人的孩子随便叫个名字，何必这样古怪。唉，落霞三岁时，她爹娘出船打鱼遇上暴风雨，就再也没有回来。”

柳三变正寻思着如何安慰老人，却听得一曲笛声自门外悠然而起，一女子清亮的歌喉与笛声婉转相随，细细听去，唱的竟是：对潇潇暮雨洒江天，一番洗清秋。渐霜风凄惨，关河冷落，残照当楼……这不是他傍晚写在望江楼墙壁上的《八声甘州》么？

看他吃惊的样子，老人摇手道："是落霞唱歌，芦生吹笛。哦，芦生就是落霞的未婚夫。"

柳三变吃惊的是，这笛声与歌声配合得如此的和谐与默契，而又把他的词意演绎得淋漓尽致：由素秋清爽，到苍茫悲壮而转入细致沉思，笛声呈现一片秋之凋落景象，落霞的歌声则唱出了无穷的感慨愁恨，把他的思归之苦、怀人之情表达得更为曲折生动。

曲终歌尽，余韵缭绕，倚门而立的柳三变已是泪光莹莹。他悄悄抹去眼泪，榕树下两个年轻人相依相偎的身影，更让他觉得自己旅途的孤寂与前途的渺茫。

他问清村中驿馆的方向，辞别老人，匆匆离去。

若干年后，我们伟大的词人苏轼，当他读到柳三变这首词时，说：人皆言柳耆卿词俗，非也。如《八声甘州》云：霜风凄紧，关河冷落，残照当楼。此语与诗句不减唐人。

冬去春来，柳三变无数次徘徊在月夜之下，对着深邃、无言的苍穹，无数次地思索着他半生的坎坷。曾经飞扬的青春，曾经的风花雪月，并未为他停留，他依然带着岁月的苍白，带着满身的伤痛与寂寞，如无根的浮萍漂泊在这片苍茫的大地上。

春天的黄昏，登高望远，极目天涯，一种茫然不知何处去的情绪油然而生，天地之大，何处是尽头？春草枯尽还生，他的愁绪就如春草连绵不绝。可是，他为何不能如春草一般顽强地生存于天地之间？

伫倚危楼风细细，望极春愁，黯黯生天际。草色烟光残照里，无言谁会凭阑意。

拟把疏狂图一醉，对酒当歌，强乐还无味。衣带渐宽终不悔，为伊消得人憔悴。

——柳永《蝶恋花》

是的，他漂泊得太累了，消沉得太久了，他不要这些苍白的喟叹，也没有人来听他的心曲，哪怕是对酒当歌，哪怕是形容憔悴、瘦骨伶仃，他也要为他逝去的青春，为他的曾经飞扬的理想，再去拼，再去努力。他要回东京！

若干年后，我们的国学大师王国维先生在《人间词话》中说，古今之成大事业、大学问者，必经过三重境界。精妙地以三句词道破人生之路：起初的迷惘，继而的执着和最终的顿悟。 第一境界是晏同叔的昨夜西风凋碧树，独上高楼，望尽天涯路。第二境界是柳三变的衣带渐宽终不悔，为伊消得人憔悴。第三境界是辛弃疾的众里寻他千百度，蓦然回首，那人却在灯火阑珊处。

宋仁宗明道二年（1033 年），垂帘听政九年的明肃太后刘娥驾崩，临终前，她下了道懿旨，让杨太妃跟仁宗一起处理朝廷事务。

刘太后当年垂帘听政时，就遭到众大臣的一致反对，当时皇帝年幼，不得已太后垂帘，已是国运否背。如今皇帝正值年轻有为之时，众大臣如何再能让另一个老女人来管理朝政？

早已不满刘太后的专权与管制的仁宗皇帝，在众大臣的拥戴下亲临朝政，改元景佑，并开设恩科。

景佑元年（1034 年）正月，宋仁宗皇帝出台了一项笼络天下俊才之心的政策：乡学之士益蕃，而取人路狭，使孤寒栖迟，或老而不得进，朕甚悯之。其令南省就试进士、诸科，十取其二。凡年五十，进士五举、诸科六举；尝经殿试，进士三举、诸科五举；及尝预先朝御试，虽试文不合格毋辄黜，皆以闻名。

无疑，这项政策是针对天下学子而出，尤其是那些寒窗苦读屡试不第的士子，闻后无不喜极而泣。

柳三变听了这则消息，没有太多的惊喜，本欲再度磨刀、再赴考场的他反而陷入了深思。“柳三变”三个字早已名闻天下，仁宗皇帝对他更是刻骨铭心，上次临轩放榜时，就以朱笔抹杀他，难保这次就对他起悲悯之心而放过他。

他已年过五十，朝廷开设恩科，放宽政策的机会千载难逢，这是他最后的机会，决不能掉以轻心，怎么办呢？改名！

名字乃父母所取，想到父母，又想到云桑、梅语，还有虫娘，柳三变不觉又痛哭一场。多年来的居无定所，四处漂泊，已是疾病缠身。他倍感身心劳累，但他不能倒下，他有未曾施展的抱负，有满腔为国为民的宏图大愿。

抹干眼泪，改名。改“三变”为“永”，取永年之意，改“景庄”为“耆卿”，耆，是老的意思。以前那个柳三变已经随汴河水流逝，新生的柳永，柳耆卿整装待发。

中了！皇榜上，柳永的名字排在第三甲，中的是“进士及第”，他的二哥柳三接这次也榜上有名。

柳永没有欣喜若狂，他今年五十一岁，从二十六岁第一次科考，到今年整整过了二十五年，人生中二十五年的大好光阴，就这样蹉跎而过，其中的辛酸苦楚岂能因这次的高中而忘却！

按朝廷规定，凡新科进士，无论年龄大小，一律外放州县之官。柳永的进士及第只能授予初等幕职官，他被任命为浙江睦州（今建德县）的“团练使推官”，择日上任。

像所有的帝王一样，亲政后的仁宗皇帝，为巩固自己的帝位，招纳天下贤良之才，又不动声色地把刘太后的那帮亲信一个个地打发了，换上自己信赖的大臣。

他脑子里一直装着一个人，那人曾经冒天下之大不韪，直率而公正地要求刘太后把朝政大权交给皇帝，这样不知好歹、不知轻重的人自然被刘太后排斥在朝廷之外。

这个人就是范仲淹。

第二十六章　漂泊江湖　游宦区区成底事

暮雨初收，长川静、征帆夜落。临岛屿、蓼烟疏淡，苇风萧索。几许渔人飞短艇，尽将灯火归村落。遣行客、当此念回程，伤漂泊。

桐江好，烟漠漠。波似染，山如削。绕严陵滩畔，鹭飞鱼跃。游宦区区成底事？平生况有云泉约。归去来、一曲仲宣吟，从军乐。

——柳永《满江红》

早在真宗时期，十四岁就以神童召试，赐同进士出身的晏殊，如今已是京城开封府尹。

才华过人的晏殊，擅长诗词，尤工小令。他的词，深受南唐冯延巳的影响，承袭了其清俊疏淡的特色，不流于轻倩、浮浅，故为当时的上层士大夫文人所看重。

张先是仁宗天圣八年（1030 年）的进士，因诗句精工而受人称赞。有“云破月来花弄影”“娇柔懒起，帘幕卷花影”“柳径无人，堕飞絮无影”之佳句。后来，人称其“张三影”。

晏殊爱其词意韵恬淡，意象繁富，内在凝练，便向仁宗举荐张先为通判。

晏殊虽自奉节俭，家中却也蓄养歌儿舞女，来客宴饮，必歌舞乐曲相佐。张先与他二人虽为上下级，却时常诗酒酬和，切磋词艺。凡晏府有酒宴，张先必到，每到必有新词。

最近，晏殊新纳一名侍儿叫敏娘，此女真是敏而慧，娇而媚，伎艺超群，深得晏同叔的宠爱。凡张先来府，必唤敏娘陪酒唱曲，张先也必当场填词，由敏娘弹唱。

这天，张先又来晏府，进门感觉气氛与往日不同，仆佣侍女走路做事，皆低眉敛首，不似往日笑容可掬。偷偷询问之下，才知晏大人因过分宠爱敏娘，而遭到夫人王氏的嫉恨。王夫人竟不能容敏娘，哭闹着让晏大人遣送敏娘离开京城。晏同叔为人谨慎，生怕王夫人纠缠不清，日日哭闹，传扬出去授人

以柄，便含悲忍痛送走了敏娘。

以往张先来府，都是敏娘作陪，其他歌儿舞女吹拉弹唱，热闹非凡，今日唯两人对饮，既无诗词，也无歌曲。

晏同叔神情落寞，面对美酒佳肴，索然无味，对敏娘牵肠挂肚，难以忘怀。

张先见状，便要来笔墨纸砚，当即填一阕《碧牡丹》，吩咐歌女弹唱，给大人解闷。

晏同叔喝着闷酒，却听得歌声袅袅而起：

步帐摇红绮。晓月堕，沉烟砌。缓板香檀，唱彻伊家新制。怨入眉头，敛黛峰横翠。芭蕉寒，雨声碎。

镜华翳，闲照孤鸾戏。思量去时容易。钿合瑶钗，至今冷落轻弃。望极蓝桥，但暮云千里。几重山，几重水。

——北宋　张先《碧牡丹》

听罢，晏同叔两行热泪潸然而下，尤其是最后两句：几重山，几重水，让他感慨不已，他喟然叹道："人生能有几何？人生在世，当及时行乐，何必苦了自己！"随即也挥笔一阕相和：

一向年光有限身，等闲离别易销魂。酒筵歌席莫辞频。

满目山河空念远，落花风雨更伤春。不如怜取眼前人。

——北宋　晏殊《浣溪沙》

写罢掷笔，命人拿银子速去把敏娘赎了回来。

王氏见他心意已决，再闹下去于事无补，反而会失去自己在家中的威望，也就不再过问，往后的日子倒也相安无事。

晏同叔非常感谢张先及时填了这首词，使他的至爱失而复得，而没有酿成他人生的缺憾。

张先摆手笑道："晏公慧黠而重情，才不使敏娘流落。"

晏同叔摇头："吾自幼就羡慕三国名士孔融之辈，潇洒人生、挥霍时日、及时行乐，'座上客常满，樽中酒不空'，此乃人生第一大快事。故每日以饮酒赋诗为乐，佳时胜日，未尝辄废。"

张先赔笑道："晏公果然高雅洒脱之士！以从容淡雅之笔，写升平富贵之态。只不知晏公对当世词人柳三变其人，作如何评价。"

"听说过此人。据传柳三变工词令，擅长填慢词，为青楼歌馆所爱戴，其词语言俚俗浅近，冶艳狎邪，不足以称道。"晏同叔的一番话，对柳三变其人很是轻慢。

张先赔笑道："晏公所说极是！柳三变长年生活在市井之中，遣词造句自然有市井俚俗之气。此人通晓音律，善于运用民间风趣语言，将写景、叙事、抒情融为一体。《望海潮》是柳三变所创的新声，全词从各个不同的角度描绘杭州的富庶与美丽，手法构思上独具匠心。这阕词与他的名字一样，流传甚广。"

"我也读过《望海潮》，此词对钱塘的风物人情，曲尽形容，但还是未脱俚俗之气。柳三变终究是三家村人。"

见晏殊如此评价柳三变，张先自然不会与其争辩。只道："柳三变身世坎坷，屡试不第。早年失意于考场，流连于教坊，乐工每得新腔，必求三变作词，盛行于世。其曾作《鹤冲天》云：'忍把浮名。换了浅斟低唱！'当今圣上临轩放榜时，朱笔抹杀，批曰：'此人风前月下，好去浅斟低唱，何要浮名？且去填词。'于是，他自制'奉旨填词柳三变'招牌，更耽溺于秦楼楚馆，偎红倚翠，逍遥歌舞。"

晏殊叹道："此人倒也是性情中人，虽有才气，却误入歧途。当初择业不慎，如今回头亦难。词虽艳冶沉郁，然亦不可过于俚俗，有伤儒雅。读书人当自珍羽毛，否则又怎能登大雅之堂？所以，吾每吟咏富贵，不言金玉锦绣，而说其气象。如'楼台侧畔杨花过，帘幕中间燕子飞'、'梨花院落溶溶月，柳絮池塘淡淡风'之类，以梨花杨柳入句，穷人哪有闲性情去管这些？"

张先暗想，你十四岁就被皇帝特招，赐同进士出身，一生顺风顺水，仕途平坦，富贵至极。如你这般，世上能有几人？心里这样想，口中却道："晏公词，以情制胜。文辞典丽，雍容华贵，妙语天成，韵味独特，又不失清新雅淡，含蓄委婉，温润圆融，意趣横生的风格。实不愧为'倚声家之初祖'的美誉！"

太后刘娥垂帘听政时，非常器重晏殊，更爱听其词，常在仁宗面前夸晏同叔秉赋刚峻，处事谨慎，是治国安邦的贤良。仁宗自然懂得太后之意，便封晏殊为参知政事，即当时的副宰相之职。

仁宗赵祯的生母李宸妃，与亲生儿子不能相认，女儿夭折后，抑郁而终。

碍于刘太后的威严，仁宗内心的悲痛无以表达，便想让大臣为李妃撰写墓志，以寄哀思。想来想去，想到刚提拔的副宰相晏殊。晏殊以才情闻名于朝野，且秉性刚直，若能秉笔直书，道出当年“狸猫换太子”的实情，岂不更好！

晏殊领旨，却像接了一个烫手的山芋。那时太后刘娥健在，而且太后一直很器重他，他如何能道出当年的那件宫闱秘事？虽然朝廷上下，以至民间的戏剧“狸猫换太子”都把仁宗是李妃所生讲得绘声绘色，却无人敢直面道出实情，晏殊自然不敢把此事写进墓志，从此，这件事儿在仁宗心里刻下一道抹不去的阴影。

及太后刘娥驾崩，仁宗即位，他大手笔清除太后的亲信里就有晏殊。

晏殊以欺君之罪被罢贬出京城，另外，还有一条罪名，晏殊为官期间大兴土木，驱使官兵为自己建置住宅。

晏殊离京之日，张先、欧阳修与宋祁等相邀在汴梁城外的十里长亭设宴为他饯行。

几杯苦酒下肚，大家不知该如何安慰晏殊，似乎所有的语言都是多余的。欧阳修命其随同而来的侍妾操琴歌一曲，那侍妾怀抱琵琶，玉指轻捻，慢启朱唇唱道：

春山敛黛低歌扇。暂解吴钩登祖宴。画楼钟动已魂销，何况马嘶芳草岸。
青门柳色随人远。望欲断时肠已断。洛城春色待君来，莫到落花飞似霰。

——北宋　欧阳修《玉楼春》

欧阳修，字永叔，与张先是同年同榜进士，风流自命，辞章窈眇、婉丽，唐人《花间集》冯延巳词，晏同叔得其俊，欧阳修得其深。并主张词风变革，其艳俗之处与柳永颇为相似。此人深得晏殊赏识。

欧阳修的侍妾唱毕，宋祁不及细想，把往时所作的春景词，也吩咐侍妾唱来：

东城渐觉风光好，縠皱波纹迎客棹。绿杨烟外晓寒轻，红杏枝头春意闹。
浮生长恨欢娱少，肯爱千金轻一笑。为君持酒劝斜阳，且向花间留晚照。

——北宋　宋祁《玉楼春》

张先与晏同叔感情甚笃，此时却也不便说什么，只得以一阕《蝶恋花》聊表惜别之情：

移得绿杨栽后院，学舞宫腰，二月青犹短。不比灞陵多送远，残丝乱絮东西岸。

几叶小眉寒不展，莫唱《阳关》，真个肠先断。分付与春休细看，条条尽是离人怨。

——北宋　张先《蝶恋花》

晏殊含泪道：“诸位贤俊的深情厚谊，晏某没齿难忘！有道是，千里搭长棚，没有不散的筵席。我们就此别过，望诸位各自珍重！”说罢便把刚刚填就的一阕新词递给敏娘，吩咐家人上车。

马车启动，敏娘在车上边弹琵琶边唱道：

祖席离歌，长亭别宴。香尘已隔犹回面。居人匹马映林嘶，行人去棹依波转。
画阁魂销，高楼目断。斜阳只送平波远。无穷无尽是离愁，天涯地角寻思遍。

——北宋　晏殊《踏莎行》

车轮滚动，歌声凄切，微风拂过长亭畔的垂柳，轻扬的柳丝中，众人目送晏殊携家人往颍州而去。

与此同时，柳永去睦州上任。

年迈的叔叔柳宏，不忍他孤身一人赴睦州，便把府上的小厮柳村给了他，嘱咐柳村好生侍候七爷。

柳永带着柳村，乘坐的船也不知走了多少天。

这日午后，船到桐江地界，偏又下起大雨来，风雨飘摇，无法行船，船家只好停舟靠岸。

柳永百感无聊，在舱中睡觉。朦胧中，听船家在耳边说：“柳相公，雨停了，天也晚了，咱们今夜就在这桐江岸边歇一宿罢。”

柳永翻身钻出船舱，挺立船头，放眼望处，暮雨初收，晚霞飞逝，江水澄澈。远处的小岛，薄雾如纱，红蓼白芦疏淡如烟。江风拂过，芦苇萧索，带来几许寒凉。

桐江这番绝美的风景让他心情舒畅，他想起南朝梁吴均在《与宋元思书》上描绘的桐江："风烟俱净，天山共色，从流飘荡，任意东西。自富阳至桐庐，一百许里，奇山异水，天下独绝。水皆缥碧，千丈见底……"

夜幕渐渐低垂，江天如漆，唯有渔人小舟上的点点灯火闪烁在夜空下，倒映在江水中，在黑暗中飞速地划行。他们是要尽快地赶回家，与家人共享一天的收获与欢乐。

柳永不禁怅然，当初一身抱负，满腔热血，如今乃是孑然一身，两肩孤寂，耗尽青春华年才换取这微薄的功名，却依然漂泊流离。我柳永何时才能有自己的家，像这些渔人一样享受天伦之乐？

船家高高挂起桅灯，舱内的小矮桌上已摆好简单的饭菜。

柳永就着咸鱼咸菜吃了碗饭，再无心去看江天夜景，仰面倒在铺上，耳听着浪花轻轻拍打堤岸，随着船身的摇荡，沉沉睡去。

船家的吆喝声把柳永从睡梦中唤醒，透过船窗看去，桐江上空晨雾缭绕，两岸峰峦苍翠葱茏，陡峭如削。

"柳村，这是到哪儿了？"柳永问。

"老爷，船到严陵滩了。"柳村回道。

柳永钻出船舱，倚着桅栏，一群雪白的鸥鹭随着船尾的浪花飞舞嬉戏，两岸的山峰倒映在水中，江水如碧玉一般翠绿幽深。

严陵滩，不正是东汉高士严子陵隐居闲钓的地方么！可怜我柳永一事无成，如游魂一般漂泊在江湖之上，何时能如古人一般终老林泉？

眼前绝妙的江山美景让他不胜唏嘘感慨，返身入舱，取出多日未用的笔墨砚台。见砚台干涸，便俯身舀江水磨墨，在江风轻拂，鹭飞鱼跃，水光山色中，联想昨天雨后、渔人夜归的情景，写道：

暮雨初收，长川静、征帆夜落。临岛屿、蓼烟疏淡，苇风萧索。几许渔人飞短艇，尽将灯火归村落。遣行客、当此念回程，伤漂泊。

桐江好，烟漠漠。波似染，山如削。绕严陵滩畔，鹭飞鱼跃。游宦区区成底事？平生况有云泉约。归去来、一曲仲宣吟，从军乐。

——柳永《满江红》

"还是读书人好，肚里有墨水，把桐江写得这般好。老翁我驾船在桐江上，也不知走了多少个来回了，眼见的风景也稀松平常，到了读书人笔下，万物竟都活了起来。”听了柳永的词，船家由衷赞道。

柳永带着一身旅途的疲惫到睦州时，睦州县衙上上下下正带着好奇的心情冷眼等待着他的到来。

“凡有井水饮处，皆能歌柳词”，柳三变与他的词早已家喻户晓。他们要看看，这位红颜知己满天下的俊俏郎君；这位曾高唱：“忍把浮名，换了浅斟低唱”的狂放书生；这位临轩放榜时，曾被皇帝朱笔抹杀过的风流才子到底是何等人物！

柳永的职务是睦州团练使推官，团练使推官是负责州县的军事与防御的辅佐官，柳永担任的只是一个副职，相当于现在的副政委或副指导员。

虽然是芝麻大的小官，柳永却干得有声有色，工作中丝毫不带伤春悲秋的颓废之气。他脑子灵活，思路宽阔，勤于职守，办事干练，且为人正派，绝无风流浪子的淫邪气息。

时间是一服良药，也是最精确的检验器。睦州的知州大人吕蔚，与本州一些知名人士，尤其是年岁比较大的人，他们对柳永的看法彻底改观。他们像是重新读懂了柳永的词，更渐渐读懂了柳永的为人。在他们眼里，这是一个怀抱利器而遭受嫉妒的贤才。这样的有才之士，因为遭受太多的打击，才以放荡不羁的方式进行反抗。他们为柳永英雄无用武之地而痛惜，又为朝廷放弃这样治国安邦的贤良而惋惜。

吕蔚为人正直，胸怀宽广，能赏识人才，知人善用，其父吕端在宋太宗时期曾任过宰相。

柳永到睦州一个多月后，知州吕蔚与监司联名向朝廷举荐柳永。

仁宗皇帝接到吕蔚的举荐信后，问身边侍候着的吴成孝：“睦州团练使推官柳永何许人也？”

吴成孝眨巴着老鼠眼躬身答道：“启禀皇上，这柳永就是那个奉旨填词的柳三变啊！”

一听“奉旨填词柳三变”几个字，宋仁宗的脸色骤然一变，瞪眼望向吴成孝，那奴才吓得一哆嗦，便闭了嘴，悄悄退向一边。

柳三变曾在东京城里名声大噪，仁宗一度以为是他那句“且去填词”的圣旨所带来的效果，然而那流传颇广的“凡有井水饮处，皆能歌柳词”的话又让他暗自羞愧。

他喜欢柳永的词，每每与嫔妃宴饮之时，他总是命宫女弹唱柳永小令长调。

他喜欢《望海潮》的音调雄浑、情致婉转，他仿佛看见钱塘烟柳画桥的美丽景致。他也喜欢《雨霖铃》，恋人之间惜别的缠绵悱恻而又极其忧伤的情感，也曾让他夜不能寐，“多情自古伤离别，更那堪冷落清秋节！今宵酒醒何处？杨柳岸、晓风残月。”那是何等的爱恋与惜别！读着这样的句子，他闭目冥想：词人酒醉随舟漂流，小舟临岸，词人酒醒梦回，清寒的晓风轻轻吹拂，一弯残月斜挂杨柳梢头。一幅多么凄清、寂寥的画卷！

他更喜欢《八声甘州》的苍莽悲壮，那暮雨潇潇遍洒江天的千里无垠，那万物萧条霜风凄紧的素秋，他的江山看起来多么辽阔而冷落，词人诉说着思归之苦、怀人之情。身为帝王的他，为能拥有如此美丽富饶的江山而豪气干云。

就算是那首《鹤冲天》，他也不能不折服柳永狂荡而傲世的才气与胆量。他拿着吕蔚的举荐信，犹豫不决地问时任侍御史郭劝：“郭爱卿，那个爱填词的柳三变想必你很了解。”

郭劝不知圣意，只得揣摩着回答：“陛下，臣听说过此人，虽有诗才，却多游狎邪，薄于操行。”

“前番有入内都知史推荐他，后来范仲淹也推荐他，如今又有睦州知州吕蔚与监司联名向朝廷举荐柳永。吕蔚的父亲曾在太宗朝任过宰相，爱卿以为如何？”

郭劝猜测着仁宗的心事，若你赞成吕蔚的举荐，又何必问我？你对柳永的成见也不是一天两天了，上至朝堂，下至民间，谁人不知，哪个不晓？临轩放榜时，你还朱笔抹杀了他。若这次不是你放的恩科，若不是他柳三变改名为柳永，怕你也未必收用他为进士。再说了，他柳永新官上任，满打满算不到两个月，有何能力做到知州与监司联名向朝廷举荐他？

想到这里，郭劝说：“三变释褐未久，善状安在？蔚私三变，不可从。”

意思是说，柳三变上任没几天工夫，并没有做出什么有功于朝廷的大事，吕蔚帮他说话，必定是受了柳三变的贿赂。柳三变想改迁升官，陛下断不可听信吕蔚的话。

郭劝几句嫉才嫌能的话说得仁宗频频点头。

仁宗心想，是啊！我还未看到你在睦州做了什么呢！上任不到两个月就想改迁！仅凭你能写几首诗词，没做出政绩，也休想得到提拔。于是朱笔批复曰：未有成考，不得改迁！

又暗想，柳三变的才华的确不可忽视，保不定日后还有人推荐他，若举荐的人多了而不用他，反而显出朕小肚鸡肠，不纳贤才，于是，就下了道旨诏示天下：

> 丁巳，诏幕职、州县官初任未成考者，毋得奏举（宋史）。

后来在《续资治通鉴长编》里，在《宋史》说的原话后面又加上几句：

丁巳，诏幕职、州县官初任未成考者，毋得奏举。先是，侍御史知杂事郭劝言，睦州团练使推官柳三变释褐到官才逾月，未有善状，而知州吕蔚遽荐之，盖私之也。故降是诏。

原来，仁宗皇帝这道诏是特意为柳永下的。

柳永，你就在睦州好好地干你的团练使推官罢！

第二十七章　名来利往　欲效严光隐林泉

汉包六合网英豪，一个冥鸿惜羽毛。世祖功臣三十六，云台争似钓台高。

——北宋　范仲淹《钓台诗》

这日，柳永正伏案草拟睦州府团练使新细则，衙役送来一封书信。

柳永疑惑地接过，心想：云桑、梅语、虫娘都不在了，喜欢写诗写信的瑶卿也不知流落何方，还有会谁想起我，给我寄信呢？拆开看时，竟是昔时好友范仲淹的来信。

范仲淹此时正在苏州任上，闻说柳永在睦州任职，便写信相邀到苏州一聚。

读罢来信，柳永喜上眉梢，赶忙做完手头上的事，向知州吕蔚告假三日，也不带柳村，当天便往苏州而去。

老友相见，心里的感慨自不必说，岁月的风霜在眼角眉梢留下了沧桑的印记，往事不堪回首。

二人秉烛夜谈，白天在街上的所见所闻，都让柳永对范仲淹敬佩不已。他由衷地说："姑苏城物阜民丰，安乐祥和，跟知州大人的教化是分不开的，早就知道大人胸中藏有治国安邦的良策。"

范仲淹打断柳永的话："兄长不要大人前、大人后的，这是在家里，咱二人还兄弟相称的好。"

柳永笑道："三变蒙贤弟不弃！贤弟确实是治理有方啊！若能把经验传授于三变，三变回睦州也如此效法，岂不是更好！"

范仲淹笑道："兄长也不要谦虚了，早就听说你到睦州任上不到两个月，便把睦州府的军事与防御管理得井井有条，极得知州大人与睦州父老的赏识，正高兴你英雄有了用武之地了，皇帝把你放到睦州，真是大材小用了。"

柳永摇摇手笑道："如何能说大材小用？三变为官一方，就为一方百姓做点实事，不虚浮，不炫耀，不投机，不取巧。我们把百姓当亲人，百姓自然会对我们爱戴有加。"

“说起来平实简单，做起来却难。为官者如果都像你我一样，哪里还有富贵贫贱之分？正如孔夫子所说的：大道之行也，天下为公，选贤与能，讲信修睦，故人不独亲其亲，不独子其子，使老有所终，壮有所用，幼有所长，鳏寡孤独废疾者皆有所养；男有分，女有归，货恶其弃于地也不必藏于己，力恶其不出于身也不必为己，是故谋闭而不兴，盗窃乱贼而不作，故外户而不闭，是谓大同。若真如此，我们的大宋国就是大同世界了。”说罢二人哈哈大笑。

范仲淹边往两人的茶碗里续水边说：“兄长今日来得巧，昨天接到圣旨，皇帝调我回京，这两天收拾妥当了就启程。”

柳永喜道：“哦！那是好事呀！贤弟有大显身手的时候了。只是咱兄弟这一别，又不知何时见也。”言语之中不免伤感。

范仲淹爽朗笑道：“此次回京，我必定在皇帝面前举荐兄长，到时你也回京了，咱兄弟岂不是时时可见着了？”

“多谢贤弟提携！三变没齿难忘！”柳永站起身，对着范仲淹长揖到地。

范仲淹忙拉住他的手，嗔道：“兄长再如此这般的多礼，老弟我可要生气了。”

柳永见范仲淹忙里忙外地打点着回京的事宜，自己也无假期再耽搁，便辞别范仲淹回睦州。

送别的码头上，柳永将一笺纸递给范仲淹，便登舟而去。

范仲淹打开看时，见是一首词：

吴会风流。人烟好，高下水际山头。瑶台绛阙，依约蓬丘。万井千闾富庶，雄压十三州。触处青蛾画舸，红粉朱楼。

方面委元侯。致讼简时丰，继日欢游。襦温裤暖，已扇民讴。旦暮锋车命驾，重整济川州。当恁时，沙堤路稳，归去难留。

——柳永《瑞遮鸪》

当他读罢再抬头看时，载着柳永的船已开出老远，船上的白帆如一片轻云，漂浮在茫茫的江天之间。他喃喃而语：才高者多磨难，正如红颜薄命。你是怕我回京后忘了昨夜的诺言，才写了这首词送给我，只是我在苏州所做的一切，哪有你说的这般好！希文深感惭愧！朝廷不用你这样的人才，实在是一大损

失。

范仲淹回到东京，见朝廷文武官员良莠不齐，而且党派纷争激烈，便把吕夷简单凭一己好恶收录进朝廷的大小官员详细地画了张图，标明关系与顺序，指给仁宗看，哪一个是循序而迁，哪一个是不辞而进，哪一个公正，哪一个则属私心，要皇上不可不察。 刚正不阿的范仲淹忽略了一点，那就是，在政权集中中心，他这种秉公直言的做法，最为执政者所不容。事实往往是，他对腐败打出的力量有多大，当政者对他的反击也就有多大，或许会更大。

太后刘娥垂帘听政时，仁宗欲立与自己一同长大的周氏为后，太后不允，将钱惟演的姻亲郭氏立为皇后，封周氏为贵妃。

被册封为皇后的郭氏年仅十三岁，少女天真懵懂，以为有钱惟演这个后台，又有刘太后撑腰，便不可一世，日常起居严密监视仁宗的行踪，使仁宗不得亲近其他嫔妃。

少年天子，本就青春勃勃，朝廷上的所有事务又由太后一手代理，所以，仁宗未免有些无聊，那些年轻美貌的宫女嫔妃，早已养成了他的纵欲好色。如今有个郭皇后天天把他的所作所为向太后告密，心中十二分恼怒，慑于刘太后的威严，又不敢发着，只得隐忍着。

太后刘娥驾崩后，仁宗便不再理会郭皇后，使她徒有皇后之名，并无皇后之实。

后进宫的尚氏与杨氏，更年轻，更美貌，如初放的蔷薇，娇艳欲滴，仁宗的心从此便系在这两人身上，一刻也不能离开。

被冷落的郭皇后，从不去想自己为什么受冷落。太后驾崩，没有了后台，亲戚钱惟演也自身难保，何况你一个不被皇帝待见的深宫里的弱女子！

郭氏不知反思，不懂得自保，又耐不住寂寞，还醋性大发，常常跑到尚氏、杨氏的宫中冷言冷语地讥讽，或破口大骂。

这夜，仁宗临幸尚氏，两人温存缠绵之后，娇滴滴的尚氏偎在仁宗怀里，诉说着郭皇后的种种不是。谁知此时，郭皇后闯进宫来，见二人在床上的亲热劲儿，妒火中烧，指着尚氏大骂淫妇，整日里用女色迷惑君王，不事朝政。

迷惑君王，不事朝政？这罪名大了，连皇帝都有了不是。仁宗气得脸色铁青，尚氏有皇帝的宠爱，便不拿她当皇后，也恶语谩骂。郭皇后见她居然敢还嘴，恼羞成怒，挥手向尚氏扇去，仁宗见状忙上前护住尚氏，郭皇后挥出的巴掌收势不住，一掌打中仁宗的脖颈，仁宗的颈部顿时起了紫印。这一刻，仁宗皇帝起了废后之心。

宰相吕夷简第一次罢相，是因为仁宗听了郭皇后的谗言。

重新入相的吕夷简见皇上恩眷别移，要废黜郭氏，心里窃喜，认为报仇的机会来了，切不可错过，便让谏官范讽乘机进言："后立已有九年，尚无子，义当废。"自己则在一边随声附和。

仁宗早就厌恶郭氏，决意废除皇后，又担心朝中大臣反对。自古帝王废后也不是件容易的事儿，弄不好会因此而失掉帝位。如今见宰相吕夷简也赞成废后，不免信心倍增。

时任右司谏的范仲淹劝皇帝为社稷着想，以大局为重，并对仁宗说："皇后不可废，宜早息此议，不可使之传于外也。"

他请皇帝赶快封闭这个消息，不要在朝廷提这件事了。

皇帝不听范仲淹的劝说，一意孤行，铁了心要废除皇后。吕夷简为了自己的私心，竟下令台谏司拒收谏官的奏疏。

这年九月，钱惟演以擅自议论宗庙的罪名而被罢免了平章事的职务，贬为崇信军节度使，谪居汉东（湖北的随州）。紧接着，其子钱暖也被罢官。

随即，宋仁宗颁诏书说："皇后以无子愿入道观，特封其为净妃、玉京冲妙仙师，赐名清悟，别居长宁宫以养。"

范仲淹却在朝堂之上高喊："后无过，不可废。"

宋仁宗极为恼怒，朕贵为天子，说出的话乃金口玉言，废一个女人非得要你同意？心里对范仲淹极为不悦。可怜二十二岁的郭氏，从此青灯为伴，寂寞为侣，终老此生。

在废后、罢免钱惟演的事情上，宰相吕夷简从中出力不少。罢免钱惟演是排除刘太后的党羽，一朝天子一朝臣，历来如此，这在人们的意料之中。可是废后这件事，皇帝此举着实有几分欠缺思考，吕夷简不坚持原则的做法也有失宰相风度。

因此，吕夷简遭到朝中以范仲淹为首的一部分大臣的坚决反对，虽反对无效，两人却结下了怨恨，朝中大臣也因此事分为两派，各站在吕夷简与范仲淹一边。

从此，两人在朝堂之上交上了手，吕夷简最终以范仲淹荐引朋党、结党营私、离间君臣的罪名上书宋仁宗。

自古皇帝最忌的就是大臣之间结成朋党。

景祐三年（1036 年），宋仁宗一纸诏书，范仲淹被贬至睦州。

吕夷简的有意陷害，反而挑起正直之士同仇敌忾之心。秘书丞、集贤校理余靖，历呈皇帝也有过错，直接上书仁宗；太子中允、馆阁校勘尹洙在朝堂之宣称自己与范仲淹是“义兼师友”，结果，两人同时被贬。

还有馆阁校理蔡襄、馆阁校勘欧阳修和光禄寺主簿苏舜钦等人都站在范仲淹这一边。其中最为人称道的是龙图阁学士李纮。

范仲淹被贬离开京城时，唯李纮一人在郊外长亭设宴饯行，事后有人问他：为何自陷于朋党？

李纮笑答：范希文是正直贤能之士，能与他结为朋党，是我的荣幸。

令人费解的是，范仲淹在贬途中，朝廷的圣旨一再更改，今天接到五百里加急诏书到这儿任职，明天又接到六百里加急诏书到那儿任职，最后还是指派到睦州。

在途中绕来绕去，到达睦州时，范仲淹已是身心劳累，疲惫不堪。

这天，是睦州百姓一年一度祭祀土地神的日子，范仲淹也来到严陵祠。远远的，就听见丝竹鼓乐之声，祭神活动已经开始。

范仲淹刚进祠门，便听一女子口齿清晰、声调柔婉地唱道：

“桐江好，烟漠漠，波似染，山如削。绕严陵滩畔，鹭飞鱼跃……”

寥寥数语，写尽桐江秀美景色与鱼鹭悠然自得的情趣，范仲淹一时不免厌倦于眼前的游宦生涯，顿生归隐林泉之念。

他问一位正听得摇头晃脑、陶醉其间的老者：“请问老丈，那姑娘唱的词曲是何人所作？”

老者捋着胡须答道：“是睦州前任团练使推官柳永所作。自从有了这首写桐江的词，我们每年祭祀土地神都要唱这首曲子词。”

一听是柳永所作，范仲淹粲然一笑：这样的好词，也只有柳永能写得出。随之心里又不免自责，说过要在皇帝面前举荐他的，只是宦海风云变幻莫测，朝中事情太复杂诡秘，如今我也是自身难保啊！

范仲淹忙问老者柳永今日是不是也在这严陵祠里？

“柳大人上月已调往余杭。”老者叹息道：“老汉我活到这把年纪，没见过、也没听说过像柳大人这样的好官。我们的知州吕蔚大人也算是好官了，却也不如柳大人才高八斗，学富五车。有些人哪，恃才傲物，不可一世。柳大人虽才高盖世，却平易近人，不虚浮，脚踏实地地为我们睦州百姓做了很多实事。”

说到这儿，老者有点奇怪：“这位客官不是我们本地人吧？难道你认识柳大人？”

范仲淹笑道：“我姓范，名仲淹，是来睦州任知州的。”

“啊呀！原来是新来的知州范大人！失敬失敬！”老者的话音未落，便围上一群人。

一位秀才模样的中年人说：“范大人的名字早已遍天下，是当朝最刚直不阿，文能治国，武能安邦的贤能之材。如今受奸党排挤，才来睦州。相传大人喜好弹琴，但平日只弹《履霜操》一曲，故时人称之为‘范履霜’。大人的才学跟柳大人不相上下，都是国家的栋梁之材，都是为百姓做事的好官啊！”

一席话听得范仲淹心海翻腾，他自视无愧于朝廷，却有愧于天下百姓；胸中纵有百万治国抚民之良策，却不得施展。此刻，听人们对柳永由衷的赞叹，旅途上的疲惫与方才听曲时那一念归隐林泉之心，顿时又换成了一腔惠民之热血。

他摇手打断秀才的话：“这位兄台过奖了！我跟睦州前任团练使推官柳三变是好友。”

众人听说他是柳永的好友，人又这般亲和，不等他把话说完，便嚷道：柳大人来睦州上任时就填了阕《满江红》，写风景秀丽的桐江，范大人何不为我们睦州再写首好词来！

范仲淹笑道：“我哪能跟柳永比！你们要知道，柳永柳三变是我们大宋朝填词第一人啊！”

先说话的那位秀才道：“范大人太谦虚了！范大人的才学不在柳大人之下，只是各人的特长不同罢了！”

范仲淹见笔墨纸砚已备好，知推辞不过，握笔道：“我不擅音律，就写一首诗权且送神吧！”想桐江是汉代严子陵的隐居之所，想起严子陵的故事，顿生敬仰之心，便写诗曰：

汉包六合网英豪，一个冥鸿惜羽毛。世祖功臣三十六，云台争似钓台高。

——北宋　范仲淹《钓台诗》

宋仁宗景祐四年（1037 年），在浙江睦州做了整整三年团练使推官的柳

永调任余杭县令。这一年，文学家、书画家苏轼出生于四川的眉山。

余杭县与钱塘县近邻，钱塘的烟柳画桥，风帘翠幕，给了柳永太多温馨的记忆。透过绵绵细雨，他仿佛看见薄纱胜雪、素颜清雅的楚楚，倚着轩窗轻颦浅笑、顾盼生姿。

楼台亭榭，小桥流水，陌上双飞燕，景物如昔，人却渺杳。柳永到余杭，无暇去寻找旧时梦境，便接到一个不大不小的案子。

余杭自古名人辈出，胜迹众多。苕溪、上塘河绕城而过，运输通畅，物阜民丰。百姓安居乐业，民风淳朴。就这样的太平天下，也有盗贼频频出现。

几个月来，盗贼偷遍全县，连连得手，上任县令没来得及把强盗捉拿归案便已调走。

报案的是位年近三旬的秀才，姓吴，名天喜。父亲早逝，母亲因长年流泪而双目失明，吴天喜为给母亲治眼病用尽父亲留下的积蓄，也顾不上娶妻，至今单身。

吴天喜在县衙的大堂上说，他听闻苕溪上游的普光寺里，有位老和尚专治疑难杂症，昨天天不亮就带上干粮，背起母亲上渡头乘船去普光寺求医，至天黑才返回。

谁知家门大开，屋里一片狼藉，吴天喜知道被贼光顾了，却并不担忧，因为家里早已一贫如洗，没什么值钱的东西被盗。可这盗贼见没值钱的东西，竟生气了，将他顺手从山野坟地里捡来的一个骷髅头放在了堂屋的饭桌上，并扣上一截西瓜皮，又在西瓜皮上刻了一首打油诗：

“爷爷三只手，生来就是偷；今日到此游，原想弄点走；谁知你太抠，家里没有油；下次爷再来，请把银子留；若不照此做，还送骷髅头！”

虽说家里没值钱的东西可偷，可那骷髅头怪瘆人的，不知下次还会送什么吓人的东西来。

听了吴天喜的述说，柳永又好气，又好笑。气的是盗贼光天化日之下偷盗，还敢明目张胆地留言要挟；笑的是盗贼偷盗之下竟卖弄风雅，留下打油诗。

柳永略一思索，叫吴天喜附耳过来，如此这般地交代一番，吴天喜满脸犹疑地去了。

第二天傍晚，街坊邻居都在巷口的大树下拉家常，摆龙门阵。吴天喜凑了过去，七扯八扯之后，扯到了盗贼，便把前天贼上门的事儿说了一遍。大伙儿气愤之余，有叫报官的，让衙门出捕快捉拿盗贼，不然，民心不安。有说算了的，既没偷去东西就万幸了，报官恐惹恼了盗贼，怕他再下狠手。

半天不语的张大伯颇为忧虑地说：“天喜呀，你娘的眼疾尚未好转，又遇上盗贼送来骷髅头，这骷髅头进家可不吉利啊，你得想法请法师上门来除去晦气。”说罢摇头叹息。

谁知吴天喜却笑道：“大伯，你老有所不知，这强盗给我送来的不是晦气，而是无价之宝啊！”

大伙一听这话都围拢来，狗剩睁大眼睛问：“此话怎讲？”

吴天喜自觉说漏了嘴，想遮掩过去，狗剩却不依，硬逼着他快说。见无法掩饰，吴天喜只得压低声音说：“昨天我本是去衙门报官的，谁知新来的县令柳大人一看这骷髅头便大惊失色，忙差人去县衙后院请出随他同来余杭上任的朋友，柳大人的朋友捧着骷髅头，端详半天才喃喃地说：这宝物如何流落在此？”

狗剩插嘴问：“柳大人的朋友是干啥的？”

“京城有名的古董商。”吴天喜看看周围听得津津有味的人们，心里笑了。

狗剩又问：“古董商跟骷髅头有啥干系？”

有人拍打狗剩的脑袋：“别老是打岔，听天喜说完。”

吴天喜接道：“古董商或许是假的，京城来的探子或许是真的。因为前几个月，京城有名的一座寺庙里的舍利子不翼而飞。”

狗剩摸着后脑勺问：“舍利子是什么玩意？”

张大伯磕磕烟袋说：“舍利子是得道高僧死后的头骨，或者是身上其他物件。”

众人惊得张大了嘴巴，天啊！这要值多少钱啊！可真是无价之宝啊！没想到吴天喜这穷小子竟然因盗贼而发财。一时，恭喜的，羡慕的，眼红的，嫉妒的，各种眼神都呈现在吴天喜面前。

吴天喜回家前一再叮嘱大伙儿，此事不宜乱传，请街坊邻居替他保密。

可是，这事儿却像长了翅膀，飞向余杭县的每一个角落。

那偷儿听了吃惊之余后悔不迭，他脑子转得飞快，心想，哪有这等巧事，我从坟地里随手捡来的骷髅头竟然是京城丢失多时的无价之宝？转念又想，管他是真的还是假的，你吴天喜的家既不是大内禁宫，又不是官府衙门，进你的家比进菜园子还便利。我能送到你家里去，就能再去偷回来。若这骷髅头万一真的是宝贝，就有享不尽的荣华富贵了！

一连几日，那偷儿在吴家前后极周密地侦察，看是不是有官府的埋伏，直到确定平安如常，才决定动手。

这天夜里，月黑风高，吴天喜书房的灯迟迟不灭，藏在院角的偷儿未免有些烦躁，正打算回去明夜再来时，灯熄了，片刻后，房里响起了如雷的鼾声。

偷儿悄无声息地打开大门，堂而皇之地进了屋，在东厢房，见那骷髅头被供在了神龛上，香炉里燃着三炷香，两只红蜡烛正摇曳着红光香影。偷儿心里笑道：看来传言不假！谁会把骷髅头供在祖宗的牌位上？当下不敢耽搁，伸手便要夺取宝物。不料，脚下一虚，心提到了嗓子里，身子向下坠去。

待那偷儿醒来时，已关进了大牢里。

新上任的县令巧计捉盗贼的故事便传了开去。

第二十八章　独占秋风　向晓自有真珠露

雅致装庭宇。黄花开淡泞。细香明艳尽天与。助秀色堪餐，向晓自有真珠露。刚被金钱妒。拟买断秋天，容易独步。

粉蝶无情蜂已去。要上金尊，惟有诗人曾许。待宴赏重阳，恁时尽把芳心吐。陶令轻回顾。免憔悴东篱，冷烟寒雨。

——柳永《受恩深》

这日午后，柳永在书房伏案正填一阕《木兰花》词，咏叹春柳柔美与风流的品性。

黄金万缕风牵细。寒食初头春有味。殢烟尤雨索春饶，一日三眠夸得意。

章街隋岸欢游地。高拂楼台低映水。楚王空待学风流，饿损宫腰终不似。

——柳永《木兰花》

一只黄蝶飘进窗来，在砚台上绕了一圈，欲下未下，陡地一惊，又飘出窗去。

蝴蝶打乱了他的思绪，他搁笔向案上望去，原来刚才一阵风，将窗前的桃花吹落，飘了进来，洒落在摊开的书上、砚台上。墨池里浮着的两片粉红香艳的花瓣，被浓黑的墨汁，衬托得越发娇艳！原来，蝴蝶是寻着花瓣飞进来的！想必是飞到临近，发现砚池里的桃花已然死去，这才悚然而惊地飞走！

他怔怔地看着砚池里的几片落桃花，不禁又想起了他生命中那些飘然而去的女子：云桑、梅语、楚楚、玉英、虫娘、瑶卿……她们都有桃花般香艳娇柔的容貌，却又如桃花般薄命。如今正值阳春三月，溪桥路边窗前，桃花开得晴霞似的明艳照人。只可惜，桃花年年开，那些美貌如花的女子却都不在了。

他又想起崔护的诗：

“去年今日此门中，人面桃花相映红。人面不知何处去，桃花依旧笑春风。”

此刻，看着砚池里的落瓣，连蝴蝶也要弃之而去，怎不叫他心绪黯然！

柳永正自出神，柳村进来说溪南的赵员外来访。

“赵员外？快请他来书房。”柳永心中一凛，我正要找他呢！

原来柳永自来余杭后，见百姓安居乐业，怡然自得。认为太平盛世之时，莫过于办学堂、建义仓、修路桥这些有益于千秋万代之事。重视教育是当前的必要，他的家乡崇安，隶属于建州，建州自古以来文风昌盛，文化氛围十分浓厚，读书做官的人层出不穷。《嘉靖建宁府志》有这样的记载：

“建州至宋而诸儒继出，蔚为文献名邦……家有诗书、户藏法律，其民之秀者狎于文。”

然而，这办学堂、建义仓、修路桥得有闲钱，县里的资金有限，朝廷的那点拨款更不值一谈。

他想，余杭自古富庶，有许多从朝廷归来的文武官员，在家乡建起园林式的家居，其富有不可猜度。更有一些会经商的乡绅，仅房屋、田地也不计其数，若能说服他们募捐银钱，则可成其大事。

赵俊杰是柳永来余杭结识的朋友，此人富甲一方，乐义好施，又喜玩文弄墨，附庸风雅，颇受人尊崇。自柳永来余杭上任后，更是把这位才子县令奉为下凡的文曲星。

偏柳永这个县令又无官架子，对百姓如亲戚朋友一般，赵俊杰更无所顾忌，隔三岔五地写了诗词来请教。今日又不知所为何来。

赵俊杰见柳永坐在书桌前，笔墨齐备，一张花笺上已经写满了字，笑问：“县令大人，又作出好词来了？”

柳永哂然一笑：“哪来的好词！不过见窗外的柳条柔嫩纤细，风吹起，如女子婀娜的舞姿，为春天增添了无尽的诗情画意，一时兴起，便填了这阕《木兰花》词。员外今日是否又有了新词给柳某欣赏？”

赵员外面露羞惭，笑道：“县令大人取笑了！小人愚钝！哪来的新词！虽说清明节已过，但苕溪两岸春光正好，小人特来请县令大人去我们溪南踏青的。”

“踏青啊！那好啊！”柳永心想，踏青既能观赏风景，又可以随性聊天，这可是个大好的机会。他知道赵俊杰是个极爱面子的人，若与他这个县太爷一起踏青，赵俊杰必定会遍请余杭乡绅与富豪。所以，柳永也就爽快地答应了。

“明日早晨，小人就在溪南的舍下恭候大人！小人不打扰大人了，告辞！”

赵俊杰喜滋滋地躬身退去。

柳永到余杭县一年多了，人们认识的县令大人柳永并不是传说中的那个风流浪子柳三变。他们眼里的柳永容貌清俊，气质儒雅，虽风流倜傥，却并非冶游狎邪、薄于操行之辈。而且待人接物丝毫没有县太爷高高在上的架子，随和可亲，如相处和睦的邻居一般。

柳永信奉老子的“无为而治”。

老子说：“圣人处无为之事，行不言之教。万物作焉而不为始，生而不有，为而不恃，功成而弗居，是以不去。”

柳永理解为：圣人以无为的态度来处理世事，实行身教重于言教的方法。这样万物就会自然生长而不去争谁是创始第一，蕃生繁衍而不据为私有，有所作为而不自恃己能，大功告成而不自己居功。正因为不居功，所以功绩永存。

治理国家要顺应自然，遵循民意，天人合一。朝廷下的禁令越多，百姓就越贫困；百姓的利器越多，国家就会越混乱；百姓的思想越乱，邪恶的事情就越容易滋生；法令越多越森严，盗贼就会越多。对当政者而言，要避免极端、奢侈、过极的做法，要以民心为心。对百姓要因势利导，不可扰民生息。

柳永时常一袭白色长衫，不乘官轿，不骑高头大马，走访于乡间民户。若是到了吃饭的时辰，遇到哪家的饭熟了，萝卜青菜他吃；咸菜就清粥他也咕噜咕噜地喝。没有哪家特意为他备酒备肉，他吃得香甜、喝得畅快。若是遇上姑娘媳妇要他填词谱曲，他也会用筷子敲打着饭碗填一阕、哼一曲，那情景，真可谓其乐融融。

第二天，柳永带柳村前往溪南。

赵俊杰一早就在溪边柳树下候着，正翘首顾盼间，见柳永一袭湖水蓝长衫款款而来，忙笑呵呵地迎上前去。

三月温软的春风，催送满园芳菲，一群鸽子掠过清澈的苕溪，划过高远的天空，融进那无边的浅蓝与悠悠白云里，洒下一天清脆的鸽哨。

柳永站在苕溪岸边，双目微闭，轻柔的风拂过面颊，打开他心底最温柔最美好的记忆。曾几何时，在杏花微雨里，在芭蕉柳荫下，他与她们牵手走过，那些美丽的女子此刻似乎婉约成眼前的三分桃红，七分柳绿，一片春深。

“县令大人，”一声呼唤打断他的遐思，赵俊杰笑容满面地说，“这些都是本县的乡绅名流。”柳永抬眼望去，他身后果然跟来六七位衣冠鲜明的男人。

赵俊杰一一介绍，这些人当中，有从朝廷致仕（退休）返乡闲居的旧官，有经商的富翁，有进士及第而不愿入仕途的雅士，也有腰缠万贯的土财主。

柳永对那几位经营木材、烧瓷窑的尤其感兴趣，详细地询问他们的经营状况，他们的回答与自负让柳永心里有了底。

“大人，今日踏青一不骑马，二不步行，咱们乘船沿溪而上，一览苕溪两岸风光如何？”赵俊杰含笑询问。

柳永拊掌笑道：“赵员外真不愧风雅之士！泛舟于溪上，南北两岸风光尽收眼底，又闲适、又雅致！”

赵俊杰听了，喜上眉梢，弓腰伸手道：“大人请上船！”

柳永顺着他的手看去，一艘船起楼台的精致画舫已泊在岸边柳下，便拱手让道：“大家请！”

画舫溯流而上。虽说清明已过，踏青游玩的人依然络绎不绝。芳草纤纤的溪边平地，萦绕着薄薄的烟雾，红桃艳杏绿柳，临岸照水，空气中弥漫着淡淡花香，早有人搭起红色帷幔，也有的在草地上铺上毡布，席地而坐，管弦乐曲随风飘扬。

“大人请用茶！”赵俊杰奉上香茗。

经营木材的富商无不自豪地说：“大人今日只管享乐，画舫上吃喝玩乐一应俱全，大人可以欣赏两岸风景，可以垂钓，可以听曲观舞，也可以枕浪而眠。水酒果品应有尽有，鄙人还请了余杭一流的厨师，大人想吃什么，想喝什么，只管道来！”

柳永见他一团和气，展眉笑道：“吃喝倒无关紧要，本县有一要事相求！”

“大人有何要事需我们出手相帮，只管道来！”赵俊杰与几位拍胸应道。

画舫徐徐而行，时而有优美的歌声随风飘来，又随风飘向远方。

柳永的话语真挚而诚恳：“本县来余杭一年有余，虽说时处太平盛世，余杭自古富庶，却也有吃了上餐愁下顿的平民百姓。本县虽无能使其一夜致富，想办学堂、建义仓，让穷人的孩子有学可上，让他们打下的粮食有仓可屯。”

张窑主饶有兴致，插嘴说：“大人，办学堂、建义仓，这些可都是为民造福的好事呀！”

其他人都凝神听他们的谈话。

“可是，县里的库银有限，朝廷的银子又用不到咱余杭县来，”柳永呷口茶，“我正为这事儿发愁，想请诸位有德之士帮一把，不知诸位是否愿意做这有益于千秋万代之事？”

大家沉默着去看苕溪两岸的风景。

赵俊杰是东道主，他既不能让县令大人难堪，也不能冷落了这些乡绅。于是，拉了张椅子坐在柳永身边，笑问：“不知大人要我们这些人怎么个帮法？”

柳永见大家默不作声，猜度他们或是对自己不信任，或是不愿出钱出力。沉吟道：“本县知道，诸位皆是余杭首富，有身份有地位，就算你们每人捐十座学堂、十架桥，也是九牛一毛。但本县要的是你们自愿捐出来的银子物质，而不想以县衙的名义摊派。”

他又看着赵俊杰说：“若有赵员外领头，这件事会更顺利。”

赵俊杰非常诚恳地望着柳永，听他说话。

“此事由赵员外领头，由在座的组成一个小组，你们所捐的银子物质，指定专人造册登记。如：某某捐白银多少，某某捐木材多少。日后，这些人的名字与其所捐的银两物质数量，都将刻上功德碑。”

看风景的人都已围拢来，柳永心里兴奋，说话更有力了：“刚说由赵员外领头，是责成你请全县最好的木匠、泥匠和工人。这些人中，若有愿意出义工的，也上功德碑。若家景艰难的，按市面上的人工价格付工钱。”

看他们交头接耳，小声议论的情景，柳永觉得事情已经成功了一大半。他抬头望向溪边，那里有几个穿红着绿的女子，正折了柔嫩的柳枝挽成圈，戴在头上。他心里叹息道，“清明不戴柳，红颜成皓首啊！”

“大人，”经营木材的富商绕到他面前说，“鄙人有的是木材，所建的学堂、义仓、桥梁的木材均由鄙人出。”

有人开口了，其他人也不甘落后。

“所有的砖瓦归我。”

“我捐白银五万两。”

“所有人工费皆由我付。”

“好！好！”柳永站起身来，“你们自己选出人来管理捐资，本县只负责验收结果。”

赵俊杰给柳永换了盏新茶，笑道：“大人，你所发愁的事儿都解决了，你看这苕溪两岸杨柳依依牵绊，佳人婀娜多姿，如此美妙的春光，岂能无词？”

“啊呀！你们看，那是谁家的公子哥儿，怕是喝醉了酒了，竟在草地上睡得如此香甜！”张窑主忘情地喊道。

“我们何不请柳大人填一阕词来，也不负此良辰美景了！”

大家七嘴八舌的，柳永也兴奋不已，连喊笔墨侍候。

柳村忙铺纸磨墨，柳永蘸墨挥毫，赵俊杰顺着他写出的字念道：

水乡初禁火，青春未老。芳菲满、柳汀烟岛。波际红帏缥缈。尽杯盘小。歌祓禊，声声皆楚调。

路缭绕。野桥新市里，花秾伎好。引游人、竞来喧笑。酩酊谁家年少。任玉山倒。家何处，落日眠芳草。

——柳永《小镇西犯》

“大人，鄙人有个提议，不知大人认为可否？”一直未曾开口的进士陈兴拱手问道。这陈兴是仁宗明道二年的进士，却不愿为官，只在家里守着千顷良田，娇妻美妾过日子，是个吟风赏月、看花观柳的风雅之人。

柳永搁下手中的笔，笑道：“先生有何提议？说来听听。”

“苕溪两岸，风光旖旎，若在岸边建座楼，以供人们休闲观景，吟赏烟霞，不也是美事一桩！”

“先生的提议与本县不谋而合！”柳永击案叫好，“本县正欲告诉大家，待学堂、义仓与路桥修好后，在苕溪南岸建座楼，以供乡人歇息观景、会友赋诗填词之用。”

秋天，余杭县所需的学堂、义仓、路桥都已修建完善，苕溪南岸的翫江楼也顺利落成。

（清嘉庆《余杭县志》中有记载：“柳耆卿宰余杭，建翫江楼于溪南，公余啸咏，有潘怀县风。在通济桥南，面瞰苕溪，在桥南丰乐坊。”翫江楼，翫字，康熙字典注：“习厌之”《新华字典》注：“玩”的异体字。因此，又作玩江楼。）

（翫江楼为余杭文人所喜爱，聚楼饮酒赋诗词。明代诗人田艺衡有诗曰：息戈重作太平民，载酒江楼唤永新。白雪调高人似玉，青霞杯暖笑春生。并自注：“余杭有柳耆卿江楼遗迹。青霞杯，高丽瓷器，徐民所藏。”）

这日，秋高气爽，赵俊杰与乡绅请他们的县太爷为翫江楼举行落成仪式。

柳永站在楼上，举目望去，天高云淡，雁字成行，隐逸而又炫人耳目的菊花开遍苕溪两岸。淡黄的花朵，沁人心脾的清香让人忘记世俗的烦扰，一份采菊东篱下的怡然，顿使心胸淡泊如水。

然而，独占秋天风光的除了菊花还能有谁？世间又有几人能领略菊花临霜耐寒的高雅气质？流连于春天的蜂蝶已不见踪影，唯有诗人东篱举酒，吟诵着赞美菊花的诗篇。

赵俊杰与张窑主等乡绅在楼上已备好香茗水酒、菜蔬果品，笔墨纸砚也都精美齐全，另外，还请了余杭县几家教坊的歌女来唱曲侑酒。

“大人，酒席已摆好，请大人入座。”见柳永凭栏沉思，赵俊杰轻声唤道。

柳永收回目光，随赵俊杰来到二楼的大厅，见多了几个年轻女子，其中一位容貌娟秀，身形袅娜丰盈，一袭烟翠衣裙，衬得肌肤如雪，乌黑的发髻上斜插一枝绿玉簪，怀抱琵琶，端坐在窗下。

众人见柳永进来，都起身打恭作揖，唯有那翠衣女子目光迷离，望着不可知的去处，似乎这楼里除了她自己与怀里的琵琶，再无人无物。

酒到酣处，却听琵琶叮咚，歌声袅袅而起，那翠衣女子幽幽唱道：水乡初禁火，青春未老。芳菲满、柳汀烟岛……

柳永听得诧异，这女子唱的不正是春天跟乡绅们泛舟苕溪时，自己填的那阕《小镇西犯》么！这阕踏青词充满了人间的烟火气息，调子应是轻松愉悦、多彩明快的，她为何唱得如此低迷而凄清？

柳永禁不住抬眼望向翠衣女子，见她怀抱琵琶，信手而弹，虽唱着曲儿，眼角眉梢却堆满了化不开的浓愁。

“唱曲的女子是你们强拉来的？还是有不顺心的事儿？”柳永轻声问身边的赵俊杰，“你看她满面哀愁，完全沉浸在自己的忧伤里，如何唱得出这首词的韵味？”

赵俊杰正诧异不已，事先说好，由她弹唱县令大人填的词。谁知一开口，便唱得如此哀伤，当众之下又不好说穿，见柳永问起，本欲喝问，又被他拦住。

柳永轻声说：“别吓着她！待唱完，再问不迟，若有难言之隐，本县愿为她排解。”

自见了这几位女子，柳永心里便有一缕伤痛在暗暗滋长，多么相似的场景：文人聚会，听歌观舞。所不同的是，那时的自己是一介白衣，唱曲跳舞的是楚楚、虫娘、玉英她们，虽是醉里寻欢，却快乐无比。如今，自己乃一县之父母官，这忧愁的女子做的虽是倚门卖笑的生涯，却也是自己治下的子民，若真的有难，他愿像帮虫娘、佳娘那样去帮她。

一曲歌毕，掌声顿起。

赵俊杰抬手示意众人安静，问那翠衣女子："姑娘，你唱曲时忧愁满面，是不愿为我们唱曲，还是另有心事？"

翠衣女子见赵俊杰如此发问，惊慌失措，一双秀气的眼睛扑闪着，似乎要掉下泪来。

她低眉敛首，轻声道："回大人的话，小女子并非不愿唱曲，实在是有难言之隐。"

"既有难言之隐，何不如实道来？"赵俊杰说，"今日咱们余杭县令在此，还有这许多乡绅，或能为你排忧解难，也未可知。"

那女子见赵俊杰言辞诚恳，又见众人目露关切，便收起琵琶，娓娓道来。

她叫周月仙，是余杭县苕溪南岸琼花楼的歌女，生得有几分姿色，吹拉弹唱无一不精，深得老鸨与客人的喜爱。更难得的是，她略通文墨，能赋诗填词，与溪北的黄秀才诗酒酬和，互为知音，直至以身相许。只那黄秀才囊中羞涩，无力赎她。老鸨儿也不准无钱的穷秀才再登琼花楼的门。

然而，周月仙自此以后卖艺不卖身，誓死不接客，为穷书生抱贞守节，每夜乘船过溪北，与心上人相会，至天晓而归。

溪北有个姓刘的财主，见美艳如花的月仙与穷秀才相好，嫉妒难平，便用银子讨好老鸨，欲娶月仙为妾，月仙执意不从，作诗道：

不学路旁柳，甘同幽谷兰。游蜂若相访，莫作野花看。

刘财主读了月仙的诗，气急败坏，妒火攻心，前天夜间竟买通船主，躲在船上，乘月仙坐船去溪北时，将其强暴。

说到此处，周月仙已泣不成声，众人唏嘘不已，正七嘴八舌地说着，却听她轻声吟诵道：

沦落风尘里，遭淫不敢言。羞归明月渡，懒上载花船。

柳永听了，好生怜悯，当即吩咐随从而来的典使，速派人去琼花楼把老鸨儿唤来；又叫赵俊杰派人去溪北请来黄秀才。

老鸨与黄秀才前后到来，柳永当众掏出银子交与老鸨，作为周月仙的身价，解除她的乐籍。又问黄秀才是否真心待月仙，若是真心诚意，择日不如撞日，即日便可完婚。

黄秀才随即扑倒在地，连连扣头称谢，又拉周月仙跪下，双双拜谢县令大人。

赵俊杰与众乡绅见柳大人自掏银子为周月仙赎身，也纷纷解囊，你三两他五两，聚拢来竟有二十多两纹银。赵俊杰用一方手帕包了，交到月仙手里："用这些银子也可以做点小本生意了，你俩此后将好生过日子去吧！"

座中有人道："今日也算是双喜了，新楼落成，新人成双。如此好日子，岂可无词？大人何不填一阕来，也让我们风雅一回？"

柳永此刻的心情并非愉悦，他由周月仙想到了许多旧事前欢，正在心底暗自叹息，红颜知己早已逝去，在座的有谁能理解自己？今日能为周月仙解忧，他日，不知有谁能为我解忧。然而，此时此刻，他却不能将心事流露出一丝一毫。当下笑道："本县登楼远眺，见楼前楼后，溪南溪北开遍黄色菊花，花香袭人，心旷神怡。菊花是花中隐士，古代高雅之人喜欢以菊花自居，本县虽无菊花之清雅淡泊，却也是极爱菊花的，今日就以菊花为题如何？"

众人皆说好。

柳永推开窗户，望着远处吟道：

雅致装庭宇。黄花开淡泞。细香明艳尽天与。助秀色堪餐，向晓自有真珠露。刚被金钱妒。拟买断秋天，容易独步。

粉蝶无情蜂已去。要上金尊，惟有诗人曾许。待宴赏重阳，恁时尽把芳心吐。陶令轻回顾。免憔悴东篱，冷烟寒雨。

——柳永《受恩深》

在众人一片叫好声中，柳永有些无奈地想，菊花虽无春天的蜂蝶盘绕，却有诗人欣赏，菊花也以盛放的激情报答诗人，高士陶渊明于南山之下，东篱之畔频频眷顾，可有谁能解我仕途艰辛、身世飘零？

此刻的柳永倚着窗儿，那远眺的眼神竟如此孤独寥落。

第二十九章　烟波浩渺　艳阳美景惊煮海

偶登眺。凭小阑、艳阳时节，乍晴天气，是处闲花芳草。遥山万叠云散，涨海千里，潮平波浩渺。烟村院落，是谁家绿树，数声啼鸟。

旅情悄。远信沉沉，离魂杳杳。对景伤怀，度日无言谁表。惆怅旧欢何处，后约难凭，看看春又老。盈盈泪眼，望仙乡，隐隐断霞残照。

——柳永《留客住》

仁宗宝元二年（1039年），五十六岁的柳永奉旨从余杭调到浙江定海晓峰盐场任盐监官。盐监官负责监盐税、监盐场、监盐仓，掌管盐课税利与盐的储运，控制民间私盐、假盐等职责。

北宋的官制中，文官分为三个等级，第一级称为“选人”，是最低等级；第二级称为“京官”，是中间等级；第三级称为“朝官”，是最高等级。

其中“选人”又包括七个等级，每个初入仕途的人，除了皇帝特封与朝廷高级官员推荐外，都要在“选人”的七个等级中逐级升迁，称为“选调”，由选人升为京官称为“改官”，由京官升为朝官称为“转官”。官位等级按照政绩和年份依次升迁，在升迁的过程中，还要求有官员推举保荐。

第一级“选人”是仕途中最艰难的一步，后来的苏洵说过这样的话：

“凡人做官，稍可以纾意快志者，至京朝官始有其仿佛耳。自此以下者，皆劳筋苦骨，摧折精神，为人所役使，去仆隶无几也。”

意思是：凡是初做官的人，若想轻松惬意舒心快乐，只有升迁到京朝官，否则，就如奴隶一般，风尘作吏、供人驱使。

选人以“三任六考”为改官年限，选人要做三任地方官，每一任以三年为期限，每满一年就考核，过六次考核后，才能如期改为京官，即由最低级“选人”升迁到中间级“京官”。

柳永进士及第后，外放睦州团练使推官，就是“选人”。

他在睦州的三年，深得百姓爱戴，临走时，百姓对他的评价是：抚民清净，安于无事，百姓爱之。当初又有知州大人吕蔚向仁宗皇帝的举荐，却仍不得“改官”。

如今在余杭县任满三年，成绩卓然，考核过关，百姓赞誉，若按正常顺序升迁，柳永应该“改官”为京官了，却为何调往定海晓峰盐场做一个小小的盐监？

是柳永时运不济，还是冥冥之中主宰命运的神忘了柳永的存在？

暮春时节，柳永带着柳村与几箱书籍、几件简单的行李，疲惫不堪地来到定海，虽有几许无奈与愤懑，却还是静下心来干好这小小的盐监知事。

晓峰盐场就在县衙西十二里处。本朝沿袭唐朝官制，盐铁使与地方府衙没有隶属关系。

柳永与前任知事把盐场事务账务等手续交割完毕，便要去看盐场，副知事孙贵说，近来连天阴雨，盐场比较清闲，柳大人一路车马劳顿，先休息几日，看看周围的环境，等天晴再去盐场。

这日，雨过天晴，柳永登楼凭栏远眺，舟山群岛花繁柳绿，草长莺飞，一片生机盎然。远处山峦重叠，天边的云朵随风飘逸，宽阔的海面，烟波浩渺，一望无际，柳永顿觉心胸开阔，若是有虫娘在该多好！虫娘，蓦地想到虫娘，心陡然疼痛起来。众多红颜中，唯有佳娘还在人世，此时，也不知流落何方。

他收回目光，近处的海边，绿树掩映下的村落，炊烟正袅袅升起，枝头的鸟儿叽叽喳喳地叫得欢快，柳永漫不经心地看着想着，这是谁家的院落，谁家的树呢？鸟儿比人快乐自由啊！

如今，他唯一的爱好就是填词，记录他仕途的困顿与生命的孤独，一阕《留客住》从他悲凉的心里涓涓流出：

偶登眺。凭小阑、艳阳时节，乍晴天气，是处闲花芳草。遥山万叠云散，涨海千里，潮平波浩渺。烟村院落，是谁家绿树，数声啼鸟。

旅情悄。远信沉沉，离魂杳杳。对景伤怀，度日无言谁表。惆怅旧欢何处，后约难凭，看看春又老。盈盈泪眼，望仙乡，隐隐断霞残照。

——柳永《留客住》

柳永歇了几日，便要去盐场看看，副知事孙贵带他前往。

我国从汉武帝时，为增加朝廷的财政收入，制止百姓营销私盐，实行盐

铁由朝廷垄断经营，并设置行政机构具体管理。在中央于大司农之下设盐铁丞，总管全国盐铁经营事业，于地方各郡县设盐官或铁官经营盐铁产销。盐官经营的办法是：民制、官收、官运、官销。募民自备生产费用煮盐，政府提供主要的生产工具（煮盐用的大铁锅）以间接控制其生产，产品由官府收购。

舟山地处海隅，自古享有渔盐之利，宋朝自开国以来，先后在舟山设有五处盐场，晓峰盐场就是其中之一。

在去盐场的路上，柳永心里泛泛地想着，不知这海滨盐场是如何制盐的。

此时，晴空万里，红日高悬，虽是暮春天气，走在海堤上却也闷热难当。强烈的阳光直照海面，反射出刺眼的光芒，使人不能直视。海风猎猎，汹涌的海浪，一浪接一浪地撞向海滩上的巨石，在震耳的隆隆声中飞珠溅玉。

简陋的盐场，潮水退去后的海滩被午后强烈的日光晒得发烫，远远望去，一群盐民匍匐在海滩上劳作。

见柳永瞪着眼睛，十分吃惊的样子，孙贵微笑着轻描淡写地说："他们是在刮海泥。"

走至跟前，见这些匍匐在海滩上刮海泥的盐民，有的衣衫褴褛，有的干脆光着上身，只穿着裤衩；有胡须花白的老者，也有身量未足的少年，他们黝黑的皮肤在日光的曝晒下，泛着黑油油的光。

柳永站在海堤上，已是酷热难当，更何况这群衣不蔽体、瘦骨嶙峋的人匍匐在晒得蓬松发裂的海滩上不停地劳作！上晒下蒸，此情此景，竟如人间炼狱一般。

就在柳永目瞪口呆之时，一边的孙贵拍几下巴掌，大声喊道："干活的，先停一停！"

柳永转眼看着孙贵，心想，此人怎可用如此粗暴的口气对那些干活的人说话？回头却见海滩上的人们，果真停手望向这边，这是一种怎样的目光！连同那未成年的孩子，他们的目光竟是那样的茫然，却又似满含着无尽的愁怨！

"这是新来的盐监官知事柳永柳大人！今后柳大人就在我们定海晓峰盐场主事。"孙贵又拍两下巴掌，"干活！"

海滩上的人又埋头刨海泥，没有人说话，盐场来不来盐监官，或者来的是谁，似乎都与他们无关，他们唯一要做的事就是刨海泥。

柳永很想让他们停下手中的活计，跟他们聊聊天，可看孙贵一副官老爷的模样就打消了念头。

夜，一轮明月泊在碧海青天，柳永枕着海浪不能入眠，白天看到的情景在脑海里翻腾，褴褛的衣衫，瘦骨嶙峋的身躯，茫然而又愁怨的眼神，晒得发烫的海滩，世间真有这样的人间炼狱！他一颗柔软的心似被一只有力的手揪得紧紧的，疼痛到窒息。他总以为自己是世间最苦的人，二十五年间，五进考场，仕途困顿，羁旅漂泊，所爱的女子一个个离他而去，可这些对在海滩上劳作的盐民来说，实在是太微不足道了。

一夜辗转难眠，直到邻村的雄鸡叫了两遍，才迷糊睡去，梦中被一阵嘈杂声惊醒。睁眼看时，原来天已大亮，正欲穿衣起床，却听得有人轻扣房门叫道："柳大人，起身了么？"

"起身了！"他边回答边披衣趿鞋，开门时，见是盐监判官杨华。

杨华打恭行礼道："大人，副知事孙大人昨夜抓了几个私盐贩子，不知大人是否知晓？"

"进屋说吧，昨夜的事尚未知晓，等去公堂时，他自会告诉我。"柳村送来洗脸水，柳永边洗脸边说。

"孙大人此时正欲把这几个私盐贩子送往县衙。"

柳永听了一激灵，心里奇道，我柳永虽初来乍到，毕竟是盐场的盐监主事，既是盐场的事，就该由我来处置。这样大的事居然将我撇在一边，而自作主张。究竟是他妄自尊大没把我柳永放在眼里，还是这晓峰盐场的水太深？

杨华见柳永沉吟不语，满是希冀的目光看着这位新上任的盐监知事，恳切地说："大人，去看看吧。你是咱们晓峰盐场的盐监官，是主事的，所有事务不都是由主事的定夺么？"

柳永盯着杨华的眼睛，若有所思："你先去告诉孙大人，叫他少安毋躁，把盐贩子带到公堂等候，我随后就来。"

杨华答应着转身离去。

柳永洗漱完毕，柳村侍候着穿上官衣，略微收拾了一下，便朝公堂而来。

正在前厅候着的杨华，见新来的盐监官穿上官服仍然清俊儒雅，一身书卷气，全身上下没有一丁点儿官家的威严，不免有些失望。转念又想，这柳大人虽是当今世上有名的才子词人，在余杭任县令时，以民为本，以民为子，深受百姓爱戴。如今到晓峰盐场主事，希望他能秉公执法，改变盐场混乱的现状。

公堂内，孙贵悠闲地背着手走来走去，其实他内心焦躁不安，以前这等抓捕私盐贩子的小事都由他做主，晓峰盐场的盐想给谁，就给谁。前任知事只要有白花花的银子进腰包，哪管这等鸡毛蒜皮的事儿！是啊，银子能通神，谁不喜欢白花花的银子呢！我就不信你柳永跟银子有仇！想到这儿，他得意地笑了，回头见柳永正疑惑地看着他，笑容顿时僵在脸上，看上去古怪至极。

"孙大人因何如此高兴啊？"柳永笑问。

"啊，啊！柳大人，这不，你看，我抓了几个私盐贩子。"孙贵有点语无伦次。

"我进门时，见前院树下绑了三个人，莫非他们就是私盐贩子？"柳永漫不经心地说，"孙大人夜间缉私辛苦，不知孙大人将如何发落这几个人？"

孙贵听这语气有点不对，忙赔笑道："当然由大人来发落。在下见大人初来乍到，不熟悉此地环境，又是夜间缉捕，所以没敢惊动大人。"

柳永拱手道："多谢孙大人关照！"

孙贵忙回礼："应该的，应该的！"

柳永在堂中坐定，喊道："带上来！"这一声不大而严，不怒而威。

孙贵听了，不由自主地后退几步靠在墙上，堂外的杨华听了，手一挥，从边门出来几个盐吏，把绑在树上的三人解下来，押至堂前。

柳永见这三人衣衫褴褛，年龄均在三十岁左右，却骨瘦如柴，面露菜色。心里未免惊奇，这贩私盐的商人，怎的跟街头叫花子一般？便把声音放低些问他们："你们谁先说？"

三人你看我我看你，其中一个浓眉大眼的说："大人，我来说吧，我叫胡海通，是永塘村煮盐为生的亭户，属晓峰盐场管辖，这两个是我同村的。"

"既是煮盐的亭户，为何又贩私盐呢？"柳永不解地问，"难道煮盐不能养家么？以贩私盐牟取暴利？"

胡海通苦笑一声："想必大人就是新来的晓峰盐场知事柳大人！"

"本官正是新来的盐监知事柳永。"

胡海通偷偷看一眼立在一边沉着脸的孙贵，又无力地垂下头，不再言语，一副听天由命的模样。

柳永见他欲言又止，知他畏惧孙贵，便笑道："你若道出实情，本官体谅你的难处，尚可饶你们这一次。不然，孙大人可就要将你们送官府衙门治罪。"说完看了孙贵一眼。

孙贵忙道："柳大人说得是，你们快如实道来。"

胡海通心想，这新来的盐监官看上去如一介书生，不似以前的盐监官一脸贪相，今天落在他们手里，是死是活由不得自己，何不说出来死个痛快！

“大人，我们这些人本是以煮盐为生的亭户，煮盐原本就够辛苦的，若不是日子艰难，谁还愿意起早摸黑，偷偷摸摸地贩卖私盐？”胡海通望向柳永，因为脸颊瘦削，眼睛显得更大，“亭户煮盐，上缴了盐场摊派的数量，已所剩无几，可这剩下的也会由盐场收购，这是说做得好的亭户，若是不能完成定下的上缴数量，还得受重罚。我们这些人只好白天煮盐，夜间走乡串户卖点私盐，以养家糊口。”

“怎么不见他们贩运私盐的工具？”柳永回头问孙贵。

孙贵不语。

胡海通有气无力地说：“大人，我们哪来的运盐工具？我们这些人吃的都顾不上，哪有本钱贩盐？每次也只买个三五斤，最多的也只有十斤，背到官盐运不到的偏僻村庄，只是比官盐便宜又灵活些，没银子的可以用粮食换，隔三岔五地贩几趟私盐，也就刚刚养家糊口了，并没有盈余，一旦被抓，还得受重罚。”

柳永又问孙贵：“他们是人赃俱获？还是只抓到人？怎么不见盐？”

孙贵忙不迭地说：“是人赃俱获。”又瞪眼吼身边的盐吏，“还不快去把他们的私盐拿来！”

那盐吏似乎有些犹豫，孙贵一脚踢去，这才摸着屁股跑去提几个袋子到堂前。

柳永看着这三袋子，用手提着掂了掂，三袋盐总共不到二十斤，“你们还认得自己的盐袋么？”

“认得。”三人各自认了自己的盐袋。

“那就各自领了盐袋走吧！”柳永背着双手慢慢步出公堂，胡海通等三人莫名其妙，瞪着眼不解地你望我我看你，一边的杨华急得跺脚：“大人叫你们走，还不快走！”

孙贵急了：“大人，大人如何放了他们？”

柳永停步看着他说：“本朝律法规定，贩私盐一斗以上者，背杖，没收车马；一石以上者，没收货物，流放；数量巨大者，抄家，斩首。孙大人认为他们三人符合哪一条？”

孙贵的脸红一阵白一阵，说不出话来。

一连几日，海滨盐场与公堂，都不见柳永的踪影，只有他的仆人柳村一人在盐监的官舍里进进出出。孙贵非常奇怪，派出手下人也打探不到消息。这天，他躺在公堂前院树底纳凉，突然从躺椅中翻身坐起，拍着脑袋说："早就听说这位知事大人是个风流浪荡的才子，最喜给青楼歌女填词谱曲的，莫不是逛窑子、听歌填词去了？"说完大笑起来，得意自己的脑袋瓜子竟如此聪明。又把手一挥，几个盐吏巴儿狗似的围拢来，孙贵如此这般地说一通，便四下散去。

一个时辰后，盐吏陆续回了，个个都垂头丧气的。

孙贵骂道："你们这些饭桶，老子养活你们干什么用？这点小事都办不好！"

"大人，我们分头找遍了定海所有的窑子，都没有柳永的踪影。"

"定海的窑子，没有我们不知道的，老鸨儿都是极熟的，就连窑姐儿也是极熟的，来了新嫖客，她们还敢不告诉我们？"

几个盐吏小声争辩着。

哪知孙贵听了又厉声骂道："敢不告诉你们？你们是能人儿！有银子睡窑姐！我看这柳永来了，你们就别想过好日子了！"骂得众盐吏作声不得。半晌，孙贵又咦的一声："那阴阳怪气的杨华呢？也有几天不见他了。"

其中一盐吏提醒道："莫不是跟柳大人一起。"

孙贵摸着光溜溜的下巴点头："极有可能！平时他就软硬不吃，从不跟我们沾边，若不是他祖父在朝廷做过官，在这一带有些名气，早把他废了。从今日起，你们要密切注意柳大人与杨华的行踪，白天不见人，夜里总得回盐监官舍，你们分成两班暗中盯着，看他们究竟在做什么。"

众盐吏齐声答应。

却说柳永见杨华说话行事与孙贵不同，眉眼之间自有一股凛然正气，那天胡海通的私盐案，若不是杨华，孙贵一伙岂不得逞！孙贵为什么要这样做呢？这其中是否还有隐情？从这件事上，他又看出杨华的侠义心肠。所以，这几日他也不去盐场，也不带柳村，只叫杨华带路，到附近的村庄走走看看。

仲夏天气，烈日当头，温润的海风吹在身上也不解凉，还有些湿黏黏的感觉。柳永、杨华二人经过一个海湾，见一帮人正肩担背扛地运柴火。

"这是砍来煮盐的木柴么？"柳永问低头走路的杨华。

"是的，大人。"杨华应道，"盐民一半人在海滨盐场刮海泥，一半人要去很远的深山砍柴，他们起早贪黑，山上蛇虫虎豹出没无常，有的人去了就没再回来。”

一路上，杨华并不主动说话，柳永问一句，他就答一句。

“大人，前面的村庄就是永塘村。”

柳永抬眼望去，绿树掩映下的土墙黛瓦，炊烟袅袅。看上去多么安宁多么惬意的海边村落，谁会去想住在这里的人们该是多么艰难地活着。

两人加快脚步朝村子走去。

胡海通的家就在村前那株古老的榕树旁边，房子虽陈旧，院子却收拾得很干净。

二人进了院门，杨华正欲高声唤胡海通，柳永抬手止住，屋里传来一阵咳嗽声，一个苍老的声音说：“海通啊，你去盐场干活吧！我这把老骨头，你守着我还不是这个样子。”

“爹，你病成这样，我怎能放心去盐场？等你病好了，我再去干活。”答话的正是胡海通。

他担了水桶正欲出门，突然见柳永与杨华站在院里，一时呆住了，盐监官亲自登门，不知是祸是福，扁担从肩上滑落，水桶掉在地上哐当地滚得老远。

“海通啊！你咋啦？是什么东西摔了？”屋里的老人焦急地问。

“爹，没事，是水桶掉地上了。”

“唉，三十多岁的人了，做事还毛手毛脚的，叫人不省心。”老人叹息着埋怨。

杨华见胡海通紧张的脸色都变了，忙说：“胡海通，柳大人今日是来看望你的。”说完递上手中提着的两包点心。

胡海通一双深陷的眼睛紧盯着柳永，迟疑着。

柳永笑道：“怎么？不欢迎我这个盐监官来你家做客？”

胡海通这才接过杨华手中的礼物，将两人请进堂屋，忙不迭地倒了两大碗茶递给柳永、杨华：“喝碗茶，解解渴。”

“海通啊，家里来客人了？”

胡海通忙进里屋压低声音说：“爹，别大喊大叫的，是新上任的盐监官柳大人来咱家了。”

老人压低声音问：“你又犯事了？”语气里满是焦虑。

柳永放下茶碗，起身到里屋，里屋很暗，几件简单破旧的家什，床上的

老人正撑起瘦削的身躯望向房门，胡海通见柳永进来了，忙扶他爹坐起来："爹，这就是新来的盐监官柳大人。"

"老人家，你好啊！"柳永走至床前笑着问好。

老人虽在病中，思路却很清晰，见柳永问好，忙要给柳永下跪，柳永一把拉住，摁在床沿坐下。

老人说："咱们到堂屋坐吧，这屋子我老头子住久了，污秽不堪，恐熏了柳大人。"

到堂屋坐定，胡海通敞开前后门通风，顿觉凉爽了许多。

第三十章　烈日煮海　安得母富子不贫

鬻海之民何苦辛，安得母富子不贫。本朝一物不失所，愿广皇仁到海滨。甲兵净洗征输辍，君有余财罢盐铁。太平相业尔惟盐，化作夏商周时节。

——柳永《煮海歌》

“爹，你陪柳大人说说话，我去赊两斤肉、打斤酒回，两位大人就在家里吃饭吧！”

柳永忙道：“海通，别乱忙了！先坐下说说话，今天我和杨华就在你家吃饭，家里有什么就吃什么，还去赊什么酒肉！”

胡海通有点犹豫，见柳永诚恳坚定的眼神，又见杨华朝他暗暗点头，便不再出门，拉了只缺腿的凳子坐在他爹身边。

柳永觉得口渴难忍，端起碗喝了口茶，觉得这茶苦涩不堪，想吐掉又怕胡家父子耻笑，便咽了下去，谁知片刻后唇齿喉间竟甘甜无比，一股清凉之气穿透五脏六腑。

“老人家，你家几口人？”柳永问。

“唉！老伴去年腊月过世，就我和海通父子俩，家里穷，海通都三十多了也没能讨上媳妇儿。”

“你们村都是以煮盐为业的亭户么？”

“我们村靠近晓峰盐场，全村七八十户人家，大多是以煮盐为生的。”胡海通回道。

“煮盐养不活一家人么？为何要铤而走险贩私盐？”柳永问胡海通，“贩私盐可是要治罪的，你们不知道么？”

海通一脸无奈：“哪有不知道的！大人有所不知，亭户千辛万苦地煮盐，除了上缴给官府规定的数量，已所剩无几。剩下的也由官府以极低的价格强行收购了去，若家里有人生病，郎中都请不起。”

“去年他娘生病，借钱请郎中也没治好，今年我又病了，海通这才想着

去贩私盐，大人哪，你就饶过他这次吧！”老人急切地说。

“爹，你别插嘴，听大人问话。”

“海通，能跟我说说你在盐场煮盐的经过么？”柳永喝完那一大碗茶，感觉神清气爽。

“就像今天这样晴空万里，烈日炎炎的，正是刮碱淋卤的好天气。”胡海通说，“每日退潮后的沙滩，经过烈日曝晒，干燥松软的沙土含碱量极高，盐民将这些碱土铲刮起来，在铺好的草上，堆成高二尺、长丈余的一溜，堆好后就提海水淋浇，从土堆上淋浇下来的卤水经过底下的草的过滤，再流入土堆旁边早已挖好的井中，这就是刮碱淋卤。”

胡海通边说边给柳永续茶：“井里的卤水要迅速舀起来放进大铁锅里煮，盐民通常是头顶烈日，脚踩滚烫的沙砾，烧起熊熊柴火，把铁锅里卤水煮干，剩下白色的一层晶体，就是盐。”

“像你方才所说的高二尺、长丈余的一溜碱堆，能出多少盐。”

“那样的一堆碱能淋出三至五井卤水，每一井得盐三至五石。”

“这样繁复的程序和艰辛的劳作，才收得这么一点点的盐晶！”柳永望着门外那株榕树感叹。

“运气好的才收得这么多盐，有的人刮同样多的碱，收成却少得可怜。”胡海通说。

“哦！”柳永若有所思，“同样大小的碱堆，得出的盐晶有多有少，说明制作的方法与技术有所不同。”

“正是这样。”胡海通对他父亲说，“爹，你陪柳大人说说话，我去烧火做饭。”

“海通，你和你爹平时吃什么，今日就做什么，不要去赊酒肉。杨华，你去帮海通。”

杨华笑着跟海通到后面厨下。

“大人哪，家里可是什么都没有啊！”老人苍老的面容竟泛起羞愧的红晕。

“老人家，你能吃的我也能吃。”柳永笑问，“你一直在盐场煮盐么？”

见盐监官问煮盐，老人的声音不觉高昂了许多：“不瞒大人说，我可是晓峰盐场煮盐的能手，刮碱、淋卤、煮盐，都比别人又快又多。”说着又神色黯然，“煮盐的手艺好又能如何？还不是连饭都吃不饱。”

“听海通说，你们除了上缴给官府规定的盐晶数量，剩下的也被官府强行收购，有这等事？”

“是啊！若是阴雨天，无法完成上头规定的数量，要受重罚；若是完成了定量，剩余的盐又被他们以更低的价格强行收走。”

杨华端了两碗咸菜放在桌上。

胡海通正端了碗豆腐出来，接过他爹的话说：“剩余的盐不是官府强收，而是有些人以官府的名义低价收购，高价卖出。”

“有这等事？”柳永颇为吃惊。

一直没开口说话的杨华回道：“大人，海通说的是真的。这些人往往与外面的盐商勾结，从盐民手中低价收购，高价卖出，从中渔利。更有甚者，欺上瞒下，把盐监库存的盐，成千上万石地卖给大盐商牟取暴利。朝廷控制私盐，只是控制了像海通他们这样的小盐贩子，却无法控制与官府勾结的大盐枭。”

“如此违法乱纪的行为，朝廷袖手旁观？”柳永问得有些无力。

杨华道：“朝廷每年都有转运盐铁使来视察，每次视察后，盐铁使离开定海时，都是腰缠万贯，朝廷哪里还管得了这等事，倒霉的依然是煮盐的亭户。”

柳永沉默不语。

胡海通见柳永脸色铁青，心里忐忑不安，以为自己说错了什么，轻声道：“大人，吃饭吧！”

一时，大家吃完饭，胡海通扶他爹回里屋歇息，捡了桌上的碗筷自去厨房收拾。

柳永看着杨华说：“杨华，我见你行事说话，与孙贵等人决然不同，这才有意带你出来。”

杨华欲站起身说话，被柳永抬手压下。

“大人，晚生自幼读圣贤之书，懂做人之道，不吃嗟来之食，不取不义之财。虽无能保一方百姓之平安，却也不做苟且之事！是以，晚生不随波逐流，不与人同流合污。”

“好！我眼力果然不差！”柳永打心眼里喜欢眼前这个年轻人，“海通家无外人，你能把定海盐监以前的经营状况简单地给我说说么？”

“大人，晚生知无不言。”杨华坐直身子，“定海盐监隶属于盐铁使管辖，其所作所为，县衙都无权干涉。盐监除了替朝廷屯积食盐外，还在各乡镇集市设盐铺向百姓售盐，为的是垄断食盐市场而杜绝盐商经销私盐。”

说到此处，杨华有些迟疑，但见柳永鼓励的眼神，便又接着说：“盐监设的盐铺所卖食盐，盐吏为了一己私利，常往盐里掺沙子，百姓怨声载道。”

柳永眼里溢满愤怒的火花，强忍着，不去打断杨华的叙说。

杨华打开了话匣子收势不住：“盐监分派的盐吏销盐也有定额，盐吏在盐监每月自有一份饷银，不比私盐贩子吃苦耐劳，能到偏远的水乡山村售盐，也不似盐贩子灵活，能以粮食、药材、布帛交换。若月末尚未完成销售的定额，盐吏便强迫百姓购买。有的人家无钱买盐而长期淡食，这样一来，形成恶性循环，由于长期食淡而无力干活，不能干活而更加贫困。”

世间竟有买不起盐而长期淡食的人，柳永真是闻所未闻，他骇然问道：“晓峰盐监有多少盐吏？这些盐吏都是从何而来？为何如此对待穷苦百姓？”

“有件事，晚生总想不明白，难道朝廷对地方盐监的盐吏没有控制么？盐监的副知事孙贵，也不知他弄了多少人进盐监当了盐吏，定海盐监怕有三四十号盐吏了。”

“三四十人？小小的盐监竟有这么多的盐吏？我来盐监的这些日子并没有看到这么多人啊！”柳永惊道。

“大人能看到，都是按朝廷规定进盐监的，大人没看到的那些盐吏，都是花大价钱走孙贵的门路进来的，都分在各处收盐、卖盐。”

“那盐监如何给这些人支付每月的俸银？”

“羊毛出在羊身上，他们的俸银自然是从盐利中支付，比如在盐中掺沙子，比如对百姓短斤少两，比如以低价收购盐民的盐，高价卖给盐商。他们的生财之道多如牛毛，不胜枚举。奇怪的是，这些走门路进来的人，原本也是穷人家的子弟，一旦做了盐吏，竟像恶狼一般胡作非为，鱼肉百姓。”

“因为他花了大价钱走门路进的盐监，这些银子他自然要捞回去。”柳永淡淡地说，“回盐监后，你把盐监所有人员造个花明册，特别注明后来进盐监的那些人。”

“是，大人！”杨华起身应道。

胡海通傍着后门聆听多时，心里对这个新来的盐监官很有好感。他想，或许柳大人能改变他们的命运，期盼之余又有几分强烈的不安，至于这不安是什么，他一时又无法说得清楚明白。

告别胡家父子时，柳永掏出几两碎银给胡海通，让他请郎中给父亲治病。

柳永杨华二人回到住处，已是暮色四合。

几条黑影晃过柳永的窗前，孙贵即刻就知道柳永、杨华二人已经回到盐监的官舍。

第二天一早，杨华送来一本花名册，定海盐监现有吏员共三十五人，除去按朝廷规定拿俸银的吏员八人外，其余二十七人均是附近村落，跟孙贵沾亲带故的人。

杨华刚离开，柳村来报说孙贵在门外问大人是否起床，柳永把花名册夹进书里，示意柳村请孙贵进来。

“哎呀！大人啊！你日理万机，走乡串户够辛苦的，咋还起这么早？”孙贵满脸堆笑地说。

“孙大人比我更早啊！”柳永唤柳村倒茶。

“大人，别忙乎了，我略坐一坐就走。”孙贵边说边坐在书桌前，从怀里掏出一个沉甸甸的布袋放在桌上，笑微微的，“大人来盐场又没带家眷，只有一个柳村，小人怕他侍候不过来，这是纹银五十两，大人先用它治几样家具，娶一房姬妾，在定海也算是有一个完整的家了。”

柳村送茶进来，柳永笑道：“我有柳村侍候已足够，还娶哪门子姬妾？倒是孙大人，上有老，下有小，比我更需要银子。再说了，平白无故，直眉白眼的，我如何能拿孙大人这许多白花花的银子？”

“柳大人见外了！咱二人同堂共事，都是为朝廷出力，替百姓解忧，尚或有不到之处，相互之间也好有个照应不是？”孙贵的话已经说得很明白了，只是那句“为朝廷出力，替百姓解忧”，不知他如何说出口的，脸都不红一下。

“话虽如此，只是今日无功不受禄，这银子暂且还由孙大人保管着，以后若有用银子的地方，再找孙大人取来也不迟。”

柳永几句不咸不淡的话，孙贵听了恨得牙根痒痒的，只得顺坡下驴，拿起银袋揣进怀里，笑道：“既如此，我就替大人保管着，日后大人若要用时，我再如数奉上。告辞！”出门时悻悻地想，居然还有不爱银子的主！别敬酒不吃吃罚酒，咱骑驴子看唱本——走着瞧。

杨华不知何时站在门边，无不忧心地对柳永说：“大人虽如此礼让，只不知他是否领情，也不知往后的日子，还会遇到怎样令人难以意料的事。”

“正想问你，这个孙贵为何敢如此猖狂？难道前任盐监官在所有的盐场事务上都听他的？”柳永让进杨华，顺手关上门。

杨华道：“前任盐监官刚上任时，也是事无巨细，件件过问，后来就不

太管事了。定海盐监的所有事务与各乡镇集市的盐铺都由孙大人安排，盐民每月完成规定的食盐数量后，剩余的盐都由他派专人强行低价收购，还专管捉拿像胡海通这样的私盐贩子，在定海，可以说孙贵是一手遮天。”

“难道他有很强硬的后台？”柳永沉吟道。

“大人说得不错，常听孙贵说，他在朝中有人。”

“一个小小的盐监副知事，为害一方百姓，竟无人敢管！”柳永愤然地一拂袖子，带翻桌上的茶碗，掉在地上摔得粉碎。

柳村听见动静，赶紧进来收拾，见桌上一纸词稿已被茶水浸湿，赶紧收了，晾在门前的栏杆上，仔细看时，才知是老爷昨夜写的诗，名为《煮海歌》。

煮海之民何所营，妇无蚕织夫无耕。衣食之源太寥落，牢盆煮就汝输征。年年春夏潮盈浦，潮退刮泥成岛屿。风干日曝咸味加，始灌潮波增成卤。卤浓碱淡未得闲，采樵深入无穷山。豹踪虎迹不敢避，朝阳出去夕阳还。船载肩擎未遑歇，投入巨灶炎炎热。晨烧暮烁堆积高，才得波涛变成雪。自从潴卤至飞霜，无非假贷充糇粮。秤入官中得微直，一缗往往十缗偿。周而复始无休息，官租未了私租逼。驱妻逐子课工程，虽作人形俱菜色。鬻海之民何苦辛，安得母富子不贫。本朝一物不失所，愿广皇仁到海滨。甲兵净洗征输辍，君有余财罢盐铁。太平相业尔惟盐，化作夏商周时节。

——柳永《煮海歌》

柳村读罢，心里不禁翻腾，他同情煮海的盐民，更同情他的老爷，只是这民间疾苦，笔底波澜，能唤起皇帝与朝中大臣的良知么？若皇帝又拿这煮海歌做文章，老爷的前程更加渺茫，一丝忧虑浮上眉尖。

屋里，杨华正试探着说：“大人，若作长久之计，还是不要惹他的好。”

“若依我的本性，这种人，我是不愿多看他一眼。但我为官一任，就应造福一方。我们既是百姓的父母官，百姓就是我们的子民，我们就要保一方百姓的平安，就要做到让百姓男有地可耕，女有布可织。可如今，你看看那些背朝青天、面朝沙滩的盐民，他们过的是怎样的日子？”

杨华不说话。

柳永负手立在窗前，太阳已爬上那株高大的榕树杈，夏蝉一声高过一声的啼叫，叫得暑天燥热起来。

少年时经世济国的宏图大愿，到如今竟是这般的艰难与渺茫，他不禁怀疑自己曾经的努力是否值得，而将来的结果又是否值得自己再继续努力？

“老爷，吃早餐吧，你不是说要去盐场么？”柳村轻声唤道。

“哦！”柳永转身见柳村端着托盘立在门边，忙招呼杨华，“你也来一起吃，吃了好干活。”

杨华笑道：“大人，你快吃吧，我早吃过了。”

柳永边吃边对杨华说：“你带两个稳当的盐吏，找几个匠人，在盐场边的长堤上搭一道长棚，再买五只大水缸，设于长棚之内。”

杨华喜道：“大人，你这是给盐民搭休息的棚子啊！那水缸干什么用呢？”

柳村笑道：“水缸自然是装茶水的了。”

“好啊！我这就去找人。”杨华说着就要走。

“慢着！海边风大，长棚要搭得足够结实，茶水就用昨天在胡海通家喝的那种茶水，你去找胡海通，看他是用什么泡的茶，入口虽苦涩，喝下去却是神清气爽，消暑止渴，正适合太阳底下干活的人饮用。”

杨华笑道：“这个不难，盐民们应该都知道是什么草药。”话未说完，人已跑去老远。

“老爷，有句话，小人不知该说不该说。”柳村看杨华跑远，迟疑道。

柳永颇为奇怪地看了柳村一眼，喝下碗里最后一点粥，说：“你有什么就说出来，几时学会矜持了？”

“老爷这样做，也只能让盐民在干活的当儿休息一会儿，并不能减轻他们的负担。他们每个月要交的盐的数量，是盐监规定的，跟朝廷要的数量戚戚相关。”

“那你的意思是？”柳永放下碗筷，很注重柳村这句话。

“老爷怜悯他们，让他们休息，耽误了时间，必然会减少盐的产量，到月末交不出盐来，受重罚的还是他们自己。而且，我担心那些别有用心的人，会把这笔账记在老爷头上。”柳村顿了一下，又小声道，“老爷，您早就应该‘改官’回京城的，如今落到这步田地，也该为自己想想，天下的百姓太多太苦，不是你一人之力能改善的。”

“柳村，我知道你为我着想，也很感激。”柳永嘴角的笑容满是无奈，“说来惭愧！我一生蹉跎，仕途漂泊，如今芝麻一样大的官。虽为官一任，却不能造福一方，不能拯救百姓于水火，唯有尽我所能，有多大力就出多大的力吧。”

柳村无话，只默默地收拾碗筷。

“柳村，收拾妥了跟我去盐场。”

“是，老爷！”

烈日炎炎，海风猎猎。海滩上，有人刮碱，有人淋卤，也有人燃起熊熊大火煮盐。

杨华带来的人已经搭起一里地的长棚，正在棚顶钉毡子。

见柳永来了，杨华迎上来笑道：“大人，长棚即刻便完工，我已吩咐人烧好茶水，连同五口水缸一起送来。”

“好！办事干练！年轻人就应该这样。”柳永赞道，“你让盐吏找几个刮碱、淋卤、煮盐技术都比较好的盐民到长棚里来。”

“大人，你看，那不是胡海通么？”杨华回头一眼瞥见胡海通正提了桶舀卤水。

“他今日来盐场了？正好，叫他上来。”柳永喜道。

一会儿，二人一起来到柳永跟前。

胡海通赤着上身，豆粒般的汗珠滚动在黝黑的背脊上，见到柳永，扑通一声跪倒在地：“大人。”

柳永吃一惊，忙拉他起来：“你这是干什么？”

“多谢大人！昨日大人给的银子，我去请了郎中，我爹吃了药，今天好多了，我这才能出来煮盐。”

“你爹病好了就好，你也能安心做事。我叫你来，是想让你在这些人当中找出几个刮碱淋卤煮盐手艺比较高的人。”柳永看着眼前这个黝黑的汉子说。

“有啊！跟我一起贩盐的兄弟，都是刮碱淋卤煮盐的高手。”

“可不能吹牛。让你找他们来，是为了给盐场所有的盐民传授经验，提高手艺，增加食盐的产量。”

胡海通摸着后脑勺：“大人若让我来教他们，我无二话可说，只怕那几个未必肯。因为，一来耽误他们的工时，二来人们的手艺都喜欢藏着掖着，谁肯告诉别人呢？”说完，嘿嘿地笑。

柳永也笑道：“你只管找出几个来，等着我的话，我自有道理。”

胡海通是条爽直的汉子，当即回道：“一切听从大人吩咐！大人若无事了，我就去煮盐了。”

此时，水缸、茶水正一并送到。

柳永道："海通，喝碗茶再去煮盐。"

胡海通惊奇不已，见五口大水缸在凉棚底下一字排开，水缸里盛满茶水，他连喝两大碗，边跑向海滩，边喊："大伙儿快去喝茶，有凉棚，有茶水了。"

当天下午，柳永在盐监公堂坐定，差人唤来孙贵、杨华。柳永吩咐柳村给二人上茶，待柳村出去，柳永对二人道："唤二位来，是有要事商议。"

孙贵心里没底，不敢吱声，以喝茶掩饰心里的不安。

杨华应道："大人有事只管吩咐。"

柳永拿出花名册："孙大人，我来盐监上任有些日子了，这花名册上的人我见到的不到三分之一，其余的人，也不知是在外面做事呢？还是徒有其名？"

不知是天热，还是喝了茶的缘故，孙贵额头上汗水直淌。他从柳永手中接过花名册，连声道："都是有人的，有人的，他们都在乡下卖盐。"

"盐监的吏员应每天到盐监点卯上工，若是在偏远的乡镇卖盐，也应三天或者五天到盐监点卯再去管辖之地上工。"柳永声音不大，却透着威严。

他又以商量的口气问孙贵："孙大人，我想把盐监与盐场的诸多事宜重新理一理，你看是否可行？"

孙贵眨巴着小眼睛，连连点头道："盐监所有事项，全凭柳大人做主。"

柳永又看看杨华："我想在知事以下设生产、收购、运输和售盐四个部门。"

孙贵听了心中一凛，却作声不得，凝神听柳永说下去。

"四个部门由盐监派专人掌管，要做到各司其职，各尽其责，尽责者褒奖，失职者严惩。生产部尤为重要，需招集刮碱、淋卤、煮盐手艺高超者，来传授技术，提高盐场煮盐产量。孙大人、杨华，你们觉得我这想法如何？"

杨华喜道："大人这样的安排有条有理，凡事有制约才能形成规矩。历来盐监只管盐民交纳足够的食盐数量，却无人过问食盐产量的高低，认为煮盐的多少，是盐民们自己的手艺，怨不得别人。"

"提高食盐的产量，在提高盐民收入的同时，更是向朝廷多交了盐利。"柳永喝口茶，转向孙贵，"你把盐监所有的吏员清理一下，长期不见人来盐监的、在外面欺压百姓胡作非为的，这样的人，孙大人认为是不是可以辞掉？收购、运输、售盐三个部门由你派专人掌管，每部的掌管者不必太多，得力者两三人足矣。"

孙贵听这话心里一阵轻松，忙道："我即刻就招集他们，把有能力、好

品行的留下，其余的辞掉。”

柳永又问杨华：“你有管好生产这边的信心么？”

杨华挺直身子答：“有。”

“好！待孙大人理顺了人员，让他分派给你四个得力的，专门协助你掌管生产部门，你去找胡海通，多找几个手艺好的盐民集中起来传授经验，叫他们不要怕吃亏，提高了煮盐产量，对传授手艺的师傅有奖！”

孙贵给他在朝廷的亲戚写了信，回信说：量他一个小小的盐监官也翻不起大浪，柳永在晓峰盐场的所作所为，不过是为了给自己捞名声，做出点成绩好改官。若特意要皇帝再换人到定海，就显得过了。并严厉嘱咐孙贵安分些，不要胡作非为，免了日后授人以柄。

孙贵这才收敛了些，把花银子钻门路进盐监的吏员辞去十五人，一切都按柳永安排的顺利进行。

第三十一章　太液波翻　江湖夜雨孑孓行

渐亭皋叶下，陇首云飞，素秋新霁。华阙中天，锁葱葱佳气。嫩菊黄深，拒霜红浅，近宝阶香砌。玉宇无尘，金茎有露，碧天如水。

正值升平，万几多暇，夜色澄鲜，漏声迢递。南极星中，有老人呈瑞。此际宸游，凤辇何处，度管弦清脆。太液波翻，披香帘卷，月明风细。

——柳永《醉蓬莱》

夏夜的海滨，天幕低垂，星星几欲掉进海里。

在这凉爽而空旷夜里，柳永难以入眠。他望着窗外在微风下摇曳的榕树枝，想起白天在海滨沙滩刮碱淋卤煮盐的盐民，那褴褛的衣衫，黝黑的脊梁，深陷的眼窝，菜色的面容，匍匐在沙滩上如猪狗一般的劳作，都让他心悸。

他虽然搭起凉棚，备了凉茶，改进了管理方式，却无法从根本上改变他们的命运，他深感愧疚。

此时此刻，他没有去想自己也是听人摆布的风尘作吏，那沙滩上的人间炼狱让他心潮难平，他翻身起来，点亮油灯，那曲悲怆激昂的《煮海歌》诗稿被茶水浸湿，有些模糊，他抄起笔，重新誊写一遍。

可他除了手中的笔，除了能写几句诗词，以表内心对盐民的同情与感慨，还能为他们做些什么呢？柳村说得对，天下百姓太多太穷太苦，天下事就是不公平，朱门酒肉臭，路有冻死骨，你柳永官小职微，有心济民，却无力回天。

千年后的今天，笔者细读这曲《煮海歌》，无端地觉得似曾相识，究竟在哪儿见过呢？白居易的《卖炭翁》“半匹红纱一丈绫，系向牛头充炭直”。杜甫的“安得广厦千万间，大庇天下寒士俱欢颜”的《茅屋为秋风所破歌》。

到元代，冯福京的《昌国州图志》把柳永列入名宦，在整个宋朝的三百多年的时间里，在所有的官宦中，被列入这册书的名宦只有寥寥四人。

几百年后，有个叫朱绪的人读了柳永的《煮海歌》，无不感慨地说：洞悉民瘼，实仁人之言。并为柳永作诗一首：

积雪飞霜韵事添，晓峰残月图画兼。耆卿才调关民隐，莫认红腔昔昔盐。

柳永在睦州、余杭、晓峰盐场前后做了九年地方官，其政绩卓然，深受百姓爱戴。按理，该“改官”进京了。

然而，仁宗庆历二年（1043年），柳永接到了一纸任命：泗州（今江苏）判官。

柳永手捧这道圣旨，心如死水般沉寂，窗外却是风雨交加。

风雨，似乎以天地为瑟，弹奏一支悲怆激昂的曲，为柳永而歌。当心田被风雨冲刷得一片狼藉之后，往事如满地落红，残败不堪得不可收拾。

云桑、梅语、虫娘一一在眼前闪过，柳永的心莫名地疼痛着，两行清泪染湿衣襟。

柳村端茶进来，放下托盘，迟疑地叫了一声：“老爷。”

柳永用袖子抹把眼泪，仍望着窗外飘摇的风雨，问：“柳村，何事？”

“老爷，听说晏同叔晏大人去年秋天已官复原职了。”柳村轻声说。

“那又怎样？”柳永有点儿奇怪，柳村何以突然提起这事儿？

“晏殊官复原职后，经人举荐又入朝参知政事（副宰相），很受皇上的器重。”柳村摆弄着手中的托盘，“晏大人是读书人出身，想必很看重读书人。老爷这几年在各地做官的成绩也是有目共睹的，老爷何不赴京去找晏大人？又闻说晏大人极爱贤才，知人善任，或许对老爷的‘改官’有所帮助。”

柳永听了，心为之一动，可自己除了一身孤寂，两袖清风，拿什么去求人帮忙呢？转念又想，晏同叔非一般俗人可比，此人十四岁以神童入试，赐进士出身，他的词承袭南唐风格，清俊疏淡，以情制胜，如此的风雅之人不会看重钱财这些身外之物吧！

柳村不知柳永想什么，见他犹豫不决的样子，又催促道：“老爷，快拿主意吧！趁去泗州上任之前，赶快动身赴京找晏大人。”

马车辚辚地碾破旷野的拂晓，柳永惊奇地发现，明媚的春光正在眼前，晨风吹面不寒，解冻了的河水欢快地流淌，淡青的薄雾中，晨光下的嫩草尖上，晶莹的露珠正熠熠闪光。

弃车登舟，柳永倚着船舷，极目之处，江天相接，远山如黛。几只鸿雁从天空飞过，留下一串鸣声，却无端地牵动了他心底那缕伤春的愁绪。

或许，汴梁的春天来得更早，黄莺在汴河畔的绿柳中啼啭，精美的画舫在幽幽的水面上徜徉，皇城的宏伟壮丽在烂漫的春花中更加金碧辉煌。忆昔当年，与姐妹们一起听歌观舞，赏花弄月，填词谱曲，直把岁月蹉跎，光阴虚度。

只是时光不能倒流，红颜在如水的光阴中苍老得无影无踪，众多的姐妹死的已经死了，活着的也不知流落何方。想到这儿，他返身想进舱，不想踉跄一下差点摔倒，柳村眼明手快，一把扶住，他摇头苦笑："唉！岁月不饶人，老了，不中用了！"

"老爷，这是在船上，有风浪颠着呢！"柳村安慰着。

他索性盘腿坐在甲板上："柳村，你去把书箱里的笔墨纸砚拿来。"

柳村笑道："老爷又有了诗兴了？"

船工搬张小矮桌放在柳永面前，柳村磨好墨，几个乘船的客人也围拢来看柳永抬腕挥毫。

柳村跟着一句句念道：

冻水消痕，晓风生暖，春满东郊道。迟迟淑景，烟和露润，偏绕长堤芳草。断鸿隐隐归飞，江天杳杳。遥山变色，妆眉淡扫。目极千里，闲倚危樯迥眺。

动几许、伤春怀抱。念何处、韶阳偏早。想帝里看看，名园芳树，烂漫莺花好。追思往昔年少。继日恁、把酒听歌，量金买笑。别后暗负，光阴多少。

——柳永《古倾杯》

柳村读罢这阕《古倾杯》，心里不免黯然，他虽读书不多，却也能理解他的老爷。老爷在词中流露出眷恋过去在京城所度过的美好时光，缅怀一去不复返的青春年华，曾经的梦想与宏图大愿，仕途的挫折与心灵的创伤，虚度光阴的悔恨，林林总总，在这首词里展现得绵绵无尽。

他折叠起词稿，与笔墨纸砚一起收进书箱放好。

从柳永赴睦州任团练使推官时，柳村从柳宏府上出来就跟着他，九年了，他眼里的柳永，并不是人们所传说的风流成性，浪荡不羁的无良浪子。而是温文尔雅，内心善良，进退有度的谦谦君子，是洞悉民间疾苦，关心百姓冷暖的好官。

可是，这样的好官却不得朝廷重任，柳村想不通这到底是为什么？眼见

着老爷日渐抑郁，他所能做的就是尽心尽意地侍候好他的老爷。

而他的老爷，逢秋而悲秋，遇春而伤春，眼前明媚的春光，广阔的江天竟无法抚慰他那颗多愁善感而疲惫不堪的心。

从康定元年（1040 年）起，宋朝西边战事不断，京城却仍是歌舞寻欢的太平日子。

入秋以来，天气时雨时晴，虽满园金桂飘香，却也是蝶倦蜂懒。中秋节这天，傍晚的天幕布满乌云，夜间怕是不能赏月了，晏同叔未免有几分扫兴，晚餐饮了点酒，由爱妾侍候着早早安歇。

华阳人王琪，晏殊因爱其超凡的诗才，遂向朝廷请求让他做了府里的签判，平日无要事之时，常常置酒极欢，箫鼓参左，过着歌舞娱乐、诗酒酬和的潇洒人生。

中秋之夜，王琪见晏府无动静，颇为奇怪，便派心腹暗中打听，方知晏公见乌云遮月，情绪不佳，业已安寝。心想，睡得如此之早，岂不辜负了佳节良宵，遂赋诗一首，着人送至府中，再三叮嘱侍儿一定要呈给晏公。

已经躺下的晏殊接过诗稿，再三吟咏之下，觉得其中“只在浮云最深处，试凭弦管一吹开”一联颇有深意，便穿衣而起，命人把餐桌搬至廊下，把上好的时令果蔬、蜜饯点心与御赐美酒摆上桌来，并派人去请王琪与其他幕僚前来饮酒赋诗，吟风待月。

王琪与众人来时，天空漆黑如墨玉，丝毫未见月亮的影子。然而，夜风习习，桂香馥郁，晏府的歌儿舞女环侍左右，繁弦脆管，歌声悠悠，杯来盏往间，众人吟诗作对，其快乐也无穷。

忽然，一缕清浅的月光斜斜地照进廊下，众人呆了片刻，不禁欢呼雀跃，抬头看时，天上乌云渐渐散去，一轮满月正度云而出，洒下清辉香影。晏殊蓦然想起王琪“只在浮云最深处，试凭弦管一吹开”的诗句，对他更是另眼相看。

众人正忘情之时，忽听晏殊道：“暮春之时，老夫在花园散步，见莺声渐老，满地残红，暗叹春光易逝。又想，这花谢花开，春去春来，是自然规律，纵是惋惜流连也无济于事，便得了一句‘无可奈何花落去’，直至今日，也不曾对出一句满意的下联来。”说罢，一扬脖子喝干了杯中酒，那神情似有说不出的懊恼。

众人默不作声，唯王琪道："不才有一句'似曾相识燕归来'，对大人那句如何？"

晏殊一听，击案赞道："哎呀！好联呀！无可奈何花落去，似曾相识燕归来。真是奇思妙想，浑然天成！"

当即唤侍儿快快给王琪斟酒，两人满满饮一盅，乘着酒兴，晏殊以筷击碟吟道：

一曲新词酒一杯，去年天气旧亭台。夕阳西下几时回？

无可奈何花落去，似曾相识燕归来。小园香径独徘徊。

这一夜，直闹到玉兔西沉，众人意犹未尽，扶醉而归。

说来也怪，这年天上突然出现了老人星。

老人星是南部天空一颗光度较亮的星星（天狼星最亮），是不轻易被人们见到的。古人则认为它象征长寿，故又名"寿星"，同时也代表着人口昌旺与家道兴隆。

秋天，老人星闪耀南天，仁宗皇帝狂喜不已，认为这是上天昭示天下太平的征兆，也是向天下百姓暗示自己是有道明君，便召集天下才子文人以老人星为题，歌颂祥瑞。

柳村兴奋地怂恿老爷也显露一手，柳永心想，填阕颂词呈上去，也未尝不可，皇上看了想起我柳永来，或许能就此"改官"也尚未可知。于是，便打起十二分精神，用十二分心劲，填了阕颂词。

渐亭皋叶下，陇首云飞，素秋新霁。华阙中天，锁葱葱佳气。嫩菊黄深，拒霜红浅，近宝阶香砌。玉宇无尘，金茎有露，碧天如水。

正值升平，万几多暇，夜色澄鲜，漏声迢递。南极星中，有老人呈瑞。此际宸游，凤辇何处，度管弦清脆。太液波翻，披香帘卷，月明风细。

——柳永《醉蓬莱》

在这首词里，柳永摒弃俚俗语言，化用古人诗文，引用典故与传说，歌颂了仁宗皇帝教化下的太平盛世。虽是一首颂圣之作，却十分的庄重古雅，是不可多得的传世佳作。

然而，开篇一个“渐”字就让仁宗心里不悦，老人星现，天降祥瑞，用一个意味着迟缓的字开头，这倒也罢了。当读到“此际宸游，凤辇何处”时，心一沉，这一句，与先皇驾崩时，朕写的挽联“宸游凤辇何处”如出一辙，仁宗怒火陡起，这是颂词，还是悼词？及读到“太液波翻”时，禁不住龙颜大怒：“无知之徒，为什么不说‘太液波澄’？”

仁宗一把将词稿扔在地上，恨恨地说：“此人徒有虚名，不可仕宦，尽从他风前月下浅斟低唱。”

曾经的一阕《鹤冲天》，让他临轩放榜时被朱笔抹杀，如今的《醉蓬莱》又让他“改官”无望。可是，凭他九年来在各地为百姓所做的事，也应“改官”了，而不仅仅是靠写词歌功颂德，柳永百思不得其解，愤懑中又无可奈何。

柳村劝道：“老爷，这不是你的错，只怪皇帝不识得你的真才实学，一首词不能说明什么，你要让他人看到的不仅仅是擅长填词，你有一颗同情、爱抚天下受苦人的悲悯之心，你更大更超凡的才华是治国安邦、济世抚民。”

柳永目光忧郁，窗外的秋天已不再是他词中所描绘的“渐亭皋叶下，陇首云飞，素秋新霁”了，而是“寒蝉凄切，霜风凄紧”。他喟然长叹：“这世间不缺济世经国之人才啊！”

“老爷。”柳村叫了声老爷，却再也不知该说什么。

“柳村，收拾行李，咱们还是回泗州吧！”

“老爷，你不是说去拜访宰相晏同叔的？”

“如今看来，去了有用么？还是不去讨那个没趣的好。”柳永懒懒的。

柳村急道：“老爷不去试试，如何知道没用呢？就算是去讨个没趣，也强如不去的好，因为凡事都有个契机，都有个峰回路转的。”

耐不住柳村的劝说，第二天，柳永估摸着晏殊下朝回府后，便往宰相府而来。

晏殊听家人报说有位叫柳永的人求见，心里颇感诧异。此人一直是街头巷尾、茶余饭后被人闲谈的风流人物，曾以一句“忍把浮名，换了浅斟低唱”而被皇上朱批“且去填词”；又以俚俗语言深得市井之民的喜爱，而被传为“凡有井水饮处，皆能歌柳词”；最近又以“太液波翻”惹怒皇上。只是老夫与他素昧平生，他来何事？若是想走老夫的门路，你这样一个再三得罪了皇帝的人，老夫又如何敢举荐！

犹豫再三，晏殊还是吩咐家人请柳永到偏厅稍候，自去换身衣裳出来。

晏殊来至偏厅，见一位五十开外的人正负手观赏墙上的字画，此人容貌清俊，气质儒雅，心里便有了几分好感。

那人见有人进来，从衣着、气度上猜测，这便是晏殊晏宰相了，忙上前施礼："下官柳永，见过相爷！"

"贤俊莫非就是那位奉旨填词，人称才子词人的柳三变？"晏殊问。

柳永又一揖到地："正是在下。"

"快快请坐！"晏殊吩咐上茶。

"贤俊何以改了名呢？"晏殊端起茶碗啜了一口。

柳永如实道来："下官向来身体欠佳，改名为永，是取永年康健之意。"

"哦！闻说贤俊之词填得极好，举国上下，就连西夏国也盛传贤俊之大名，世人皆称'凡有井水饮处，皆能歌柳词'。"

"不过是茶余饭后的闲谈，如何当得真！"

晏殊见柳永温文尔雅，谦逊有度，觉得此人不像传说中那般狂荡傲世，放荡不羁。也听说过他在睦州、余杭、晓峰盐场做官时，百姓对他的爱戴。他非常清楚，柳永吏部不放改官，是因为他的词触犯了皇帝。晏殊心想，我何不乘机劝劝他，日后填词作赋时，不要太过张狂而自惹麻烦。

于是，晏殊问："贤俊如今还作词曲么？"

柳永见问词曲，心中暗喜，他知道晏殊平时亦喜欢填词娱情，此刻感觉两人爱好相同，兴趣相投，一下子亲近了许多，没有什么是可以不说的，便随口答道："是的。"

柳永觉得如此回答不尽心意，便又补上一句："下官也如相爷一样，喜欢填词作曲的。"

柳永想与宰相大人套近乎的一句话，简单而明了。不曾想，晏殊听了心里极为不快，你柳永是什么样的人？我晏某又是怎样的身份？尔等市井中世俗之人，竟敢与吾等雍容闲雅之士大夫比肩！

于是，晏殊冷笑一声："晏某虽填词作曲，却不曾写过像'彩线慵拈伴伊坐'之类的艳词俗曲！"

一语惊醒梦中人！柳永听了晏殊这句话，猛然明白，虽然都是填词，其实志趣并不相投。

晏殊此刻提起的这句话，是他为楚楚填的那阕《定风波》里的。

自春来，惨绿愁红，芳心是事可可。日上花梢，莺穿柳带，犹压香衾卧。暖酥消，腻云亸，终日厌厌倦梳裹。无那，恨薄情一去，音书无个。

早知恁么，悔当初，不把雕鞍锁。向鸡窗，只与蛮笺象管，拘束教吟课。镇相随，莫抛躲，彩线慵拈伴伊坐。和我，免使年少，光阴虚过。

——柳永《定风波》

柳永不曾想到，这阕《定风波》是以楚楚姑娘的口吻写与恋人分别后的相思之词。事隔多年后，既是张口就能说出来，也表明你宰相大人极认真地读过，却为何还这般不耻？

见柳永郁郁而归，柳村心想，老爷如此沮丧，此事定是无望，心里不免愧疚万分，他嗫嚅着说：“老爷，小的不应该怂恿你去见晏宰相。”

柳永呆坐不语。

“小的闻说晏殊是极知人善用的，谁知竟……”

柳永挥手打断柳村的话：“这也怨不得你，是老爷我登不了他们的大雅之堂。”

第三十二章　受名利累　何不泛舟五湖去

全吴嘉会古风流，渭南往岁忆来游。西子方来、越相功成去，千里沧江一叶舟。

至今无限盈盈者，尽来拾翠芳洲。最是簇簇寒村，遥认南朝路、晚烟收。三两人家古渡头。

——柳永《瑞鹧鸪》

开往泗州的船，慢悠悠地行在水面上。

春寒料峭，柳永倚着船舱，望着灰蒙蒙、看不到尽头的江天，悲哀地想，他这一生，似乎总是在路上疲于奔命。

前晌还是阳光明媚，春风和暖，岸边水汀，有衣着艳丽，风姿绰约的女子踏青游玩，划船嬉戏。午后却寒风陡起，乌云满天。

春雨细如丝，落在水面上轻泛涟漪，顷刻间又消弭得不露痕迹。人的一生，在岁月的长河里，又何尝不像雨丝儿一样渺小而短暂。

他想起十几年的寒窗苦读，想起脂粉堆里的流连，想起科举场上的起落，想起皇帝与吕夷简、晏殊等高雅之士给他的难堪，一种遁世的欲望随着一阵清寒的江风侵袭而来。

此刻，他忘了自己要去哪儿，一切恍然如梦，时间抛弃了他，匆匆向前；那些心爱的女子也抛弃了他，都已离开人世，留下他一个人独自看日升月落。只是阳光不再温暖，月亮也不再妩媚，虽然春花谢了明年还会再开，可他眼里的一切都如此苍白、如此无力。他多想睡去，一梦不醒！

蓦然回首间，岸边一位头戴箬笠，身穿蓑衣的钓翁引起他的注意。那钓者手持钓竿，端坐在水边，一动也不动，任江水流急，任寒风肆虐，仿佛他的灵魂已与天地融为一体，或是化作了虚无。

他由衷地敬佩起来，依稀看见功成名就的范蠡携手美丽的西施，泛舟五湖，在天地间自由飘荡。这浪漫而风流的故事，曾引起后世多少妙龄女子的无限

景慕！

“老爷，进舱吧！身上都淋湿了，小心着凉。”柳村轻声唤道。

柳永这才发觉天色渐暗，夜幕降临，转头向岸边望去，斜风细雨中，苍凉零落的村庄参差错落，几家屋顶上的炊烟在暮风中袅袅飘散。

船至一个小渡头，船工告诉大家，就在此靠岸煮饭，歇息一宿，明日再行。

柳永起身上岸，黑暗中不知身在何处，脚下古老的小路伸向夜幕的深处。恍惚间，他似乎看见路面上六朝的风霜雨雪，在苍茫的历史天空潇潇飘洒，那瞬间的得失成败，那万古长新的春夏秋冬，人生的短暂与宇宙的永恒，在他心里的对比是那样的强烈，一种前所未有的沧桑袭上心头，那页不朽的纸笺又记下了他的感慨。

全吴嘉会古风流，渭南往岁忆来游。西子方来、越相功成去，千里沧江一叶舟。

至今无限盈盈者，尽来拾翠芳洲。最是簇簇寒村，遥认南朝路、晚烟收。三两人家古渡头。

——柳永《瑞鹧鸪》

船，慢悠悠地行驶在淮水之上，遇到大风雨还要停靠在岸边，等风雨过了再走。

船上人多嘈杂，睡觉也不安稳，柳永无奈，也只得躺下，让疲惫的身心跟着船儿随波逐浪。同船的人们谈笑风生，快乐的心情随风轻扬。他想，百姓的快乐其实很简单，累了有张床，饿了有碗饭。可我要的是什么呢？睡不着，他又翻身坐起，来到甲板上，望着遥远而空旷的江天发呆。

雨后的天空，一碧如洗，远处的群山烟雾缭绕，时而露出葱茏的山峰，岸边的青草被雨水洗刷得纤尘不染，青翠欲滴。

尘世间有太多琢磨不透的东西，可在冥冥之中，似乎又都有定数，就如日升月落，花开花谢，冬去春来，各有轨迹，各有姿态，各有宿命，只是它们不掺杂任何杂念，以本真的面目独立于世外。

而我呢？柳永悲哀地想，为了济世经国的梦想，而放弃本真，却得不到朝廷的认可，为了这点小芝麻官日夜漂泊在江河之上，这种孤寂与疲惫，又有谁能体会？

江风飘忽，暮霭渐浓，舱中说笑的人们似乎累了，都默不作声，只听见船底的水哗哗流淌，忽听得船家的欢呼道："前面闪着渔灯的地方，就是旅店了。"

柳永忧郁地望着那一盏忽明忽灭的渔灯，到了旅店又怎样呢？我依然漂泊无依。

"柳村。"柳永朝舱里唤道。

柳村应声而出："老爷有何吩咐？"

"你取来纸笔，我念你写。"

柳村取出纸笔坐在桅灯下："老爷，小的准备好了纸笔，请念。"

长川波潋滟。楚乡淮岸迢递，一霎烟汀雨过，芳草青如染。驱驱携书剑。当此好天好景，自觉多愁多病，行役心情厌。

望处旷野沉沉，暮云黯黯。行侵夜色，又是急桨投村店。认去程将近，舟子相呼，遥指渔灯一点。

——柳永《安公子》

江郊村店，偏僻简陋，主仆二人要了饭菜，胡乱吃了，柳永和衣倒在床上。

柳村向店主要来热水，端至床前，轻声道："老爷，泡了脚再睡，会舒服些。"便脱掉柳永的靴子，把他一双有些浮肿的脚放进热水里轻轻搓揉。

柳永只觉眼眶一热，两行清泪顺着耳畔滑落，在这漂泊无依的旅途中，柳村的关怀使他孤寂冷清的心灵得到一抹慰藉。

翌日，天蒙蒙亮时，船家就大声唤醒众人起身。

众人上船来仍然是酣然而睡，柳永则望着茫茫江天，感叹着锦瑟华年如船底的江水，匆匆流逝，目光蒙胧中，眼前出现了一个个容貌姣好，身姿婀娜，舞着水袖的女子，她们婉转的歌喉，翩跹的舞姿；她们顾盼多情的双眸、轻颦浅笑的娇嗔，曾经是那样地牵动着他心底里最美好的情愫。他以最真的情感回报着她们，爱着她们，给她们世间最真挚的同情与温暖。可如今，她们扔下他，飘然而逝，留下他在天地间孤独地飘荡。他忧伤、迷惘，找不到回家的路，忘不了心里的红颜。他问自己为什么要过这种漂泊无依的日子，他真的想带着曾经的梦想，曾经的爱恋，曾经的歌，忘掉季节的变换，忘记人世的冷暖，沉沉地睡去，不再醒来。

然而，他这一生注定了永远是个孤独的行者，要沿着这条望不到尽头的风雨飘摇的路，走向时光的深处。

这一天，顺风顺水，船行走得很快捷、顺当，船家说今夜宿南岸古城，明日上午便可抵达泗州。

“老爷，快到泗州了！我们终于要上岸了！”柳村兴奋地说。

柳永听说快到泗州了，脸上竟没有丝毫的喜悦，看他那双忧郁的眼睛，似有千重心事无法排遣。

船家是一位须发尽白、满脸沧桑的老者，一双睿智的眼睛时时关注着柳永。

此时又是一派落霞残照、风烟俱净的江上晚景，他见柳永独立船头，背对晚霞，只看着淡淡远山，茫茫江水发呆。便搭讪道：“柳老爷难道不喜欢这落日残照的江天之景么？老朽在这水面行船的生涯近五十年了，也看不够这幅江天晚景图啊！”

柳永回头笑道：“老哥，这夕照固然美妙，可这冷烟寒林，平沙惊雁的苍茫江天更适合我的心境啊！”

“柳老爷是个读书人，却不知读书也有出世与入世之说。”

柳永听他话中隐藏玄机，不觉惊讶：“老哥，此话怎讲？”

“且不说别的，就这天气而言，在水上讨生活的人，自然喜欢晴空万里，风平浪静。早晨看日出江天，傍晚看落霞飞溅。可一年三百六十五天中，这水上的日子有多少是风平浪静的呢？”

柳永想，岂止是水上的日子没有风平浪静的？人的一生中能有几日晴空万里？你是劝我把一切看淡，一切随缘，不要执着，我何尝不懂？

老人眯着眼睛看西天的晚霞：“即便如此，我们这些水上人家，总不能专等风平浪静之日再行船罢！每一天，有顺风顺水，也有风雨飘摇；有浊浪滔天，也有静水行舟。水上人凡事都顺天时地利，不去怨天尤人，人的一生很短暂，走过的路，做过的事，即便错了，也绝不能回头。所以，人生的许多遗憾，总是无法由自个儿修正，只好留给后人去为他们嗟叹了。”

说话间，船到码头了，船家将风帆卷起，准备靠岸。

听了船家这番哲理之言，柳永叹道：“老哥说的道理，我何尝不懂。只是我长期漂泊在江河之上，旅途的劳顿，让人深感风月易逝，年事衰迟，在我此时的眼里，更觉异乡风物的萧条冷落了。”

忽然，一声凄清的号角透过水面茫茫的雾气隐隐传来，柳永凝神细听，那忧郁的眼神更加落寞、黯淡，他像是自言自语："老哥，你听，这凄清的号角与悲咽的胡笳，给这落霞江天之景也平添了几分愁怨与寂寥啊！"

船家爽朗地笑道："老朽我不仅耳聋，而且心拙，听不出号角的悲凉，也无法感受到柳老爷说的愁怨。老朽活到这把年纪，早已知晓人生不如意之事常八九，柳老爷必定经历过起落沉浮，尝过人情世味，这一路行来，如何还看不透呢？"

柳永无奈地摇摇头，吩咐柳村收拾行李准备上岸。

那船家突然想起了什么，面带羞惭地说："柳老爷，老朽知晓你是当世最有名的词人，是奉旨填词的柳三变。我有个孙子，在家读私塾，很是喜欢柳老爷的词。老朽年岁已大，跑完这趟船，就不再出航，想请老爷填首词送给老朽带回去给孙子，不知可否？"

柳永笑道："这又何妨！只是我此刻的心境无法填出好词来啊！"

老人忙道："应时应景就是好词！"

"哈哈，老哥想得远，看得开，柳永钦佩！"

于是唤柳村备纸笔，只是这眼前的景致实在是难以让他心里的愁闷释怀，他脱口而出：

一叶扁舟轻帆卷。暂泊楚江南岸。孤城暮角，引胡笳怨。水茫茫，平沙雁、旋惊散。烟敛寒林簇，画屏展。天际遥山小，黛眉浅。

旧赏轻抛，到此成游宦。觉客程劳，年光晚。异乡风物，忍萧索、当愁眼。帝城赊，秦楼阻，旅魂乱。芳草连空阔，残照满。佳人无消息，断云远。

——柳永《迷神引》

"老哥，你孙子往后若得了一官半职，千万别轻易离开自己心爱之人，这游宦的生涯真是寂寞凄清，愁苦不堪啊！"

船家睿智的眼睛微眯着，笑着摇摇头，又点点头，接过词稿，小心翼翼地吹干墨汁，折叠起来收进怀里。

柳村则又快速将这阕词另抄一份收藏。

当柳永沿淮河一路漂泊、一路苦闷、一路挥洒心中幽怨之时，也正是北宋王朝的多事之秋。

自康定元年（1040年）起，宋朝西部就战事不断，仁宗庆历二年（1042年）

闰九月，夏主元昊先使人伪诈求和，然后大举入侵。镇戍军副总管葛怀敏受命率兵抵御，此人好大喜功，刚愎自用，朝廷无人，竟用此等怯懦而不知用兵之人，结果尚未接战便被夏军包围，宋军全军覆没。宋军的惨败使夏军乘胜追击直抵渭州，夏军打开渭州城门，烧杀掳掠，城垣内外一片空寂，其状惨不忍睹。

宋朝兵力不足，便在民间征集乡民为兵，以守城池。

大宋王朝的经济、军事现状日渐窘迫，庆历三年（1043年）春，宰相吕夷简暗自思忖，身为宰相，先是对辽国妥协，如今西部战争又输得如此惨烈，国家内外受困，民生苦不堪言，便以病重辞去相位，并举荐范仲淹、富弼、韩琦、文彦博、欧阳修等一批文武全才、忠诚正直之士入居朝廷中枢。

吕夷简去后，章得象、晏殊为相，贾昌朝、范仲淹参知政事（副宰相），杜衍为枢密使，韩琦、富弼为副使，欧阳修等为谏官，自此，朝廷的局面焕然一新。

仁宗皇帝过惯了天下太平的日子，如今内忧外患，让他坐立不安，朝廷重臣的更换，他便要求变革，欲重振威德以服四海，换来歌舞升平的日子。

这年九月，正是柳永漂泊在淮水之上，慨叹“帝城赊，秦楼阻”之时，仁宗皇帝召集朝中八位重臣，赐座，授以纸笔，请这些帝国的精英直抒胸臆，畅谈当务之急、天下之要。

因事出突然，众人心中惶惑，不知所措，不敢吱声，更不敢下笔。皇帝见大家惶恐不安，便指名道姓，责成范仲淹、富弼列出当前国家急待改革的大事，并加以实行。众人这才恍然，原来皇帝想改革的心情竟如此迫切。

同年十月，范仲淹秉着对天子与社稷的忠诚，上呈了条例十事，其中就明确要求重新制定官员升迁制度，要求对朝官选人的近况一一进行复审，按事实做出公平公正的批复。

暂且不说宋夏议和，仁宗采纳了范仲淹上呈的十事改革，所颁布的诏令中，有一条对外任官员改官的诏令：

中外有陈叙劳绩，或诉雪罪状，中书批送有司者，谓之“送煞”，更不施行。自今宣令主判官详其可行者，别奏听裁。

有又一说历书是这样记载的：

> 诏臣僚举职官、州县官充京朝官，判、司、簿、尉充县令，流外出身州县官充令、录、班行，其奏状式样颁令遵用施行。

两条行文不同的诏令说明一个意思：朝廷要起用有才华有能力的官员，对那些仍在选人阶段的外任官员要重新审核。

仁宗庆历年三年（1043年）冬。

冬天的第一场雪飘然而落，厚厚的积雪覆盖了旷野的萧索与苍凉，天地一片洁白。院子里有几株铁骨虬枝的蜡梅，正临风带雪而开。

柳永站在梅树下，看着这如馨如磬，如腊玉雕琢而成的黄金嫩蕊，那萦绕在鼻端的馥郁馨香，沾着他的衣袖，牵着他的思绪，越过山川河流，穿过古渡驿路，回到故里崇安。

家门前的梅树，又一季花开花落，又苍老了一轮岁月，那条梅英河，又送一季缤纷落英。

梅树依然，佳人何在？梅语、云桑，当年的离别，是因为青春年少，因为有一腔济世经国的热血在沸腾。谁知世相迷离，红尘如海，人常常在尘海中迷失自己，当年那份清纯的梦想，早已无迹可寻。如今岁月留下的，是额头上的刻痕，是内心的落寞，是满目的荒凉。

然而，无论是王侯将相，抑或是贩夫走卒，在红尘古道上行走多远，无论在世态炎凉中浸染得多深，他心灵深处最柔软、最洁净的那一角，总为至爱之人而留，总如情窦初开时那般美好。

昨日接到圣旨，柳永由泗州判官升迁为京官著作佐郎。

捧着这张迟到的圣旨，他没有欣喜若狂，没有老泪纵横，有的是疲惫与心酸。多少年了，漂泊的灵魂无枝可依，那济世经国的梦想，只留下一抹夕阳下的幻影，亦如三春的柳絮，不可捉摸。

他累了，可他不能倒下，他还得在这条红尘古道上挣扎着走下去，直到永远倒下的那一天。

“老爷，行李都收拾好了，这就动身起程么？”柳村不知何时来到柳永身后，看着越下越大的雪，有些担心地问。

灰蒙蒙的天空下，雪片像扯不尽的棉絮一样飞舞着，柳永不知在梅树下站了多久，帽子、肩膀连同眉毛，都沾满雪花。

他抬手掸了下身上的积雪，望向风雪茫茫的天空，犹豫片刻，断然说："起程！若等天晴再走，这个年怕是要在路上过了。"

终于又回来了，东京汴梁。

柳永站在皇城根下，仰望巍峨的帝都，那金碧辉煌的宫阙楼台，宏伟壮丽的雕梁画栋，竟如三十多年前一样牵动着他心底那根最敏感的神经。曾以为，旅途中的孤寂疲惫，人世间的炎凉冷暖，早已麻木了那条神经。而此时此刻，那颗苍老的心竟铿锵有力地搏动，沸腾着他周身的血液，心底怦然而起的愿望，如翠绿的年华开在青春的枝头。

他想，他才六十岁，还不算老，姜子牙八十岁才遇上文王，佐周灭商，成就功业。谁说我六十岁不会遇上有道明君呢？这不，圣旨下达，召见仁庙，宠进于廷。

宋仁宗皇帝赵祯，端坐在金碧辉煌的金銮殿上，威严而尊贵，他高高在上地俯视着匍匐于丹墀之下的柳永。

仁宗不免有些失望，跪在丹墀之下高呼"万岁"的，不过是位鬓角花白的老人，哪有当年"风流才子占词场"的儒雅气度？对柳永存有九分厌恶与一分好奇的赵祯，那一分好奇顷刻间也荡然无存，他淡淡地说："爱卿平身！"

柳永叩首呼道："谢陛下隆恩！"他从地上爬起来，依然低眉敛首，不敢抬头看仁宗。

江湖上的风霜雨雪，早把柳永的风流倜傥、文采儒雅洗刷得一干二净，换上一副苍老、愁苦的容颜。原本善良憨直的个性，如今却显得更加怯懦。他在心里暗自祈祷，希望皇帝睁开慧眼，留下他为朝廷出力。

在仁宗皇帝的眼里，柳永能填词谱曲，与治国安邦的才干是两回事，他从未真正欣赏过柳永，而且，对他那"忍把浮名，换了浅斟低唱"一直耿耿于怀。

仁宗的大宋王朝，提倡的是"留意儒雅，务本理道"，柳永这种"薄于操行"之人岂能留在朝廷重用！

在仁宗的示意之下，一边候着的执事太监一甩手中的拂尘，从怀中掏出圣旨，尖声尖气地念道：

"奉天承运，皇帝诏曰：按大宋朝官制，'初改官'务必下到县、州做地方官，以体察民生，故授予初改官'作县'或'亲民'之职。今特授柳永为西京灵台令（华阴县令），即日起程赴任。钦此！"

执事太监的话音未落，柳永便觉一盆冰水兜头淋下，那颗沸腾着热血的心顿时冷却，他步履蹒跚地走出巍峨的宫殿，再回首时，那高大的城墙在夕阳下的阴影，让他窒息。

回到客栈，柳村满怀期望的目光让他羞惭，他把圣旨递给柳村，像虚脱了一般倒在床上。

柳村飞快地看完圣旨，走近床前，笑道：“老爷，‘初改官’授予‘亲民’之职，既是朝廷的惯例，还得听从朝廷的调遣。”

“如今不听又能如何？”柳永坐起来。

柳村赶紧倒碗热茶递给他：“不管如何，老爷是转官了，多年来的奔波总算是有了个结果。虽说当下正是朝廷用人之际，可俗话说，伴君如伴虎，况且朝中党派纷争激烈，明枪易躲，暗箭难防。老爷到华阴做县令，远离是非之地，也未尝不是件好事。”柳村觉得自己这些安慰的话说得苍白无力，声音也就越说越小。

“柳村，你不用安慰了，老爷我这一生注定奔波劳碌、漂泊无依。圣旨上说即日起程赴任，今日天色渐晚，就在京城再住一宿，明日一早赶赴长安。”

“老爷，咱们这一走，也不知何年何月才能回来，老爷不去街市上逛逛？或者去柳府看看柳涚少爷？”说到柳涚，柳村显得小心翼翼的。

第三十三章　旧日风情　难留风尘之行役

画鼓喧街，兰灯满市，皎月初照严城。清都绛阙夜景，风传银箭，露叆金茎。巷陌纵横。过平康款辔，缓听歌声。凤烛荧荧。那人家、未掩香屏。

向罗绮丛中，认得依稀旧日，雅态轻盈。娇波艳冶，巧笑依然，有意相迎。墙头马上，漫迟留、难写深诚。又岂知、名宦拘检，年来尽减风情。

——柳永《长相思》

柳涚？多少年没见了？该是二十好几的大小伙儿了。想到儿子柳涚，柳永那双天生忧郁多情的眼睛此时溢满了慈爱。

柳村见他望着窗外渐渐黑下来的天幕出神，轻声道："老爷，去看看少爷吧，明日这一走，又不知何时才能回来。"

"他未必肯见我。"柳永有点迟疑，"多年来，我虽为朝廷命官，却是风尘作吏，供人驱使；辗转江湖，跋涉艰难，如今唯有一身疲惫，两鬓秋霜，我如何去见他？如何对得起他死去的母亲？"话未说完，两行清泪滴落衣襟。

"上午趁老爷进宫之时，小人回去过。柳涚少爷一表人才，很有几分老爷青春年少时的风采，现正与二老爷家的柳淇少爷一起读书，听说二位少爷的文章精华、诗词歌赋皆不在老爷您当年之下。"

"哦！二哥的儿子柳淇也在京城？"柳永抹了把眼泪，欣喜地问。

"谁说不是呢！"柳村见他破涕而笑，也兴奋起来，"二位少爷相比，柳涚少爷在文章上稍胜一筹，而柳淇少爷在京城已是小有名气的书法俊才。二人各有所长，才华不相上下，柳淇少爷虽小几岁，但二人已约定三年后同赴科举大考。"

柳永眼里闪着晶亮的光芒，柳村趁机道："老爷，去看看吧，少爷挺想念老爷的。"

"可现在已夜幕降临，如何去得？"

"那就明天去吧，明天正好是元宵佳节。咱们后天起程赶赴长安也不迟，耽搁一天，想必朝廷也不会怪罪，谁没有个亲戚朋友呢！”柳村边说边收起圣旨。

翌日清晨，柳村唤店小二送来热水，伺候柳永洗漱，小二哥问是否给柳老爷送早餐上来？柳永则示意去街上用早餐，他想在魂牵梦绕的京城里走走看看。

柳永换了一身半新不旧的藏青色棉袍，主仆二人正欲下楼，那店小二又敲门进来：“柳老爷，门外有两位公子求见。”

柳永正疑惑，这里会有谁要见我？

却听柳村惊喜地叫道：“柳涚、柳淇二位少爷，怎么会是你们？！”

柳永转眼望去，见两位风标英挺的青年正跨进门来，惊得他目瞪口呆。

进来的正是柳涚、柳淇两兄弟，二人略为适应了室内的光线后，一齐朝柳永施礼。

一个叫：“爹爹！”

一个叫：“七叔！”

柳永忙不迭地一手一个将两人扶起：“坐，坐！柳村倒茶！”

他望向柳涚，其神态气质依稀仿佛自己当年的模样，只是眉宇之间少了几分忧郁，多了几分自信，那微微翘起的下巴则更像他的母亲梅语。

柳涚被看得不好意思起来，嗫嚅着说：“爹爹近来可好？”

“好！好！”热泪溢满眼眶，柳永强忍着哽咽，点头连声说好。

柳淇到底年小几岁，此刻，他眼里闪着兴奋的光彩，无限崇拜地看着柳永：“七叔，侄儿一到京城就听说了您的大名，您可是当今天下第一词人啊！”

柳永悄悄抹去眼角的泪水，慈爱地说：“切不可听信这些街谈巷语，都是些茶余饭后的闲聊。”

“那也未必全是无稽之谈，从西夏来的商人都说：‘凡有井水饮处，皆能歌柳词’，这可不是空穴来风。”

柳村问柳涚：“少爷来得如此之早，怕是还未吃早饭罢？”

柳淇快言快语：“我与涚哥怕你们出门，所以一起床就奔客栈来了，尚未吃早饭，这不，肚子正饿得咕咕叫呢！”

柳永笑道：“那正好呀，我也饿了呢！柳村，你去吩咐小二哥送四人的早饭上来，咱爷儿们就在房中吃。”

柳村笑着应声：“好嘞！”便奔下楼去。

一时，四人用过早餐，小二上来收拾了，柳村跟着一起下楼。

在柳涚心里，父亲是两个字，是一个影子。多少年了，他耳里听到的都是风流才子柳永如何放荡不羁，如何纵情声色，如何恃才傲物，以“忍把浮名，换了浅斟低唱”而得罪了皇帝，又如何以“奉旨填词柳三变”的名头而红遍京城的秦楼楚馆、勾栏瓦肆。

此刻，他与父亲隔桌而坐，父亲苍老的容颜，花白的头发，让他无从看出才子词人当年的风流潇洒，意气风发。

在他心里，他是很崇拜父亲的，小时候，叔祖曾不止一次地跟他讲父亲少年时的故事，那崇安才子“鹅仔峰下一支笔”早就在他心底落地生根。

他喜欢读父亲的词，更爱父亲的词，他从人们传扬的艳词俗曲里读出父亲的一片至真至爱之情与一颗同情受苦人的良善之心。

他从未离开过汴京，那首激越豪放、情致婉转的《望海潮》，让他知道天下竟有比京城更繁华更秀美的所在。

《雨霖铃》里，他读出的离愁别绪是如此缠绵悱恻、凄婉动人，那一句“今宵酒醒何处？杨柳岸、晓风残月”让他想象着人在旅途的况味。他一闭上眼睛，脑海里显现出一幅凄清的画面：晓风吹拂萧萧疏柳，一弯残月挂在杨柳梢头。客情之冷落，风景之清幽，离愁之绵邈，让他那颗少不更事的心都为之震撼！

而《八声甘州》的苍莽悲壮，他又读出了父亲的羁旅行役之苦与怀人思归之切。

“涚哥，你想什么呢？”柳淇见他心不在焉的，在桌底踢他一脚。

柳涚从深思中回过神来，他不忍看父亲苍老的面容，掰着手指轻声问：“父亲昨日面圣，圣上的态度如何？能留在京城么？”

柳永道：“说是按大宋朝的惯例，像我这样的‘初改官’要被授予‘作县’或‘亲民’之职，所以，我被授予西京灵台令。”

“西京灵台令？就是华阴县令？”柳涚问。

“唉！皇上对为父的成见，怕是这辈子也难以消除了。”柳永叹息道。

柳淇道：“自吕夷简辞去相位后，范希文、富弼、欧阳修等入朝，正闹变革呢！此时正是朝廷用人之际，皇帝应该把七叔这样的有识之士留用于朝廷，岂能因往日的一首词或者一句话而遗弃贤良！”言语之间对柳永去做华阴县令很是不平。

“冰冻三尺，非一日之寒。变革要一反陈规，扫除旧弊，而今大宋是内忧外患，国库空虚。况且边境战事不断，民生难继，皇帝若以范希文等变革来改变现状，怕不是一件很容易的事。”柳涚说，“还有，朝廷里党派纷争，像范希文这样的忠诚耿直之士，未必是奸佞之臣的对手。”

柳涚、柳淇二人的话，针对时弊，切意中肯，这让柳永颇感欣慰。他想，这两个孩子有头脑，有见识，但愿不要像我年轻时那般恃才傲物，放浪于形骸才好。

“士者，有知识有抱负之志者；大夫，辅弼天子治理国家的臣僚，士大夫合称，指的便是超拔于芸芸众生之上的一个精英阶层。若他们肯为全天下人而担当，何愁天下不富庶，百姓日子不太平！”

听了柳永这几句话，柳涚沉默不语。

柳淇却笑道：“七叔，侄儿从未想过要做名垂千秋之人，侄儿就想听七叔如何填慢词长调的。”

“淇儿，你尚年少，千万不可去学这些青衫愁苦、红粉怜才的曲子词。”柳永看着天真烂漫的柳淇说，“我如你这般大的时候，就喜欢南唐后主李煜与冯延巳的词，我母亲曾经告诫说：‘词的冷艳沉郁最容易让人消沉意志，唐代的五七言诗的格律严谨，端庄持重，豪迈激越才能怡情悦性，激发上进。七郎切不可沉溺其中。’当时年幼，听不进母亲的话，如今看来，我这一生真的是害在这些词上面了。”

柳涚展眉道：“也不尽然。父亲大人的《望海潮》《八声甘州》《雨霖铃》等词作，无论是从词的意境，还是填词的手法来说，都可谓前无古人，后无来者的传世之佳作。”

柳永心头一热，这一生中，他听过太多的赞美与诋毁之词，而此刻，亲耳听儿子对自己的肯定，一股热流直冲喉头。他掩饰着抬头，见柳村从门外进来，两只手上不知提些什么。

“柳村，这大半天你跑哪儿去了？也不叫小二哥送壶茶来。”柳永埋怨道。

柳村笑道：“老爷，我去买点心了，小二哥的茶这就来了。”话音未落，店小二笑吟吟地提壶茶进来。

“二位少爷，这点心是在京城最有名的菊心斋买的，你们陪老爷边吃边说话。”

“你还是留着明天带在路上吃吧，我们在京城什么没吃过。”柳涚不让柳村打开装点心的盒子。

"老爷在路上吃的我已备好，这一份是特地给二位少爷买的，今日机缘凑巧，元宵佳节又逢二位公子来看望老爷。"柳村拆开点心，又给他们三人斟上茶，"我在沁芳楼点了几个菜，过会子就送来，午饭就在房里吃，比在外面酒馆安静，也方便说话。"

柳永点头赞许柳村想得周到齐全。

柳淇拉着柳永的手，笑道："七叔，您还没有给侄儿说您是如何填词的呢！"

"词么，不说也罢！"柳永看着他慈爱地笑道，"柳村，你不是抄录了我的词么？"

"老爷，我抄录的是老爷进士及第后在各地游宦的词，以前的可没有。"柳村道。

"以前的我倒是有，"柳永起身从书箱里翻出虫娘生前抄录的词，那本词稿簿子已经泛黄了，"这是一个叫虫娘的女子抄录的，我也不瞒你们，原想留着做个念想，淇儿既喜欢，连同柳村抄录的，一并送给你罢。"

柳淇兴奋不已。

柳涚也很高兴："我读父亲的词都是柳青叔从外面抄录的，也不齐全，这下可好了，淇弟得了词稿，我也可以录一份。"

柳村万分不舍地把词稿交到柳淇手上："淇少爷可得给我也录一份存着，日后我回京了你再给我。"

"那是一定的。"柳淇爽快地答应着。

"淇弟的字写得可好了，在京城颇有点小名气呢！你若有淇弟抄录的词稿，不知要羡慕死多少人。"柳涚笑吟吟地说。

"你柳青叔过得还好么？"柳永问。

"柳青叔娶了绿绮婶婶，两人十分的恩爱，有一儿一女，女儿已经出嫁了。"柳涚答道。

"哦！那就好！他二人总算是修成了正果。"柳永若有所思，回头又看看柳淇，"淇儿有了我的词稿，只可以闲时读一读，千万不可去学。"

柳涚笑道："爹爹放心，淇弟的志向是做一个书法家，他是崇拜爹爹才要收藏您的词。"

柳永笑着点头，柳淇则微笑不语。

正说着，门外有人问柳老爷是否住这儿。

柳村忙开门把人迎进来，原来是沁芳楼的人送熟食来了。

柳淇盯着菜说：“闻到香味，我又饿了。”

柳涚笑道：“你是饿死鬼投胎。”

柳永却无奈地想，愉悦的时光过得快，眨眼工夫，就过了半日。或许是我老了，更容易动真情，更留恋与家人在一起的温馨时光。

只是，世间万事，有太多的飘忽不定，有今日的相聚，就有明天的离别。柳永何尝不想与儿孙在一起享受天伦之乐，过着河边栽柳，门前种梅，卧听一帘燕语，闲看一溪明月的日子。可他心里对那份功利、那份繁华的渴望始终不曾幻灭，他依旧要在红尘的泥潭中挣扎。

饭后又闲话了片刻，柳涚起身道：“父亲，孩儿唠叨了半日，这就要回去了。”

柳永眼神有些茫然：“你这就要回去了？”

“不知父亲明日几时动身，孩儿明日前来送父亲。”

“回去也好，千里搭长棚，没有不散的筵席。明日你就不要来送我了，来了反惹伤感。听柳村说，你与柳淇相约三年后科考，只是仕途艰难，不是每个人都走得顺当的，你二人千万不可学为父……”

话未说了，泪已涌上眼眶，柳永自嘲道：“唉！人老了，反而多情起来，你们走吧，柳村你送送他们。”说罢，便背过身去，不再看柳涚、柳淇二人。

走出门去的柳涚又返身进来，跪在柳永身后叩首泣道：“父亲只身在外，多多保重！孩儿不孝，不能承欢膝下，若他年得中榜首，定接父亲回京安度晚年。”

柳永已是老泪纵横，转身扶起柳涚，送至门外。

屋子空了，柳永的心也空了，他懊恼地想，江湖的风霜雨雪，岁月的日夜侵蚀，他遗失的不仅仅是青春华年与红颜知己，还有那份更珍贵更难求的亲情与天伦之乐。如今只能在孤寂疲惫的旅途中日复一日，一日少一日地去回忆，去缅怀，去梦里重温那渐行渐远的旧时光。

“老爷，”柳村返回屋里，“两位少爷回去了，您说了半天的话，躺着歇息会儿罢。”

“我睡不着啊！”

“要不，小的陪老爷去街市上走走看看，散散心如何？刚才看见长街的两边店铺门前都挂上了各式各样的灯，只待天黑，便会灯火满城。”柳村边收拾桌上的茶碗边说。

柳永沉吟道：“去逛逛也好，这一走也不知何时再回来。”心里却暗自伤怀，

这元宵节是过一年少一年了。

主仆二人一路走走看看，待到朱雀南门大街，已是夕阳西下，只那柳陌花间里的叫卖吆喝，茶坊酒肆中的丝竹管弦，越发清晰起来。有性急的人，不待西天那最后的一抹烟霞隐去，便点亮了门前的灯笼。大街上已是游人如织，香车宝马，络绎不绝。

柳村跟在老爷身边这里看看，那里瞧瞧，忽见一辆马车上端坐一俏丽女子，不觉看痴了。待回头时，已不见他家老爷，一时急得燥热起来，浑身是汗。他避开人群，爬在一家酒楼门前的狮子背上，四下里张望，满街的人，且暮色四合，灯花耀眼，哪里找得到柳永！他索性不找了，坐在台阶上看过往的千姿百态的人们，看两边灿若春花的花灯。他想，老爷在京城待了那许多年，未必就迷了路，待会儿咱径直回客栈罢了。

却说柳永回头不见了柳村，找了几个来回也不找了，随着人流慢慢前行，来到一座灯火辉煌的楼下，正想细看是何处所在，清寒的夜风掠肩而过，耳畔留下几声似曾相识的曲调，凝神细听时，楼内的女子婉转唱道：

“会乐府两籍神仙，梨园四部弦管。向晓色，都人未散……”

柳永不觉呆了，这不正是自己三十多前初来汴京时，元宵夜观灯后所填的那阕《倾杯乐》么！

抬眼看时，竟是紫烟阁！他急忙分开人群，向楼前挤去，是虫娘在唱么？抑或是佳娘、心娘、酥娘？待挤到门前，那守在门廊里年轻而陌生的面目，让他悚然而醒。虫娘死了，心娘、酥娘也死了，佳娘如今跟自己一般苍老，早已离开紫烟阁，不知流落在何处。

那唱曲的女子，必定是年轻的女孩儿，必定是跟虫娘她们当年一样有着雅致轻盈的体态，娇柔秀气的美貌，迷人心魄的浅笑。而这一切都离自己太遥远，这里已不再是自己歇息的长亭，他再无赏灯的兴致，还是走吧。

待柳村回到客栈，柳永早已睡下。

窗台上的蜡烛随着门的开合轻轻摇曳，桌上有几本书，柳村想收拾了，明日一早好起程。却见书卷边有一笺纸，拿起看时，墨迹未干，心想一定是老爷观灯回填的新词了，便移近烛台细读起来：

画鼓喧街，兰灯满市，皎月初照严城。清都绛阙夜景，风传银箭，露叆金茎。巷陌纵横。过平康款辔，缓听歌声。凤烛荧荧。那人家、未掩香屏。

向罗绮丛中，认得依稀旧日，雅态轻盈。娇波艳冶，巧笑依然，有意相迎。墙头马上，漫迟留、难写深诚。又岂知、名宦拘检，年来尽减风情。

——柳永《长相思》

老爷这又是想起哪位歌女姐姐呢？是虫娘？是楚楚？还是瑶卿？还是谢玉英？柳村小心折叠起词稿，心里嘀咕着，回头一眼瞥见，烛泪竟流满一桌。

第三十四章　少年意志　归云一去无踪迹

长安古道马迟迟，高柳乱蝉嘶。夕阳鸟外，秋风原上，目断四天垂。

归云一去无踪迹，何处是前期？狎兴生疏，酒徒萧索，不似去年时。

——柳永《少年游》

朝廷变革之事，果然被柳涚不幸而言中，范仲淹、韩琦、富弼、欧阳修等忠义秉直、清正严谨之士，最终没能斗过章得象、夏竦等奸邪小人。

仁宗庆历五年（1045 年）正月，范仲淹、杜衍、富弼同时罢免。

二月，皇帝下诏废除范仲淹创制的新法。

三月，韩琦因此不平，上疏替他们说情而被罢去枢密副使，出任扬州知县。

八月，欧阳修上疏力辩范、杜、富、韩等人无罢免之罪，惹怒章得象、夏竦等人，被贬至滁州。

变法一败涂地，仁宗排斥一批正直之臣，起用奸佞之流，朝中仍然纷争如麻。

范仲淹被贬至河南邓州（今河南邓县）。

庆历五年（1045 年），滕子京重修岳阳楼后，写信请范仲淹作记，并附上一幅《洞庭晚秋图》。

二人原是好友，又都是被贬之人，有“同是天涯沦落人”之感喟。范仲淹此时在邓州，就此晚秋图，写下《岳阳楼记》，其中精髓之句“先天下之忧而忧，后天下之乐而乐”，既道出自己忧国忧民的心思，又有对好友的慰勉和规箴。

范仲淹自贬后，常常是此地未到，便又接到圣旨，被指派到另一地，如此辗转反复，调来调去，旅途的疲惫，使他身心俱损，最后在调往颍州的途中，病死在徐州。这是后话。

柳村从药铺拿了药出来，又到肉铺买了对猪肘子，回到家里煎药炖汤，忙完后便去书房，却不见柳永人影。

一抹斜阳落在书桌上，砚池中的残墨闪着幽蓝的光，一笺纸稿上草草地写了几行字。

"噫！刚才还听见咳嗽声，这会子又去哪儿了？"柳村心里奇怪，顺手拿起纸笺，细读道：

长安古道马迟迟，高柳乱蝉嘶。夕阳鸟外，秋风原上，目断四天垂。

归云一去无踪迹，何处是前期？狎兴生疏，酒徒萧索，不似去年时。

——柳永《少年游》

柳村心里嘀咕，不是病还未好么？又写这些凄凉的词句，莫不是又到后山去了？

待他找到后山坡，果真见柳永在树下负手而立，在落日的映衬下，那背影看上去，有说不出的苍老、孤独与落寞。

柳村心里霎时涌上一股莫名的悲哀，不知是为他自己还是为了老爷？他痴痴地望着柳永的背影，竟忘了他是来找老爷的。

半晌，听柳永叹息道："归云一去无踪迹，何处是前期？"

自从知晓朝廷变法失败，范仲淹等人被贬后，柳永再无他想，这种飘零落拓的游宦生涯，早已让他厌倦而消沉，对仕途之争，也已望断念绝。早知如今这般寂寥落寞，当初何必苦苦地求取功名！若是陪虫娘、佳娘她们终老一生，那该是如何恣意快乐的人生啊！

一阵西北风吹来，柳村不禁打了个寒战，他紧了紧衣襟，走近柳永，轻声唤道："老爷！"

柳永并不回头，抬手指向荒凉的原野："你看，暮色中的原野，草木枯萎，树叶凋零，土地贫瘠，这景致是何等的萧条冷落！"

"老爷，这里风大，还是回去吧！"柳村不知如何回老爷的话，只扶了他的手臂往回走。

柳村侍候老爷喝了一碗水药，盛了小半碗饭递给他："老爷，今晚的猪脚汤炖得挺烂的，大夫说吃药涝人心胃，要以汤佐药，老爷少吃饭，多喝汤。"

"柳村，这些年来，多亏有你照顾我。"柳永喝口汤，看着柳村说，"你跟着我四处漂泊，奔波劳碌，连个媳妇儿也没娶上。"

柳村笑道："老爷，不娶媳妇也好，一个人多自在。想去哪，说走就走，

无牵无挂，省心省力省银子。”

柳永搁下碗，叹道：“你说起来很是轻松洒脱，老爷我听得却是心酸，你这都是为了我啊！”

柳村忙把汤碗递给柳永：“老爷，小人不会说话，小人丝毫没有怨老爷的意思。快把汤喝了吧，凉了就不好喝了。”

自此，柳永心里就装了一件事。

县衙后院。早饭后，柳永正要去前面公堂，见柳村在厨房煎药，便交代道：“柳村，今天我自觉好多了，不用再去找大夫了。”

柳村眼里闪着喜悦的亮光：“老爷的病好了？这金大夫的药还真是灵验啊！”又摸摸后脑勺，嘿嘿笑道：“或许是猪肘子汤喝好的。”

柳永笑着正要说什么，却听见隆隆的鼓声自前面传来。

柳村变色道：“老爷，有人击鼓！”

柳永丢下柳村，快步朝公堂而去。

刚至侧门，典史迎面走来：“大人，属下正要去请大人。”

“何人击鼓？”

“三个年轻的女子。”

“哦！”

柳永掸衣整帽，走至公堂正中那块“明镜高悬”的匾额下，一拍惊堂木，严而不威，怒而不愠。

“升堂！”

“威武！”两排衙役齐声呐喊，声音低沉而威武，在公堂前后悠悠回荡。

“何人击鼓？带上堂来！”

三个女子跟着领班衙役战战兢兢地走至堂前。

领班衙役大声喝道：“跪下！”

柳永低声制止：“不要吓唬她们！”随即抬眼望去，见堂下并排跪着三个衣着鲜明的女子，便温和地说着“你们是哪里人氏？要状告何人？”

跪在地上的三人，你看看我，我望望你，都不开口。

“不要怕，抬起头来，你们为何要击鼓告状？”柳永耐心地询问，一边的典史正欲呵斥，看柳永的眼神又闭了嘴。

“大人，我叫庆奴，”其中着红衣的女子开口道，并指着另两名女子说，“她叫胭脂，这是九儿，我们三人是秦月楼的歌女。”庆奴抬头看着柳永，说话时语气沉稳，落落大方，眼神里并无惧色。

原来，华阴县有几家歌楼，其中一家叫秦月楼，由府衙直接管理，俗称官伎。秦月楼的姑娘们，平时教习琴棋书画、歌舞技艺，主要供官府娱乐时遣用。

按例，地方若迎接新官员到任、或接待过往官员、或有朝中大员下来巡察，官中歌女便要奉命侍宴。同时，每逢官员宴游时，也往往召她们陪宴，唱曲侑酒助兴。

平时，官府若无事务应酬，秦月楼的姑娘们照常接待民间南来北往的客人。

深秋十月，花木凋残，秦月楼的后院，唯有南墙根下的几兜菊花，正开得灿烂，给这个萧条的季节平添了几分雅趣。

庆奴带几位新来的姑娘跟琴师在院里练琴习谱。

九儿是秦月楼最年轻娇俏的姑娘，她轻盈柔美的舞姿不知倾倒过多少看客。当姐妹们跟着琴师咿咿呀呀地学唱时，她在一边幽幽地长声叹息。

庆奴回眸，见九儿蹲在菊花前，双手托腮，似满腹心事。

“九儿，你怎么了？因何长叹？”庆奴放下曲谱，走近九儿。

“庆奴姐，我是九月生的，所以叫九儿，可我的命却不如这菊花。”九儿说着话，眼睛却不曾离开菊花。

庆奴顺手摘朵小菊花朵儿，斜插在九儿鬓边，笑道：“谁说九儿不如菊花？我们九儿有沉鱼落雁之貌，又能听曲而舞，你这轻盈曼妙的舞姿怕是世上少有呢！这菊花如何跟你比？花儿又不解人意，九儿是善解人意的可人儿！”

“庆奴姐，你就不要取笑我了，我都快急死了！”九儿站起身，佯怒着跺脚。

庆奴收了笑容，轻轻揽了九儿的肩，安慰道：“九儿莫急，凡事都有个道理可讲，我就不信咱们这样的人就无个说理的去处！”

二人正喁喁而语，忽听得她们的妈妈老远就尖着嗓门嚷道：“哎呀呀！九儿啊，你窝在这里呀，害我一顿好找！”

说来也怪，人家青楼的老鸨儿都肥胖肉满的，这秦月楼的鸨儿倒好，高挑的个子，浑身无一丁点儿肉，那一副骨架放在火上烧，都燃不起火焰，她一路小跑过来，犹如踩高跷，众人都悬着一颗心，怕她一头栽到地上，摔散了骨架。

庆奴迎上去：“妈妈如此慌张，有何急事？”

鸨儿喘着气道：“施家来人了。”

见众人不解，鸨儿又道："施家来人说，叫九儿好生着点，后日便是黄道吉日，施家来轿子抬人。"

九儿急了，紧抓着庆奴的手，泪眼婆娑道："庆奴姐，我死也不去施家！"

"哎哟哟！你还起苔子了，你是侯门千金？还是大家闺秀？施家不去，你要去哪样人家？"鸨儿甩着丝帕子扭到九儿面前，"施老爷能看上你，是你几世修来的福分！给施老爷做了五姨太，吃香的，喝辣的，穿金戴银，有享不尽的福！"

九儿回道："施家这样好的家景，妈妈为何不嫁过去做姨太太？"

九儿毕竟一团孩子气，她想都不想，脱口而出的几句话，听得众人掩口而笑。

鸨儿扑上来要撕她的嘴，被庆奴一把拉住："妈妈，九儿还是孩子呢！何必跟她计较！"

"十六七岁了还是孩子？老娘像她这样大的时候，也不知经历过多少男人了！"众人听了，都暗暗撇嘴。

她使劲儿甩开庆奴的手，指着九儿的鼻子骂道："你这没良心的小蹄子！当初若不是看你娘老子穷，老娘可怜你、收留你，把你养到今天，你早就做了花肥了。"

见众人都冷眼冷面的，鸨儿用帕子揩了揩嘴角的唾沫星子："若不是收了施家的银子，老娘今日就要撕烂你的嘴。"说罢，扭身踩着高跷走了。

胭脂放下怀中的琵琶，从袖子里抽出手帕替九儿抹去眼泪，叹道："这是咱们的命，不是在青楼倚门卖笑，就是给那些有钱的老家伙做姬妾。"

庆奴却盯着墙根下的那丛菊花，像是自言自语地说："早就听说咱们华阴县的县太爷最是怜惜我们这样的青楼女子的。"

琴师捋着花白胡须笑道："这话不假。当年我在东京汴梁跟师傅学艺时，咱们这位县太爷可是红极一时的'才子词人'，专给歌楼教坊填词谱曲。但凡经他指点的曲子词，或是他填的词，歌女一夜之间就会身价十倍。"

琴师抚了下琴丝，又道，"也不知他如何得罪了皇上，县太爷那年中了进士，却被皇帝临轩放榜时，朱笔抹杀，叫他花前月下去填词。直到后来又进士及第，游宦各地十多年，吏部迟迟不放改官，如今又到华阴县任职。"

胭脂走近琴师："师傅，听你如此说来，县太爷经历了这许多波折，若是去县衙求他，他也未必肯帮咱们了。"

“自唐朝中宗以来，允许朝廷命官家里蓄养歌女，却不许进出青楼歌坊与歌女来往，否则，受到同僚的弹劾，轻的降职，重的罢官。这事儿还真说不清县太爷是否愿意伸手，若好便罢了，若不好，华阴县令就做到家了。唉！”琴师摇头叹息，只管低头用松香擦拭琴弦。

庆奴若有所思道：“咱们秦月楼可是官伎，既是听从官府的遣用，官府就得管这样的事。”

胭脂幽幽叹道：“虽是官伎，也还是青楼中人，我们这些就是卖艺不卖身，也还是要供人娱乐、被人糟蹋。有道是：八字衙门朝南开，有理无钱莫进来。官府与有钱人是一家，施家有的是钱，县太爷保不准不听施家的。”

“那施老爷一大把年纪了，家里姬妾成群，仗着几个钱，横行乡里，欺男霸女。咱姐妹虽是青楼中人，也有愿意不愿意嫁给他的说法，难不成强娶？这分明是仗势欺人。这种事，民不告，官不究。明日我得去县衙走一遭，为九儿讨个公道。”庆奴柔和的脸上现出几分刚毅。

九儿抹着眼泪说：“姐姐，这本是我自己的事，明日我也去。”

胭脂扬眉笑道：“打虎亲兄弟，上阵父子兵。这种时候哪能少得了我呢！”

三姐妹搂在一起笑得眼泪沾满衣襟。

琴师轻轻拨弄琴弦，墙角的菊花犹自灿烂，偶尔有一两只不畏清寒的蛱蝶飞来，在花朵上盘桓片刻，又携着清香冉冉飘过墙头。

庆奴说到这儿，长舒一口气道：“大人，这就是我们三姐妹击鼓告状的缘由。”

柳永依稀记起，自己刚到任时，县衙吏员与华阴县的名流雅士为他上任接风的宴席上，正有这个叫庆奴的姑娘唱曲侑酒。

“捕头陈洪亮！”

捕头出列：“在！”

“你带两路人马分别传秦月楼老鸨与施祖恩即刻到堂！”柳永掷下牙令。

“是！”

一盏茶的工夫，秦月楼那位骨瘦如柴的老鸨，随着衙役，一扭一扭地踩着高跷先到了，见庆奴三姐妹在堂前，那双凹陷的眼睛似要喷出火来，恶狠狠地骂道：“原来是你们三个小贱人把老娘告了！”

典吏喝道：“放肆！公堂之上，岂由得你骂人！这是县衙，不是你的秦月楼！县令大人在上，还不跪下！”

鸨儿吓得跪倒在地，叩头道：“小人拜见县令大人！”

“鸨儿，抬起头来，你识字么？”柳永问。

“回大人的话，小人不识字。”

“那就请典吏念给你听吧。”

典吏便把刚才庆奴叙述的原话记录，念给鸨儿听。

典吏念完。

柳永问:“鸨儿,庆奴说你收受施祖恩银两,逼九儿做妾,此事是否属实?”

“哎哟哟！大人哪，这男欢女爱、你情我愿之事，岂能说是逼迫！”鸨儿瞪眼望着九儿。

九儿回道：“我哪里情愿了？分明是你贪图钱财，把我卖给施家。”

九儿话音未落，捕头带上施祖恩。

七十多岁的施祖恩，因房事过度而发黄的一张脸，瘦削如刀，两只浑浊的眼珠滴溜溜一转，扫一下堂前跪着的几个人，便跪在一边，叩首道：“小民施祖恩，叩拜县令大人。”

柳永面沉如水，问：“你就是华阴首富施祖恩？”

“大人，小民不敢称华阴首富，小民得承祖上荫庇，尚且衣食无忧。”施祖恩故作谦逊的语气里，颇有几分自得。

“有银子就可以胡作非为？”

“大人，小民冤枉啊！小民一向可是遵纪守法的。”

“强逼成婚也算遵纪守法么？”

“大人哪，小民娶九儿姑娘为妾，是赎她从良，不是逼良为娼啊！”

柳永缓步走近施祖恩：“施老爷，你不知道秦月楼是官府直接管辖的官伎么？官伎要听从官府的遣用。若你想赎官伎，第一，先得问本人愿意不愿意；第二，还得经官府同意，销了她的乐籍，你才能娶她回家。”

施祖恩犹自强辩：“可……”

柳永打断他，转头问九儿：“九儿姑娘，你可愿意嫁给这位施老爷？”

九儿泪眼婆娑地摇头道：“大人，九儿不愿意！”

施祖恩瞪着发黄的眼珠子盯着九儿:“小贱人,你不愿意？嫌老爷我老了？不中用了？莫非你看上了哪家的花花公子？”

九儿掩面哭泣。

庆奴护着九儿：“施老爷，你不要血口喷人！”

“都是你这个骚娘们出的主意，”施祖恩指着庆奴，气急败坏地骂道，“你们是一路货色，都喜欢年轻力壮的男人，嫌老爷我老了，可老爷我有的是银子！”

“放肆！公堂岂是你出口污秽、烂施淫威之地！”柳永喝道，“来人，把这个藐视公堂、目无法纪之人拖下去杖击三十！”

“是！”衙役齐声应诺如雷吼。

施祖恩吓得脸色煞白，爬到柳永面前连连磕头：“大人饶命！大人饶命！小人不敢藐视公堂！”

柳永缓和了口气：“本县念你初犯，又年老体衰，且免你杖击，却不可不罚。”

“啊！还要罚？”

“你是认打？还是认罚？”

“大人，小人认罚，认罚！”

柳永回到座上，手拍惊堂木：“施祖恩仗势欺人，目无法纪，欲强娶官伎为妾，扰乱官府秩序，本当重责，因念及初犯，又年事已高，且罚纹银三十两，以当教化民众。若日后再犯，定不轻饶！退堂！”

施祖恩瘫软在地，骨瘦如柴的手颤颤巍巍地指着秦月楼老鸨：“你你你，你还我五十两银子！”

第三十五章　毕竟成尘　会须归去老渔樵

向深秋，雨余爽气肃西郊。陌上夜阑，襟袖起凉飙。天末残星，流电未灭，闪闪隔林梢。又是晓鸡声断，阳乌光动，渐分山路迢迢。

驱驱行役，苒苒光阴，蝇头利禄，蜗角功名，毕竟成何事，漫相高。抛掷云泉，狎玩尘土，壮节等闲消。幸有五湖烟浪，一船风月，会须归去老渔樵。

——柳永《凤归云》

柳村清楚地记得，自住进华阴县衙后堂以来，院里的那株柿子树，开了三次花，结了三次果。今年天干少雨，那一树青涩的果实，零零碎碎地脱落枝头，待秋光老尽时，剩下几只黄澄澄的果实，也被鸟儿啄食殆尽。

他扳着指头计算着，三年了，老爷在华阴县已任满三年，朝廷该下诏书招老爷回京了。眼看这个秋天即将过去，却仍然不见动静。

柳村正拢着手在院里胡思乱想，一衙役进门叫道："柳管家，大人在么？"

柳村见他手里拿的信函，莫名地心跳起来，忙问："大人未回，何事？"

"大人的信件。"

柳村劈手夺过，见不是朝廷来函，便有些失落，正欲细看，却见柳永拖着疲惫的身子，跨进院来，与出门的衙役撞了个满怀。

柳村抢上前扶住柳永。

"柳村，衙役进来何事？"

"老爷，他是来送信的。"

"噢！信在哪儿？"

柳永从柳村手中几乎是抢过信件，只扫了一眼，柳村分明看见老爷眼神中的失落与内心无声的叹息。

"老爷先去书房歇息罢，一会儿我把饭菜端来。"柳村不敢问是谁的来信，把柳永送进书房便去厨下。

待柳村端了托盘进来时，见柳永正挽袖揩泪。

“老爷何故伤心落泪？”柳村不知发生何事，放下托盘，惊慌地问。

柳永却笑道：“老爷我这是高兴的眼泪。”说罢，便把一纸信笺递给他。

柳村接过，展开看时，竟是柳涚少爷的来信，信中说，今春柳涚已高中榜首，殿试赐进士及第；柳淇年小，此次虽未高中，日后将努力向学，下科再赴考场。

“柳村，拿酒来！”

柳村放下信笺，笑道：“老爷今晚正该喝几盅。”绕过书架，抱出一坛酒来。

“今夜正该痛饮，老爷我十九岁离开家乡，浪迹江湖；二十六岁入考场，五进五出，五十一岁时，才在皇帝的恩科中了进士。我儿柳涚，三十刚出头就进士及第，真是好儿子！”

柳永接过柳村斟的酒，扬脖一饮而尽，连饮三盅，嘴里喃喃而语：“老夫登科如登天，小儿登科如拾阶。愿皇天佑我儿仕途平坦顺利！柳村，斟酒！”

柳涚正是殿试赐进士及第后，在家等待外放任官之时给父亲写的信。

后来，柳涚的仕途还真比柳永顺畅，从州官做到著作郎、陕州司参军，最后做到大理寺丞。这些都是以后的事。

这一夜，柳永醉得一塌糊涂。

几天后，柳永收到朝廷一纸升迁令，由原来的著作佐郎，升迁一级，为著作郎。

岁月不居，时节如流。

几许花开花落，几度寒来暑往，柳永艰难地辗转跋涉在调来调去的途中，那颗苍凉而寂寞的心，被岁月的风霜雨雪洗刷得苍白，乃至绝望。

又一个菊花烂漫的季节。

细想来，菊花实在是无情之物，在这样一个霜寒露重、万物萧条的季节，无论是秋阳初升的早晨，还是清风瘦月的黄昏；无论是细雨纷飞，还是雁啼长天，菊花对周围的一切不管不顾，倚着枯萎的篱畔，枕着飘零的落叶，犹自开放得艳丽、热闹，炫人耳目。那种天然的至情至性的淡泊与从容，其实是心底的冷漠至极。

就在这个菊开放、依然萧索的、却又令人眷恋的季节，仁宗皇祐四年（1052年），六十九岁的柳永终于等来了他人生最高的职位：屯田员外郎。

柳永拿着这一纸升迁令，如老僧入定。

他的思绪从这张薄薄的升迁令，穿过时光的经纬，透过岁月的风霜雨雪，仿佛看见武夷山下，清澈的梅英河畔，那一袭白衣翩飞的少年，拜别高堂老母，

在落英缤纷的梅树下与新婚妻子云桑，与青梅竹马的梅语依依惜别。

送别的琴弦尚未停歇，他已挥手远去。翻山渡水，抖落一身尘埃，撑一伞浓浓的情意，一头扎进江南绵绵的烟雨中。青石板的足音，叩响静谧的小巷，从此，江南多了几分诗情，多了几分浪漫，多了几分牵挂，也多了一个浪子。

江南的杏花烟雨最易淋湿衣袂，最能温润心灵，他手中的那支笔，飘逸如春天枝头的蝶，那行行活色生香、摇曳生姿的文字，曾倾倒多少如水般灵秀柔婉的女子。

西子湖畔的柳浪，二十四桥的明月夜，姑苏城外的斜阳，多情而隽永地记载着他踏歌而行的足迹。路边的萋萋芳草，却挽留不住他前行的脚步，他怀揣着一幅江南的烟雨图，望着那金碧辉煌、繁华绮丽的皇城——东京而来。

在他眼里，这座皇城，比细致幽雅、纤秀柔媚的江南更显得富丽堂皇，更加丰盈瓷实。虽是初来乍到，却已渐入佳境，他眷恋那一抹桃红三分柳绿，沉醉在丝竹管弦里，不愿醒来。

若是久久地流连在那桃红柳绿里，倒也别无他想，至少守住了心底至爱的女子，守住了那一份儿女情长的欢娱。

而今，为这点微薄的功名，耗尽华年光阴，跋涉于江湖夜雨，尝尽羁旅行役之苦，换来的也不过是这一纸升迁令：屯田员外郎。

人生一世，如过眼云烟，待他在红尘的软泥中挣扎着抬起头时，岁月的年轮，在他光滑的额头上匆匆碾过，除了留下深深浅浅的印记，除了身心的疲惫与荒凉，再别无他物。

柳村在一边抄录新词，见柳永呆坐在书桌前半天没有动静，扭头看时，他正把那张朝廷的升迁令揉成一团，扔向窗外。

深秋的黄昏，一股肃杀的寒意，破窗而来。柳村不禁打了个寒战，忙起身把两扇窗叶关上。

“柳村，收拾行李，明天回家。”

“回家？老爷，回哪个家？”柳村不解地问。

“回崇安老家。”柳永两眼望向已经关上的窗户，那忧郁的目光似乎已洞穿木窗，透过黄昏的雾霭，越过山川河流，凝视着武夷山下那郁郁梅林中的村庄。

“老爷，朝廷的升迁令不是来了么？老爷又升了一级呢！该是招老爷回京任职了罢。”柳村小心地说。

“柳村，这升迁令其实只是一纸空文，屯田员外郎是寄禄官，并无实际的职务。老爷我是顶着京官的帽子，受人驱使，经年累月地奔波在州县之间，任人奴役，这官我不做也罢。”

柳村满心以为，这次朝廷来的升迁令一定会招老爷回京城，谁知还是要到偏远处做县官，老爷这官做得也太窝囊了些，东奔西颠，跋山涉水，穷困潦倒，这官不做还真是解脱，只要老爷想开了就好。

当下便笑道：“老爷，咱回京城罢，何以要回崇安老家呢？再不济，也可以投奔柳涚少爷去啊！柳淇少爷今年不是也金榜题名，赐进士及第了么？”

三个月前收到柳淇的来信，他已考中进士，而且书法也名满京城，这是他最感欣慰的事。

（有件事，柳永永远都不会知道，正是这个侄儿，他二哥柳三接的儿子柳淇。在他死后，为他撰写了墓志铭。）

柳永走近书架，抽出一本书，用衣袖拭去封面的灰尘，情绪更加低落：“对柳涚，我很愧疚，身为父亲，却从未尽过父亲的责任，更别说给他一个像样的家。入仕前，只顾自己玩乐，又屡次落第，心情颓废时游历各地，从未把他放在心上。入仕后，奔波劳碌，辗转于江湖，尝尽羁旅行役之苦，更无暇顾及他。如今，我年迈昏聩去投靠他，岂不落人耻笑？”

“老爷休怪小的无理，老爷这话差远了，柳涚少爷是您的儿子，哪有儿子耻笑父亲的？少爷从小就识大体，善解人意，岂能不知老爷的苦衷？”

“柳村，有一点，你忽略了。”柳永叹息道。

见柳村疑惑地看着他，柳永又道：“自那年东京一别，除了他中进士写过一封信，这多年来，他何曾再有书信问候？倒是柳淇，时而有家书寄来。”

柳村低头不语，确实如此，柳涚自外放州官以来，不曾给父亲写过一封书信。

“这不怪他，老夫因年轻时的狂妄不羁，词忤皇帝，一直不被朝廷重用，所创的长调慢词被指责为艳词俗曲，受朝中文人的摒斥，这些他未必不知道。如今，他也在仕途之中，必然知道为官的艰难，他不跟我来往自有他的道理。柳村，你要记住，往后，无论老爷我发生什么事，都不要跟柳涚写信，这既是为他好，也能让我自己心安。”柳永告诫着。

柳村无言安慰，只呆在原地，不知所措。

“把这些书与杂物都收拾妥了，明日一早起程回乡。”他那生来忧郁的

眼神里，此刻竟十分的澄澈与安然。

这一夜，柳永似睡非睡，迷糊中，听着窗外芭蕉叶的滴答声，又下雨了。

第二天，他早早地起床，推窗看时，一股凉风扑面而来，虽寒意袭人，空气却越发清爽，雨不知何时停了，天边残存的几颗星子，隐隐地闪着微弱的光，邻村的雄鸡已不再啼鸣。

他看着昨夜柳村收拾好的行李，心里有几分释然，又有几分失落。他失去了什么？失去与亲人在一起的温情，失去青春的欢娱，失去的韶光中有太多的遗憾。失去的永远失去，得到的，是这一身的孤寂与沧桑，是满心的无奈与悲凉，是一生的回忆与懊恼。

走吧！这异乡不再有任何值得留恋的风物。三千年读史，不外乎功名利禄，九万里悟道，终归诗酒田园。趁如今还健硕，何不效仿范蠡，载一船风月，隐逸于浩渺的烟波之中。

正欲去唤柳村，回头见柳村已站在门边，手里提着食盒："老爷，马车已雇好，在门外候着。吃了早点再走吧，这是刚从早市上买来的小笼包与馄饨。"

主仆二人吃过简单的早餐，将行李搬上马车，绝尘而去。

马车一路前行，柳村随着车厢摇摇晃晃地睡得酣畅，忽被尿憋醒，正欲唤车夫停车小解，却听车夫在前面大声喝道："找死啊！官道上也敢拦车！"随即，马车吱吱呀呀地停下。

柳村顾不得许多，急忙忙地跳下车，钻进路边的树林，待他小解完毕系好裤子出来时，见车夫正跟一女子争些什么。

柳永也已下车。

那女子脸上黑乎乎的，不知涂了什么，两只眼睛却波光流转，如清澈的溪水，她焦急地恳求车夫带上她，又不时地朝树林边的小路惊慌地看一眼。

"大叔，你带上我吧，我到前面的镇子有点急事儿。"

车夫摇头，见柳永走近来，便说："我的车是这位老爷租的，你若想搭车，求这位老爷便是。"

说话间，那边小路上隐隐约约有人朝这边跑来。

那女子扑通一下跪在柳永脚边："柳大人，带上我吧！"

哦？柳永心里吃一惊，难道此人认识我？

当即也不再问话，对柳村一招手，柳村何等的机灵，把那女子扶上车，吩咐车夫赶快离开此地。

那女子上车后也不道谢，只倚在车窗边，惊魂未定地紧盯着树林边的小路，直到马车爬过一道山梁，拐进一条岔道，她才离开车窗，闭上眼睛，瘫软在座位上。

柳永轻轻唤道：“姑娘，姑娘！”

女子睁开眼，见柳永二人正关切地看着自己，两行晶莹的泪水夺眶而出，她跪倒柳永面前，哽咽着说：“柳大人，谢谢您又救我一命！”

柳永愕然：“又救你一命？”

女子的泪水已洗去脸上的黑灰，露出两条雪白的肌肤，她掏出手帕向脸上抹去，一张年轻娟秀的脸出现在两人面前。

“大人不记得我了么？我是九儿啊！”

“九儿？”

“是啊！华阴县秦月楼的九儿！”

“可你，如何这般模样？又如何在这里？”柳永扶起九儿，“柳村，快给九儿姑娘倒碗茶。”

正目瞪口呆的柳村忙不迭地解开裹在棉包里的茶壶倒茶，也不知是心里慌乱，也不知是马车颠簸，一碗茶递到九儿手中只剩下半碗，九儿一气喝下，把空碗还给柳村时，展颜一笑，算是谢过。谁知她这一笑却笑得柳村魂飞魄散，脸倏地一下红到耳根。

柳永见他这副窘态，禁不住哈哈大笑。

笑毕，又问九儿：“姑娘，你还未告诉老夫，你是如何跑到这里来的。”

九儿敛了笑容，低眉幽幽道来。

原来，自去年在县衙打赢官司后，九儿在秦月楼的日子就难挨了，陪酒、唱曲、跳舞倒也罢了，可鸨儿天天逼她接客。

这天夜里，鸨儿扭到九儿的房中，甩着手帕笑道：“九儿，你好福气呀！施老爷今夜要给你开苞呢！”

九儿一听，吓得跪倒在地，她哭着恳求道：“妈妈，从你把我买来的那天起，说好做艺伎，卖艺不卖身，求妈妈放过我吧！”

鸨儿撇撇嘴，冷笑道：“你当你是大家闺秀、千金小姐？卖艺不卖身？我这秦月楼可是烟花风月之地，不是侯门绣阁，由不得你装贞洁！”

九儿哭成一团，鸨儿又道：“见你可怜兮兮的，你不愿接客也成，还是去给施老爷做妾罢！”边说边用手帕给九儿揩眼泪，“好孩子，听妈妈一句话，

给施老爷做妾，总强过在秦月楼天天接客，施家虽是姬妾成群，九儿是最年轻美貌的，施老爷自然最爱你宠你，妈妈我是菩萨心肠，怎会害你呢？”

见九儿不哭也不闹了，鸨儿一拍巴掌，从门外扑进两条汉子，站在九儿面前，鸨儿道：“送姑娘上花轿！”

就这样，九儿连夜被一顶小轿抬至施家，成了施祖恩的五姨太。

施祖恩的姬妾平时就爱争风吃醋，钩心斗角，如今倒好，妻妾四人抱成一团，一致对付九儿。今天这个在老爷面前告她的状，明天那个在老爷面前撒娇放泼，九儿如何斗得过她们？施祖恩也无奈，只得睁一只眼，闭一只眼，任由她们去。恼恨的是，四个女人竟把九儿赶去跟佣人王妈住在一起。

九儿巴不得施祖恩不沾她的边，落个轻松自在干净。平时就跟施家的丫头婆子做些轻松的活儿，不像个姨太太。

王妈是施家大少爷的奶妈，在施家三十多年，虽是女佣，夫人姨娘也都让她几分。王妈见九儿生得秀丽可人，又知事又勤快，便对她格外疼爱些，凡事都护着她点。

若日子就这般过去，倒也相安无事，谁料施祖恩在四姨太房中一睡不起，虽未断气，也只有进的气，无出的气了，施家上下都忙着准备后事。

这下，姨太太们都慌了，这个家自然由夫人做主，况且夫人有两个儿子。

这天，二姨太踅到三姨太房中，装作若无其事地说：“我说老三啊，姐姐我的肚子不争气，你咋也不生个一男半女呢？”

“生女儿顶个屁用，老四不是生了个丫头片子？家里事还不是老大说了算。”老三说得唾液四溅。

“平白无故的，又多一个分家产的。”这老二是专挑事的。

三姨太眼珠一转：“二姐，我倒有个主意。”

“哦？说来听听！”

“九儿那小骚货本就是秦月楼的歌女，老爷眼看是活不成了，大姐也未必喜欢她，咱何不把她再卖到秦月楼？一来，少个分家产的；二来，咱姐妹也得几两银子花花，岂不两全其美？”

“这倒是个好主意，亏你想来，只是太缺德了些。”二姨太嗑着瓜子儿，斜着眼儿笑骂道。

三姨太房里的使唤丫头把听来的话，在王妈面前学说了一遍。王妈摇头叹息，只可怜九儿命苦。又见家里乱成如此，姨太太们做的事，也无人敢管。

心里生了个念头，去厨房拿了几个冷馒头，当下找到九儿，把事情的前后说了，帮九儿收拾了几件换洗的衣裳，塞给她几颗碎银子，见天渐黑，便带九儿出了后院门，一直送到路边。

九儿千恩万谢地磕头，王妈也淌着眼泪："快去逃命罢，那秦月楼岂是人待的地方！"

就这样，九儿连滚带摔地沿着官道跑，又怕施家沿大路追来，便想找小路走，天黑又不见路，胆战心惊地在棉花地里窝了一夜，待天亮一看，原来昨夜并没有跑多远，便心急起来，索性沿着官道，边往前走，边拦马车。前面过的马车都不停，恰恰就拦着柳永的车了。

听完九儿的述说，柳永唏嘘不已，可他能做什么呢？

柳村愤然道："施家人太无人性！难道就没有王法了？"

柳永问："姑娘打算去哪儿？有亲人么？"

九儿流泪道："我不知道去哪儿，逃跑时只想坐上车快快地、远远地离开施家。我是苏州人，家里穷，姐妹多，被人卖到这里的。"

正说着，车停了，车夫绕过来告诉柳永，就在这个小镇吃午饭，前面再无村落，估计要到傍晚才能赶到驿馆。

"柳村，就在这儿吃饭吧。"

柳村先跳下车，接下柳永后，又伸手去牵九儿，握着九儿柔嫩的手，心不免狂跳起来，忙松开，一眼瞥见柳永的衣袖里飘落一笺纸，拾起看时，见是一首词，只是字迹潦草，心想准是刚上路时，我睡着的那会儿在马车上写的，便拢在袖子里，待到驿馆再誊写一遍。

柳永主仆，连同九儿与车夫四人，一人吃了一碗阳春面。

柳村见店主的柜台上有现成的笔墨，顺便又讨了张纸，把柳永那张字迹潦草的词稿小心地掏出来誊写。

九儿见他郑重其事的，便倒过头去看他写字，柳村写一句，她念一句：

向深秋，雨余爽气肃西郊。陌上夜阑，襟袖起凉飙。天末残星，流电未灭，闪闪隔林梢。又是晓鸡声断，阳乌光动，渐分山路迢迢。

驱驱行役，苒苒光阴，蝇头利禄，蜗角功名，毕竟成何事，漫相高。抛掷云泉，狎玩尘土，壮节等闲消。幸有五湖烟浪，一船风月，会须归去老渔樵。

——柳永《凤归云》

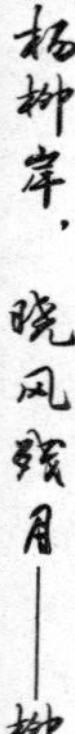

“这最后一句：‘幸有五湖烟浪，一船风月，会须归去老渔樵。’柳大人是不想做官了，要归隐了么？”九儿问。

柳永笑道：“正是如此。姑娘不仅识字，而且悟性极高。”

见柳永赞誉，九儿脸上红霞流转，心里也甜滋滋的。

车夫在一边催促道:“咱们上车走吧,若不趁早,难保天黑前能赶到驿馆。”

第三十六章　不如归去　与君把酒听杜宇

天幕清和堪宴聚。相得尽、高阳俦侣。皓齿善歌长袖舞，渐引入、醉乡深处。晚岁光阴能几许。这巧宦、不须多取。共君把酒听杜宇，解再三、劝人归去。

——柳永《思归乐》

在马车上颠簸了半个多月后，柳永一行三人又改成水路。

船上虽无马车的颠簸，却比马车更寂寞无聊，除了两岸的孤村远树，便是那阴晴不定的天空与永不停息的流水，更有那望不到尽头的归路。

入冬了，水面上的天气更见寒冷，九儿匆忙出逃，只带几件夹衣，柳村把自己的新棉袄给她穿上，虽粗大，却暖和，看去像容貌俏丽的村姑，人们只当是一位致仕的官老爷带着奴仆夫妇还乡。

柳村侍候老爷穿上棉袍，自己则穿一件旧袄，笑说自己年轻体壮，不畏寒冷，九儿看在眼里，心里感激。柳永看在眼里，心里生了个念头。

这些日子，柳永冷眼看去，九儿虽是秦月楼的歌女，又在施家过了一年，却朴实大方，毫不做作扭捏，如普通人家的女孩儿一般无二。虽在旅途之中，也帮柳村干些活儿，缝补浆洗全揽了，这原本就是妇人的活计，九儿做来自然比柳村好，柳村乐得睡梦中都能笑醒。

有了九儿，船上枯燥的日子也鲜活起来，这不，船尾传来九儿银铃般的笑声，原来，柳村生火做饭，抹了一脸的烟灰。

柳永倚着船舱，看两个年轻人装满快乐的笑眼，心底满是羡慕。他想起了家门前的梅树，想起了青梅竹马的梅语，还有柳笛、柳蝉，后来有了云桑，再后来，有了杭州的楚楚，扬州的玉英，东京的虫娘，还有秀香、瑶卿，他想到了自己年轻时曾经深深地真挚地爱过的每一个姑娘。

青春与韶光，就如这船底下的水，不会因为任何人、任何事而停留，急急地向前流去，一去不复返。任你有多少遗憾，多少无奈，多少怨恨，也唯有徒自叹息与悲哀。

回过头来想想，也无须叹息与悲哀。人生，若能遇到彼此，便是缘分。若分开，便是缘尽，万事都强求不得。你应该感谢上苍，让你在最美好的华年遇到了你最爱的那些人，这就是福报。

“九儿，你进舱来，我有话说。”柳永唤道。

九儿答应着，把手中的锅铲递给柳村，进舱来站在柳永面前，笑问：“大人，唤九儿有事么？”

“你坐下，我且问你，你若是想回苏州找亲人，那正好，我们这船正是往苏州去的。”

九儿脸上的笑容顿时隐去：“大人，我再也没有亲人了，跟我一起被卖的大我两岁的姐姐，如今也不知在何方。前年听一个南方来的客商说，在江苏哪个地方的歌楼遇到一个跟我长相一样的姑娘，也不知是不是我的姐姐。”

见柳永不语，九儿以为柳永要赶她走，急得眼泪都快出来了：“大人，您就留下我吧，我能干活，我愿意跟随大人做个粗使的丫头。”

“你觉得柳村这人如何？”

对这突如其来的问话，九儿有点愕然，她本能地点头回答：“柳村哥他很好啊！”

“是么？”柳永笑微微地反问。

“柳村哥是很好啊！他勤快，实在，性情温和，对人很体贴。”

“若真是这样，姑娘愿意嫁给他么？”柳永抬手指向船尾，柳村正背对着他们烧火做饭。

九儿低头不语。

“姑娘不愿意？”

“大人，只怕柳村哥看不起我这样出身的人。”九儿抬起头，看着柳永，脸上满是忧戚。

“你这话就冤枉他了，你看他对你多好，他照顾你比照顾老爷我还体贴周到。”柳永笑着说，却引起一阵咳嗽。

“大人，看您说的！”九儿垂下头，两片红云飞上脸颊。

“你若不愿意就算了，我再托人做媒，帮他娶门媳妇儿，了却我的心愿。”柳永故意不看九儿，咳嗽却更厉害了。

九儿忙上前轻轻地给他捶背：“大人，九儿没说不愿意啊！”语气里很有几分着急。

柳永听了，无声地笑了，嘴上却说：“你也未说你愿意啊！”

“九儿蒙大人两次相救，大人就是九儿的再生父母，九儿的事全凭大人做主！”

九儿说完这几句话，本欲转身出去，回头却见柳村正朝这边张望，又不好意思去面对柳村，只得羞红了脸倒碗热茶递给柳永：“大人咳嗽这样厉害，随身可带有药么？”

“不碍事的！人老了，受点风寒就咳嗽。”柳永喝几口热茶，暂时平息了咳嗽，“往后你就跟柳村一样，称我老爷罢，不要叫大人了，老爷我已不在任上。待船到姑苏，我们就上岸，把你跟柳村的大事办了再启程。”

九儿应道：“是，老爷！”又想老爷后面的半截话，便不再言语，只低头搓揉衣角。

柳村在外面唤九儿，九儿装作未听见，柳永笑道：“外面有人在叫你呢！”

柳村见九儿不应，又走近来扶着舱门叫道：“九儿，来帮我把饭菜端进去，外面好大风，吹得冰冷没法吃。”

船家笑道：“吃过这顿午饭，你们稳稳地睡上一觉，傍晚就可抵达姑苏了。”

九儿进进出出的，不再看柳村，不跟他说话，也不接他的话腔，只低头做自己的事。

柳村几次讨了没趣，心里很不是滋味，想问九儿，又不敢启齿。

柳永看在眼里，只在心里暗笑，也不点破，有意让柳村急得干瞪眼。

饭后，九儿收拾了饭桌洗了碗筷，坐在舱门亮处绣花，柳村蹲在一边看得啧啧称道：“九儿姑娘，你的手好巧啊！这荷花绣的跟真的一样，还有这鱼儿。”正要尽力夸几句，听柳永在一边咳嗽不止，便过来倒茶。

“老爷，喝口热茶罢，我看老爷今天咳得更厉害了。”柳村顺手摸了下柳永的额头，惊道，“还有些烧呢！这如何是好？”

柳永斥道：“不要大呼小叫的，不碍事。”

柳村帮他脱下棉袍，服侍他睡下，在床边迟疑地说：“老爷，我想，这天是一日比一日冷，咱们在苏州多待些时日，等老爷病好了再走。”

柳永想了想说：“也好，在苏州我还有大事要办呢！”

柳村有些迷惑，老爷的事没有我柳村不知道的，他在苏州有何大事要办呢？

“船到码头喽，一路平安喽！”船家边吆喝边降下风帆。

柳永主仆三人离开码头往姑苏城而来，投客栈安顿好，已是暮色四合。

柳村最要紧的事，是找郎中给柳永看病。经店小二的指点，找来城中最好的郎中，给柳永看过后，郎中边开药方边说："你家老爷得的是伤寒，吃药的同时，调理最为重要，好在起病不久，先吃五剂药再看起色。"

送走郎中，柳村嘱咐九儿照顾老爷，他去厨房煎药。

待药煎好回房时，九儿正洗完衣裳进来。

"你轻点，老爷睡着了。"

"要叫老爷起来吃了药再睡，还未吃晚饭呢！"

两人正说着，却听柳永在唤柳村。

"老爷，药煎好了，先喝了罢。"柳村把药端至床前，柳永喝了。

柳村道："我已嘱咐过店家，熬点稠粥给老爷的，这会子也该送来了。"

话音未落，店小二端了托盘进来，几碟清淡可口的小菜，一小锅香浓的米粥。

柳永叫九儿过来："我也吃不了这多，你俩也一起吃罢。"

柳永就着青菜，吃了一小碗粥，放下碗道："我这病，若按郎中说的，那就不是一两天能好得了的。柳村，看来要做长远打算，明日你出去找找，看有没有合适的小院落，租来住比住客栈方便。"

"小人正这样想，眼看就到腊月了，天气又寒冷，老爷身体又不适，不如就在苏州过年，到明年二三月，阳气回升，春暖花开，老爷身体也康健，再起程回崇安，岂不好！"柳村道。

"正是如此！"

"老爷放心，小的刚才煎药时，已问过小二哥，他说正好他姑妈家有所小院子托他看管的，可以租给我们，就在这客栈后背街上，明天去看看便知分晓。"

第二天一早，柳村便跟小二哥去看了房子，院落小巧清净，一间僻舍带两间正房，另有厨房，家什一应俱全，最方便的是院里还有一眼水井。

小二哥见柳村看得仔细，便说："若不是姑妈去表哥家过年，这地段哪里还有这么好的房子出租？是不是要回你家老爷再做定夺？"

"不用。先付两个月的定金，过完年若不走，租金照付。"

柳村回客栈向老爷述说后，问是否选个日子再搬进去。

柳永则说客居他乡，不必要有太多的讲究，当天就搬了进去。

离群索居的日子总是平淡的，若是放下一切念想，过着市井平民一般的日子，人未免就有些慵懒。

在柳村与九儿的精心照料下，柳永的病渐渐好转，气色也红润了起来。

这日，柳永坐在门前晒太阳，看柳村脱了棉袄，甩开膀子劈木柴，趁九儿进屋去的当儿，招手示意柳村歇下。

柳村抹着汗问："老爷，有事么？"

"还是前日说的你跟九儿的事，后日便是腊八节，我想，就这个日子把你俩的事办了。"

柳村兴奋得满脸通红，搓着一双粗大的手，心想，原来老爷在苏州要办的大事，竟是操办我跟九儿的婚事。

"你把手头的活放下，带九儿上街，她想买的、平日里要用的，你都给她买了，不要节省银子，她是个可怜的孩子，往后你要对她好些才是。"

九儿在门里听得真切，跑出来跪在柳永面前，泪眼婆娑地泣道："九儿有了老爷给的这个家，有了老爷与柳村哥，是天底下最富足的人，九儿再也不需其他东西了。"

"傻孩子，做新娘子，几件新嫁衣总是要的。"柳永拉她起来，"老爷我为官十几载，东奔西颠，除了一身疲惫，两袖清风，已别无所有。唯有柳村跟我漂泊江湖，饱受羁旅行役之苦，十几年如一日，像亲生儿子一样侍候在跟前。唉！亲生儿子都做不到这一点。"

他拉过柳村的手，又拉过九儿的手，把两只手放在一起："人生有来时的路，也有去时的路，既然你们俩人能走到一起，那就是前世修来的缘分，这今后的路，不管有多艰难，你俩人要相互搀扶着一同走完。"

见柳村仍光着膀子，忙抓起旁边的棉袄："快穿上！若冻病了，老爷我可侍候不了！"

柳村接过棉袄憨笑道："冻病了有九儿侍候！"

九儿甩手走到一边，红着脸低声嘀咕着什么。

柳永捋着胡须哈哈大笑道："啊！是了！如今有了九儿了！不用老爷我了！老喽！不中用了！"

一时笑毕，柳永抚着额头思索道："记得沿河大街好像有家叫祥瑞德的绸缎庄，那是很多年前了，不知如今还在不在？柳村，你带九儿去看看，定

做是来不及了，店里若有现成的、合身的，给九儿买两身，颜色要鲜艳一点。”

“是！老爷！”柳村答应着，喜滋滋地拉了九儿就走。

目送两个年轻的背影消失在门外，另一个清雅娟秀的身影渐渐地从他那未曾干涸的心湖里扶摇而出。一双水袖舞出漫天的花雨，在他眼前簌簌而落。他伸出手去，想接住一两片零星的花瓣，却又倏忽不见；他想拉住那只翠色的衣袖，却又滑落；他想抚摸她因风舞乱的长发，却只有如烟如雾的往事，缠绕在指间。

他无声地呼唤：“虫娘，虫娘！”

目光迷离中，虫娘那双深情的眸子里，泪光莹莹，只听她幽怨地唱道：“谁道：算得人间天上，惟有两心同？谁言：争似和鸣偕老，免教敛翠啼红？谁说：待作个真宅院，方信有始终？”

是的，他曾经说，不管天上人间，他的心将与她永远系在一起，与她琴瑟和鸣、白头到老，不再惹她伤心落泪，只待金榜题名后，必娶她回家。而今，她早已作古，他也垂垂老矣。

只这一句句的诘问，问得他周身撕心裂肺般的疼痛，他想解释，却说不出话来，他伸出手去，想抓住那可怜的人儿，却一头栽在地上。

待他悠悠醒转，已是傍晚时分，九儿守在床边，见他睁开眼睛，高兴得直抹眼泪：“老爷醒了！”

柳村跑进来，关切地问：“老爷，您好些了么？您是哪儿不舒服啊？刚才大夫也未瞧出名堂来，只说老爷忧戚过度，身子骨极虚弱，需要精心调养。”

“你们不必惊慌，我不过是做了个梦。”柳村扶他坐起来，拥着被子，半倚在床上，“人生七十古来稀，过完这个年，我就七十一了，活到这岁数也该知足了。”

“老爷，看您说的，您不是说想抱孙子么？我跟九儿狠狠地多多地生几个，您就等着罢！”柳村热切地安慰着他的老爷，九儿却羞怯难当，起身跑出房去，惹得柳永哈哈大笑。

腊八节这天，细雨纷飞，黄昏时，忽又飘起雪花，雨夹雪扑打着窗篷，落在半是枯黄的芭蕉叶上，扑扑地响。

晚上，三人围着火炉，边吃九儿做的腊八粥，边闲话各地的风俗。待收拾妥了，柳村从柳永房中把自己简单的铺盖搬进九儿房中，点上两只红蜡烛，算是进了洞房。

有了九儿，这个年过得比往年热闹了许多，也温馨了许多。

吃过年夜饭，听着前后街上孩子们嬉闹着放花炮的声音，柳永心里暗自叹息：一年三百六十五天，一眨眼就过去了，碌碌无为的生涯里，岁月把红颜染成了白发，青春一去不复返，纵使有高官厚禄，人生又有何乐趣？如此良辰美景，与美酒相伴，与佳人携手，才是人生最大的乐趣！

他取出古琴，这是十九岁那年出门时，梅语在花园里让他带在身边的古琴。多少年来，只有这张琴一直留在身边，是他最珍爱最贵重的东西。褪去琴衣时，柳村已点上檀香。

烛影摇红，青烟袅袅，柳永抬手拨弄琴弦，浅声低吟：

屈指劳生百岁期。荣瘁相随。利牵名惹逡巡过，奈两轮、玉走金飞。红颜成白发，极品何为。

尘事常多雅会稀。忍不开眉。画堂歌管深深处，难忘酒盏花枝。醉乡风景好，携手同归。

——柳永《看花回》

柳村在一边录下唱词。

九儿听柳永唱得清澈爽透，却也暗含几分凄切，便至柳永身边，温婉笑道：“老爷，今儿是大年三十，除夕之夜，九儿给大人唱支喜庆的曲子如何？”

柳永喜道：“哦！九儿善唱曲？”

柳村笑道：“老爷有所不知，九儿可是歌舞双绝呢！”

九儿瞟了柳村一眼，低眉笑道：“以前常听庆奴姐姐说，老爷的词曲妙绝天下，歌楼曲坊中，没有不争唱的。”

柳永起身让出琴台。

九儿缓缓坐下，素手抚弦，边弹边唱：

嶰管变青律，帝里阳和新布。晴景回轻煦。庆嘉节、当三五。列华灯、千门万户。遍九陌、罗绮香风微度。十里然绛树……

琴音袅袅，歌声悠悠。

柳永却老泪纵横，九儿唱的正是他初到东京汴梁时，适逢元宵佳节所填

写的那阕《迎新春》。

婉转的歌声把他带回到四十多年前的京城，那是一个吉祥喜庆的日子，夜晚的京城，千家万户张灯结彩，大街小巷都是观灯的人，真是罗绮满眼，香气扑鼻。那绵延数十里的花灯，仿佛一夜春风吹过，开满千树万树的花朵。

“老爷，您怎么哭了？”柳村回头见柳永满脸泪水，惊问道。

琴声戛然而止，九儿忙去倒茶。

柳永抹了一把泪水，接过九儿端来的茶碗，饮一口，便放在桌上，神情黯然："人老了，倒多情起来。九儿弹的这支曲子词，是我初到汴京时填写的。那时我二十五六岁的样子，怀揣一腔热切的渴望与济世经国的梦想，来京城赶赴科考。一晃，四十多年过去了，其中的酸甜苦辣，唯有自知，如今回想起来，如同做了一场梦。”

最后一场春雪尚未消融，院角那丛迎春藤已悄悄伸出柔嫩的枝条，天气日渐回暖。

三月，柳村就开始收拾东西，准备随时起程。

这日，春阳尚好，柳村见柳永精神头也足，试探着说：“老爷，自旧年底来苏州，老爷就身体不适，至今尚未出门呢！”

见柳永疑惑的眼神，柳村又笑道：“我们这不就要离开苏州回乡了？老爷也康健，何不四处逛逛去？”

“有何可逛的？几十年过去了，如今已物是人非，没的徒添烦恼。”

“老爷，这苏州太守滕子京，不是老爷的故交范希文范老爷的好友么？”

“谁说不是！当年滕子京在岳州巴陵郡，重修岳阳楼时，就是请范希文写下的《岳阳楼记》作记呢！”

柳村摸着脑勺憨笑：“小人尚未读过范老爷的文章。”

“唉！范希文变革未成，遭贬。前年［仁宗皇祐四年（公元1052年）］病死在颍州途中。”柳永摇头叹息不止。

柳村见牵起老爷的惆怅，忙又安慰道：“晚上叫九儿做几样可口的菜，老爷就近走走，散散心，回来喝两盅。”

柳永不语，信步走出门去。

直到日落西山，倦鸟归巢，也不见柳永回家。柳村急得搓着手在屋里打转。九儿道：“只知道在家里干着急，何不去街上找找？”

“街上？天都黑尽了，街上哪还有人？”

“会去哪儿呢？老爷说过在苏州没有朋友的呀！”

两人正束手无策，忽听得院门吱呀呀地响，柳村打开房门，大步向外奔去。

果真是柳永。

他步履蹒跚，一双脚似灌了铅般沉重，柳村忙赶上去半扛着扶他进屋。

“老爷喝酒了？”九儿小声问。

“你快去煮醒酒汤。”柳村道。

“柳村，笔墨侍候！老爷我又不曾醉酒，何用醒酒汤！”柳永扬声说。

九儿看柳村的眼色，还是去了厨房。

“老爷，笔墨皆以备好。”

柳永见柳村的眼神里透着不解与关切，朗声笑道：“柳村，今天我去太守滕子京的府上了。”

“太守府？”柳村瞪着惊愕的眼睛。

“你竟不知，这天气清和、杏花飞雨的季节，最是适合文人酒徒相聚了，若再有三两歌女，长袖曼舞，浅吟低唱，流转的水袖似风中飞舞的烟柳；清丽的歌喉，如同出谷的黄莺，真是酒不醉人人自醉啊！”

九儿已煮好醒酒汤端来。

柳永或许是酒后干渴，也不问是茶是水，接过一饮而尽，放下碗走至书桌前，抓起毛笔，在飘摇的烛光中，那只暴着青筋的手，是如此的苍白而消瘦。屋后林间，不知因何惊飞的杜鹃，在黑暗中洒下一串“不如归去、不如归去！”的啼鸣。

柳永侧耳聆听，喃喃而语：“人生七十古来稀，我还能有多少时光？何必计较官职的卑微，也不必去巧夺豪取。这鸟儿说得好，不如归去，落得轻松自在。”

说罢，悬腕蘸墨，信笔挥洒，几行字如雁行般落在纸上。

天幕清和堪宴聚。相得尽、高阳俦侣。皓齿善歌长袖舞，渐引入、醉乡深处。
晚岁光阴能几许。这巧宦、不须多取。共君把酒听杜宇，解再三、劝人归去。

——柳永《思归乐》

写罢，将笔一掷，倒在床上，片刻后，竟鼾声如雷，柳村与九儿面面相觑，惊愕不已。

柳村帮他脱去外衣与鞋，盖上被子。回头见九儿捧着词稿犹自沉思，便道：“你还不饿么？快吃饭，收拾了，早点歇息罢。”

夜间，九儿偎在柳村怀里轻声说：“村哥，看老爷今儿的情形，还有这刚填的词，怕不是好兆头啊！”

柳村不语，只是更拥紧了怀里的女人。

江南的春天，不管是流水清灵的早晨，还是沉香暗转的夜晚，总能牵动诗人浪漫的情怀，也能惹起心底的惆怅。然而，无论如何不舍，永远都回不去那个青葱的岁月，回不去那个风花雪月的年代。

走吧，归宿不在江南。江南注定是生命旅途中的一程风光旖旎的山水，是一段三分桃红五分梨白的故事，是一抹拂过心田的春风而又留下荒凉底色的辞笔。

一个春阳和暖、草长莺飞的日子，柳永带着柳村与九儿踏上了归乡的路途。

他们往江苏的润州而去，若有幸能找到九儿的姐姐，对九儿是安慰，也是交代。

第三十七章　蝶恋花香　一朝风月万古长

人生的最高境界可分三重，第一重：落叶满空山，何处寻芳迹？第二重：空山无人，水流花开；第三重：万古长空，一朝风月。

——《五灯会元》

还未到润州，柳永便一病不起，柳村只得催促马车夫日夜兼程赶往润州。

马车的颠簸，让病人越发难受。这天，马车停歇在山路边，车夫给马饮水喂草料。

柳村扶起柳永靠在自己的胸前："老爷，喝点水罢。"

柳永无力地问："到哪儿了？"

"快到润州了。山腰有座寺庙，车夫去讨了水，在饮马，一会儿便可以进城了。"

"寺庙？"柳永脑子里灵光一闪，挣扎着向车厢外望去，果真见半山腰的绿树浓荫里有白墙隐现，似乎还有隐隐的钟声随风飘来。

"柳村，扶我下车，我们不进城了。"柳永掀开身上的被子就要下车。

"老爷，不进城？"

"去山上的寺庙。"

柳村惊道："老爷，你在生病，得赶快去城里找郎中！"

车夫牵马套车，接过柳村的话说："我常年跑这条路，听说这寺庙里有位老和尚，医术高明，专治疑难杂症。你们上去既可借宿，也可以治病，岂不两全其美？这儿离城也近，不到半个时辰的路程。"

柳村与九儿把行李搬下马车，掏银子付了脚力，车夫赶着马车自去不提。

三人来到寺庙，柳村说明来意，当事的和尚须眉雪白，很是和善，吩咐小和尚领柳永、柳村去后院的僧房，九儿与先来寺庙求医的女施主住一屋。

不巧的是，会治病的和尚带弟子上山采药，不知何时回转。

柳永倒是很安心，如同回到家里一般。

柳村虽心急，却也只能耐着性子等待。

翌日，柳永把柳村九儿唤至床边：“今日你带九儿进城，去打听九儿姐姐的下落，这事儿虽有几分荒谬，可人世间的事谁又能说得清呢？九儿说过有人好像是在歌楼看到过她姐姐，你们就一家家歌楼曲坊去问罢，遇事要冷静，对人要和气。”

“老爷，我俩都走了，您怎么办呢？身边连个端茶倒水的人也没有，还是我一人去吧，九儿留下侍候老爷。”柳村见他脸色苍白、疲惫无力的样子，很是担心。

“不碍事的，这里的小师傅待人和善，会照顾我的。去吧，去吧！”柳永挥了挥手，便不再说话。

柳村无奈，只得牵了九儿往城里去。

二人一家家歌楼曲坊细细问去，也没有一个叫香兰的。

“村哥，咱回寺庙罢，这天也快黑了，也不知老爷如何了。”站在一家叫花满楼的曲坊门前，九儿疲惫地说。

“也罢，这一天也够累的，叫辆马车送咱回寺庙。”柳村正欲去找马车，门廊里一位大叔叫住柳村，说九儿的模样儿跟他们这儿的玉娘很像。

九儿喜道：“大叔，那你能否进去跟玉娘说一声，让她出来见见我？”

大叔笑道：“玉娘可是个忙人，她这几天被请到太守府去了。”

柳村上前指着九儿说：“她叫九儿，我们是来找寻九儿失散多年的姐姐，若玉娘回了，烦请大叔跟她说一声，我们住在城外的寺庙里。”

九儿却道：“大叔，过两天我再来。”

柳村和九儿二人回到寺庙，已是暮色四合。

山里的春夜，空气清冽，布谷鸟的翅膀，携带着花草的芳香，一路歌唱着不如归去。

大殿上晚课的钟声悠悠传来，迷蒙中，柳永似乎回到了武夷山的中峰寺。

他依稀看见，十二三岁的白衣少年把听来的曲子词念给禅师听，为什么这么好的词，母亲却不让他学。

蹙破眉峰碧，纤手还重执。镇日相看未足时，忍便使、鸳鸯只！

薄暮投村驿，风雨愁通夕。窗外芭蕉窗里人，分明叶上心头滴。

禅师循循善诱："这叫曲子词，是茶坊酒肆中，那些以卖唱为生的人用来谋生的。还有那些教坊与歌馆，更盛行唱这种曲子词，一些失意文人，自觉怀才不遇，感叹世有千里马而无伯乐，常常流连于此。三五人聚集在一起，或次韵相酬，或唱应酬答。也有邂逅于风尘之中的歌女，或赏识，或知音，依红偎翠，浅斟低唱；青衫愁苦，红粉怜才，在花街柳巷中往往不胜沉浮。"

说到此处，禅师双目微闭，双手合十："阿弥陀佛，小施主，要谨记令堂大人的教诲，切不可去学这等词曲而沉溺其中。只是人生在世，若想获得最高境界的修为，实非易事。"

"请问禅师，何为人生最高境界？"

"人生的最高境界可分三重，第一重：落叶满空山，何处寻芳迹？第二重：空山无人，水流花开；第三重：万古长空，一朝风月。"

禅师喃喃而语："有的人或许一瞬间就悟了，有的人或许终其一生都无法解读其中的奥妙。"少年一脸茫然，禅师捻着佛珠，空灵的目光望向苍茫的山峦。

落叶满空山，何处寻芳迹？乃人生第一重境界，世间绝无两片相同的树叶，这满山的落叶，你想要哪一片？你毕生所追求的东西究竟是什么？

空山无人，水流花开。乃人生第二重境界，我开我的花，我流我的水。有人欣赏也好，无人怜惜也罢，花自飘零水自流，我只专心做自己的事。

万古长空，一朝风月。乃人生第三重境界，人的一生何其短暂！唯有超越时空，才能与天地同在，与日月同辉。

小施主，你懂了么？

弥留之际的柳永懂了，他的一生正是按着这三重境界，一步一步走过来的。

晚课的钟磬声与诵经声悠悠传来，时而夹带着几声山间杜鹃的啼鸣：不如归去，不如归去。

他的灵魂随着钟声，随着鸟儿的清唱，带着一脸的释然，永远离开了这个将他踩在烂泥里的北宋王朝。向奇秀甲于东南的武夷山飘去。

可怜九儿自小就没了父母，被人买来卖去，有幸遇见柳永待她比亲人还亲，如今却又逝去，这一刻，哭得泪人儿一般。

柳村却不曾流泪，他倚着床脚跪在地上，看着他的老爷，柳永如睡中梦见花开一般，面带微笑，静静地躺着。

“老爷，这下可好了。您不再漂泊、不再劳累、不再为改官而操心了，阳世间的事再也与您无关。可我，将如何护送您回崇安？您为官十几载，除了一身疲惫，两肩孤寂，连买副棺木、买块坟地的银子都不曾有。这回，您可真为难小人了。”柳村轻轻说着，他的老爷躺在床上，似乎正微笑着听他说话。

“施主，有人找你，不知施主是否去见一见？”小和尚来问。

柳村如老僧入定一般呆坐着，似未听见小和尚的话。

九儿心里一动，忙跟了出来。

门外，有三位女子，见九儿出来，其中的紫衣女子失声叫道：“九儿！”

这紫衣女子不正是她日夜思念的姐姐香兰么！九儿不相信这是真的，天底下哪有这样巧的事儿？可眼前搂着自己流泪的女子分明就是姐姐啊！

“九儿，你如何在这儿？”

“一言难尽！”九儿抹了把眼泪，拉了姐姐的手，“姐姐，你来。我让你见一个人。”

“玉娘。”一起来的翠衣女子叫道。

玉娘回头说：“你俩也来吧。”

九儿带玉娘来到后院的僧房，拉起坐在地上的柳村：“村哥，我找到姐姐了。”

她又对玉娘说：“姐姐，这是我丈夫。”

可翠衣女子与黄衣女子的目光却被床上的死人吸引，黄衣女子惊叫一声与翠衣女子退至门外。

玉娘见柳村相貌英俊，身板壮硕，暗自为九儿高兴。见床上死去的老人，心里已明白柳村为何面容悲戚。

她轻声问九儿：“床上老者是何人？”

九儿把前前后后的事简单地对姐姐述说了一遍。

玉娘惊奇地问柳村：“你家老爷就是东京汴梁那个专给歌楼曲坊的姐妹填词谱曲的柳三变？”

柳村道：“正是。”

刚退至门外的女子复又进来，翠衣女子盯着床上的柳永：“这位老人真是那自称‘奉旨填词柳三变’的才子词人？”

“如何落到这步田地？”黄衣女子轻声问。

“自古好人无好报！”翠衣女子恨恨地说。

玉娘替九儿抹去眼泪，怜惜地说“九儿命苦，刚刚遇到好人，却又这样了。”回头又问柳村，“你将如何打算呢？”

九儿敛眉道：“老爷孤身一人，虽为官十几载，却是清贫如洗，连买副棺材的银子都没有，就不用说别的了。”

柳村叹息着跪在床边。

翠衣女子扬眉道：“玉娘姐，柳大人生前最是怜惜我们这些青楼中人，如今老人穷困潦倒、客死他乡，我们姐妹何不帮他老人家入土为安！”

“绿萝说得好，我正有此意。”玉娘又对九儿柳村说，“你俩也别着急，我这就回城去，把棺木寿衣等一应用品备好就来。”

“绿萝、鹂儿，我们走吧。”

九儿送出山门，目送三人登车而去。

第二天，玉娘、绿萝与鹂儿先到，随后有马车送来了棺木寿衣等一应用品，紧接着，便有三三两两的歌儿舞女来到寺庙，她们参拜佛祖后，便静立在山门前。

玉娘心细，请来了专给逝者穿衣入棺的师傅，还有抬棺的八仙与鼓乐手。

鼓乐响起，白幡在三月的春风中摇荡，那些抛上天又落下的冥钱，被风吹得四下飘散，如同雨中凋谢的梨花。柳永，就安葬在寺庙后的山坡上。

此后，每逢清明，润州城的歌儿舞女会倾城而出，不约而同地备了祭礼，去城外给柳永扫墓，这件盛事被当时的人们称之为“吊柳七”或“吊柳会”。没有参加第一次“吊柳七”的人，春天不敢出门踏青。（注：大量文史资料记载，柳永是被歌女合伙捐钱埋葬的，而且“吊柳七”这个风俗确实流传了很久。）

“吊柳七”这个风俗一直流传到南宋才慢慢消失，后来有人在柳永的墓碑上题诗说：

乐游原上妓如云，尽上风流柳七坟。
可笑纷纷缙绅辈，怜才不及众红裙。

柳永，一代词人，一个被北宋王朝遗弃的风流才子，就这样湮没在历史的尘埃中，而历史的天空却写满了他的《蝶恋花》：

伫倚危楼风细细，望极春愁，黯黯生天际。草色烟光残照里，无言谁会凭阑意？

拟把疏狂图一醉，对酒当歌，强乐还无味。衣带渐宽终不悔，为伊消得人憔悴。